Natasha Solomons
Rosaline

NATASHA SOLOMONS

ROSALINE

Roman

Aus dem Englischen
von Tania Krätschmar

dtv

Die Zitate aus William Shakespeares Stücken wurden den deutschen Übersetzungen von Frank Günther entnommen:

Zitat S. 7: *Romeo und Julia* (zweisprachige Ausgabe, dtv, S. 75)
Zitat S. 9: *Romeo und Julia* (zweisprachige Ausgabe, dtv, S. 89)
Alle Kapitelüberschriften: *Romeo und Julia* (zweisprachige Ausgabe, dtv, S. 217, 65, 69, 91, 67, 25, 115, 91, 139, 57, 139, 69, 115, 155)
Lied Seite 376: *Ein Sommernachtstraum* (zweisprachige Ausgabe, dtv, S. 53)
Textzitat im Nachwort S. 408: *Verlorene Liebesmüh* (zweisprachige Ausgabe, dtv, S. 135)

Deutsche Erstausgabe 2024
dtv Verlagsgesellschaft mbH & Co. KG, München
Titel der englischen Originalausgabe:
›Fair Rosaline‹
(Manilla Press, an imprint of Bonnier Books UK Limited, London)
© 2024 der deutschsprachigen Ausgabe:
dtv Verlagsgesellschaft mbH & Co. KG, München
Lektorat: Anne Rudelt
Umschlaggestaltung und Illustration: ZERO Werbeagentur GmbH
nach einem Entwurf von © Holly Ovenden
Umschlagmotiv Buchklappe: Volodymyr Pimakhov / shutterstock.com
Satz: Greiner&Reichel, Köln
Gesetzt aus der Adobe Garamond
Druck und Bindung: CPI books GmbH, Leck
Printed in Germany · ISBN 978-3-423-22088-0

Für meine Schwester Jo und meine Tochter Lara –
möget Ihr vor Romeos bewahrt bleiben.

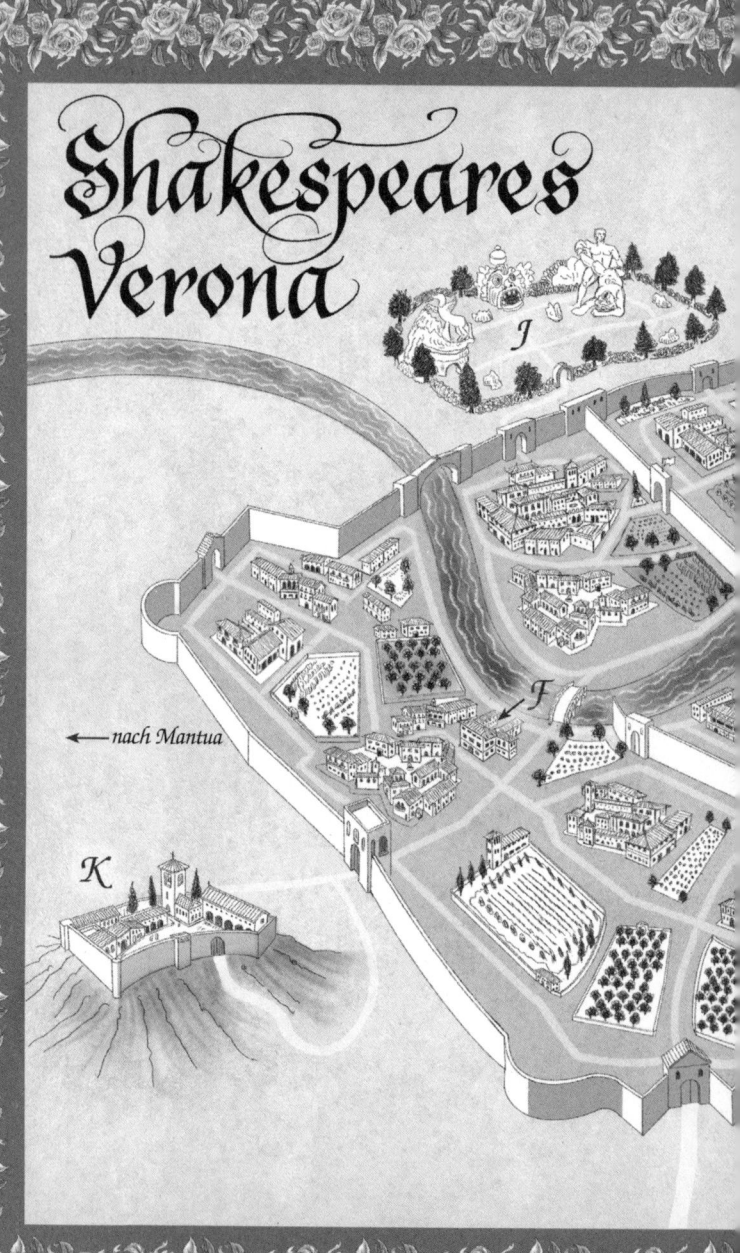

Shakespeares
Verona

I

← *nach Mantua*

F

K

A Julias Haus
B Rosalines Haus
C Gruft der Capulets / Friedhof
D Bruder Lorenzos Zelle
E Peterskirche
F Haus der Montagues
G Theater
H Landvilla der Familie Rosalines
I Landvilla der Montagues
J Garten der Ungeheuer
K Der Konvent

Was sagt ein Name?
Das, was Rose heißt, wird gleichsüß
unter anderm Namen duften.

AKT II, SZENE 2

Mit Rosalinde? … Ich kenn den Namen nicht.
Wer soll das sein?
Romeo und Julia, II. Akt, 3. Szene

1. KAPITEL

Wo schwer die Pest umgeht

Das Begräbnis fand im Morgengrauen statt, kaum eine Stunde, nachdem Madonna Emelia Capulet diese Welt verlassen hatte. Rosaline folgte der Totenbahre. Sie war untröstlich wegen des erlittenen Verlusts. Mehrfach mussten ihr Vater und ihr Bruder sie ermahnen, mehr Abstand zu wahren, denn auch im Tod war ihre geliebte Mutter noch ansteckend. Die Pest hatte sie dahingerafft.

Die einzigen Träger, die sie gefunden hatten, um die Bahre zu ziehen, waren dreckige, stinkende Gesellen. Sie waren nicht besser als Bettler und hatten mit einer lächerlich hohen Summe bestochen werden müssen. Man hatte Rosaline verboten, den Körper zu waschen. Ein Priester war gekommen, ein Kräutergebinde an den Mund gepresst. Er hatte heiliges Wasser auf das Gesicht der Verstorbenen gespritzt, ehe er wieder fortgeeilt war.

Die Zeit hatte nicht ausgereicht, um ein gold- oder purpurfarbenes Leichentuch für sie aufzutreiben. Niemand stimmte die Totenklage an. Keine Verwandten versammelten sich im Haus oder folgten der Familie zur Grabstelle. Die Gruppe der Trauernden war erbärmlich klein, die anderen Capulets und die Nachbarn versteckten sich hinter verschlossenen Türen, wo sie an Blumensträußchen und Orangen rochen, die mit Gewürznelken gespickt waren, um die Pest abzuhalten, und murmelten krampfhaft Gebete und hastig Bekenntnisse.

Nur Rosaline, ihr Vater, der laut vernehmlich weinte und sich schwer auf Rosalines Arm stützte, und ihr Bruder Valentio waren anwesend.

»Du hast mehr verdient«, murmelte sie ihrer Mutter zu.

Einer der Träger blieb abrupt stehen, um sich die Flohstiche in seinem Schoß zu kratzen. Ungeschickt hantierte er und ließ dabei den Griff der Bahre los.

»Du Trottel! Du Nichtsnutz!«, brüllte Masetto Capulet. Er hätte ihn geschlagen, hätte er nicht gefürchtet, dass der Mann die Bahre mit der Leiche gänzlich fallen ließe.

Rosaline unterdrückte ein Lächeln. Ihre Mutter hätte es lustig gefunden, sie hatte stets Freude an beißendem Witz. Zwei streunende Hunde schlossen sich ihrer armseligen kleinen Truppe an, vielleicht in der Hoffnung, etwas Essbares zu erbeuten. Rosaline würde sie mitzählen. So wäre die Anzahl der Trauernden, die der Bahre folgten, fast respektabel, auch wenn zwei Mitglieder ihrer Gruppe nicht aus der besten Gesellschaft stammten.

Die fehlenden Nachbarn kümmerten sie nicht: Heuchler und Lügner alle miteinander. Mama hatte ihnen Geburtsgeschenke gemacht, ihnen die Tränen und Hinterteile abgewischt, als sie Wickelkinder waren, aber sie hatte sie nicht geliebt. *Mich hat sie geliebt. Und ich bin hier.* Bei diesem Gedanken biss sich Rosaline fest auf die Lippe, um die Tränen zurückzuhalten. Sie schmeckte Blut.

Der Gottesdienst im Mausoleum der Familie Capulet war kurz. Der Mönch schien verschreckt. Er beäugte unablässig den Sarg, sprach die Gebete zu hastig und stolperte in der Eile über seine eigenen Worte.

Rosaline beobachtete die Wülste seines Nackenfetts, die trotz der Grabeskälte schweißnass glänzten. Die Zeit hatte zu sehr gedrängt, um Wachskerzen zu kaufen, die Madonna Emelia Capulets Status angemessen gewesen wären, und in der Kammer herrschte Dunkelheit. In der Wand war der Zugang zur Gruft aufgestemmt worden, bereit für den Sarg. Der Gestank von Tod und Zersetzung, modrig und faulig, stieg auf und vereinte sich mit dem Geruch verrottender Gebeine, die hier bereits vor langer Zeit versiegelt worden waren. In der Düsternis wartete das gähnende schwarze Loch. Eine Treppe führte tief in die Unterwelt hinunter.

Rosaline wollte schreien, wollte sich an ihrer Mutter festhalten, so wie sie sich als Kind an ihre Röcke geklammert hatte – wie konnte man Emelia Capulet in diese Dunkelheit hinablassen? Sie würde in diesem giftigen Gestank ersticken, in dem schwarzen Schacht nicht sehen können. Sie würde sich fürchten. Sie musste eine Kerze haben, aber was wäre, wenn diese in der Dunkelheit flackerte und erlosch?

In Wahrheit wusste Rosaline, dass Furcht, Schmerz und Liebe jetzt jenseits ihrer Mutter lagen. Sie gehörte hierher, mitten unter die Geister der anderen, längst verschiedenen Capulets.

Rosaline wurde sich ihres Vaters bewusst, der weinend an ihrem Arm zerrte, und fühlte aufsteigenden Groll. Sie streichelte seinen Kopf, um ihn zu trösten, während er sich an ihre Schulter lehnte. Er war weder gütig noch weichherzig, und trotzdem musste sie ihren Kummer dem seinen unterordnen. Für gewöhnlich hatte er keine Verwendung für sie, aber jetzt, während sie sich wünschte, in ihrem Schmerz allein gelassen zu werden, verlangte er nach ihrer Fürsorge.

Ihre Eltern waren wie ein Paar zugleich gekaufter Kerzen gewesen, die man auf zwei Seiten des Kaminsimses aufgestellt hatte. Perfekt in wächserner Symmetrie. Nun war ihr Vater allein zurückgeblieben, und er kam ihr dünn, verloren und verlassen vor. Sie ergriff seine Hand und fühlte die Zerbrechlichkeit der Knochen unter der Haut, die durchscheinend wie Pergament war. Er drückte ihre Finger, küsste ihre Knöchelchen. Als er ansetzte, etwas zu sagen, brachte er nur Schluchzer hervor.

»Schhh«, machte Rosaline. Sie tröstete ihn, wie sie ein Kind getröstet hätte, und war sich bewusst, dass sie ihre Rollen vorübergehend getauscht hatten.

Trotz seiner Fehler – und ausnahmsweise verbot Rosaline sich, sie aufzuzählen – hatte ihr Vater ihre Mutter geliebt. Ihre Ehe war mit Freude gesegnet und sein Schmerz ehrlich und herzbewegend. Dafür bemitleidete sie ihn.

Der Mönch trat von einem Bein aufs andere, als ob er urinieren müsse. Die Familie starrte ihn an, verwirrt und in ihrem Elend gefangen. Schließlich griff Valentio in seinen Geldbeutel und zog mehrere Münzen hervor.

Der Mönch steckte sie ein, hastig einen Segen murmelnd.

»Meine Entschuldigung. Ich muss weitere unglückliche Seelen begraben.«

Keine Seelen, dachte Rosaline. *Nur ihre gebrochenen und verrottenden Hüllen. Ihre Seelen sind diesem Beinhaus längst entflohen.*

Als die trübselige Gruppe zum Haus zurückkehrte, warteten die Männer der Wache am Eingangstor auf sie. Das rote Pestkreuz war bereits auf die Tür geschmiert worden. Ihr Hauptmann nickte Masetto zu, aber blieb in sicherer Entfernung stehen. Sein Gesicht war verdeckt von einem Blumengebinde, und er erklärte: »Ein Mitglied dieses Haushalts ist infiziert worden, also werdet Ihr alle gemeinsam zwanzig Tage lang eingeschlossen. Wächter wurden hierher abgestellt, um zu verhindern, dass Ihr Euch dieser Anordnung widersetzt. Möge der Herr Euch Barmherzigkeit erweisen.«

Rosaline sah, wie ihr Vater resigniert mit den Schultern zuckte. Es machte keinen Sinn, den Beschluss anzufechten. Sie konnten nur warten und hoffen. Als sie sich in den Flurbereich des Hauses zurückzog, hörte Rosaline, wie hinter ihnen Nägel in die Tür wie in einen Sargdeckel eingeschlagen wurden.

In den folgenden Tagen beobachtete sie von ihrem Fenster aus, wie immer mehr Haustüren entlang der Straße mit dem roten Kreuz versehen wurden. Die Pest breitete sich weiter aus. Nachmittags zogen Prozessionen mit heiligen Relikten durch die Straßen, um die Infektion auszutreiben. Die Mönche skandierten Gebete und schwenkten schwelenden Weihrauch, die Bewohner öffneten ihre Fenster, traten auf die Balkone, fielen in die Gesänge ein und flehten den Himmel an, den Fluch von ihnen zu nehmen.

Rosaline beobachtete auch, dass ihr Vater tagsüber in seinem vergilbten Nachthemd wie ein fahler Geist durchs Haus wanderte, während er Gebete für seine tote Frau murmelte und im Gehen stolperte. In der Nacht sah sie ihn schlaflos durch die Hallen streifen, einen Knüppel fest im Griff. Dennoch konnte sie es nicht über sich bringen, ihm auch nur mit einem einzigen Wort Trost zu spenden. Denn wäre er nicht gewesen, wäre Emelia nicht tot. Rosalines Mitgefühl war durchsetzt mit Ärger über ihn und ihrem eigenen Kummer.

Bald fühlte sie sich, als ob ihr Leben sich nur noch auf ihre Kammer und das endlose Läuten der Basilikaglocken beschränkte. Sieben Mal jeden Tag, zwanzig Tage lang läuteten sie und wiesen sie an zu beten. Was sie nicht tat.

Am zwanzigsten Tag kehrte die Wache zurück und brachte Prüfer mit, die alle Mitglieder des Haushalts auf Anzeichen der Pest untersuchen sollten.

Eine Frau kam in Rosalines Kammer, entkleidete und badete sie.

»Eure Haut ist dunkler als die Eures Bruders und Eures Vaters«, sagte die Frau.

»Ich bin das Kind meiner Mutter«, antwortete Rosaline, die solcher Bemerkungen überdrüssig war.

»Und eine hübsche Blüte seid Ihr auch in dieser Färbung, obwohl das Dunkle, egal wie schön, nicht dem Zeitgeist entspricht.«

Rosaline schnaubte irritiert. Ihre Mutter hätte sich solch Geschwätz nicht angehört. »Genug, schweig! Mag auch in alten Zeiten das Dunkle nicht als vorteilhaft gegolten haben, die Schönheit meiner Mutter hat verändert, was als begehrenswert gilt.«

Rosaline hatte die gleiche goldfarbene Haut wie ihre Mutter, die im Sommer ein tiefes Terrakotta annahm. Ihr Bruder war dem Hautton nach mehr wie ihr Vater: zwei blasse Kälber. Rosaline war froh, dass sie nach Emelia kam – die Ähnlichkeit mit ihrer Mutter konnte ihr niemand nehmen.

Die Frau kauerte sich hin und untersuchte ihre intimsten Körperstellen. »Ich sehe nichts. Nicht auf Eurem Rücken oder Schoß, nicht unter dem Arm oder der Brust. Auch an Eurem Hals nicht. Die Seuche hat Euch nicht befallen.«

»Ist Caterina unversehrt?«

Die Frau scheute zurück. »Ihr fragt nach Eurer Dienstmagd, bevor Ihr Euch nach Eurem Vater erkundigt?«

Rosaline zuckte mit den Schultern.

»Ihr seid sauber«, fügte die Prüferin hinzu. »Der Haushalt kann wieder geöffnet werden.«

Das erste Mal seit zwanzig Tagen lächelte Rosaline.

»Wir werden nicht in Verona bleiben«, sagte Masetto Capulet. »Hier gibt es nichts mehr für uns. Wir werden uns in die Hügel außerhalb der Stadt zurückziehen, bis diese verfluchte Geißel von uns genommen ist.«

Eine Nadel des Ärgers, juwelenklar und schneidend, stach in Rosalines Herz. Emelia hatte ihren Ehemann zuerst zu überreden versucht und ihn schließlich angefleht, die Stadt zu verlassen: Außerhalb sei die Luft besser, und sie würden dem Feind entkommen, den sie weder sehen noch bekämpfen konnten.

Alle anderen Herrenhäuser waren bereits verlassen, nur einige Dienstboten waren zurückgeblieben. Und selbst diese erschienen immer seltener auf ihren Posten, während jeden Tag mehr Leichen aus den Häusern herausgetragen und in den Straßen zurückgelassen wurden.

Nur ihr Zweig der Capulets war in Verona geblieben, denn Masetto wollte seine Geschäfte nicht vernachlässigen. Wären sie vor zwei Monaten abgereist, wie ihre Mutter es erbeten hatte, läge sie jetzt nicht in ihrem Grab.

»Ja«, stimmte Valentio zu. »Ihr solltet gehen. Es ist ein exzellenter Vorschlag.«

Valentios eigene Familie war bereits vor vielen Wochen in den Schutz der Hügel geflohen, fern allen Unglücks und umsorgt in einer Villa inmitten wehender Weizenfelder. Dennoch hatte er nicht die Seite seiner Mutter und seiner Schwester gegen den Vater ergriffen, ganz gleich, wie sehr sie beide ihn darum gebeten hatten. Seine eigenen wertvollen Schätze, die Menschen, die er liebte, waren in Sicherheit.

Die Wut in Rosaline war wie Zunder, und sie senkte den Blick. Sie konnte es nicht ertragen, ihren Vater oder ihren Bruder anzusehen.

Aber Masetto missverstand ihren gesenkten Blick als Bescheidenheit, als ein Zeichen von Gefügigkeit – beides Eigenschaften, die seine Tochter sonst nicht auszeichneten. Seufzend tätschelte er ihre Schulter.

Alles in ihr drängte danach, seine Hand abzuschütteln.

»Ja«, sagte Masetto, der sich für dieses Thema erwärmte. »Das wäre Emelias Wunsch gewesen. Pack nur das Notwendigste. Wir brechen sofort auf.«

Meine Mutter war das Notwendigste, dachte Rosaline verbittert. Sie wusste, dass in ihrem Alter viele bereits verwaist waren. Sie stand kurz vor ihrem sechzehnten Geburtstag, und obwohl ihr Vater lebte, verstand sie sich selbst als Waise.

Die Schultern ihres Vaters waren gebeugt von der Trauer, die er nun wie einen schmerzenden Umhang trug. Er sah sich um, ohne etwas wahrzunehmen. Seine Gedanken waren allein auf seine verstorbene Frau gerichtet. Als er schließlich zu Rosaline blickte, wirkte er erstaunt und verärgert.

Rosaline ballte die Hände zu Fäusten und grub die Fingernägel in das blasse Fleisch ihrer Handteller. Der körperliche Schmerz erinnerte sie daran, dass es sie noch gab, dass sie nicht verschwunden war – selbst wenn ihr Vater nun wünschte, sie wäre es.

Rosaline saß in einer Ecke ihres Schlafgemachs, die Knie unters Kinn gezogen. Sie legte erst eine Ausgabe von Dante, dann Petrarca und Boccaccio und schließlich ihr wertvollstes Buch,

Ovids etwas zerfledderte *Metamorphosen*, in den Koffer. Als sie noch ihre Laute hinzugefügt hatte, erklärte sie, dass sie fertig gepackt habe.

Caterina war nicht überzeugt. »Wo sind deine Strümpfe? Deine Gewänder? Ein Umschlagtuch?«

Rosaline zuckte mit den Schultern. »Es genügt mir, wenn ich mit Büchern und Musik versorgt bin.«

»Musik? Du kannst nicht ernsthaft daran denken zu spielen. Nicht, während du in Trauer bist. Selbst für dich, Mylady, gibt es Grenzen.«

Rosaline ließ noch einen Strang Katzendarm in den Koffer gleiten, falls eine ihrer Lautensaiten reißen sollte. »Ich werde darauf achten, dass mich niemand hört.«

»Pfui, wie bist du verderbt«, fuhr Caterina auf und murmelte ungehalten zu sich selbst, während sie hastig verschiedene Dinge in den Koffer warf.

Rosaline fischte den Dante wieder heraus, setzte sich auf den Boden und las zum wiederholten Mal seine Visionen vom Leben im Jenseits. Sie fragte sich, wo ihre Mutter sei, und fühlte auf ihrer Haut ein prickelndes Unbehagen, als ob sie nach einem sommerlichen Bad im Fluss ans Ufer träte und die Sonne hinter Wolken verschwunden wäre.

Sie fand, dass es Dantes Beschreibungen des Himmels an Brillanz mangelte. Eine Ewigkeit in dieser Gesellschaft versprach drohende Langeweile. Die Alternativen waren die faszinierende Folterpein inmitten der Sünder oder das schaurige Vergessen im Fegefeuer.

»Du sollst nicht lesen. Es weckt in Frauen das Wechselfieber. Jeder weiß das.«

Rosaline küsste ihre Dienstmagd und kniff sie liebevoll in die rundliche Wange.

Sie saßen in einem Fuhrwerk, das die Straße und schließlich den Feldweg entlangholperte. Hinter ihnen verschwand die Stadt. Rosaline beobachtete die sich wiegenden samtigen Hinterteile der beiden Pferde, die den Karren zogen. Die Tiere rochen nach Schweiß und Heu, ihr Zaumzeug klirrte und schepperte. Caterina folgte ihnen zu Fuß, ihr Gesicht glänzte vor Anstrengung.

Hohe Reihen von dunklen Zypressen ragten in das leuchtende Blau des Himmels. Dennoch hatte die Pest auch das Land gezeichnet: Unkraut überwucherte die unbestellten Felder, ein Weinberg neigte sich in der Sonne, an seinen Rebstöcken hingen kleine graue Trauben. Rosaline bemerkte zwei elend wirkende Frauen, die versuchten, umgefallene Pfosten aufzurichten und Zaunwinden zu beseitigen, die drohten, die Weinreben zu erdrosseln. Es gab keine Männer mehr, die ihnen bei der schweren Arbeit halfen.

Die Karrenräder unter ihnen zerquetschten Mädesüß und Rittersporn, ihr Duft stieg zu ihnen auf. *Ein jeder dürstet nach einem Heilmittel gegen die Pest*, dachte Rosaline. *Sogar die Natur selbst.*

Valentio lenkte den Karren und schlug mit einem Stock auf die bemuskelten Schultern der Pferde ein, sobald sie trödeln wollten. Ihr Vater saß neben ihr. Seine Schultern zuckten hin und wieder vor unterdrücktem Schluchzen.

Rosaline weinte nicht. Der Feuerstein aus Wut, hart und trocken, verwahrt tief in ihr, hatte all ihre Tränen verbrannt.

Valentino manövrierte das Fuhrwerk um einen dünnen Bullen herum, der eine gelangweilt aussehende wiederkäuende Kuh inmitten eines verwilderten Feldes bestieg.

Interessiert musterte Rosaline die Paarung. Nach vielem Bitten und Betteln hatte ihre Mutter versprochen, mit ihr über den körperlichen Akt eines Mannes und seiner Ehefrau zu sprechen.

Zwei Tage, bevor sie krank geworden war, hatten sie zwei brünstige Hunde auf der Straße beobachtet: das Wimmern und Grunzen der Hündin, das rasende Schieben des Rüden und danach das Ineinanderhängen. Unfähig, sich voneinander zu lösen, waren Hund und Hündin, winselnd und mit den Hinterteilen verbunden, in der Gossenrinne gehoppelt, während die Passanten nach ihnen getreten hatten.

Rosaline hatte wissen wollen, ob sich Mann und Frau nach dem Akt auch in so einem beklagenswerten, entwürdigenden Zustand wiederfänden. Emelia hatte versichert, dass dem nicht so sei, Menschen seien nicht miteinander verhaftet wie Rüde und Hündin, und dass sie ihr schon bald alles erzählen würde, was sie wissen musste.

Rosaline fragte sich, wer sie nun mit den Details vertraut machen würde.

Masetto griff in seine Jacke und überreichte ihr eine Goldkette, erwärmt von seinem Körper. »Deine Mutter wollte, dass du sie bekommst.«

Rosaline nahm sie entgegen. Ihre Mutter hatte diese Kette mit Anhänger jeden Tag getragen. Sie war wie ein Teil von ihr gewesen, wie ihre Finger, ihre braunen Augen oder ihr gesplitterter Schneidezahn. Der Anhänger bestand aus einem großen Smaragd, der wie ein Libellenflügel glänzte. Er kam Rosaline wie ein grün funkelndes Herz vor, das in schimmerndes Gold eingelassen war.

Sie roch an ihm in der Hoffnung, er könnte noch nach ihrer Mutter duften – Hagebutten, getrockneter Salbei –, aber nur der Geruch des Leders von Masettos Jacke und seiner ungewaschenen, sauren Haut stieg ihr in die Nase. Sie legte sich die Kette um den Hals.

»Und sie hat dir einen Brief hinterlassen.« Wieder tastete er in seinem Lederwams umher und zog schließlich einen gefalteten Pergamentbogen hervor.

Einen Moment lang betrachtete Rosaline das Schriftstück. Ihre Mutter war weder des Schreibens noch des Lesens mächtig gewesen. Sie musste den Brief dem Vater diktiert haben. Er wusste bereits, was darinstand. Schlangenhaft leckte er sich mit herausschnellender Zunge über die Lippen.

»Was steht darin?«

»Du solltest ihn lesen.«

Seine Tränen waren getrocknet. Er sah schuldbewusst aus, wie ein Hund, den man beim Hühnerdiebstahl erwischt hatte und der den Blick seines Herrn nicht erwidern konnte.

Sie griff nach dem Brief und las ihn mit wachsendem Entsetzen. »Hier steht, dass ich ins Kloster gehen soll. Das ist eine Lüge! Das wollte sie nicht! Ihr wollt das. Ihr wollt meine Mitgift sparen!« Plötzlich spürte Rosaline einen stechenden Schmerz an ihrem Ohr. Es dauerte einen Moment, bis sie verstand, dass ihr Vater sie geschlagen hatte.

»Du vergisst, dass ich über dich entscheiden kann, wie es mir beliebt. Aber nein. Das war wahrhaftig der Wunsch deiner Mutter.«

Rosaline starrte Masetto an. Sie schmeckte Blut. Er erwiderte ihren Blick, überrascht von seiner eigenen Gewalttätigkeit.

Sie wusste, dass er, selbst wenn es der Wunsch ihrer Mutter gewesen war, nichts gegen Emelias Wahl einzuwenden gehabt hatte. Eine Mitgift war eine hohe Ausgabe. Töchter in Klöster zu verbannen kostete zwar ebenfalls einiges, und noch mehr, wenn man wünschte, dass sie bei ausreichender Kost in angenehm ausgestatteten Zellen lebten. Aber dieser finanzielle Aufwand war verschwindend gering gegenüber einer Mitgift, die ruinös sein konnte.

Rosaline rieb ihr schmerzendes Ohr und starrte auf den Brief. Er war voller Liebesbeteuerungen, die alle von der Hand des Vaters geschrieben worden waren. Was hatte es ihn gekostet, solche Krümel von Zärtlichkeit festzuhalten, die Überbleibsel vom Tisch einer sterbenden Frau? Hungrig verschlang Rosaline sie – mehr würde sie nicht bekommen. *Er hat jedes Stück von dir genommen*, dachte sie. *Sogar deine letzte Botschaft kann nur durch ihn betrachtet werden.* Ihr war, als versuche sie, Emelia durch dichten Rauch zu erkennen. Hatte ihr Vater die liebevollen Botschaften nur aufgeschrieben, um den Eindruck zu wahren, dass die Anweisung, sie solle ins Kloster gehen, wirklich dem Wunsch ihrer Mutter entsprach? Ein noch düsterer Gedanke überkam sie, der, gleich einer kalten Springflut, ihre Gefühle zu überspülen drohte.

Was, wenn Masetto Capulet die Wahrheit sagte? Was, wenn ihre geliebte Mutter sie, ihre einzige Tochter, in ein Kloster wegsperren wollte? Tränen brannten in ihren Augen. Sie war verdammt. Wenn nicht zur Höllenglut, so doch zum Fegefeuer.

Als sie die Villa in den Hügeln hinter Verona erreichten, zog sich Rosaline sofort in ihre Schlafkammer zurück. Sie lag auf ihrem niedrigen Holzbett und betrachtete die Balken unterhalb der Decke, die sich im Laufe der Zeit silbergrau verfärbt hatten. Eine Maus huschte einen Balken entlang und blieb direkt über ihrem Kopf wachsam stehen. Im Zimmer roch es genau wie immer, nach der Feuchtigkeit, die sich eingenistet hatte, und nach alten Feuern. Der Wind fuhr über die Traufen, die Dachsparren knarrten wie Schiffe auf dem Wasser.

Draußen im Hof pumpte Caterina Wasser, es zischte und spritzte, als es aus dem Brunnen in den Eimer schoss. Alles war wie immer, und nichts war wie immer.

Rosaline dachte über das Kloster in Mantua nach, das nun zu ihrem Schicksal werden sollte. Das Gebäude hockte auf der Kuppe eines Hügels wie ein schlecht sitzender Hut, unnahbar und fern der Stadt. Seine Mauern waren aus gehauenem lilagrauem Sandstein von einem Steinbruch in den Alpen, drei Fuß waren sie dick. Flüsternd wurde das Gerücht weitergegeben, dass in alten Zeiten die Nonnen des Ordens fliegen konnten und Geister heraufbeschworen hatten – nicht immer nur diejenigen der heiligen Art.

Sie erinnerte sich daran, wie sie als Kind mit ihrer Mutter zu diesem Kloster gekommen war, um deren Schwestern zu besuchen. Rosaline hatte überredet werden müssen, in den *parlatorio* zu gehen. Ein engmaschiges Eisengitter in der Besucherzelle sollte die Nonnen gegen die fleischlichen Gelüste der Außenwelt abschirmen. Besucher pressten ihre Gesichter gegen das kalte Metall, steckten ihre Finger in dem verzweifelten Versuch hindurch, ihre geliebten Töchter und Schwestern zu berühren, die sich Gott anvertraut hatten.

Während Rosaline vor Elend und Furcht geweint hatte, hatte ihre Mutter sie in eine Decke gehüllt, sie in die fassförmige *ruota* gesteckt und diese gedreht, sodass die Nonnen sie auf der anderen Seite verstohlen herausholen und mit in den verborgenen Schoß des Klosters nehmen konnten. Ihre Tanten hatten sie hineingeschmuggelt, ihre Tränen weggeküsst und sie mit Umarmungen, Süßigkeiten und Spezereien getröstet. Die *ruota* war für Waren wie Eier, Kuchen und Gebäck gedacht und nicht für Nichten, aber sie wurde oft für Verbotenes gebraucht.

Nach jenem ersten Besuch war Rosaline häufig auf diesem heimlichen Weg im Kloster gelandet. Sie war verhätschelt worden, ihre Kinderwangen, so zart und weich wie frisch aufgegangener Teig, waren gestreichelt und geküsst worden.

Wenn Rosaline an diese Besuche zurückdachte, konnte sie sich nicht an Gebete oder Bußen erinnern – die hatte man vor ihr verborgen. Stattdessen hatten die Schwestern ihrer Mutter alles aufbewahrt, von dem sie glaubten, dass es sie interessieren oder erfreuen würde: frisch geborene Kätzchen, noch blind und das Fell feucht von der Geburt, ein junger Spatz, der aus dem Nest in einen der Kreuzgänge gefallen war. In eine Schachtel hatten sie ihn gesetzt und mit Würmern gefüttert, bis er fliegen konnte.

Ihre Mutter hatte begierig alles über ihren Aufenthalt bei den Nonnen wissen wollen. Unablässig hatte sie die Details wiederholt, bis Rosaline des ständig gleichen Stroms der Worte überdrüssig geworden war.

Jetzt jedoch wurde ihr klar, dass die beharrlichen Wiederholungen ihre Erinnerungen so fest und anschaulich in ihren Gedanken verankert hatten wie die leuchtenden Farben in Muranoglas.

Mehrere Jahre lang hatten sie und ihre Mutter die Tanten besucht. Rosaline hatte zunächst nicht gewusst, dass die Nonnen dafür, dass sie sie hineinschmuggelten, ihre Seelen und sogar den Ausschluss aus der Kirche riskierten und die unbefleckte Heiligkeit des Klosters schändeten. Dabei war sie überzeugt, dass ihre Tanten auf eine entsprechende Frage ohne zu zögern geantwortet hätten, dass der immense Preis – Seelenpein und mehr – nicht zu hoch für diese pummeligen Ellenbogen mit den Grübchen und die rundlichen, schmuddeligen Kinderknie sei.

Bei ihrem letzten Besuch war Rosaline zu groß gewesen. Sie war in der *ruota* eingeklemmt und hatte eine halbe Stunde darin festgesteckt, bis man sie endlich hatte befreien können. Nie wieder hatte sie ihre Tanten berührt oder gar umarmt.

Sie verstand, warum ihr Vater für sie ein Leben im Konvent wollte. Er war ein kalter Mann. Bei Zusammenkünften und Festen in Verona wurden die Leute nicht müde, ihr zu erzählen, wie erstaunt sie gewesen waren, als er ihre Mutter aus Liebe geheiratet hatte, eine Frau mit einem unmodernen Äußeren und einer schmalen Mitgift. Ihr Erstaunen über diese Verbindung hatte auch nach zwanzig Jahren nicht nachgelassen.

Zu Rosalines Unglück war Masettos Vorrat an Zuneigung mit seiner Ehefrau erschöpft, für sie blieb nichts mehr. Er war erfreut gewesen, einen Sohn zu bekommen, aber für sie hatte er keine Verwendung. Die Schönheit, die ihn bei Emelia verzauberte, verärgerte ihn bei Rosaline. Er ermahnte sie, nicht zu lange in der Sonne zu sitzen, damit ihre Wangen nicht noch dunkler wurden.

Rosaline beherzigte seinen Rat nicht. Sie wusste, dass er an den Spruch glaubte: *Eine Frau gehört zu einem Ehemann oder hinter eine Klostermauer.* Aber bis jetzt hatte sie nicht gewusst, dass ihre Mutter dasselbe geglaubt hatte. Warum hatte sie ihr nichts gesagt? War es Feigheit oder Zeitmangel gewesen? Hatte sie vorgehabt, Rosaline ihre Absicht mitzuteilen, aber war dann von der Schnelligkeit ihres Todes betrogen worden? Rosaline war es streng verboten worden, das Krankenzimmer zu betreten. Zu groß war die Furcht vor stinkenden, ansteckenden Ausdünstungen.

Seufzend erkannte Rosaline, dass es egal war, ob sie etwas über die Schrecken oder die Freuden des Ehebetts erfuhr. Sie würde sie sowieso nie erleben. Sie setzte sich auf und sah, dass die Sonne im Begriff war unterzugehen. Tief stand sie über dem Hof, geschwollen und rot wie ein Geschwür, das bereit zum Aufstechen war. Rosalines Kehle war staubtrocken und schmerzte.

Aus einem Glas auf der Kommode nahm sie einen Stängel Lavendel, den sie im letzten Jahr gepflückt hatte. Er roch nach glücklicheren Zeiten. Verbittert zerrieb sie ihn zwischen den Fingern zu Staub. Wut auf die Toten war vergebens und würde niemals Früchte tragen.

Sie griff nach dem Glas und schleuderte es gegen den Kaminrost, wo es in der grauen Asche zersplitterte. Das erste Mal seit Wochen ließ sie die Trauer zu. Laut weinte sie auf. Ihr Gesicht war heiß, und ihre Rippen schmerzten, als ob man sie getreten hätte. Aber das Weinen schenkte ihr weder Erleichterung noch Trost.

Allmählich wurde sie ruhiger. Sie lauschte den Mäusen, die in den Dachsparren tippelten, und einer Schleiereule, die im Mondlicht schrie. Sie durchquerte den Raum und öffnete das Fenster. Inzwischen waren alle Landhäuser in der Dunkelheit versunken. Sie blickte hoch zu dem mit Sternen übersäten Himmelszelt und fühlte den Windhauch auf ihren Wangen. Sie schloss die Augen.

Als sie sie wieder öffnete, bemerkte sie ein Licht am Haus der Montagues auf dem Hügel. Hätte es zu einem anderen Haushalt gehört, hätte ihr das kleine gelbe Licht vielleicht den tröstlichen Gedanken gespendet, dass noch eine andere unglückliche Seele zu dieser pietätlosen, mitternächtlichen Stunde wach war. Während sie es angestrengt betrachtete, verlosch die Lampe. Finsternis übernahm.

Einen Moment lang schien es Rosaline, als ob kein Licht jemals wieder leuchten würde. Sie fühlte, wie sich eine unsichtbare Kette eng um ihre Brust legte, und sie vermutete, dass sich so das Seil angefühlt haben musste, welches die Inquisition bei Ketzern benutzt hatte. Sie fragte sich, ob sie nun sterben würde. Sie wollte nicht hinter einer Mauer versteckt werden. Sie wollte die Welt mit all ihren Herrlichkeiten, Schmerzen und Lastern genießen. Wie konnten sie es wagen, ihr das zu nehmen? Sie würde es nicht zulassen. Bis der Moment kam, in dem man sie wegschloss, würde sie jedes denkbare Vergnügen genießen, schwor sie sich und spuckte zur Bestätigung ihres Eids auf den Boden.

Im Morgengrauen erhob sich die Sonne wieder, und Rosaline tat es ihr nach. Der Morgentau lag frisch auf dem Gras, es war wie gereinigt, glänzend und gänzlich unbeeindruckt von ihrem Unglück. Bienen untersuchten sorgfältig Jasminblüten nach Pollen, ein Specht klopfte suchend nach Frühstück.

Caterina brachte ein Tablett in Rosalines Kammer und überredete sie, ein bisschen Brot zu essen und etwas Milch zu trinken. Sie sagte nichts zu ihrem geschwollenen Gesicht und ihren geröteten Augenlidern. Nachdem Rosaline angekleidet war, band Caterina ihr schwarze Bänder um die Handgelenke und legte ihr einen dunklen Trauerumhang um die Schultern.

Rosaline bedeckte ihre Ohren mit den Händen, um Caterinas klagenden Protest darüber zu dämpfen, dass sie das Haus verließ. Sie eilte über die Felder, um Livia, die Frau ihres Bruders, aufzusuchen. Sie war bereits das siebte Mal in Erwartung. Es würde nicht mehr lange bis zur Geburt dauern.

Als sie ankam, lag Livia in einer der Schlafkammern im oberen Geschoss im Bett. Zusammen mit der Amme und ihren drei Kindern, die überlebt hatten, herrschte in dem Raum betriebsame Enge. Bei Rosalines Anblick breitete sich ein strahlendes Lächeln auf Livias Gesicht aus, das jedoch erlosch und tiefer Trauer Platz machte, als ihr Emelias Tod einfiel.

Sie rappelte sich hoch und griff nach Rosalines Hand. »Oh, meine liebste Rosaline. Möge Emelias Seele im Himmel gemeinsam mit der Jungfrau Maria und allen Heiligen ruhen, geschützt von tausend Gebeten. Sie war zu gut für diese Erde. Und ...«, fuhr sie fort, »sie buk den besten Mandelkuchen.«

Rosaline nickte stumm. Sie wollte nicht sprechen. Zu groß war ihre Furcht, wieder in Tränen auszubrechen.

Livia drückte ihre Hand. Ihre Haut war papierdünn, aber ihr Griff war überraschend fest. »Ich habe meine Mutter verloren, alle meine Schwestern und drei meiner Kinder. Der Schmerz wird nicht weniger, aber du wirst dich an die Last gewöhnen.«

Rosaline umarmte sie, küsste ihre blasse Wange und sog tief den schwachen Geruch von ungewaschenen Laken und Rosenöl ein. Die mächtige Rundung des Bauches, in dem das Kind geborgen lag, war unter Livias Hemd zu sehen. Ihr Busen wirkte schmerzhaft geschwollen, die Venen schienen wie eine zarte blaue Flusslandschaft. Ihre Augen lagen in tiefen Höhlen.

»Isst du genug?«, fragte Rosaline. Sie empfand es als Erleichterung, zur Abwechslung über das Leid eines anderen Menschen nachzudenken.

Livia lächelte. »Dein Bruder drängt mir endlos Köstlichkeiten auf.«

»Ja, aber isst du sie auch?«

»Ich versuche es, wirklich.«

Rosaline blickte zu der Amme, die Livias Jüngstes fütterte. Das mollige Kleinkind von knapp einem Jahr nahm gerade die schrumpelige Brustwarze in den Mund. »Sie scheint nützlich und gut zu sein.«

Livia nickte. »Ja, sie kümmert sich um die Kinder, ohne viel Aufhebens davon zu machen.« Verschwörerisch senkte sie ihre Stimme. »Sie war zuvor eine Pestprüferin.«

Die Amme hatte es jedoch gehört. Sie wandte sich ihnen beiden zu. »Das hier ist besser. Leben über Tod.«

Die Tür wurde geöffnet, und Madonna Lauretta Capulet trat ein, das lebhafte Treiben in der Kammer mit besitzergreifenden Blicken messend, als seien alle Anwesenden Seidenballen, die sie zur Herstellung eines Gewandes in Erwägung zog. Nur noch das schmatzende Saugen des stämmigen Kindes am Busen der Amme war zu hören.

Rosaline erstarrte, Livia spielte nervös mit der Decke. Sie beide waren vor Lauretta wie vor einer Natter auf der Hut. Sie war mit Masettos älterem Bruder verheiratet, dem alten Lord Capulet, der dem Haushalt vorstand.

»Wo ist Julia?«, verlangte Madonna Capulet zu wissen. »Ich dachte, sie sei hier und spiele mit den Kindern.«

»Nicht mehr, Tante«, erwiderte Livia. »Sie war über eine Stunde mit ihrer Amme hier, und sie spielten überaus erfreulich. Aber dann verließen sie uns.«

Madonna Capulet ließ den Blick dennoch weiter durch den Raum schweifen, als ob sich Julia hinter den Bettvorhängen oder dem Wandschirm verstecken könnte.

»Es tut mir leid, dass ich meine Cousine Julia verpasst habe«, sagte Rosaline. »Ich hätte sie sehr gern wiedergesehen.«

Ihre Tante runzelte die Stirn. »Sie sollte hier sein. Lästiges Ding.« Dann fiel ihr Rosaline ein, und sie fügte hinzu: »Es dauert mich um deine Mutter. Emelia war eine tugendhafte Frau. Möge sie gemeinsam mit der Jungfrau Maria in Ewigkeit ruhen. Du wirst ihrer Erinnerung huldigen, wenn du ins Kloster gehst.«

Bei ihren Worten fühlte Rosaline einen plötzlichen Schmerz in ihrem Bauch. Sie brachte kein Wort über die Lippen.

Madonna Lauretta betrachtete sie einen Moment lang nachdenklich, dann rief sie nach einem Diener und verlangte nach Wein. »Meine Nichte ist unpässlich. Die Auswirkung der

Trauer, nicht etwa die Pest?«, fragte sie und wandte sich an Rosaline. Auf einmal klang sie ängstlich.

»Ihr wusstet, dass man mich fortschicken will?«, fragte Rosaline.

Madonna Capulet setzte sich auf die unbequeme Bettkante. Sie sah verwirrt aus. »Was sonst könnte deine Mutter für dich gewollt haben, teure Nichte? Dein Bruder zeugt unablässig Nachkommen. Deine Eltern brauchen nicht noch mehr. Du kannst nicht den Namen deines Vaters tragen. Er benötigt dich nicht, um den Fortbestand der Familie zu sichern. Für was bist du also von Nutzen?«

Rosaline fuhr mit trockener Zunge über die Lippen, die sich wie Papier anfühlten. »Aber Ihr werdet Julia verheiraten.«

»Gott hat uns nur ein Kind geschenkt. Alle unsere Hoffnungen liegen nun auf ihr. Auf diesem Balg.«

Rosaline sagte nichts. Sie war noch zu jung, um sich an Julias Schwester zu erinnern, die durch ein Fieber gestorben war, oder an die Brüder, die tot geboren worden waren. Sie blickte zu ihrer Schwägerin im Bett, zu ihrem aufgeblähten Bauch. Livia bekam jedes Jahr ein Kind, das stets der Amme übergeben wurde, sodass Valentio sie wieder besteigen und sie zügig erneut schwanger werden konnte.

Kinder waren nützlich, aber für Rosaline hatte man keine Verwendung.

»Was willst du, Rosaline? Du bist erst fünfzehn. Hast du auf einen Ehemann gehofft?«, fragte Madonna Capulet. Interessiert beugte sie sich vor.

Rosalind fühlte sich nicht zu einer Antwort verpflichtet. Stattdessen dachte sie an ihre Eltern. Sie wusste nicht, ob ihre Mutter Masetto wirklich geliebt hatte, nicht einmal, ob sie Liebe überhaupt für notwendig gehalten hatte. Er hatte für sie beide genug geliebt. Manchmal, wenn sie beim Nachtmahl viel Wein getrunken hatten, hatte Emelia ihn geneckt, wie es sonst niemand wagte. Rosaline war sicher, dass ihre Mutter glückliche Augenblicke mit ihm gehabt hatte, wie Tauperlen, die aneinandergereiht in einem Spinnennetz funkelten. Sie waren nicht weniger wertvoll, nur weil sie fragil und von kurzer Dauer waren. Rosaline beschloss, etwas über die Liebe zu erfahren, bevor man sie wegsperrte. Ob mit oder ohne Ehemann.

2. KAPITEL

Romeo heißt er

Die Pest floss ab wie die Wasser nach einer Flut, ließ Gräben zurück, die überquollen mit hastig verscharrten Toten. Ernten schimmelten auf den Feldern, und Brücken wurden nicht repariert, weil es keine Männer gab, die die Bäume fällten und daraus Bauholz machten, keine Fuhrleute, die die rohen Bretter zum Fluss transportierten, und keine Zimmerleute, die die morschen Balken ersetzten.

Rosaline sah erstaunt, wie ihr Vater niederkniete, um dem Allmächtigen für die Erlösung zu danken. Alles in ihr weigerte sich, das Gleiche zu tun. Gott hatte ihr das Wichtigste genommen, ihre Welt zerbrochen und sie in einem jämmerlichen Zustand zurückgelassen.

Mehrmals in der Woche wurde Rosaline widerwillig zu einem Kirchgang genötigt. Die kleine Kirche war überfüllt mit Büßern und Sündern, die jedem Heiligen, der ihnen einfiel, dankten, dass sie verschont geblieben waren. Rosaline bemerkte, dass diejenigen, die im Alter ihres Vaters waren, am innigsten beteten. Die jüngeren Gemeindemitglieder unterdrückten ein Gähnen und wirkten abgelenkt. Sie ignorierten sogar, dass der Mönch bei seiner übereifrigen Predigt einen Schauer Spucke auf sie niederregnen ließ. Rosaline beobachtete das dagegen begeistert und wartete gespannt darauf, wen die Spucketröpfchen des inbrünstig Betenden trafen.

Das Singen der Choräle in der Kirche war normalerweise eine freudige Angelegenheit. Aber Rom hatte die harmonische Mehrstimmigkeit verboten, weil sie angeblich Gotteslästerlichkeit und Lust weckte, und der *Cantus Planus*, der »flache Gesang«, war wieder eingeführt worden. Rosaline fand, der *Cantus Planus* war genau das: flach und uninteressant. Wieder musste sie an ihre Zukunft im Kloster denken, an ein Leben voller Gebete und langweiliger, flacher Tonfolgen. Wie sollte sie das nur ertragen?

Nach der Kirche suchte sie ihren Vater in seinem Arbeitszimmer auf. Er war damit beschäftigt, seine Konten zu überprüfen. Aber tatsächlich schaute er gar nicht auf die Kontenblätter. Stattdessen starrte er auf eine gemalte Miniatur von Emelia und streichelte mit dem Zeigefinger über ihr gefirnisstes Profil.

Rosaline ergriff die Gelegenheit. »Wenn Ihr mir ein Jahr Aufschub gewährt, werde ich danach ins Kloster gehen. Vielleicht nicht bereitwillig, aber ohne Einwände zu erheben.«

Er runzelte die Stirn. »Warum sollte ich mit dir darüber verhandeln?«

Rosaline zeigte zum Bild ihrer Mutter. »Sie hätte nicht gewollt, dass ich unglücklich bin.«

Erneut schaute er auf das kleine Gemälde in seiner Hand. »Das will ich auch nicht, Tochter. Auch wenn du mir das nicht glaubst.«

»Doch, das tue ich«, sagte sie und versuchte, es überzeugend klingen zu lassen. Sie griff nach seiner Hand, aber die Berührung war zu intim, und sie ließ seine Hand wieder los. »Ein Jahr Kost und Logis kosten nicht viel.«

Aber ihr Vater war durchaus vermögend, und die Ausgaben waren ihm egal. Er strebte einzig und allein danach, sie loszuwerden.

»Deine Mutter wollte, dass du gehst. Selbst wenn du es nicht hören möchtest.«

»Und das werde ich auch. Aber gebt mir ein Jahr mehr von dieser Welt. Erlaubt mir nur, bunte Erinnerungen zu schaffen, bevor mein Leben in grauer Eintönigkeit versinkt.«

»Es ist besser, wenn du so schnell wie möglich gehst. Die Wunde muss mit Feuer versiegelt werden. So wird es leichter für dich sein.«

Sie kniete nieder und bedeckte seine Hand mit Küssen. »Ich bitte Euch.«

Er schwieg einen Moment, überlegte. Unglücklich und unentschlossen sah er aus. »Ich möchte, dass wir beide uns besser kennenlernen, Tochter.«

Sie nickte eifrig.

»Und wenn du im Kloster aufgenommen wirst, gestattest du mir, dass ich dich dort besuche?«, sagte er, und seine Stimme klang traurig. »Ich habe schon meine Ehefrau verloren, ich will nicht auch meine Tochter verlieren.«

»Das werdet Ihr nicht«, antwortete sie.

»Ich gewähre dir zwölf Nächte.«

Entsetzt schaute sie zu ihm hoch. »So wenig! Das ist nicht genug.«

»Das, oder du verlässt uns sofort. Vergiss bei all meiner Freundlichkeit nicht, dass du mir gehörst und es mir freisteht, mit dir zu tun, was mir beliebt.«

Sie stimmte zu, während sie gegen die aufsteigenden Tränen in ihren Augen anblinzelte.

»Von heute gezählt, wirst du in zwölf Tagen ins Kloster gehen. Ohne Widerworte gegen die Familie, ohne dramatische Szenen. Wirst du still dein Schicksal akzeptieren?«

Sie konnte nicht sprechen. Ihre Kehle war verschlossen von Tränen und Panik, sie konnte nicht mehr schlucken. »Ja«, krächzte sie.

»Schwöre es, Rosaline.«

»Ich schwöre.«

Rosaline erwartete, dass alle Glocken der Lombardei ein Klagegeläut anstimmten, dass Schwärme von Saatkrähen laut krächzend ihr Unglück verkündeten. Aber sie konnte nur ein leises Schlagen von Hufeisen auf Stein ausmachen, als die Pferde um den Hof geführt wurden, und das fröhliche Zwitschern eines Buchfinken.

Ihr Vater sah sie nicht länger an, sondern richtete seine Aufmerksamkeit auf seine Kontenblätter und den Abakus. Sie war entlassen.

Sie rannte aus dem Raum.

Nur zwölf Tage blieben ihr noch in diesem Teil der Welt. Zwölf Tage voller Farbe und Licht und Musik. Sie würde danach greifen, sie festhalten.

Auf der Suche nach Caterina eilte sie in die Küche, wie sie es von Kindheit an getan hatte, wenn sie in Schwierigkeiten geraten war und ihre Mutter nicht finden konnte. Aber das hier war kein aufgeschlagenes Knie. Und kein Posset, diese köstlich-tröstende Süßspeise, und kein kandierter Apfel konnten das richten.

Caterina buk eine Aalpastete. Sie bemerkte nicht, dass Rosaline an der Tür stand, und summte leise vor sich hin, während sie den Teig knetete. Stumm beobachtete Rosaline sie, deren Arme, wie unzählige Male zuvor, weiß von Mehl waren, und fühlte sich losgelöst von ihrem bisherigen Leben. Als ob dieser Augenblick ein völlig beliebiger Moment in ihrem fünfzehnjährigen Leben sei. Aber sowie sie ihr erzählen würde, dass sich ihre Wege bald trennten, würde Caterina in Tränen ausbrechen. Das Stundenglas würde sich weiterdrehen, die Zeit weiterlaufen. Sie war dafür noch nicht bereit.

Rosaline gab sich noch einen Augenblick Zeit. Sie betrachtete die sich windenden, ineinander verschlungenen Aale auf der Holzbank, ihre schleimigen Körper, und atmete den modrigen Geruch des Flusswassers ein. Sie sah das kalte Glänzen des Küchenmessers, beschmiert mit Fischblut, das Mehl, das in zarten Wirbeln vom Tisch zu Boden wehte. Sie würde diese Pastete und vielleicht noch die nächste essen. Aber danach würde sie nicht mehr hier sein.

Rosaline räusperte sich, und Caterina hielt inne. Bei Rosalines Blässe und den Tränen in ihren Augen vergaß sie die Pastete. »Was ist geschehen? Was hast du, mein Marienkäferchen?«

Als Rosaline erzählte, was geschehen war, schluchzte Caterina auf und wischte sich über die Stirn, wobei sie dort eine Spur von Flussschlamm und Aalinnereien hinterließ. Die beiden Frauen klammerten sich aneinander. Dann schob Caterina sie fort und presste Rosaline einen Lappen in die Hand, damit sie sich die Augen trocknen könnte. »Hier, setz dich. Livia hat einen gesunden Sohn zur Welt gebracht. Ein Bote kam, um deinem Vater davon zu berichten.«

»Ich bin doppelt froh. Es ist besser, in dieser Welt ein Junge zu sein.«

»Er trinkt unablässig. Sie werden eine zweite Amme brauchen, damit es für ihn und seinen Bruder reicht. Vielleicht könntest du Livia morgen besuchen.« Caterina öffnete die Speisekammer und begann, nach Zuckerwerk zu kramen. Zufrieden schnalzend zog sie ein Päckchen mit kandierten Pflaumen und Kirschen hervor.

»Hier, für dich. Aber verdirb dir nicht den Appetit«, schalt sie freundlich.

Dankbar nahm Rosaline eine Pflaume heraus und schluckte den Klumpen zusammen mit Zucker und Spucke hinunter. Caterina plapperte weiter über den Säugling, um sie abzulenken.

Rosaline stopfte sich mehr gezuckerte Pflaumen in den Mund. Vielleicht würde Livia, wenn ihre Kinder größer waren – aber nicht zu groß –, sie nacheinander zu einem Besuch zu ihr ins Kloster bringen. Sie könnten die Kinder im Fass der *ruota* hineinschmuggeln, und Rosaline würde sie ein, zwei Stunden im Kloster verstecken. Mehr durfte sie sich nicht erhoffen.

Caterina zwitscherte noch immer wie ein Spatz vor sich hin. »Der Tod deiner armen Mutter verhindert natürlich angemessene Tauffeierlichkeiten. Aber die Nachbarn haben bereits Geschenke gesandt, und dein Bruder hält Hof wie der Fürst von Verona persönlich! Aber natürlich muss die Geburt eines Jungen gefeiert werden. Alle haben was geschickt. Nun, fast alle. Die Montagues natürlich nicht.«

Die Montagues. Schon der Name war wie eine fremde Insel, fern und unbekannt, mächtig und mit Sünde beladen. Der Inbegriff verdorbener Schrecklichkeit. Wann immer Rosaline sich schlecht benahm, wurde ihr mit den Montagues gedroht. Sie würden sie holen. Wie, wurde ihr nie erläutert. Würde man sie der verhassten Familie wie Fleisch vom Schlachter in einem Paket senden? Würden sie Rosaline in ihrer Kammer wie Teufel heimsuchen, die man in einem magischen Kreis heraufbeschwor? Sie bekreuzigte sich.

Aber wie Luzifer waren auch die Montagues nicht immer der Inbegriff des Bösen gewesen, und die Capulets hatten sie nicht immer verabscheut. Früher waren die beiden großen Häuser von Verona zwar nicht befreundet, aber sich einig gewesen, dass eine Allianz zwischen ihnen weise gewesen wäre. Es hatte Eheschließungen zwischen ihren Familien gegeben.

Aber dann wurde, noch in der Jugendzeit ihres Großvaters, eine Ehe versprochen und beschlossen. Doch die Braut, eine Capulet, war sitzen gelassen worden. Es hieß, der Bräutigam habe die Liebe zur Kirche und zu Gott über die Liebe zu seiner Braut gestellt. Schnell war er zum Kardinal aufgestiegen.

Diese Beleidigung ward nicht verziehen, sondern war Jahr für Jahr gewuchert, verformt und gewachsen und schließlich versteinert zu Hass. So wurde es jedenfalls berichtet. Rosaline war sicher, dass noch mehr zu dieser Fehde gehörte, aber hatte niemanden gefunden, der ihr etwas darüber verriet.

Caterina warf einen Schneesturm von Mehl auf den Holztisch. »Die Montagues veranstalten heute einen Maskenball. Ist das zu fassen? Alle anderen gehen in die Kirche, um sich segnen zu lassen und Gott zu danken. Und die veranstalten einen Ball, kaum dass die Pesttoten verscharrt sind. Aber so pflegten es die Montagues immer zu tun. Wenigstens müssen wir weder teilnehmen noch uns dafür entschuldigen lassen. Gott soll sie strafen.«

Rosaline hörte ihr nur mit halbem Ohr zu. Die Feste der Montagues waren nicht nur in Verona, sondern in der ganzen Republik Venedig berühmt: Feuerschlucker, Gaukler, Jongleure, die besten Musiker, die für Geld zu haben waren (und davon hatten die Montagues viel), Köstlichkeiten wie Taubenpasteten, Rehkeulen, bergeweise Austern, langsam schmelzendes Orangen- und Zitroneneis und Tänze bis zum Morgengrauen.

Doch damit nicht genug. Die Feste wurden in den Gärten der Montagues veranstaltet, in labyrinthartigen Grotten mit wunderlichen Ungeheuern, die kein Capulet jemals erblickt hatte.

Die Gärten waren, so hieß es, vor hundert Jahren von einem Montague erschaffen worden, der aus Trauer um seine verstorbene Frau verrückt geworden war. Außer sich vor Angst sei er gewesen, dass sie sich in der Höllenwüste verlaufen könnte, und hatte die sieben Kreise der Hölle auf dem waldigen Gebiet rund um seine Villa entstehen lassen, sodass er seine Frau in seinen Träumen besuchen konnte. In den Karnevalsnächten zechten Männer und Frauen inmitten der Albträume seiner gequälten Seele, in hohen Zedern-, Ahorn- und Pinienwäldern standen düstere Ungeheuer aus Stein und Moos.

All das hatte Rosaline durch Beschreibungen von Nachbarn und Bekannten erfahren. Bevor sie Valentio geheiratet hatte, hatte Livia mit ihrer Familie eine Feier der Montagues besucht. Wieder und wieder hatte Rosaline sie nach jedem Detail in den Gärten befragt. Natürlich war Livia, als sie eine Capulet geworden war, aus dieser Gesellschaft ausgestoßen worden und hatte nicht mehr bei dem verrufenen Vergnügen dabei sein dürfen. Kein Capulet dachte daran, an diesen Festen teilzunehmen.

Der zögerliche Eid, den ihr Vater ihr abgerungen hatte, war wie ein leises Echo in Rosalines Herzen: *ein Dutzend Tage und Nächte.* Wenn sie die sündige Welt schon verlassen musste, würde sie vorher die köstlichen Vergnügungen genießen, bis Leib, Seele und Herz gesättigt waren.

Der Gedanke an die Montagues war beängstigend, aber ihr blieb nur wenig Zeit. Wenn der Teufel persönlich der Gastgeber war, würde sie mit Bändern im Haar teilnehmen.

Rosaline ging in ihrem Zimmer auf und ab. Eine Maske wäre sinnvoll. Sie würde ihr Gesicht vor Gott verbergen. Aber vor den Menschen, die sie aus Verona kannten und sie vielleicht wiedererkennen würden, müsste sie eine bessere Verkleidung haben. Auf keinen Fall dürfte sie entdeckt werden. Auch wenn ihr Vater ihr einen Aufschub von zwölf Tagen gewährt hatte, würde er niemals dulden, dass sie diese Zeit so verbringen würde. Das wusste sie genau. Auf den leisesten Verdacht hin würde er sie sofort ins Kloster bringen lassen. Nicht nur, weil sie ohne Anstandsdame einen Ball besuchte, sondern weil dieser Ball im Haus der Montagues stattfand, die er von ganzem Herzen hasste.

Doch woher sollte sie spät am Abend noch eine so überzeugende Maskerade nehmen? Ihre eigene Kleidung würde nicht ausreichen.

Sie warf einen Blick auf die Truhe, die am Fußende ihres hölzernen Bettes stand. Dieses Zimmer hatte Valentio vor seiner Heirat bewohnt, als er noch kein Landhaus besessen hatte. Eine Idee überkam Rosaline, und ihr Herz begann rasend schnell zu klopfen. Wie die Flügel eines aufgeregten Vogels schlug es gegen ihren Rippenkäfig. Sie öffnete die Truhe. Ein abgestandener Geruch schlug ihr entgegen, und eine feine Schicht Holzmehl von den Larven des Holzwurms bedeckte das Leinen obenauf.

Die Truhe enthielt wenig. Die Flügel einer toten Motte, ein vergilbtes Blatt Pergament, einige alte Kleidungsstücke, die Valentio als junger Mann getragen hatte. Sie waren nicht wie üblich an einen Diener weitergereicht, sondern in dieser Truhe verstaut worden, vermutlich um sie für weitere Söhne aufzusparen, die niemals das Licht der Welt erblickt hatten. Eine Jacke mit schwarzen Samtärmeln war etwas zerschlissen und hatte einige Mottenlöcher, eine graue Hose war mit Silberbrokat eingefasst. Weich fühlte sich der Stoff unter ihren Fingern an. Ja, sie würde als junger Mann auf den Ball gehen. In Jacke und Hose, ihr Gesicht hinter einer Maske verborgen, würde sie niemand erkennen.

Mit fliegenden Fingern knöpfte sie ihr Nachtkleid auf und ließ es auf den Fußboden fallen, behielt ihr Unterhemd aber an. Sie blickte auf ihre Brust. Das Binden mit einem Tuch konnte sie sich sparen, ihr kleiner Busen würde unter der Jacke verborgen sein. Sie schlüpfte in Jacke und Hose und schloss die polierten Perlmutterknöpfe. Es war bedauerlich, dass kein Hut in der Truhe gelegen hatte. Darunter hätte sie den langen, dunklen und verräterischen Mädchenzopf, der im Nacken zu einem großen Knoten geschlungen war, verbergen können.

Als Caterina das Zimmer betrat, schrie sie leise auf, als hätte sie sich den Zeh gestoßen.

»Hast du mich für Valentio gehalten?«, fragte Rosaline erfreut.

»Nein, dazu bist du viel zu hübsch. Außerdem ist deine Haut dunkler als seine, und dir fehlt der Bart.«

Rosaline ließ den Kopf hängen. Ihr Unterfangen schien hoffnungslos.

»Und warum würdest du deinen Bruder nachäffen wollen?«

Rosaline schüttelte den Kopf und schwieg.

»Sag es mir, Rosaline. Ich bin deine Freundin und in eurem Haushalt, seit du ein Säugling warst.«

Rosaline zögerte. Lieber wollte sie ihren Plan für sich behalten, nicht aus Angst vor Betrug, sondern davor, was mit Caterina passieren würde, wenn man sie, Rosaline, überführen würde. Doch als sie auf die taubengrauen Hosen heruntersah, fielen ihr ihre zierlichen Pantoffeln mit den Rosenknospen ins

Auge. Sie griff sich an den Kopf – sie hatte auch vergessen, ihren Jungfrauenschleier abzunehmen, der im Haar befestigt war.

Caterina begriff, was sie vorhatte, und schrie auf. »Bitte, Marienkäferchen, du kannst nicht einmal daran denken, allein dorthin zu gehen! Es wäre für jede Frau gefährlich, aber erst recht für ein Mädchen wie dich, eine Capulet, ohne Begleitung und so unschuldig!« Zu Tode erschrocken von dieser Vorstellung, legte sie eine zitternde Hand an ihre Kehle. »Du bist noch ein Kind.«

»Ich bin kein Kind«, sagte Rosaline. »Ich weiß nicht, was ich bin. Ich werde niemals eine Frau sein. Sie werden mich wegsperren, und ich werde langsam verdorren wie ein ungepflückter Pfirsich, der am Baum verrottet.«

»Die Nonnen im Kloster sind immer noch Frauen.«

»Sind sie das wirklich? Sie sind mit Gott verheiratet und haben ihren eigenen Willen, ihre Wünsche und Gedanken aufgegeben. Ich bin zu temperamentvoll, um Seine Dienerin zu sein. Ich bin weder demütig noch gehorsam. Ich will zu viel.«

Rosaline sah, dass Caterina darauf nichts einwenden konnte. Sie wiederholte nur: »Geh nicht. Es ist gefährlich.«

»Ich werde gehen. Die Frage ist nur, ob du mir hilfst oder ob du mich an meinen Vater verrätst.«

Als sie beide später den unbeleuchteten Pfad durch die Felder zu den Gärten der Montagues gingen, versuchte der junge Signior Rosaline, nicht jedes Mal furchtsam beim Rascheln der Ahornblätter oder beim Bellen eines Fuchses zusammenzuzucken. Der Abend war warm, die Luft stand, Zikaden zirpten, und Ochsenfrösche quakten in den ausgehobenen Gräben am Rand der Felder. Rosaline, die in ihren geborgten Stiefeln stolperte, schlug nach den Mücken, die ihr um die Ohren sirrten. Ihr Vater würde sie wegsperren, aber bevor es so weit war, würde sie leben. Und vielleicht würde sie sogar eine Möglichkeit finden zu fliehen? Sich dem schrecklichen Zugriff ihres Vaters zu entwinden? Diese Hoffnung war so schwach wie ein Glühwürmchen, das man in einer wolkigen Nacht irrtümlich für einen Stern zur Navigation hielt. Sie ließ den Gedanken wieder fallen.

»Dieser Kniff wird nicht funktionieren«, murmelte Caterina. »Du wirst gezüchtigt und sofort weggeschickt werden, und ich …« Sie beendete den Satz nicht. Was man mit ihr machen würde, wenn Rosalines gewagter Plan aufflog, erfüllte sie mit zu viel Furcht.

Rosaline blieb stehen und legte die Hände auf Caterinas Schultern. »Ich schwöre, dass sie niemals herausfinden werden, dass du mir geholfen hast. Trotzdem musst du jetzt zurückgehen. Mir wird nichts passieren.«

Caterina schüttelte den Kopf. »Ich begleite dich bis zum Eingangstor, du kleiner Kobold. Du warst das süßeste Mädchen, das ich je betreut habe, und das ungezogenste.«

»Du meinst wohl, der keckste Junge.«

»Wenn du ein Junge wärst, würdest du nicht über deinen eigenen Degen stolpern.« Caterina lächelte. »Komm, lass mich deinen Gürtel besser binden. Er fällt zu tief. Und steh anders. Die Hüften vorgeschoben, die Beine ein bisschen auseinander. Schau, so.«

Rosaline versuchte es und stellte einen Fuß auf einen weichen Maulwurfshügel, den anderen an den Rand einer Pfütze.

»Schon besser. Aber man würde meinen, du hast noch nie einen Mann beobachtet. Hast du mit deinem Bruder nie mit einem Holzdegen gekämpft?«

»Valentio hat mir einmal auf den Kopf geschlagen und sich dann zum Gewinner erklärt. Das war es auch schon.«

Caterina verbesserte den Winkel des Hutes und betrachtete sie. Rosaline wand sich unbehaglich unter ihrem kritischen Blick.

»Steh still. Männer winden sich nicht so. So, das ist besser. Aber selbst in dieser Dunkelheit sind deine Wangen zu rosig für einen Jungen.«

Caterina bückte sich, steckte ihre Finger in den Maulwurfshügel und verschmierte ein bisschen Erde auf Rosalines Wangen. »Das muss als leichter Bartschatten genügen. Ich hätte daran denken sollen, Kohle mitzunehmen. Du musst auch Wein trinken, sonst wirkt das seltsam. Aber trink nicht zu viel. Und zuck nicht zusammen, wenn sie fluchen.«

»Sapperlot, das werde ich nicht.«

»Und sprich dieses Wort nicht laut aus, du landest sonst im Höllenfeuer!« Caterina seufzte entmutigt. »Warum du unbedingt zu diesem schrecklichen Ort willst, kann ich nicht verstehen.«

Rosaline lächelte. »Weil er ein dunkles Vergnügen verspricht.«

Sie hatten fast das Ende des Feldwegs erreicht. Von dort an waren der Weg, der zu den Gärten führte, und das Haus der Montagues von brennenden Fackeln beleuchtet. Aus den Schatten drang bereits Musik, und es waren Stimmen zu hören. Rosaline fiel es plötzlich schwer zu atmen. Sie griff nach Caterinas Hand und drückte sie mit ihren geliehenen, viel zu großen Handschuhen.

»Wenn du Angst hast, können wir immer noch nach Hause gehen«, sagte Caterina hoffnungsvoll. »Niemand wird herausfinden, dass wir hier waren.«

»Nein«, antwortete Rosaline. »Horch nur, die Musik. Vor ihr brauche ich mich nicht zu fürchten!« Sie ließ Caterinas Hand los und folgte dem Geräusch wie ein Hungernder, der dem Duft eines Fleischstücks am Spieß roch.

»Warte! Ich muss deine Maske befestigen.« Caterina hielt die Maske hoch. Sie war nicht in dem schicklichen Weiß wie die, die Rosaline beim Karneval oder auf Maskenbällen getragen hatte, sondern schwarz und geschwungen, wie es für einen Herrn passend war. Während sie wartete, dass Caterina sie ihr anpasste, bohrte sie den Absatz ungeduldig in die Erde. Die Stiefel waren mit Papier ausgestopft, weil sie ihr viel zu groß waren.

Endlich lag die Maske eng um ihre Augen an. Wangen, Nase und Mund waren unbedeckt.

»Es juckt.«

»Und wenn schon.«

Rosaline hielt still, als Caterina die Bänder verknotete. Dann verabschiedete sie sich von ihrer ängstlichen Begleiterin und eilte weiter in die Richtung, aus der die Musik kam.

Am Rand des Lichtfeldes blieb sie stehen. Sie lauschte. Der Rest des Gartens lag in dunklen Schatten verborgen. Die Zypressen flankierten die Auffahrt, ihre Spitzen reichten wie Tintenfedern in den nachtblauen Himmel.

Sie war später als die meisten anderen Gäste gekommen, und sie ging den Weg allein. Eine große groteske Figur schälte sich aus dem Schatten und versperrte den Weg. Sie rang nach Atem, als sie sah, was es war: ein riesiges Ungeheuer mit aufgerissenem Maul, der Schlund so weit geöffnet, dass ein ausgewachsener Mann darin stehen könnte, und mit zwei lodernden Fackeln in seinen Klauen.

Es starrte sie aus hohlen Totenaugen an, und sie widerstand mit aller Macht dem Drang, sich umzudrehen und wegzurennen. Einen Augenblick später erkannte sie, dass die Musik aus dem schwarzen Loch seiner Kehle drang. Im flackernden Fackelschein las sie die Worte, die auf die Stirn des Ungeheuers geschrieben waren: *Lasciate ogni speranza* – Lass alle Hoffnung hinter dir.

Wenn sie die *festa* besuchen wollte, führte der Weg durch diesen Höllenschlund. Rosaline holte tief Luft und trat in das Maul des Ungeheuers.

Sie kam auf eine Lichtung, auf der rasende Götter herumtollten und kämpften. Herkules warf gerade Cacus zu Boden, während eine Sphinx die Furien ins Visier nahm. Gewaltige Drachen rangen mit brüllenden Löwen und versuchten gleichzeitig, die geifernden Mäuler tobender Hunde abzuwehren. Eine Riesenschildkröte, auf deren Rücken eine Nymphe balancierte, lag nahe einem Wasserfall, in dem eine Flussgöttin badete. Aber sie alle waren in Fels gehauen, als hätte einst Medusa sie mit einem Blick versteinert. Ihre Gesichter waren mit schwarzem Moos und silberfarbenen Flechten bewachsen. Mit langen Fingern griff Efeu nach den Säumen ihrer granitenen Gewänder.

Während Rosaline die Lichtung überquerte, betrachtete sie staunend die Statuen. Maskierte Feiernde drängten sich in den Gärten, niemand beachtete sie. Noch mehr Ungeheuer grinsten sie höhnisch vom schattigen Waldesrand an. Einige hatten Steintische als Zungen, auf denen Speis und Trank standen.

Sie war weder hungrig noch durstig, wollte nur endlich zu der Musik, die ebenfalls über die Lichtung schallte. Auf der Suche nach Pan oder Puck sah sie sich um. Denn wer sonst, außer diesen beiden, könnte in so einer fantastischen Welt musizieren? Doch tatsächlich waren die Musiker von menschlicher Gestalt – kräftige, stark schwitzende Gesellen. Auf Flöten, Violen und zwei Lauten spielten sie eine liebliche Motette und begleiteten eine Sängerin mit einer rauen und zugleich honigsüßen Stimme.

Vor Freude verschlug es Rosaline den Atem. Während sie lauschte, füllte sich die Nacht mit Farben. Es war, als ob die Noten in den Himmel schwebten und ihn perforierten, sodass ein leuchtender Schein hindurchschimmerte. Oh, endlich richtige Musik genießen, die so ganz anders als die tristen Tonsequenzen während der Kirchenandacht war!

Wie konnte es sein, dass Gott nicht diese Musik besser gefiel? Die Noten waren ein Geschenk des Himmels, auch wenn sie höllengleich umherwirbelten.

Sie trat näher heran, drängelte sich durch die lauschende Menge nach vorn wie ein Hund, der in einer kalten Winternacht den wärmsten Platz am Herd erschnüffelte.

Die Sängerin hatte bemerkt, wie hingerissen Signior Rosaline war, und gab amüsiert vor, ihr ein Ständchen zu bringen. Irgendwer drückte Rosaline einen Weinkelch in die Hand. Sie nippte daran und hätte den Wein fast ausgespuckt. Er war sauer wie unreife Maulbeeren. Dennoch wurde ihr Kelch sofort wieder gefüllt, und schaudernd leerte sie ihn. Die Fackeln loderten, die Musik spielte weiter, und maskierte Tänzer bewegten sich zwischen den Bäumen und den Statuen, heulend vor Vergnügen.

Der Wein betäubte ihre Nerven. Neugierig blickte Rosaline sich auf der Suche nach bekannten Gesichtern um, aber die meisten trugen Masken – schwarze, weiße, karminrote, Harlekin- und hier und da sogar gehörnte Teufelsmasken. Einige Gäste versteckten ihre Gesichter hinter Schnabelmasken und waren in dunkle Umhänge gewandet, wie die Pestärzte während des Seuchenausbruchs. Rosaline mochte sie nicht. Sie kamen ihr wie Geister der Toten vor, die sie daran erinnerten, wie flüchtig die Freude war.

Während die Nacht voranschritt, wurden die Festlichkeiten immer wilder und die Feiernden betrunkener. Masken lockerten sich oder wurden im Schatten der Bäume abgenommen. In der Menge erkannte sie Signior Martino und Lucio, die auf der anderen Seite des Hügels wohnten. Sie fragte sich, wer unter den Anwesenden die berüchtigten Montagues waren. Waren es die drei Gestalten, die als Tod, Verzweiflung und Seuche maskiert inmitten der Gäste lauerten? Sie wusste es nicht. Ein hochgewachsener Mann mit einer Satansmaske fiel ihr auf. War er ein Montague? Oder der andere dort? Sie beobachtete, wie ein Mann den Hals einer Frau küsste, ihr Schlüsselbein leckte und dabei seine Hand unter ihre Röcke schob, während sie keuchend nach ihm schlug. Sie standen für alle sichtbar neben Poseidons Teich, während der Gott sie ungeniert mit seinem Dreizack in der Hand beobachtete.

Rosaline war nie zuvor Zeugin einer so sinnlichen Zügellosigkeit geworden. Sie konnte den Blick nicht abwenden, war fasziniert und abgestoßen zugleich.

Die Fackeln, von denen das Wachs troff, zogen die Motten an, und schließlich hörten die Musiker auf zu spielen, um mit den Feiernden zu bechern. Es war tiefe Nacht. Rosaline entdeckte eine Laute, die auf einer Bank vergessen worden war. Sie zog ihre Handschuhe aus, nahm sie hoch und zupfte an den Saiten. Sofort spürte sie, wie sie ein tiefer Frieden überkam, und das Drehen in ihrem Kopf, das ihr der Weingenuss beschert hatte, hörte auf.

Das Instrument war exzellent, sein Klang tief und süß. Sie durfte nicht singen, das hätte ihr Geheimnis verraten, also beschränkte sie sich aufs Spiel. Eine kleine Gruppe begann, ihr zuzuhören, während die Musik wie ein kühler, besänftigender Regen in der angespannten Hitze der Nacht von ihren geschickten Fingern rieselte.

Ein Mann trat hinzu. Er trug keine Maske, war weder zu groß noch zu klein, schlank und muskulös. Als er den Kopf schief legte, um ihr besser zuzuhören, bemerkte Rosaline seinen Augenausdruck. Er wirkte, als ob ihr Lied ihn bewegte. Sein Haar, das unter seinem Hut hervorschaute, war fast so dunkel wie ihr eigenes. Bei jedem Stück, das sie beendete, waren seine Beifallsrufe die lautesten und sein Applaus am kräftigsten.

Nach einer halben Stunde war sie erhitzt. Ihr war übel, ihre Maske war zu eng und rund um ihre Augen von Schweiß getränkt. Sie sehnte sich danach, sie abzunehmen, aber wusste, dass sie es nicht durfte.

Als sie von der Laute aufschaute, erblickte sie zu ihrem Schrecken einen Freund von Valentio. Wenn er sie erkannte, würde er sie verraten. Brennende Panik breitete sich in ihr aus. Sie legte die Laute ab und überlegte, wo sie sich verstecken könnte. Aber bevor sie sich abwenden und weggehen konnte, legte der Fremde fest, aber freundlich einen Arm um ihre Schultern. Sie roch Pinien und Leder.

»Kommt mit, lieber Herr. Warum ziehen wir uns nicht etwas zurück? Ich weiß einen passenden Ort«, sagte er. Er schien ihr Unbehagen zu spüren, geleitete sie weg von der Menge und hin zu einem ruhigeren Teil des Gartens. Der Pfad führte an einem Bach und einigen Statuen niederer Götter vorbei. Pan fläzte sich unter dem Blätterdach der Ahornbäume.

Der Fremde ging gelassen neben ihr her, und trotz ihrer Unruhe beobachtete Rosaline ihn verstohlen. Ihr fiel auf, wie schlank er war, dass er einen eleganten Umhang trug und seine Haut heller war als ihre.

Er bemerkte ihren Blick und lächelte sie an. Seine Zähne waren weiß und gerade. »In Euerm Spiel heute Abend lag so viel Perfektion und Wahrheit, dass es das Herz eines Feuersteins hätte erweichen können.«

Rosaline lachte. Wie ungewöhnlich, dass sie ein Kompliment erhielt, wie ungewöhnlich, dass sie überhaupt jemandem auffiel.

»Wer seid Ihr, edler Herr?«, fragte er.

»Ein Herr aus Verona«, stotterte sie. Sie konnte ihm nicht in die Augen sehen, weil es sie peinlich berührte und zugleich erfreute, dass er sie so eindringlich beobachtete.

Der Fremde verbeugte sich. »Ich freue mich, Eure Bekanntschaft zu machen, Herr aus Verona. Dann sind wir zwei Herren aus Verona, obwohl ich nicht weiß, wie Ihr ausseht.« Er blickte sie intensiv an, und Rosaline spürte, wie ihre Wangen unter seinem forschenden Blick erröteten. Sie war dankbar für den Schutz der Dunkelheit. »Wie solltet Ihr mich auch erkennen? Mein Gesicht ist verborgen.«

»Wie lautet Euer Name?«

Rosaline lachte. »Wofür wäre die Maske gut, wenn ich Euch einfach meinen Namen verrate?«

Der Mann neigte lächelnd den Kopf.

Sie hatte sich bisher nur mit wenigen Männern unterhalten, und keiner von ihnen war wie er gewesen. Er erinnerte sie an ein kleines Gemälde des heiligen Sebastian, das sie in der Kathedrale von Padua gesehen hatte. Es war symmetrisch aufgebaut gewesen und hatte einen nackten, rotlippigen Sebastian gezeigt, dessen Brust blutig von den Pfeilen war, die ihn durchbohrt hatten. Die Ikone hatte sie fasziniert, sie hatte während des Gottesdienstes nicht den Blick davon abwenden können und sich daher kaum auf die Predigt oder den Priester konzentriert.

Jetzt musste sie sich zwingen, den Fremden nicht länger anzuschauen, als fürchtete sie, sich die Augen zu verbrennen, als würde sie zu lange in die Sonne sehen. Sie war geblendet von seiner Höflichkeit, seiner poetischen Ausdrucksweise und, ja, seinem guten Aussehen. Venus selbst hätte ihn nicht schöner formen können.

Rosaline wurde sich der Mottenlöcher in ihrer Hose bewusst und dass ihre Wangen schmutzig waren. Ihre eigenen Worte waren nicht poetisch, sondern dick und schwer, gefangen hinter ihren Zähnen.

Er griff in seine Jacke und zog eine Feldflasche heraus. »Nehmt einen Schluck, mein Freund.«

Rosaline schüttelte den Kopf. »Danke, edler Herr, aber leider habe ich bereits zu viel getrunken.«

Er lachte. »Ein bisschen mehr würde helfen.« Er presste die Flasche in ihre Hände, und sie fand ihn so freundlich, dass sie trotz des unguten Gefühls in ihrem Magen trank. Der Wein war stark und süß.

Es schien ihn zu erfreuen. »Noch einen Schluck.«

»Ich kann nicht mehr. Sonst gibt es ein Unglück.«

»Dann müsst Ihr etwas essen.«

Wie auf einem Schiff schwankte sie leicht hin und her. Sie befürchtete, sich übergeben zu müssen, wenn sie etwas aß, was sie auf keinen Fall vor diesem Herrn wollte. Diesem besonders aufmerksamen Herrn mit dem direkten, strahlenden Blick.

Vielleicht übergaben sich Männer auch anders als Frauen, und es würde sie verraten.

Er griff nach ihrem Arm, um sie festzuhalten, und half ihr vorsichtig, sich in das Gras zu Ceres' Füßen zu setzen. Es war bereits feucht von Tau.

Unter den Bäumen stand ein Tisch, auf dem verschiedene

Speisen und Getränke angerichtet waren. Er wählte ein paar Häppchen aus und brachte sie ihr auf einem Teller, ein bisschen Brot, einen Becher mit Bier. Ihr war schwindlig. Sie legte sich hin und schloss die Augen.

»Esst«, insistierte er und setzte sich neben sie. »Das Bier ist nicht stark. Es wird Euch guttun.«

Sie griff nach dem Brot, und während sie daran knabberte, verging die Übelkeit tatsächlich. Ihr war bewusst, wie nah er ihr war. Sie fühlte seine Wärme, fast berührten sie sich.

Rosaline fragte sich, wie alt der Fremde war. Ganz gewiss älter als sie. Fünfundzwanzig? Dreißig? Es war egal. Die Zeit stand hier still, der Sand hatte aufgehört zu rieseln.

Sie deutete auf die Statuen, halb versteckt in einer Senke zwischen den Pinien. Tief atmete sie deren trockenen Duft ein. »Ich fühle mich, als wäre ich in einem Wachtraum gefangen. Oder als ob mich Königin Mab entführt hätte. Es ist schrecklich, aber zugleich fürchte ich die Morgendämmerung«, sagte sie.

»Ihr seid noch nie hier gewesen, obwohl Ihr aus Verona stammt?«, fragte der Mann überrascht.

Hatte sie damit verraten, dass sie aus der Familie der Capulets stammte? »Ja! Ich meine, natürlich. Aber es scheint mir hier bei jedem Besuch anders zu sein. Man selbst ist ja auch jedes Mal verändert, wenn man die Gärten betritt.«

»In der Tat. Und nicht nur der Verstand muss beim Eintreten zurückgelassen werden. Seht Ihr, was hier geschrieben steht?« Er zeigte auf eine weitere Inschrift neben der Fruchtbarkeitsgöttin. »*Solo per sfogar il core.*«

»Das Herz muss ohne Last sein«, las Rosaline langsam.

»Und was macht Euch das Herz so schwer, Freund?«, fragte er. Seine Stimme klang weich und voller Anteilnahme.

»Warum glaubt Ihr, ich sei unglücklich?«

»Niemand kann so wie Ihr musizieren, es sei denn, seine Seele ist mit Blei beschwert.«

Rosaline starrte ihn überrascht an. Es war das erste Mal, dass ein Mann etwas Freundliches zu ihr sagte, obwohl er nicht einmal wusste, dass sie eine Frau war. Sie hatte geglaubt, schon lange unempfindlich gegenüber der Gleichgültigkeit ihres Vaters zu sein. Für ihren Bruder war sie bedeutungslos, er dachte mehr an seine Hunde als an sie.

Die Aufmerksamkeit des Fremden brachte ihre Gefühle unerwartet aus dem Gleichgewicht. Am liebsten hätte Rosaline ihm gestanden, wie unglücklich sie war. Ein Kloß formte sich in ihrer Kehle. Das musste sie sich selbst zuschreiben, weil sie zu viel Wein getrunken hatte. Aber er sah sie so mitfühlend an, sein Gesicht war so ehrlich und offen.

Sie sehnte sich auch danach, ihm vom Tod ihrer Mutter zu erzählen und dass sie ins Kloster gehen würde. Dass es ihr manchmal vorkam, als ob niemand sie liebte außer Caterina, die dafür bezahlt wurde, und Julia, die es vielleicht, weil sie noch so jung war, nicht besser verstand. Aber das konnte sie ihm nicht sagen, ohne zu verraten, dass sie eine Frau war. Und Frauen saßen nicht ohne Anstandsdame mit Männern, die sie nicht kannten, im nächtlichen Dunkel. Sie musste gehen. Ein erster Hauch von Morgendämmerung zeigte sich bereits über den Baumwipfeln. Sie rappelte sich hoch.

»Es lag mir fern, Euch zu beleidigen«, sagte der Fremde und erhob sich ebenfalls. »Geht nicht.«

»Es ist spät. Oder nein, es ist früh, die Sonne wird bald aufgehen, und ich sollte schlafen.«

»Bitte. Bleibt. Noch eine Minute.«

Sie zögerte.

»Was kann eine einzige Minute schaden, die Ihr mit einem Freund verbringt?«

»Können Fremde denn Freunde sein?«

»Fremde wie wir? Ich denke schon. Wir haben gemeinsam Brot gegessen. Wir haben ungewöhnlicher Musik gelauscht. Wir haben Seite an Seite in einer Sommernacht im silbernen Mondlicht im Gras beieinandergelegen. Ich hoffe, dass wir dadurch Freunde geworden sind.«

Rosaline errötete, als er davon sprach, dass sie gemeinsam im Gras beieinandergelegen hatten, aber sie wusste, dass er es harmlos genug meinte. Wie sollte es auch anders sein?

»Erzählt mir, teurer Herr, wo habt Ihr das Lautenspiel erlernt?«, fragte er.

Bei der Erwähnung ihres Lautenspiels musste Rosaline an ihre Mutter denken, was ihr unerträglich war.

»Herrjeh! Ihr stellt viele Fragen«, sagte sie, um abzulenken.

»Gut. Dann stellt mir eine Frage. Aber bitte bleibt.«

Rosaline überlegte. Es gab nur eins, das sie unbedingt wissen wollte. »Könnt Ihr mir einen Montague zeigen?«

Er lachte nicht, aber wirkte verwundert. »Das könnte ich, aber warum sollte ich?«

»Ich möchten einen sehen.«

»›Einen‹? So wie Ihr es sagt, klingt es, als seien es Tiere, nicht Menschen.«

»Wenn es Menschen sind, dann sind sie allesamt abgrundtief böse. Monströs. Wie der Garten hier.«

»Der Garten mag wild sein. Aber böse? Nein.«

Unsicher schwieg Rosaline einen Moment. »Ich habe gehört, dass die Montagues zügellos und gefährlich für andere sind.«

»Inwiefern?«

Rosaline runzelte die Stirn. »Das kann ich nicht sagen. Ich habe noch nie einen getroffen.«

Das schien den Fremden zu ärgern. Er wandte sich ab. Seine Finger spielten mit dem Griff seines Degens. »Das könnt Ihr nicht sagen? Ihr wisst keinen Grund?«

Rosaline schüttelte den Kopf. Sie zögerte, den Ursprung der Fehde zu nennen, aus Angst, sich als eine Capulet zu enttarnen. Der Mann sah sie wieder an und näherte sich ihr, bis sie vor ihm zurückweichen musste.

»Ihr seid voller Andeutungen und Beleidigungen. Es kommt mir so vor, als ob Ihr mir, einem Fremden, die ermüdenden, widerwärtigen und bösartigen Gerüchte aufzählt, die unsere Feinde, die Capulets, in Verona verbreiten. Und trotzdem kommt Ihr hierher, zum Anwesen der Montagues, um ihr Essen zu essen, ihren Wein und ihr Bier zu trinken. Und dabei redet Ihr inmitten ihrer Gäste über ihre vermeintliche Unehre.«

Verwirrt starrte Rosaline ihn an. Spielte er mit ihr? Wenn ja, verstand sie die Regeln seines Spiels nicht.

Er blieb mit gesenktem Kopf stehen. »Ihr lasst mir keine Wahl. Ihr habt mich und den Namen meiner Familie entehrt.«

Seine Stimme klang tief und schwer vor Bedauern.

Rosaline konnte nicht glauben, dass sie ihn wirklich beleidigt haben sollte. Er beliebte zu scherzen. Sie konnte nicht kämpfen, schon der Gedanke daran war absurd. Fast hätte sie gelacht. »Auf welche Weise habe ich Euch entehrt, mein Herr?«

Sein Blick hielt ihren fest. »Ich bin Romeo Montague.« Seine Hand schwebte über seinem Degengriff. »Verweigert Ihr den Kampf? Werdet Ihr Unehre über Euer Haus bringen, junger Mann aus Verona?«

Sie schüttelte den Kopf, unfähig zu sprechen. Sie berührte ihren Degen. Ihr Lachen war erstickt. Ihre Finger fühlten sich schweißig auf dem Griff an. Sie musste ihre Handschuhe verloren haben. Ihr Herzschlag pochte in ihren Ohren.

Romeo erschien ihr nun größer und breitschultriger als zuvor. Auf den Fußballen tänzelte er auf sie zu. Sein Lächeln leuchtete im allerersten Dämmerlicht.

Sie warf einen Blick hinter sich und sah, dass sie einen kleinen Turm erreicht hatte. Er schien sich gefährlich schräg zu neigen, wie eine Schachfigur, die im Begriff war, im Fallen das Spiel zu verlieren. Zuerst dachte Rosaline, dass ihre Trunkenheit ihr die Schräge des Turms vorgaukelte. Aber als Romeo sie weiter in Richtung des dunklen Eingangs drängte, sah sie, dass er wirklich schief stand, als ob er jeden Moment umfallen würde.

»Sollen wir?«, fragte Romeo und wies zum Eingang. »Es ist ein guter Platz für ein Duell, nicht besser oder schlechter als jeder andere.«

Übelkeit befiel sie. Sie kannte das Regelwerk für ein Duell nicht, war sich jedoch fast sicher, dass ihr ein Sekundant zustand. Aber wen könnte sie fragen? Und wer würde ihr daraufhin zur Seite stehen? Valentio sicher nicht. Caterina?

Sie durfte sich nicht als Frau entlarven, selbst wenn das ihren Tod an diesem grotesken, verwunschenen Ort bedeutete.

»Nach Euch, mein Herr«, sagte Romeo.

Stolpernd betrat Rosaline den schrägen Turm und fühlte sich sofort desorientiert. Der Horizont, den sie durch das Fenster erblickte, war schief, der Boden so gebogen, dass sie schwankte. Die Welt war gekrümmt, verrückt und gebrochen, und sie fragte sich verwundert, ob sie kopfüber in die Unterwelt gefallen sei.

Sie schaute wieder zu Romeo und sah zu ihrem Schrecken, dass er seinen Degen gezogen hatte.

»Ihr müsst ziehen«, sagte er. Er klang nicht verärgert.

Rosaline tat, wie er es ihr geheißen hatte. Tief holte sie Luft und fragte sich, ob ihr letzter Atemzug gekommen sei.

Innerhalb einer Sekunde wurde der Degen ihrem Griff entwunden und fiel klirrend zu Boden. Sie schloss die Augen und wartete auf den Stoß, der nun kommen würde. Hoffentlich schmerzte es nicht zu sehr, und wenn, dann nicht zu lange.

Doch stattdessen fühlte sie nur, dass in ihrem Nacken an den Bändern ihrer Maske gezogen wurde, spürte die Wärme seiner Finger und seines Atems. Sie griff nach ihm, um seine Hand aufzuhalten.

»Nein, Signorina. Ihr habt verloren.«

Geschickt nahm er ihr die Maske ab und zog sie zum Fenster, wo das Licht der Morgendämmerung in den Turm hineinfiel. Er sah sie an und umfasste ihr Gesicht mit beiden Händen. Sanft fuhr er mit den Daumen über ihre Wangen, dann streichelte er ihre Augenbrauen, glitt über ihre Nase bis zur Oberlippe. Leise seufzte er. »In der Tat, ich kenne Euch nicht. Denn an dieses Gesicht würde ich mich erinnern«, sagte er. »Ah, die Göttin Venus umkreist uns in himmlischen Bahnen.« Er zeigte nach oben, wo die letzten Sterne verloschen waren. Nur Venus funkelte noch am heller werdenden Himmel. »Seht Ihr? Sie bezeugt den ersten Moment unseres Treffens.« Er küsste ihre Hand.

Nie zuvor hatte ein Mann mit Rosaline derart gesprochen. Sie starrte ihn an, verblüfft und erschrocken. »Ihr wisst, dass ich kein Mann bin?«

Er lachte. »Eure Lippen sind wie Rosenknospen und gewiss nicht wie die eines Mannes. Eure Wangen …« Er runzelte die Stirn und hielt inne. »Meine Dame, Eure perfekten Wangen scheinen mir von Schmutz besudelt.«

Rosaline schluckte, als ihr bewusst wurde, dass sie in diesem merkwürdigen Turm mit einem Fremden gefangen war. Und doch traute sie Romeo – oder wollte das zumindest sehr gern. Der Degenkampf war nur ein Spiel gewesen. Ihr Herz schlug noch.

Lächelnd trat Romeo einen Schritt zurück und lehnte sich gegen die Mauer. »Ihr sagtet also, dass wir Montagues teuflisch und lasterhaft sind und uns sündigen Vergnügungen hingeben. Seid Ihr Euch dessen gewiss?«

»Versprecht Ihr mir, dass Ihr nicht mehr mit mir kämpft, wenn ich Ja sage?«

Romeo lachte. »Ich schwöre es. Auch Ihr habt mich entwaffnet, schöne Dame.«

»Ich kann nur wiederholen, was ich gehört habe. Ich lüge nicht. Ihr seid der erste Montague, dem ich begegnet bin. Also müsst Ihr mir zeigen, was die Wahrheit ist, mein Herr.«

»Wie Ihr wollt. Wir sind hier allein, Madam, aber Ihr seid in Sicherheit.« Er kam näher und strich mit seinem Daumen erneut über ihre Wange. »Ich will Euer Geheimnis nicht wissen. Ich verlange keinen Kuss. Auch nach Eurem Namen frage ich nicht.« Er griff nach ihrer Maske, setzte sie ihr wieder auf und befestigte geschickt die Bänder.

»Also gut, ich vertraue Euch«, sagte Rosaline. Sie sah auf und erwiderte seinen Blick. »Ich glaube nicht, dass Ihr mich hintergeht, obwohl Ihr ein Montague seid.«

Rosaline schritt in ihrer Schlafkammer auf und ab. Sie schlängelte sich aus der Hose, hatte Probleme mit den Knöpfen ihrer Jacke. Zum ersten Mal seit Emelias Erkrankung und Tod spürte sie ein leichtes Flattern in ihrer Brust, das sich so ähnlich wie Glück anfühlte. Es war kaum wahrnehmbar, wie das hauchzarte Schlagen von Schmetterlingsflügeln, das der leichteste Lufthauch verwehen könnte.

In ihrem Untergewand aus Leinen setzte sie sich auf den Matratzenrand und versuchte, nicht an Romeo zu denken. Er hatte sie zurück durch den Garten der Ungeheuer begleitet, während die Morgendämmerung mit rosa Fingern über die Wipfel der Bäume gestrichen war. Die Götter und Ungeheuer hatten hämisch auf die berauschten Schlafenden gespäht, die im Gras lagen.

Romeo hatte darauf bestanden, dass sie nicht allein ging, denn nur die allerletzten Gäste waren noch da, und er traute den Betrunkenen nicht. Gemeinsam waren sie durch das Maul des letzten Ungeheuers getreten, aber dann hatte sie erklärt, dass sie von hier aus allein gehen müsse. Sonst würde er herausfinden, wo sie wohnte.

Sie wollte nicht, dass er erfuhr, dass sie eine Capulet war. Es gefiel ihr, dass er nur Gutes über sie dachte, und sie wollte den Zauber bewahren. Wenn sie ihn schon nicht wiedersehen würde, so sollte zumindest die Illusion andauern.

Sie ging auf und ab, als wolle sie abmessen, wie viele *braccia* ihr Raum maß. Sie glühte. Niemand hatte sich je zuvor um sie gesorgt, und wenn, dann höchstens wie um eine wertvolle Porzellantasse, die an Wert verlor, wenn sie einen Sprung bekam.

Ihr untadeliger Ruf war nur deshalb wichtig, weil es Schande über den Namen Capulet brachte, wenn er besudelt wäre. Es zählte nur ihr Name, nicht sie selbst. Aber Romeo schien sie wirklich wahrzunehmen, ihre Finger, ihre Wangen, ihre Lippen. Obwohl er ein Montague war und sie ihn nicht wiedersehen würde. Aber was, wenn doch? Was, wenn Romeo sie von dem Lebensweg abbringen könnte, der ihr bestimmt war?

Er war der vornehmste Mann, den sie jemals gesehen hatte, er war freundlich zu ihr. Aber vor allem schenkte er ihr Hoffnung.

Sie stieg ins Bett, aber schloss die Augen nicht. Caterina würde bald in ihre Kammer kommen, um zu überprüfen, ob sie wohlbehalten zurückgekehrt war. Es war egal, sie konnte nicht schlafen.

Draußen schlug der Wind gegen die Fensterläden, erst leise, dann mit mehr Kraft. Es dauerte einen Moment, bis Rosaline bewusst wurde, dass es nicht der Wind war, sondern dass jemand dagegen klopfte. Eine Stimme rief: »Rosaline!«

Sie schlüpfte aus dem Bett und rannte zum Fenster. Das konnte nicht sein, das war unmöglich! Das Fenster ihrer Schlafkammer mit dem kleinen Balkon war ganz oben unter der Dachtraufe. Wer immer es war, hatte erst auf den Apfelbaum klettern und dann einen schmalen Vorsprung entlang balancieren müssen. Das Herz in ihrer Brust schlug rasend schnell. Vorsichtig öffnete sie die Fensterläden.

»Rosaline!«, rief die Stimme erneut, drängend und weich.

»Wer ist da?«, rief sie leise.

»Warum fragst du? Kennst du mich nicht mehr? So lange ist es doch nicht her«, erwiderte er.

Rosaline öffnete das Fenster und trat auf den schmalen Balkon. Zuerst sah sie niemanden in dem stillen Licht. Die Schatten waren erstarrt und verwoben mit dem Geäst der Glyzinien und des Efeus. Dann sah sie eine Hand, die einen dicken Zweig des Efeus ergriff, und hätte fast erschrocken aufgeschrien.

»Hilf mir, Cousine. Es wäre eine Verschwendung von Jugend und Schönheit, wenn ich fiele und mir das Genick auf den Kopfsteinen bräche.«

»Tybalt!«

Sie griff seine Hand, zog und zerrte ihn auf den Balkon. Geschmeidig landete er auf den Füßen und lächelte. Rosaline warf sich in seine Arme und drückte ihn im Überschwang an das Geländer. Doch dann hielt sie inne und trat scheu zurück. Sie starrte ihn an. Groß war er, aber hager, ein spärlicher Bart zeigt sich am Kinn. Sie war überrascht, wie viel Zeit vergangen war.

Tybalt wirkte ebenfalls erstaunt. »Du bist kein Kind mehr«, sagte er, halb bewundernd und halb ängstlich.

»Du auch nicht.«

Wortlos sahen sie sich mit erwachender Vorsicht an, als ihnen bewusst wurde, dass ihre alte Vertrautheit erst wieder neu geschmiedet werden musste. Fremde hatten sie oft irrtümlich für Bruder und Schwester gehalten, so ähnlich waren sie sich in ihrer Haut- und Haarfarbe und in ihrem Übermut. Und nun suchten sie in dem Gesicht des anderen nach ihren eigenen Spuren. Tybalts Lächeln war beides: ein Echo ihres eigenen Lächelns und seiner Jugend.

Doch nun war er hoch aufgeschossen und hatte zudem die Schultern eines Mannes.

Rosaline war sich entsetzlich der vielen Jahre bewusst, in denen sie getrennt gewesen und die ihnen unwiederbringlich genommen worden waren. Sie fragte sich, ob er immer noch die Narbe am Knie hatte. Sie waren Karpfen fischen gegangen, und er war auf den glitschigen Steinen ausgerutscht und hatte sich das Knie aufgeschlitzt. Beim Anblick des Blutes hatte er bitterlich geweint und ihr das Versprechen abgenommen, dass sie das niemals Valentio erzählen würde. Er hatte befürchtet, dass der ältere Junge ihn aufziehen und auslachen würde.

Und jetzt stand Tybalt vor ihrer Schlafkammer, bedeckt mit Schmutz und Blättern und den Hut über ein Auge gezogen, als könne er es nicht über sich bringen, sie anzusehen. Doch die Farbe seiner Augen war dasselbe dunkle Braun wie immer. Wie ein Fluss, dessen Wasser aufgewühlt von Regenfluten war.

Warum konnte er nicht ihr Bruder sein an Valentios statt? Wenn Tybalt ihr Bruder wäre, hätte er niemals zugelassen, dass ihr Vater sie fortschickte. Aber er konnte nichts tun.

Schließlich räusperte er sich und sah sie an. »Das mit deiner Mutter tut mir leid. Tausend Gebete für ihre Seele. Emelia war meine Lieblingstante. Sobald ich es erfuhr, habe ich mich auf den Weg nach Verona gemacht. Aber es hat Wochen gedauert, bis mich der Brief in Padua erreicht hat. Und als ich ankam, war euer Haus bereits vernagelt.«

»Ich bin froh, dass du jetzt gekommen bist«, sagte sie, was der Wahrheit entsprach. »Bleibst du länger?«

Tybalt nickte. »Ja. Ich habe meine Studien beendet. Ich bin zurück in Verona. Ich werde bei Valentio wohnen.«

»Du wirst schnell merken, dass sich Valentio nicht verändert hat. Nur dicker als früher ist er. Er war immer schon gierig und verfressen. Mittlerweile sieht man es ihm an.«

Tybalt war als Kind Waise geworden. Die Capulets hatten ihn reihum eher widerwillig aufgenommen. Er hatte zu keiner Familie wirklich gehört und war stets schnell weitergereicht worden. Nur Rosaline hatte ihn gemocht. Sie waren fast gleichaltrig, ähnelten sich im Aussehen und in ihrem Wesen. Nur dass er ein Junge und sie ein Mädchen war, hatte sie unterschieden. Rosaline seufzte. Sie wünschte, Tybalt könnte bei ihnen leben. Aber ihr Vater mochte keine Gäste im Haus, selbst wenn es Familienmitglieder waren. Sogar sie versuchte er schließlich loszuwerden.

»Oh, ich habe dich vermisst, Cousine. Aber jetzt haben wir endlich Zeit«, sagte Tybalt.

Das haben wir nicht, dachte Rosaline. Aber er schien nichts von dem Kloster zu wissen, und sie beschloss, es ihm zu verschweigen, um die Wiedersehensfreude nicht zu schmälern. Stattdessen sagte sie: »Ja, Cousin, es ist fast wie früher. Aber jetzt musst du gehen. Es ist schon fast hell. Caterina wird hier jeden Moment auftauchen. Sie darf dich nicht bei mir antreffen. Wir sind keine Kinder mehr. Kommst du am Morgen wieder? So wie üblich, durch die Eingangstür?«

Etwas schmollend, aber immer noch gut gelaunt ließ Tybalt zu, dass Rosaline ihn zurück zur Balkonbrüstung führte. Behände schwang er sich hinüber und kletterte die Mauer hinunter zum Apfelbaum.

Rosaline kehrte zurück zu ihrem Bett. Sie legte sich hin und dachte über den neuen Tybalt nach. Er war kein Fremder, aber auch nicht länger der Gefährte aus unbeschwerter Kinderzeit.

Sie konnten nicht mehr wie damals die Nacht gemeinsam verbringen, zusammen unter einer Decke, und sich dabei seitenweise laut Ovid oder Homer vorlesen, um sich gegenseitig zum Gruseln zu bringen. Sie erschauderte und fühlte sich noch einsamer. Schließlich rollte sie sich ein und versuchte, sich an Bruchstücke von Ovids *Metamorphosen* zu erinnern, die Tybalt ihr damals im Dunkeln zugeflüstert hatte. Aber es war zu lange her. Die einzige Geschichte, die sie heraufbeschwören konnte, war »Venus und Adonis«. Und Adonis hatte Romeo Montagues Gesicht.

Sie erwachte davon, dass Caterina mit einem Krachen die Fensterläden öffnete. Schrill schrie sie auf, und Rosaline vergrub das Gesicht im Kissen. Wahrscheinlich hatte Caterina wieder eine Maus entdeckt.

»Es geht mir gut. Ich habe dir doch erzählt, dass alles glatt geht«, sagte sie. Sie hoffte, dass Caterina sie weiterschlafen lassen würde, aber diese murmelte ungehalten vor sich hin: »Was ist das für eine Verrücktheit?«

Zögernd und verschlafen schlüpfte Rosaline aus dem Bett, trat ans Fenster und blickte auf den Balkon.

Während sie geschlafen hatte, war dort ein Teppich von Rosen auf dem hölzernen Boden verteilt worden, ein Dickicht von dunkelgrünen Stielen, gekrönt von rosafarbenen, weißen und blutroten Blüten. Die Blütenblätter entfalteten sich in der Sonne und gaben ihren süßen, erdigen Duft frei. Zahllose Bienen schwirrten umher.

»Wer ist hier hochgeklettert und hat das getan?«, verlangte Caterina zu wissen.

»Tybalt«, antwortete Rosaline. »Er ist zurück aus Padua.«

»Oh, der liebe Tybalt! Er war der frechste kleine Kerl, den man sich vorstellen konnte, aber auch der entzückendste. Und diese Unordnung ist so typisch für ihn. Ein süß duftendes Durcheinander von deinem alten Spielkameraden.«

»Genau. Und jetzt, liebe Caterina, geh bitte. Lass mich diese Rosen aufsammeln.«

»Du brauchst zwanzig Gläser, um sie alle ins Wasser zu stellen. Wenn sie nicht bis dahin verwelkt und verdorben sind.«

Rosaline versicherte ihr, dass sie genug Gläser finden würde, und scheuchte sie fort.

Als sie endlich gegangen war, trat Rosaline, noch im Unterkleid, auf den schmalen Balkon. Tybalt hatte das nicht getan, da war sie sicher.

Denn in der Mitte des Rosenbettes lagen, gerahmt von den grünen Blättern, den dornigen Stielen und den Blütenblättern, die inzwischen in der Sonne welkten, die Handschuhe, die sie letzte Nacht im Garten der Montagues getragen und dann irgendwo zwischen den Statuen verloren hatte.

Barfuß ging sie auf Zehenspitzen über die dunkelgrüne Schicht, wobei sie versuchte, sich nicht an den Dornen zu stechen. Sie hob einen Handschuh auf, fühlte etwas Festes in einem der Finger und nahm es heraus. Es war ein zusammengerollter Zettel.

Rosen für die schöne Rosaline. Ich gebe Euch Eure Handschuhe zurück. Nicht um Euch zu einem Duell herauszufordern, sondern um mich von einem solchen zu befreien, wie auch Ihr diese Notiz aus ihrem Versteck befreitet. Ich wünschte, ich wäre ein Handschuh an Euren Fingern gewesen, so wie ich wünschte, ich wäre dieser Brief, verborgen in Eurer Faust.

Rosaline sah auf und blinzelte ins helle Tageslicht. Der Himmel war von einem jungfräulichen Kobaltblau, die Sonne gleißte und strahlte. War es jemals zuvor so hell gewesen? Ihre Wangen glühten. Sie wandte sich um und ging zurück in ihre Kammer. Aber abgelenkt, wie sie war, achtete sie nicht darauf, wohin sie schritt, und trat auf eine Biene. Der Schmerz war stark und plötzlich. Sie war benommen, atmete tief und langsam durch, eingehüllt von dem süßen, berauschenden Rosenduft.

Und doch war der Schmerz ihr gleich. Denn Romeo Montague wusste, dass sie eine Capulet war. Und er schätzte sie noch immer.

3. KAPITEL

Ich rufe dich bei Rosi's Strahleaugen

Als sie mit den Armen voller Rosen die Treppen hinunterging, erblickte Rosaline durch die geöffnete Tür im Hof die Knechte, wie sie die Pferde und das Fuhrwerk bereitmachten. Sie legte die welken Blumen ab und lief hinaus, den Schmerz in ihrem Fuß nur schwer unterdrückend.

Ihr Vater stand inmitten der Dienerschaft und rügte diese für ihre Faulheit. Das Zaumzeug glänzte nicht, das Fahrzeug war schlammbespritzt, die Mähnen der Pferde waren nicht gebürstet. Sie wartete, bis er seine Schimpftirade unterbrach.

»Wohin fahrt Ihr, Vater?«

»Nach Verona. Und ich werde bei Sonnenuntergang zurück sein, wenn diese Trottel jemals fertig werden und ich endlich loskomme!«

»Nehmt Ihr mich mit? Bitte, Vater. Ich möchte im Mausoleum für Mamas Seele beten.«

Masetto zögerte, und Rosaline ahnte, dass er hin und her gerissen war. Einerseits wollte er allein mit seiner Trauer sein, andererseits entsprach es seinem Wunsch, dass Emelias Seele mit der Hilfe von Gebeten ihren Weg sicher durch das Fegefeuer fand.

Er hatte Mönche und Nonnen dafür bezahlt, dass sie die wichtigsten Messen lasen. Aber so viele Menschen hatten in Verona ihr Leben gelassen, dass noch immer Hunderte Messen vorgetragen werden mussten. Rosaline wusste, wie unerträglich ihrem Vater der Gedanke schien, dass Seelen im Fegefeuer gefangen waren. Wie die schwarzen Wolken der Stare würden sie ziellos in einer Zwischenwelt umherflattern.

»Ich verspreche auch, den ganzen Weg über bis Verona zu schweigen«, drängte sie.

»Nun gut, Tochter. Du vermisst sie schließlich auch«, sagte er freundlich und wies den Pferdeknecht an, ihr hochzuhelfen.

Pflichtschuldig hielt Rosaline während der Fahrt den Mund. Sie betrachtete die Olivenhaine, an denen sie vorbeikamen. Die silberfarbenen Blätter kräuselten sich in der Mittagshitze. Einmal schlüpfte sie hinunter, um Blumen für einen kleinen Grabstrauß zu pflücken, und humpelte neben dem Fuhrwerk her. Sie bemerkte, dass ihnen ein Reiter auf einem Rappen folgte. Wer immer der Reiter auch war, er bewahrte Abstand. Jedes Mal, wenn er so nah war, dass sie glaubte, er würde zu ihnen aufschließen, fiel er wieder zurück.

Einige Zeit später erschienen die Kirchtürme von Verona. Sie zeigten gen Himmel, und Rosaline stellte sich hin, um sie besser sehen zu können. Bald überquerten sie die Steinbrücke, die in die Stadt führte. Unter ihnen rauschte und schäumte das grüne Wasser. Sie fuhren durch das Stadttor, und Rosaline fiel auf, wie leer es auf den Straßen war. Ob die Menschen vor der Mittagshitze oder vor der Seuche geflohen waren, wusste sie nicht.

Als sie den Friedhof erreichten, auf dem sich das Mausoleum ihrer Familie befand, sprang Rosaline von dem Fuhrwerk hinunter.

»Ich bin in einer, spätestens zwei Stunden zurück. Entferne dich nicht von der Krypta«, warnte ihr Vater sie.

Rosaline nickte. Seine Besorgnis rührte sie, mehr Zärtlichkeit würde sie von ihm nicht bekommen. Während sie den gewundenen Pfad entlangging, wurde es immer heißer und stickiger. Der Friedhof war groß, voller alter Gräber und übersät mit den Erdhügeln der frischen. Die alten Knochen waren herausgesiebt worden, um neuen Leichen Platz zu machen. Die Pesttoten waren in immer flacher werdenden Schichten begraben worden.

In der Julihitze breitete sich Gestank aus, den Rosaline hinten auf ihrer Zunge bitter und faulig schmecken konnte. Je länger sie auf diesem Friedhof war, desto schmieriger wurde ihre Haut von Schweiß und Tod.

Überall war der Boden auseinandergerissen und aufgebrochen worden, um noch mehr Tote hineinzuzwängen. Die Erde war übervoll, und eine schlammige Flüssigkeit sickerte heraus. Krähen hockten auf den Grabsteinen oder zogen spöttisch krächzend ihre Kreise.

Trotz der Hitze schauderte Rosaline. Sie beschleunigte ihren Schritt in dem verzweifelten Bemühen zu entkommen. Als sie das Mausoleum endlich erreichte, betrat sie es erleichtert. Es war kühl, auch roch es hier drinnen besser als draußen. Denn hier waren die Toten nicht verscharrt, sondern in die steinerne Gruft gesperrt worden.

Es war dunkel, und sie hätte eine Lampe oder eine Kerze mitnehmen müssen, um etwas deutlich zu erkennen. Aber sie hatte nicht riskieren wollen, dass Masetto seine Meinung ändern und ohne sie aufbrechen würde, wenn sie noch mal verschwunden wäre und eine geholt hätte.

Sie kniete sich hin, um zu beten, und murmelte religiöse Beschwörungen für Emelias sicheren Übergang ins nächste Leben.

Als sie geendet hatte, hockte sie sich hin und starrte auf den Stein, hinter dem sich die sterblichen Überreste ihrer Mutter befanden. Der Steinmetz hatte noch nicht ihren Namen eingemeißelt, und Emelias steinernes Abbild, das Masetto in Auftrag gegeben hatte, würde frühestens in zwölf Monaten fertiggestellt sein.

Der Stein trug keinen Namen, keine Zahl, kein Bildnis. Emelia war ausgelöscht. Rosaline spürte, wie bitterer Ärger in ihr aufstieg, während sie die Blumen ablegen wollte, die sie für sie gepflückt hatte – Raute, Rosmarin, Fenchel, Gänseblümchen und langstielige, lila gefleckte Orchideen. Der Strauß welkte bereits und hing schlapp in ihrer Hand, aber das war ihr egal. »Hier, das ist für dich. Tybalt nennt die langen Lilafarbenen ›Finger toter Männer‹. Ein schrecklicher Name für so eine schöne Blume.«

Sie nahm die Orchideen heraus und legte sie auf die kühle Steinplatte. »Ich dachte immer, dass du eines Tages Blumen in meinem Brautzimmer verstreust. Stattdessen streue ich jetzt Blumen auf dein Grab. Für mich wird es kein Brautzimmer geben. Ich werde lebendig begraben. Und ich kann dich nicht mal fragen, warum!«

Rosalines Stimme hallte durch das Mausoleum. Dann erklang von irgendwoher eine zweite Stimme. Eine Sekunde lang dachte sie, ihre Trauer gaukelte ihr ein Trugbild vor. Oder dass ihr sogar ihre Mutter antwortete. Erstaunt sah sie sich um.

»Weine nicht, süße Rosaline!«, rief die Stimme.

Rosaline erblickte Romeo. Er stand im Zwielicht des Eingangs.

»Wie kann es sein, dass Ihr hier seid?«, fragte sie verwundert. Der düstere Nebel ihrer Trauer lichtete sich, und die Aufregung durchzuckte sie wie ein Blitz, der ihr Herz berührte. Sie starrte ihn an, vergaß fast zu atmen. Er lächelte ihr zu, dann trat er ins Mausoleum.

»Bitte verzeiht mir. Ich kam heute Morgen zu Eurem Haus in der Hoffnung, mit Euch sprechen zu können, doch dann sah ich, dass Ihr die Straße nach Verona genommen hattet. Ich dachte, dass ich hier vielleicht die Gelegenheit hätte, freier mit Euch zu reden.«

Rosaline dachte über seine Worte nah. Nur ihretwegen war er in die Stadt geritten.

»Bitte, teuerste Rosaline, sprecht. Euch zu erschrecken, lag nicht in meiner Absicht.«

»Ich bin nicht erschrocken.«

Sie schwieg einen Moment, und er trat näher. »Seid nicht traurig. Eure Mutter ist im Paradies, nicht in diesem dunklen, stinkenden Grab.« Er sagte es so ernst und betrachtete sie dabei so besorgt, dass Rosaline gerührt war.

»Warum seid Ihr zu unserem Haus gekommen? Hätte man Euch bemerkt, wärt ihr getötet worden.«

Romeo zuckte mit den Schultern. »Ich habe mich versteckt und hoffte, einen Blick auf Euch zu erhaschen, schöne Rosaline. Eure Gleichgültigkeit fürchte ich mehr als den Degen.«

Rosaline schüttelte den Kopf und rieb sich die Augen. Sie hatte zu wenig geschlafen, die Hitze und der Gestank ließen ihre Augen tränen und ihre Nase jucken. Einen Moment lang war sie nicht einmal sicher, ob er real war oder sie ihn sich nur einbildete.

Er stand still im Dämmerlicht, und der Winkel zwischen seinem Kinn und seiner Kehle war von solcher Perfektion, dass sie ihn fast für eine der Statuen hielt, die in Stein gehauen worden waren, um den Verstorbenen für alle Zeiten zu schmeicheln.

Und doch war er nicht aus Marmor, sondern aus Fleisch und Blut. Er blinzelte. Seine feuchte, weiche Zunge fuhr über seine geschwungene Unterlippe.

»Warum müsst Ihr unbedingt ein Montague sein?«, flüsterte sie.

»Wenn es Euch missfällt, werde ich es von dieser Minute an nicht mehr sein.«

Er kam näher und setzte sich neben sie. So nah war er, dass sie wieder Pinien und Leder riechen konnte, obwohl sein Duft diesmal mit dem warmen, erdigen Aroma seines Pferdes durchdrungen war. Es war eine Erleichterung, dem Gestank nach Tod und Verwesung zu entkommen.

»Wie habt Ihr mich gefunden? Und woher wisst Ihr meinen Namen?«, wollte Rosaline wissen.

»Die Liebe hat es mir verraten.«

Rosaline lachte. »Das ist keine Antwort.«

»Es ist die Antwort, die ich Euch gebe.«

Es wunderte Rosaline, dass irgendwer, und dann auch noch dieser bemerkenswerte Mann, die Mühe auf sich nahm, sie besser kennenzulernen. Nur das Erwachen echter Zärtlichkeit konnte ihn dazu gebracht haben. Ihr Puls flatterte in ihrer Kehle so leicht und schnell wie die Flügel einer Motte, sie konnte ihn unter ihrer Haut spüren.

Sie wollte seine Hand berühren, wollte die Fingerspitzen fühlen, die bestimmt rau vom Zaumzeug seines Pferdes waren, die festen Muskeln seiner Oberschenkel. War dieser Impuls, dieses Bedürfnis zu berühren, Liebe?

In den Stunden, in denen sie getrennt gewesen waren, hatte Rosaline versucht, seine Wange, sein Kinn, seine Lippen, die Form seiner Beine heraufzubeschwören. Aber obwohl sie wusste, dass all das von bemerkenswerter Perfektion war, war es ihr nicht gelungen. Jetzt, da er vor ihr stand, sah sie, dass sie ihn falsch in Erinnerung hatte. Er war breiter gebaut, seine Augen waren dunkler.

Im Tod waren die Capulets, deren Statuen sie umgaben, perfekter dargestellt worden, als sie es im Leben gewesen waren. Romeo Montague würde solcher Verbesserung, solcher Schmeichelei nicht bedürfen. So viel Schönheit in einem Mann war verstörend. Neben ihm fühlte sie sich kindisch und unbeholfen.

Selbst im Dämmerlicht konnte sie sehen, dass er mindestens so alt wie Valentio war, wenn nicht gar älter. Verglichen mit ihm war Tybalt nur ein Junge.

Ungeduldig wartete sie darauf, dass er aus dem Zwielicht ins Tageslicht trat, damit sie ihn besser sehen konnte. Als er lächelte, sah sie seine Zähne weiß aufblitzen.

»Bin ich mit Euch zusammen, glaube ich bereits, ich sei im Paradies«, murmelte er. »Es ist nicht dunkel hier drinnen, denn Ihr leuchtet heller als der Mond.«

Rosaline starrte ihn an, während sie ihrem beschleunigten Herzschlag lauschte. Bis jetzt hatte keiner zu ihr auf diese Weise gesprochen – meist sprach überhaupt niemand mit ihr. Oft fühlte sie sich unsichtbar, als sei sie gar nicht vorhanden. Und hier war dieser Mann aus dem mächtigen Haus der Montagues und redete über ihre Lieblichkeit. Es war, als sei sie bis jetzt körperlos gewesen, und erst seine Worte ließen ihre Gestalt und ihre Schönheit real werden. Als schälte sie sich aus ihrer Mädchenhaut und wurde durch eine Metamorphose zu der Frau, die er beschrieb.

Romeo lächelte und rückte näher an sie heran. Es fiel ihr schwer zu atmen. Er wies auf eine Engelsstatue, die über dem Sarg eines Capulets balancierte. Alle verstorbenen Capulets, in

Stein gehauen oder in Gips gegossen, schienen wie eine Zuschauerschaft wohlmeinender Toter auf sie herabzublicken.

»Eure Wangen sind wie von Alabaster, makelloser als die des Engels, der weinend auf uns niederblickt.«

Rosaline hob ihre Hand, um ihn zum Schweigen zu bringen. Sie sehnte sich danach, jedes seiner erlesenen Worte zu glauben. Aber nur, wenn er bei der Wahrheit blieb.

»Teurer Romeo, Eure Worte sind wie verzuckerte Höflichkeiten. Was Ihr sagt, mag auf meine Cousine Julia zutreffen, aber nicht auf mich. Meine Haut ist dunkler, als es die Mode verlangt. Einige haben sich sogar gefragt, ob ich maurisches Blut habe.«

»Ihr seid perfekt so, wie Ihr seid.«

»Dann beschreibt mich, wie ich wirklich bin, nicht, wie ich sein sollte. Liebe ist blind, aber Liebende sind es nicht.«

»Also sind wir Liebende?«, fragte er lächelnd und legte eine Hand an ihre Wange.

Rosaline runzelte ein wenig die Stirn. »Ich kann nicht an Liebe, nicht einmal an das Leben denken, wenn mich der Tod von allen Seiten verspottet. Es bewirkt, dass ich an das Ende denke, bevor etwas begonnen hat.«

Zu ihrer Überraschung erhob sich Romeo und ergriff ihre Hand. Ihre Finger begannen zu kribbeln, wie das schwache Brennen einer Brennnessel auf ihrer Haut.

»Dann kommt. Lasst uns diese schale, übel riechende Luft verlassen«, sagte er und zog sie mit sich.

Rosaline gestattete ihm, sie zu führen. »Der Gestank ist draußen weit schlimmer«, murmelte sie.

»Ja, wenn wir in diese Richtung gehen. Nicht aber, wenn wir jenen Weg wählen.«

Sie verließen das Mausoleum, aber statt den Pfad über den

Friedhof zu nehmen, auf dem Rosaline gekommen war, wies er zu einer Tür in der Friedhofsmauer. Dahinter befand sich eine Straße, die hinab zum Fluss führte.

Auf wundersame Weise war die Luft hier sauber und frisch, wie vom Wasser rein gespült. Romeo hielt an, um den Schleier über ihr Gesicht zu ziehen. Dann hakte er sie unter und streichelte ihre Finger, küsste sie der Reihe nach.

Rosaline schwelgte in seiner Verehrung. Bei seiner Berührung kribbelten ihre Finger erneut, vergingen fast unter seiner Aufmerksamkeit. Im Tageslicht war er sehr gut aussehend mit seinem rabenschwarzen Haar, den schlanken, starken Armen, seinen ruhelosen Händen und den langen Fingern, die gegen seinen muskulösen Oberschenkel klopften. Seine vollen Lippen waren geschwungen, und als er in das Sonnenlicht blinzelte, bemerkte sie feine Fältchen in seinen Augenwinkeln.

»Niemand, den wir kennen, wird an diese Stelle des Flusses kommen«, sagte er. Sie gingen die Stufen zum Ufer hinunter, wo die Luft noch angenehmer war. Hier wimmelte es, wie zur Zeit vor der Pest, von Menschen. Rosaline vergaß den Schmerz in ihrem Fuß. Im Schatten verkauften Straßenverkäufer Räder von Käse, die in feuchte Tücher gehüllt waren, dicke, leuchtende Orangenkugeln, rohe Garnelen und blutige Berge von glitzernden Forellen mit matten Augen und aufgeschlitzten Bäuchen.

Vergnügt atmete Rosaline tief durch. Hier war die Welt hell und wach, und sie fühlte endlich, wie sich ihre schlechte Stimmung hob.

»Was wollt Ihr?«, fragte Romeo.

»Eine Orange.«

Romeo reichte dem Verkäufer eine Münze. Sie ließen die Stände hinter sich und schlenderten weiter, bis sie einen Platz fanden, von dem aus sie übers Wasser schauen konnten. Romeo begann, die Orange mit seinem Messer abzuschälen. Rosaline hob ihren Schleier und aß genussvoll ein Stück nach dem anderen. Der Saft war aromatisch und süß, tropfte ihr übers Kinn und lief ihr am Hals hinab.

Romeo beobachtete sie und hielt schließlich das fruchtige Rinnsal mit einer Fingerspitze auf. Er zögerte kurz, dann beugte er sich vor und küsste die nackte Haut ihres Halses. Sein Mund war warm, sein Atem sanft.

Die zarte Berührung kitzelte sie wie eine Feder. Es verschlug ihr den Atem, als er seinen Mund fest auf ihre Haut presste. Sie spürte, wie sein Bart sie kratzte, unrasiert, wie er war.

Tief atmete sie ein und roch den frischen Zitrusduft.

Endlich lehnte sich Romeo zurück. Mit halb geschlossenen Augen sagte er: »Der Saft ist klebrig. Ich wollte verhindern, dass er die Fliegen anzieht.«

»Ja«, stimmte Rosaline ihm zu. Sie war schockiert, dass er den Saft so schamlos weggeleckt hatte, aber noch schockierter, dass sie es ihm gestattet hatte.

Sie aß das nächste Obststück und ließ zu, dass der Saft erneut über ihre Haut lief. Vielleicht würde er ihn ja wieder wegküssen. Was er tat und dabei ein leises, kehliges Geräusch ausstieß, das Rosalines Neugier weckte.

Sie beobachtete, wie er sich aufsetzte. Er wirkte fast wie eine Statue im Tageslicht, auch wenn er älter als fünfundzwanzig aussah. War er schon älter als dreißig? Sie konnte es nicht sagen. Das Licht mochte schuld daran sein, aber sie meinte, einzelne weiße Haare in seinen dunklen Locken zu sehen, um seine Ohren herum wie gefallener Schnee. Aber vielleicht war es wirklich nur das Licht.

Zu spät fiel ihr ein, dass es ihr verboten war, das Mausoleum oder gar den Friedhof zu verlassen. »Ich muss gehen«, sagte sie und erhob sich.

»Nein. Das könnt Ihr nicht«, sagte er. Er griff nach ihrer Hand und versuchte, Rosaline zurückzuziehen.

»Mein Vater wird zurückkehren und außer sich vor Wut sein, wenn er mich nicht vorfindet.«

»Rosaline! Ihr könnt mich nicht einfach zurücklassen. Nicht so unbefriedigt.«

»Unbefriedigt?«

»Ich muss wissen, wann ich Euch wiedersehen werde.«

Rosaline schüttelte den Kopf und schloss die Augen fest gegen das grelle Sonnenlicht. Unter dem Duft der Orange konnte sie den fischigen Geruch der Forellen wahrnehmen, und als sie erneut einatmete, war da auch der Gestank von dem Friedhof.

Sie wäre eine Närrin, würde sie zulassen, dass Romeo sie umwarb. Er war ein Montague. Und selbst wenn er es nicht wäre, hatte ihr Vater bereits über ihr Schicksal entschieden. Bevor der Sommer endete, würde man sie wegsperren. Rosaline hatte bereits genug Kummer zu ertragen: Sie würde stundenlang in ihrer Zelle unglücklich ihren Rosenkranz beten, in Gedanken an die bunte Welt, von der sie nicht länger ein Teil war. Sie durfte nicht noch ein weiteres Unglück hinzufügen, indem sie eine Werbung zuließ, die von Anfang an unter einem schlechten Stern stand.

Sie stand auf und zog ihren Schleier wieder herunter. »Sucht mich nicht mehr auf.« Ein kleines Stück ging sie, dann blieb sie stehen, wandte sich um und rief: »Ihr könnt mich nicht retten, Romeo Montague!«

Masetto war außer sich vor Zorn, als er Rosaline weder im Mausoleum noch auf dem Friedhof antraf. Als sie zurückkehrte, war er hin und her gerissen zwischen der Wut, dass sie ihre Ehre riskiert hatte, indem sie ohne Begleitung spazieren gegangen war, und dem Entsetzen darüber, dass sie ihn eine volle Viertelstunde hatte warten lassen.

Sie saßen auf dem Fuhrwerk und ließen die Stadt allmählich hinter sich, während Masetto schimpfte. Obwohl die Luft hier angenehmer war und ein leichter Wind wehte, konnte Zephyrs kleines Geschenk nicht Masettos Zorn beschwichtigen.

»Auf und ab bin ich gegangen, auf und ab! Mir war heiß! Und was, wenn sie im Kloster von dieser Schande erfahren und deinen Eintritt ablehnen? Was wäre dann?«

Ja, tatsächlich, was wäre dann?, dachte Rosaline. Das wäre ein Segen, den sie nicht bedacht hatte.

»Du hast nach nur einem Tag unsere Abmachung nicht eingehalten, Tochter. Du bist ein Ballast für mich, den ich nicht mehr schultern kann. Zwölf Tage! Nein, so geht das nicht. Du wirst uns sofort verlassen.«

»Nein, Vater, bitte! Ich flehe Euch an. Mir war heiß und übel von dem Gestank. Ich konnte ihn nicht mehr ertragen.«

Aber Masetto wehrte ihre flehentlichen Bitten ab, sprach nicht mehr mit ihr und beachtete sie nicht, als sei sie ein Straßenhund, den er beharrlich ignorierte. »Sei still! Ich werde mich mit deinem Bruder beraten. Jammere nicht, das empört mich.«

Als sie die Villa erreichten, rief Masetto alle zum Abendgebet zusammen. Der gesamte Haushalt versammelte sich in der Halle. Masetto kniete sich auf ein Kissen, das von Emelia mit Granatäpfeln und Pinienzapfen bestickt worden war. Der Platz an seiner rechten Seite, wo stets Emelia gekniet hatte, war leer. Stattdessen lag da nur ein Kissen, geschmückt mit ihrem Miniaturabbild.

Rosaline kniete sich auf ein Seidenkissen zu seiner Linken, während Caterina, die Küchenmädchen und einige Diener sich demütig hinter ihnen niederließen. Ihnen standen keine Kissen zu, die die Härte des gebohnerten Steinbodens abgemildert hätten.

»Oh, Heiliger Vater, wir bitten um Dein Erbarmen und Deine Vergebung. Wir müssen gesündigt haben, denn Du hast uns die Geißel der Pest gesandt!«, rief Masetto und sank noch tiefer. »Bitte erlöse uns von Deiner göttlichen Ungnade und schenke uns himmlisches Licht und Barmherzigkeit.«

Als er geendet hatte, rezitierten Rosaline und die Mitglieder des Haushalts automatisch und ohne nachzudenken den Katechismus. Danach erhoben sie sich und rieben sich verstohlen die kribbelnden Gliedmaßen, während Masetto erneut das Wort ergriff.

»Wir müssen wachsam sein. Ich habe heute gehört, dass eine Krankheit im Kloster Santa Maria ausgebrochen ist. Wir beten mit all unserer Kraft, dass es nur ein Fieber und nicht die Pest ist, die das Kloster heimgesucht hat. Unsere erschütterte Welt muss zurück zu ihrer Ordnung finden.«

Rosaline blickte sich um und sah, wie sich die Angst auf den Gesichtern der Bediensteten ausbreitete. Sie seufzte. Glaubte ihr Vater wirklich, dass er allein durch Gebete sich und seinen Haushalt vor der Seuche schützen konnte? Die doch durch Ansteckung übertragen wurde? War ein Gebet nichts als ein weiteres kleines Kräutersträußchen gegen den Tod, nur weniger aromatisch und süß riechend? Sie war nicht sicher, ob sie an die Kraft des Gebets mehr als an kleine Päckchen mit Gewürznelken, Muskatblüten und Ampfer glaubte.

Ihr Vater starrte sie mit so viel Wut und Bestürzung an, als ob er auf ihrem Gesicht ihre Gedanken gelesen hätte. Sie veränderte ihren Gesichtsausdruck in etwas, das er hoffentlich für jungfräuliche Schüchternheit hielt. Auf keinen Fall wollte sie ihn weiter erzürnen.

»Rosaline, bist du krank?«

»Nein, Vater.«

»Welchen Glaubensdienst wirst du heute Abend erfüllen?«, verlangte Masetto zu wissen.

»Ich werde mit unserer Dienerschaft aus der Bibel lesen.«

»Lesen?« Er atmete das Wort aus, als sei es eine Flamme, die seine Zunge verbrannte, wenn er es aussprach.

»Ich werde mit ihnen Gebete rezitieren«, beschwichtigte sie ihn.

»Deine Mutter konnte nicht lesen. Und es hat ihr nicht geschadet.«

Aber geholfen hat es ihr auch nicht, denn sie ist tot, dachte Rosaline. Dann bemerkte sie Tybalt. Er stand abwartend in der Tür, hielt sich von den Blicken so fern, wie es ging. Als Junge hatte er vor ihrem Vater, der immer schnell den Lederriemen eingesetzt hatte, Angst gehabt. Die ängstliche Vorsicht schien er immer noch zu haben.

Sie knickste tief vor Masetto, und bevor er etwas einwenden konnte, eilte sie hinaus und ging mit Tybalt in den Hof.

»Du kannst dich hier nicht verstecken. Du musst hineingehen, mit meinem Vater sprechen und ihm dein Beileid zum Verlust meiner Mutter bekunden.«

»Ich verstecke mich nicht! Ich bin kein Feigling! Ich war heute Morgen zeitig hier. Jetzt bin ich gekommen, um dich zu Livia zu bringen. Aber wenn du streiten willst, gehe ich wieder.«

Als er sich abwenden wollte, hielt Rosaline ihn am Ellenbogen fest. Tybalts Temperament war wie ein Hefeteig in der Sonne: Es stieg schnell hoch, aber fiel ebenso schnell wieder in sich zusammen, wenn man daran rührte. »Nein! Ich will nicht streiten. Hier, sieh meine Hände an. Friedlich sind sie und wehren dich nicht ab.« Sie lächelte.

Angespannt erwiderte Tybalt ihr Lächeln. Sie stupste ihn in die Seite, und schließlich gab er nach. Sie hatte immer gewusst, wie sie ihn beschwichtigen konnte, und war zufrieden, dass sie diese Fähigkeit nicht mit der Zeit verloren hatte.

»Wie geht es Livia heute?«, fragte sie.

»Gut.«

»Dann lass uns sofort gehen«, sagte Rosaline und hakte sich bei ihm ein.

»Brauchst du keinen Umhang? Besseres Schuhwerk?«, fragte er und sah missbilligend auf ihre feinen Schuhe aus dünnem Lammleder hinunter.

»Nein. Lass uns eilen«, sagte Rosaline und blickte gehetzt über ihre Schulter zurück. Sie wollte der Dienerschaft genauso wenig die Bibel vorlesen oder für sie Gebete rezitieren, wie diese sie hören wollten.

Wie ein poliertes Goldstück glänzte die Sonne hoch über den Feldern, auf denen Gerste, Weizen und Wein wuchsen. Jeder vierte oder fünfte Feldstreifen lag brach, überwuchert von Unkraut. Ein heißer Wind blies ihnen von fernen Stränden Sandpartikel entgegen, sodass Rosalines Haut bald von einer Staubschicht bedeckt war.

Ein Drachen kreiste am Himmel, während Rosaline weiter humpelte. Der Insektenstich an ihrem geschwollenen Fuß schmerzte. Sie blieb stehen, zog den Schuh aus und hinkte barfuß weiter, während Tybalt sie belustigt beobachtete.

»Schau mich nicht so an«, fuhr sie an. »Ich habe einen Stich am Fuß.«

»Würdest du immer Schuhe tragen, wärst du wahrscheinlich nicht gestochen worden.«

Rosaline funkelte ihn an, woraufhin Tybalt klugerweise schwieg.

Obwohl es nicht seine Schuld war, war sie wütend auf ihn. Sie stolperte weiter.

»Die Welt ist zerbrochen«, sagte Rosaline nach einer kleinen Weile. »Mein Vater wünscht, dass sie wieder heilt. Aber nichts kann sie reparieren. Meine Mutter ist gestorben.« Sie stockte, und ihre Wut nahm wieder ab. »Diese Erde ist durch Krankheit und Tod erschüttert, und ich kann einfach nicht glauben, dass sie ihre Stärke allein durch Wünsche oder Gebete zurückbekommt.«

»Alles wird mit der Zeit heilen.«

»Und sterben.«

Tybalt lächelte schief. »Du warst immer klüger als ich, Rosa.«

»Hast du gehört, dass es wieder Pestfälle im Kloster Santa Maria geben soll?«, fragte sie.

»Vielleicht ist es nur ein Sommerfieber.«

Rosaline zuckte mit den Schultern. »Aber wenn Priester, Mönche und Nonnen erkranken und sterben, welche Hoffnung bleibt dann uns Sündern? Wie sollen da Gebete helfen? Denn was tun Nonnen und Mönche anderes als zu beten?«

Tybalt sah beunruhigt aus. »Psst, schweig. Du klingst wie eine Ketzerin.«

»Tatsächlich? Klinge ich nur so, oder bin ich eine? Ich fühle mich nicht wie eine, Tybalt. Ich fühle mich wie immer.«

»Sprich, wie immer es dir beliebt, Rosa. Nur sollten andere dich besser nicht hören. Sie sind es, die ich fürchte.«

»Welche anderen?«, fragte Rosaline lachend und zeigte zu den brachliegenden Feldern. »Bleibst du mein Freund, auch wenn ich eine Ketzerin bin?«

»Immer. Und du wirst deine Argumente so klug vorbringen, dass auch ich noch ein Ketzer werde. Aber, Rosaline, in Gottes Namen, sei leise«, bat er sie und versuchte, nach ihrer Hand zu greifen.

»Hier sind doch nur Vögel und Geister«, rief sie und entzog sich ihm.

»Geister könnten sprechen, und Felder haben Augen.«

Sie hatten ein großes brachliegendes Feld erreicht, auf dem unzählige Pusteblumen standen. Ihre weißen Samenkugeln, die vom Wind davongetragen wurden, waren wie Schneegestöber mitten im Sommer. Die kleinen Schirmchen blieben in Rosalines und Tybalts Augenbrauen hängen, färbten ihr Haar weiß, sodass sie ehrwürdig aussahen.

Rosaline zupfte ein Schirmchen aus ihren Wimpern und erklärte: »Wenn du wieder aus Verona verschwindest und das nächste Mal zurückkehrst, werde ich so aussehen. Weise und grau.«

»Ich wollte damals nicht weggehen, Rosa«, sagte Tybalt leise. »Sie haben mir keine Wahl gelassen. Verzeih mir.«

Rosaline schwieg. Ihr war bis heute nicht bewusst gewesen, wie sehr es sie getroffen hatte, dass er sie verlassen hatte. Er war ihr treuester Freund gewesen, mit dem sie all ihren Kummer geteilt hatte. Dann war er nach Padua gegangen, um sein Studium aufzunehmen, wie es für Jungen üblich war.

Sie berührte seinen Arm. »Es gibt nichts, das ich dir verzeihen müsste«, sagte sie. Sie fing einige der fedrigen Samen mit den Fingerspitzen und zwischen ihren nackten Zehen auf. Einer flockigen Schneewehe gleich, lagen sie in weißen Wellen am Feldrand. Rosaline nahm eine Handvoll. Die Schirmchen waren weich wie Gänsedaunen. Sie rollte sie zu einem Ball und blies ihn Tybalt zu, der ihn fing und dann versuchte, ihn pustend in der Luft zu halten wie einen Federball. Vergnügt klatschte Rosaline in die Hände und vergaß dabei fast den Insektenstich. Einige Minuten lang waren sie wieder wie Kinder. Letztes Unbehagen und letzte Unbeholfenheit zwischen ihnen wurden fortgeweht wie die weichen Bälle der schneegleichen Pusteblumen.

Als sie ihr Spiel beendet hatten, ließen sie sich verschwitzt und außer Atem auf einem Baumstumpf nieder. Rosaline lehnte den Kopf an Tybalts Schulter. Er zog sie an ihrem Zopf, als seien sie wieder Zehnjährige, ermüdet von einem Tag voller Tollereien im Wald.

Schließlich stand er auf, um einen staubigen, zerrupften Strauß Kornblumen zu pflücken. Dann setzte er sich wieder neben sie auf den Baumstumpf. »Es heißt, das seien die Lieblingsblumen meiner Mutter gewesen. Ich bin mir nicht sicher, ob das stimmt, und genauso wenig weiß ich, ob sie mich geliebt hat.«

»So sicher, wie nachts die Sterne am Himmel leuchten, kannst du sein, dass sie dich geliebt hat«, sagte Rosaline und sah ihn an.

»Warum? Weil alle Mütter ihre Kinder lieben müssen? Sie hat mich nur einen kurzen Moment geliebt. In Liebe, Schmerz und Tod zugleich. Aber du, Rosa, wurdest von Emelia geliebt. Du trägst sie in deinem Herzen, und solange du lebst, stirbt sie nicht. Doch wie soll ich meine Mutter im Herzen tragen, wenn ich mich nicht an sie erinnern kann? Sie ist eine Fremde für mich.«

Er presste die zerzausten Kornblumen zwischen seinen Fingern und stopfte sie zwischen Gürtel und Hose. »Ich pflücke Blumen, damit sie auf ihrem Grab weiter welken können. Sie verrotten zusammen mit ihr.«

Rosaline sah ihn besorgt an. Aber er grinste nur. »Meine Wunde ist schon alt und längst verschorft. Ich sage das nur, um dich daran zu erinnern, dass Emelia dich sehr gut kannte und dich geliebt hat.«

Rosalines Ärger begann wieder heiß und bitter aufzuflackern. »Wenn mich meine Mutter so geliebt hat, warum hat sie dann gewollt, dass ich in ein Kloster gehe? Warum schränkt sie mein Leben so sehr ein?« Sie zupfte ein Pusteblumenschirmchen aus ihren Wimpern. »Ich gehöre nicht meinem Vater, der mich Gott opfern will. Ich werde nicht für ihn beten, auch im Kloster nicht. Mein Vater möchte mich loswerden …« Als ihr Blick auf Tybalts Gesicht fiel, hielt sie inne. Er sagte nichts, wirkte elend und verloren.

»Du weißt bereits von meinem Schicksal?«, sagte Rosaline.

Tybalt wandte den Blick ab. »Dein Bruder hat es mir heute Morgen erzählt.« Er hielt inne. »Ich kann mir dich nicht als Nonne vorstellen.«

»Ich auch nicht.«

»Und ich kann nicht glauben, dass deine Mutter das für dich wollte.«

»Ich werde es niemals herausfinden. Denn die Toten können nicht reden.« Sie seufzte. »Ich habe elf Tage, bis ich selbst zu einer lebenden Toten werde. Oder vielleicht sogar weniger. Ich habe meinem Vater nicht gehorcht, und er droht, seine Meinung zu ändern und mich sofort wegzuschicken.«

»Oh, Rosaline …«

»Still! Dein Mitleid kann ich nicht ertragen. Selbst als ich mir damals die Nase stieß, weil ich von der alten Eiche gefallen war, und wir dachten, sie sei gebrochen, hast du mich nicht bemitleidet, sondern gelacht.«

»Ich habe gelacht, weil ich Angst um dich hatte, Rosaline. Du hast während des gesamten Heimwegs Blut gespuckt.«

»Ich habe es lieber, wenn du lachst. Lach auch jetzt.«

»Das kann ich nicht.«

»Dann sprich über etwas anderes.« Sie glitt vom Baumstumpf und begann, langsam weiterzugehen. »Erzähl mir was von Padua. Nein, erzähl mir eine Geschichte. Etwas Fantasievolles, so wie du es früher getan hast.«

Es war Tybalt gewesen, der ihr das Lesen beigebracht hatte, nicht mit langweiligen Erstlesetexten, an denen sich die Jungen üben mussten, sondern mit einem Buch von Ovid, das er für diesen Zweck von Valentio gestohlen hatte. Der Geist der jungen Rosaline war von Mythen und Ungeheuern genährt worden. Sie liebte Tybalt dafür, dass er sie gelehrt und klaglos die Prügel hingenommen hatte: Die Gemüter von Mädchen sollten nicht durch die Heldentaten der Griechen Schaden nehmen.

Rosaline schuldete Tybalt ewigen Dank für dieses Geschenk. Sie hatte versucht, sich erkenntlich zu zeigen, indem sie ihm vorlas und ihm unterschiedliche Versionen der Geschichten erzählte, die sie entdeckt hatte. Aber heute Nachmittag fühlte sie sich zu niedergeschlagen. Sie wollte nur zuhören.

Tybalt zögerte kurz, dann fügte er sich ihrem Wunsch. »Heute hast du das Grab deiner Mutter besucht, aber, Rosa, das bedeutet noch lange nicht, dass das Grab das Ende ist. Ein Grab ist wie eine Tür. Orpheus folgte Eurydike zweimal in den Untergrund, um sie zurückzubringen. So wie ich es für dich tun würde«, fügte er lächelnd hinzu.

»Eine schlechte Wahl, Cousin«, tadelte Rosaline ihn. »Orpheus versagt. Er stolpert über seine eigenen Füße.«

»Doch nur, weil ein Gott ihm einen Streich spielt! Dagegen haben Sterbliche keine Chance.«

»So oder so, Eurydike ist verloren. Am Ende erwartet sie beide der Tod.«

Tybalt sann einen Moment nach. »Du hast schon früher immer bei Spielen gewonnen.« Dann klatschte er triumphierend in die Hände. »Pyramus und Thisbe! Sie treffen sich an Ninos' Grab. Für sie bedeutet das Grab nicht den Tod, sondern einen Neuanfang ...«

Tybalt sprach weiter über Liebe, aber Rosaline hörte nicht zu. Stattdessen dachte sie an Romeo im Mausoleum ihrer Familie. Wenn es wirklich Liebe war, die zwischen ihnen entstand, wünschte sie, dass es nicht dort angefangen hätte, dass der Duft von Raute, Rosmarin und Fenchel nicht mit dem Geruch der Verwesung verschmolzen gewesen wäre. Als sie sich schließlich doch auf das konzentrierte, was Tybalt sagte, war sie nicht sicher, dass er die Geschichte richtig erzählte. Aber seine Stimme klang so angenehm und vertraut, dass sie ihn nicht unterbrechen wollte. Um sie herum brachen Sonnenstrahlen leuchtend durch die Blätter der Ahornbäume, die entlang des Pfades standen.

Rosaline hatte Livias Neugeborenes auf den Knien, das dick in mehrere Windellagen eingehüllt und dadurch fast unbeweglich war. Die Augen des Kindes waren von einem verwaschenen Blau. Es sah sich wütend um und wirkte, als sei es böse, dass es geboren worden war und nun auf dieser erbärmlichen Erde leben musste.

Livia lehnte sich gegen einen kleinen Kissenberg. Ihr Gesicht war blasser und dünner als zuvor. Tybalt lehnte regungslos an der Wand. Er war still, während die Cousinen plauderten.

Erneut war Rosaline erleichtert, dass ihr alter Verbündeter zurückgekehrt war. Sie versuchte, mit ihrem Bruder zu verhandeln.

»Vater hat es versprochen«, insistierte sie. »Er darf nicht sein Wort brechen. Ich habe zwölf Tage. Nein, nur noch elf.«

»Unser Vater ist außer sich vor Kummer«, klagte Valentio. »Er weiß sowieso nicht, was er mit einer Tochter soll. In einer Zeit wie dieser schon gar nicht! Und dann hast du dich auch noch seiner Anweisung widersetzt.«

»Doch nur einen kurzen Moment. Es war heiß und abscheulich auf dem Friedhof. Und ich habe ihn um Verzeihung gebeten«, sagte Rosaline.

»Du hättest nie seine menschliche Güte missbrauchen dürfen.«

»Menschliche Güte! Dir gegenüber vielleicht. Nicht mir. Für die Tiere, die ihm Mist für seinen Kompost geben, hat er mehr Interesse als für mich. Deren Exkremente kann er wenigstens für seine Felder nutzen.«

»Rosaline«, sagte Valentio freundlich mahnend. »Deine Worte sind bissiger als Pferdebremsen.«

Rosaline war zu verärgert, um sie zurückzunehmen.

»Da du ohnehin gehen musst, wäre es unsinnig, es aufzuschieben«, fügte Valentio hinzu.

»Nur für dich, der alle Zeit der Welt hat. Für mich ist jede Stunde, jede Minute in dieser Welt wie ein Juwel, bevor ich hinter Mauern weggesperrt werde. Wenn ich im Kloster bin und dem monastischen Gesetz unterliege, darf ich nicht einmal deine Kinder auf den Arm nehmen, küssen oder berühren, es sei denn durch Gitterstäbe. Ich darf nicht die Hand einer anderen Person ergreifen. Es ist mir verboten, auf der Laute zu spielen oder zu beobachten, wie auf einem Feld die Sonnenblumen langsam erblühen und sich der Sonne zuwenden. Und trotzdem möchtest du, dass ich auf diese letzten Tage in Freiheit verzichte, Bruder.«

»Du klingst, als sprächest du über eine Hinrichtung.«

»Genau das ist es für mich auch. Meine eigene Hinrichtung.«

Ihr Bruder rieb sich die Stirn. »Dann lass uns darüber nachdenken, was wir tun können, Schwester.« Ungehalten stellte Valentio seinen Becher so heftig ab, dass er den Inhalt verschüttete.

Livia ergriff seine Hand. Rosaline blickte zu Tybalt, der sie bestürzt anstarrte.

»Verteidige mich, Tybalt, aber sieh mich nicht so mitleidig an. Das tut mir nicht gut«, sagte sie.

»Ich spreche, wenn es nützlich ist«, antwortete er.

Livia mischte sich ins Gespräch. Sie wandte sich an Valentio. »Es ist hilfreich, Rosaline hier zu haben, Ehemann. Sie kann gut mit den Kindern umgehen«, sagte sie bittend.

Valentio schnaubte. »Unsinn. Sie hält den Säugling wie einen Bierkrug. Du musst dir schon was anderes ausdenken, Livia, wenn du wünschst, dass sie nicht sofort fortgeschickt wird.«

Rosaline wippte den Säugling auf und nieder, aber er begann zu greinen. Die Amme erschien, nahm ihn ihr vom Schoß und legte ihn in seine Krippe.

Nun endlich trat Tybalt vor und sagte: »Die Schwierigkeit, so wie ich es verstehe, ist, dass Masetto wünscht, sich ganz seiner Trauer hinzugeben und sich ausschließlich den Gebeten für Madonna Emelia zu widmen.«

Rosaline wollte schon einwenden, dass, wenn ihr Vater sich ganz der liebevollen Erinnerung an seine Frau hingeben wollte, es doch sinnvoll wäre, sich gut um ihre Tochter zu kümmern.

»Halte doch bitte einmal den Mund, Rosa«, sagte Tybalt liebevoll.

Ungehalten schwieg sie.

»Vorhin habe ich Madonna Lauretta Capulet besucht. Ich sah auch die kleine Julia. Was, wenn Rosaline ihre letzten Tage in Freiheit mit Julia verbringt?«

»Nein!«, rief Rosaline. »Julia ist mir teuer, aber sie ist ein Kind. Sie zählt kaum dreizehn Lenze.«

»Sie ist vierzehn zu St. Johannis«, sagte Livia leise.

»Sie hat noch eine Amme«, erwiderte Rosaline.

»Richtig«, stimmte Tybalt zu. »Eine merkwürdige Frau, die langsam in die Jahre kommt. Ich kenne sie noch aus meiner eigenen Kinderzeit. Sie ist freundlich und kümmert sich um Julia, aber schwätzt zu viel Unsinn. Unmöglich kann sie eine geeignete Begleiterin für Julia sein.«

»Ich glaube, dass Vater dem zustimmen würde«, sagte Valentio nachdenklich.

»Das ist meine Wahl?«, rief Rosaline. »Das Kloster oder das Kinderzimmer?« Sie blickte in die Gesichter aller Anwesenden und eilte aus der Kammer, wobei sie sich den Stoff ihres Ärmels in den Mund stopfte, um ihr Schluchzen zu ersticken. Sie würde nicht zulassen, dass jemand sie weinen hörte. Hinter ihr ertönten Tybalts Schritte auf der Treppe, als er ihr folgte, um sie zu trösten. Zwar rief Livia ihn zurück, dennoch war Rosaline ihm dankbar.

In dieser Nacht fand sie keinen Schlaf. Sie lag in ihrem Bett und lauschte auf die leisen Geräusche, die die Mäuse unter dem Dach machten. Wo war Romeo? War er in der Stadt, oder war er aufs Land zurückgeritten? Allein über einen Montague nachzudenken, war so etwas wie Verrat, und trotzdem sehnte sie sich nach einem viel größeren Verrat.

Wenn er nur wie ein Schatten in ihre Kammer schlüpfen

und sie hinausbringen könnte. Sie verbarg ihre glühende Wange im Laken und versuchte, sein Gesicht zu vergessen, versuchte, jede Hoffnung aufzugeben.

Rosaline und Julia saßen auf einer Bank im Apfelgarten unter den reifenden Früchten. Julia schwang ihre Beine. Die Amme sprach seit einer halben Stunde ununterbrochen. Ihre Doppelkinne schwangen vergnügt hin und her, während sie plauderte. »Zwei Engel anstatt einem! Himmlisch! Willst du nicht bei uns übernachten, Rosaline, und das nächste Küken im Kinderzimmer, in dem kleinen Stall sein? Es ist Jahre her, seit er richtig voll war.«

Rosaline schüttelte den Kopf. »Mein Vater hat gestattet, dass ich zum Schlafen nach Hause gehe. Ich möchte die letzten Nächte in meinem eigenen Bett verbringen.«

Die Amme drückte ihr verständnisvoll die Hand, aber über Julias Gesicht glitt ein Schatten der Enttäuschung.

Rosaline fühlte sich schuldig. Sie kannte Julia, solange sie zurückdenken konnte. Manchmal war sie noch sehr kindlich, trank viel Milch und bat Rosaline, mit ihr im staubigen Schatten Himmel und Hölle zu spielen. Zugleich besaß sie aber auch eine scharfe Zunge und war schlagfertig, was daher stammte, dass sie viel Zeit in der Gegenwart von Erwachsenen verbrachte.

Rosaline gefiel es hier besser, als sie gedacht hatte. Julia war zwar jung, aber sie hatten Spaß.

In dem grellen Jullicht war Julias Haar goldfarben wie der reifende Mais. Es ringelte sich um ihr Gesicht, das im selben Maße hell war wie Rosalines dunkel. Sie war klein und zart, wie eine von Titanias Jungfrauen, und sie wirkte jünger als dreizehn.

Die Krankheit, die im Kloster grassierte, war nicht die Pest, sondern eine Sommergrippe, und Masetto und Julias Vater hatten beschlossen, dass sie nach Verona zurückkehren würden. Die anderen Capulets waren ihnen gefolgt. Rosaline war froh, dass sie die letzten Tage ihrer Freiheit in dem lebhaften Verona statt auf dem stillen Land verbringen würde.

Sie blinzelte in die Sonne. Eine weitere Viertelstunde war vergangen, und die Amme sprach noch immer. »Oh, ich habe sie all diese Jahre rennen sehen. Selbst wenn sie auf ihr kleines Hinterteil fiel, weinte sie nicht. Elf Jahre ist es nun her, dass ich sie abgestillt habe. Sie wollte nicht aufhören, an der Brust zu trinken. Nein, nicht unsere Julia! Ich musste meinen Busen mit bitterem Wermut einreiben, damit sie endlich aufhörte, daran zu saugen.«

Nun schien Julia genug zu haben. Abrupt stand sie auf. »Rosaline, wir haben Schläger. Wollen wir spielen?«

Rosaline folgte ihr zu einem Teil des Gartens, der als Tennisplatz genutzt wurde. Hier war einmal Gras gewachsen, aber es war in der Hitze vertrocknet. Julia lächelte sie von der Seite an und warf ihr einen Lederball zu. »Es sei denn, du willst mehr darüber hören, wie ich als Kleinkind von rechts nach links und wieder zurück gewackelt bin und wie die Engel vom Himmel herabgestiegen sind, um mich in den Schlaf zu singen?«

»Oh, daran erinnere ich mich noch. Das war in der Tat himmlisch.«

Trotz der Hitze begannen sie zu spielen, begierig, dem sinnlosen Geplapper zu entfliehen. Die arme Amme wusste nicht, wen sie anfeuern sollte, also posaunte sie ihre Begeisterung für sie beide heraus, beklagte verzweifelt jeden verlorenen Ball oder verpassten Schlag, als trauere sie um einen gefallenen Soldaten.

Rosaline sah, dass Julia es mit geübtem Gleichmut ertrug, und beobachtete die beiden gedankenverloren. Sie verlor so häufig, dass Julia allmählich ärgerlich wurde.

»Los jetzt, Cousine«, beschwerte sie sich, als Rosaline einen leichten Ball zum dritten Mal in Folge verpasste. »Du bist zwar älter als ich, aber noch keine Greisin. Sei bitte ein bisschen sportlich! Oder möchtest du etwas anderes spielen?«

»Du bist mit den Füßen genauso schnell wie mit deiner Zunge«, sagte Rosaline und blieb, nach Atem ringend, stehen.

Nach einer Weile bemerkten sie, dass die Amme in der Hitze eingeschlafen war. Julia stieß Rosaline in die Seite und warf ihren Schläger hin. »Komm, dorthin. Unter die Bäume. Dort findet sie uns nicht, wenn sie wieder erwacht.«

Julia kletterte in eine versteckte Senke zwischen den Bäumen, und Rosaline folgte ihr. Hier war es kühler, der Schatten grün gesprenkelt. Sie legten sich hin und schauten hoch zu dem Blätterdach, durch das die Sonne glitzerte.

»Ich habe dich immer um deine freundliche, einfühlsame Mutter beneidet«, sagte Julia.

»Deine Amme ist freundlich.«

»Aber nicht einfühlsam. Und meine Mutter ist nicht freundlich.«

Rosaline fand es weder freundlich noch einfühlsam, ihr zuzustimmen, obwohl sie ihr insgeheim beipflichtete.

»Ich bin froh, dass du hier bist, Cousine«, sagte Julia und wandte sich um, um sie anzuschauen. Ihr Gesicht war von der Sonne und der körperlichen Ertüchtigung erhitzt, ihre Augen waren blau und klar. »Ich weiß, dass du nicht Nonne werden willst. Aber was willst du sonst, liebe Rosaline? Wenn du frei wärst, dein Schicksal zu wählen, glaubst du, du könntest einen Mann wirklich lieben?«

»Wie meinst du das?«

»Nun, ich könnte einen Mann nicht wirklich lieben. Nur zum Spaß oder als Sport. Männer sind seltsame Kreaturen. Überhaupt nicht wie wir Frauen.«

Rosaline dachte einen Moment darüber nach, bevor sie antwortete. »Ich weiß nicht, ob ich lieben könnte. Ich weiß nur, dass ich es nicht werde. Dass ich es nicht darf.« Während sie sprach, erschien vor ihrem inneren Auge Romeos Antlitz. Sie schob es weg. Sie erinnerte sich an die Wärme seiner Lippen an ihrer Kehle, den intensiven Geruch der Orangen. Sie durfte nicht an ihn denken. Sie durfte es nicht.

»Weil ich mein Schicksal nicht wählen kann, Julia, kann ich mich ihm nur fügen.«

Julia lächelte. »Niemand von uns kann sein Schicksal wählen. Wir geben nur vor, dass wir es können. Du bist weiser als die meisten anderen, die ich kenne, Rosaline. Männer und Frauen, die glauben, sie könnten die Schicksalsgöttin Fortuna kontrollieren, als sei sie eine fügsame Ehefrau, sind Narren. Denn sie wird immer wieder von Neuem das, was wir tun, verändern.«

»Fortuna ist blind. Sie soll ihre Geschenke an uns Menschen gerecht verteilen, aber ich glaube nicht, dass sie das macht. Sie gibt ihre Gaben nicht an Frauen und Männer in gleichem Maß«, sagte Rosaline leise. Sie nahm einen kleinen Apfel und zerdrückte ihn zwischen den Fingern.

Julia sah sie neugierig an. »Ich teile nicht die Meinung unserer Familienmitglieder.«

»Was sagen sie denn?«

»Dass du eine wunderbare Nonne sein wirst. Ich glaube, du wirst eine schreckliche Nonne sein.«

»Vielen Dank«, sagte Rosaline dankbar.

Schweigend lagen sie unter den Bäumen und schauten in den Himmel, der sich jenseits des wehenden Grüns erstreckte. Sie beobachteten das glänzende Gefieder eines Kiebitzes, schimmernd wie der Helm eines Zenturios, der auf der Suche nach Insekten für seine Jungen in dem ungemähten Gras am Rand des Apfelgartens hin und her hüpfte. Allmählich wurde die Nachmittagshitze milder und wandelte sich in die einschläfernde Wärme des frühen Abends.

Die Amme erwachte und begann, lockend nach ihnen zu rufen. »Julia! Rosaline! Kommt!«

Julia schreckte auf, atmete tief durch und rief zurück: »Wir kommen gleich!«

»Nicht gleich, sofort, Madam!«

Rosaline und Julia verließen ihr Versteck und gingen zur Amme. Zu ihrer Überraschung stand Tybalt neben ihr.

Er zwinkerte Rosaline zu, und sie lächelte. Es freute sie, dass er gekommen war. Julia klatschte vor Vergnügen in die Hände, und er öffnete weit die Arme, um sie aufzufangen, als sie auf ihn zu rannte und sich in seine Umarmung warf.

Einen Moment später wirbelte er sie herum. Sie schrie ausgelassen, bis er sie schließlich absetzte und sie schwindelig im trockenen Gras zusammensank.

Grinsend wandte Tybalt sich an Rosaline. »Und jetzt du, Rosaline?«

»Nein, vielen Dank.«

»Amme? Du?«, fragte er mit einer höflichen Verbeugung.

»Gewiss nicht mit diesen schmerzenden Knochen. Ich würde in zwanzig Stücke zerfallen.«

Tybalt lachte leise und blickte zu Rosaline. »Ich bin gekommen, um meine Cousine zum Haus ihres Vaters zu begleiten.«

Julia kaute auf dem Ende ihres Zopfes und sah bei dem Gedanken, dass Rosaline sie verlassen würde, so verloren aus, dass Rosaline sich neben sie ins Gras kauerte. Sie legte ihre Hände auf die mageren Schultern des Mädchens. »Liebe Julia, ich komme morgen früh zurück. Und heute Nacht habe ich dich in meinem Herzen bei mir.«

»Nimm mich mit. Ich bin klein, ich könnte neben dir schlafen. Du würdest mich kaum in deinem Bett bemerken.«

Rosaline unterdrückte ein Lachen. Zärtlichkeiten so offen zur Schau zu stellen, war ihr fremd. Sie umarmte das Mädchen und flüsterte ihm ins Ohr: »Ich sehe dich morgen, süße Julia.«

Die anderen blieben im Garten, während Rosaline ins Haus ging, um sich umzuziehen und ihre Schuhe aus Julias Kammer zu holen.

Drinnen war es still und kühl. Der Duft von frisch gebackenem Kuchen lag in der Luft. Rosaline eilte die Treppe hoch. Ihr Überkleid lag bereits ausgebreitet auf Julias niedrigem Bett. Sie nahm es hoch und beugte sich dann vor, um eine Puppenfamilie zu betrachten, die hinter dem Bett in einer kleinen Holzschachtel untergebracht war. Ordentlich lagen die Püppchen nebeneinander, als teilten sie sich einen Sarg, in dem sie hastig begraben worden waren.

Rosaline zog die Schachtel hervor. Die Kleinen waren liebevoll an ihrem Ruheort verstaut worden. Ihre Gesichter waren aus altem Stoff, ihre Augen, in Kreuzstich gestickt, schauten sie blicklos an. Kein Körnchen Staub lag auf ihnen. Sie waren erst kürzlich hier untergebracht worden, weit unter das Bett geschoben. Rosaline vermutete, dass es heute Morgen geschehen war. Julia hatte ihre Kindheit weggeräumt und sorgfältig versteckt, bevor sie selbst, ihre ältere Cousine, zu Besuch kam und sie für kindisch hielt.

Rosaline überkam ein zärtliches Gefühl. Sie verstaute die Schachtel wieder in ihrem Grab unter dem Bett, als ob es nie gestört worden war.

Julia hatte sie gefragt, ob sie einen Mann wirklich lieben könnte. Die Wahrheit war, dass sie es nicht wusste. Das Einzige, was sie wusste, war, dass sie Julia bereits liebte.

»Das ist nicht der Weg nach Hause«, sagte Rosaline und blickte sich um. Diese Straße führte nicht zum Haus ihres Vaters, sondern aus Verona hinaus, zu einem riesigen Amphitheater am Rand der Stadt und dann weiter aufs Land, bis zu den Feldern.

»Oh, tatsächlich?«, sagte Tybalt, erfreut, dass ihm die Überraschung gelungen war. Er lächelte. »Der Fürst hat verfügt, dass die Theater wieder eröffnet werden, jetzt, da die Seuche abgeklungen ist.«

Rosaline drückte erfreut Tybalts Hand. »Wie schön! Welches Stück werden wir sehen? Eine Komödie?« Sie sah, wie sich Tybalts Gesichtsausdruck verdüsterte. »Dann ist es also eine Tragödie? Das macht nichts!«

Nun wirkte Tybalt entmutigt. »Es ist ein Ringkampf. Ich habe deinen Vater überredet, dass du mich zu dem fürstlichen Ringkampf begleiten darfst. Der Fürst hat einen neuen Kämpfer. Es heißt, er sei der Beste in ganz Verona, und er hofft auf eine stattliche Zuschauermenge bei seinem ersten Wettkampf.«

Er sah sie erwartungsvoll an, und Rosaline rang sich ein Lächeln ab. Für Ringkämpfe interessierte sie sich wenig. Auf der anderen Seite freute sie sich über die Ablenkung.

»Wir müssen jeden Moment, bis du ins Kloster gehst, mit zügellosen Vergnügungen füllen«, sagte Tybalt. »Damit du dein ganzes Leben lang für deine Sünden büßen kannst.«

Rosaline lachte. »In der Tat. Ich werde die verdorbenste aller Nonnen sein.«

»Die allerverdorbenste.«

Sie sah Tybalt an. Es bewegte sie, dass er verstand, wie sie diese letzten Tage verbringen wollte. Die Jahre ihrer Trennung hatten sie körperlich getrennt, aber in ihrer Art zu denken waren sie sich so nah wie früher.

Während sie sich dem Amphitheater näherten, wurde das Grollen der Menge lauter. Es klang wie ein aufkommender Sturm.

Es roch nach geröstetem Schweinefleisch und in Honig eingelegten Nüssen. In der Straße schleuderten Jongleure in römischer Kluft Stäbe in die Luft, während ihre Bewunderer ihnen Münzen zuwarfen und sie anfeuerten. Narren schlugen sich gegenseitig mit Stöcken. Lachend blieb Tybalt stehen, um das Geschehen zu beobachten.

»Siehst du? Bist du nicht froh, dass wir gekommen sind?«, fragte er.

»Das bin ich wirklich«, sagte sie und freute sich über seine Freude.

Ein Feuerschlucker mit blutunterlaufenen Augen und irrem Blick sah zu Rosaline und schluckte die Flamme herunter. Dann beugte er sich vor, schaute sie begierig an und atmete das Feuer so nah zu ihr aus, dass sie aufschrie.

Erneut lachte Tybalt. »Komm, lass uns reingehen.«

Ihre Plätze waren vorn, bei den wohlhabenden und adligen Einwohnern der Stadt. Von hier aus hatten sie einen hervorragenden Blick sowohl auf das Geschehen im Ring als auch auf die Menge. Ganz in ihrer Nähe hatte der Fürst unter einem Baldachin Platz genommen, die königliche blau-goldene Flagge flatterte im Wind. In den Reihen der gewöhnlichen Stände drängelten sich die Zuschauer. Es waren überwiegend Männer, aber hier und dort sah man auch Frauen in ihren farbenfrohen Kleidern, Damen wie Rosaline in Damast und Seidenbrokat, mal blau, mal grün und mal safrangelb gefärbt, bestickt mit kleinen Perlen als dezentem Hinweis auf ihren hohen Stand.

Noch interessanter waren für Rosaline jedoch die Huren und Kurtisanen, die die Kleiderordnung ignorierten und in schamloser Verachtung des römischen Dekrets hochgestellte Personen nachahmten. Sie trugen Überkleider aus rotem Samt, Kragen mit Rüschen und Spitzenärmel, mit funkelnden Juwelen auf ihrem Busen. Am lautestend lachend, scharrten sich diese Frauen zusammen, wurden nicht von Ehemännern, Brüdern, Vätern oder Cousins begleitet. Nachlässig tranken sie Wein oder Bier. Aber bei jedem Schluck, bei jedem Kichern fragte Rosaline sich, ob das Zurückwerfen ihrer Köpfe und die Präsentation ihrer weichen, biegsamen weißen Kehlen sorgfältig einstudiert war.

Dasselbe dachte sie beim Auftreten der Ringer, die nun in ihren ledernen Hosen, sich auf die nackte Brust schlagend, im Ring herumstolzierten.

Wann immer sich den Frauen ein Mann näherte, begannen alle Fächer gleichzeitig wie bunte Schmetterlingsflügel zu flattern, bis er seine Wahl traf.

»Was schaust du so interessiert an? Die Ringer? Es sind prächtige Kerle.«

»Nein«, antwortete Rosaline langsam. »Die Damen dort.«

Tybalt folgte ihrem Blick. »Das sind keine Damen, und eine Dame wie du sollte sie sich nicht anschauen.« Er leckte sich seine trockenen Lippen. »Wenn du sie, die Frauen aus einer anderen Welt, unbedingt beobachten willst, tu es vorsichtig und heimlich. Ich werde dich dafür nicht verurteilen.«

Nach den Ringern trottete ein mächtiger zottiger Bär in den Ring. Er hatte nur ein Auge und zerrte an seiner Kette. Sein verfilzter Pelz war schmutzig, er erhob sich neben der Gruppe Kurtisanen auf die Hinterbeine und stieß ein furchterregendes Knurren aus.

Eine der Frauen lehnte sich über die Absperrung und knurrte zum Chor der Beifallrufe zurück.

»Mit dem Bären gibt es nächste Woche eine Veranstaltung. Wir können wiederkommen, was meinst du?«, sagte Tybalt.

»Lieber nicht. Er hat so einen traurigen Blick.«

»Er hat nur ein Auge, da sieht man seinen Blick sowieso nicht richtig.«

Es war Rosaline nicht entgangen, dass das Sägemehl, das den Boden des Rings bedeckte, bereits blutgetränkt war. Sie verdrängte die Überlegung, wessen es wohl sein mochte. Am Anfang ihrer Reihe entstand Unruhe, als ein junger Mann sich seinen Weg zu ihnen hindurch bahnte, wobei er mit seinen Schuhen auf die Füße der anderen Zuschauer trat und mit seinem Ellenbogen in die wohlgenährten Bäuche der prominentesten Einwohner Veronas stieß.

Tybalt sah ihm erfreut entgegen. »Petruchio! Mein Freund! Komm, setz dich zu uns. Rosa, du hast doch nichts dagegen?«

Petruchio wartete ihre Antwort nicht ab. Auf seiner Suche nach einem Sitzplatz drängte er Rosaline zur Seite. Der junge Mann trug nach deutscher Manier einen roten Mantel, der einen Samtkragen mit vier langen Schlitzen und goldfarbene Knöpfe am Hals und auf der Brust hatte. Mit einer tänzelnden Verbeugung küsste er ihre Hand, dann wandte er ihr den Rücken zu und unterhielt sich nur noch mit Tybalt, der Rosaline hilflos und entschuldigend zulächelte.

»Ich bin so froh, dass du von Padua zurückgekehrt bist«,

erklärte Petruchio. »Ich hatte in den letzten Tagen mehr Spaß als während der letzten drei Jahre. Komm, lass uns was trinken und auf deine Rückkehr anstoßen!«

Sie tranken und beobachteten eifrig das Geschehen in der Arena. Rosaline spürte, wie ihr warm wurde. Sie langweilte sich. Tybalt versuchte ständig, sie ins Gespräch mit einzubeziehen, aber Petruchio verstand sich nicht auf den Umgang mit Frauen und beschränkte sich darauf, ihre Hand mit feuchten Küssen zu bedecken, sodass sie ihre Hand unauffällig an ihrem Umhang abwischte.

Tybalt blickte zu ihr und formte mit seinen Lippen lautlos eine weitere Entschuldigung, aber sie sah, dass er bereits betrunken war: Seine Wangen waren dunkelrosa wie die eines jungen Mädchens. Auf der Bank vor ihnen standen leere Bierkrüge, und bald schon prosteten die beiden jungen Männer den Kurtisanen auf der anderen Seite des Rings zu.

»Ein Hoch auf diese schönen Lärvchen! Mögen sie für mich heute Abend erröten!«, rief Petruchio.

»Und wenn die Liebe grob zu dir ist, sei grob zu der Liebe!«

Rosaline fragte sich, was die beiden über die Liebe wussten. Aber sie vermutete, dass die Huren, die leichtes Spiel mit ihnen witterten, ihnen gern etwas beibringen würden.

Als Petruchio seinen Krug hoch über den Kopf hob, verschüttete er dabei Bier auf der Glatze des Edelmanns, der vor ihm stand. Dieser drehte sich um und beschimpfte ihn.

Entschuldigend verbeugte sich Petruchio, wobei ihm der Hut vom Kopf fiel.

»Diese alten adligen Männer wissen wirklich nicht, wie man Spaß hat«, murmelte er.

»Nein, und sie riechen schrecklich«, antwortete Tybalt, und die beiden jungen Männer kicherten.

Rosaline war ihre Prahlereien, Anzüglichkeiten und Wort-spiele leid. Wie gern hätte sie Gesellschaft von jemandem ge-habt, der empfindsamer war. Sie wollte weder verulkt noch in Bier geduscht werden. Sie liebte Tybalt sehr. Er besaß sowohl Taktgefühl als auch Charme. Aber sein Freund war flegelhaft.

Sie rückte von den beiden etwas ab und erblickte während-dessen auf der anderen Seite des Amphitheaters Romeo Mon-tague. Ihr Herzschlag beschleunigte sich, und ein freudiges Er-schrecken durchfuhr sie. Er war auch hier, sicher würde er sie gleich bemerken. Sie bemühte sich, ihn besser zu sehen, aber er war zu weit entfernt. Zudem sprach er intensiv mit einem an-deren Gentleman und beachtete nicht das Publikum.

Warum war er hier? Sie schalt sich: Warum sollte Romeo Montague nicht hier sein? Das hier war schließlich Verona, und alle waren eingeladen, dem Ringkampf unter der Flagge des Fürsten beizuwohnen. Die Montagues gehörten zum fürst-lichen Kreis. Rosaline hatte sie bloß nicht gekannt, weil ihre Familien in unterschiedlichen Gesellschaftskreisen verkehrten.

Sie beobachtete Romeo noch etwas länger, die sanfte Ernst-haftigkeit seines Gesichtsausdrucks. Dann lachte er unvermit-telt, und es war, als ob hinter einer Wolkenwand die Sonne hervorstrahlte.

Er schien zu spüren, dass sie ihn beobachtete, denn endlich schaute er sich um, und ihre Blicke trafen sich. Weder winkte er noch lächelte er. Rosaline erwiderte seinen Blick und fühlte, wie ihr die Hitze in die Wangen stieg.

Schließlich neigte Romeo sich zu seinem Begleiter, um etwas zu sagen, und verschwand. Wo war er hingegangen? Sie schau-te sich im Amphitheater um, aber konnte ihn nirgends ent-decken. Überrascht bemerkte Rosaline, dass sie sich fühlte, als sei sie einer Kostbarkeit beraubt.

Unter tosendem Applaus und lauten Beifallrufen betraten nun die Ringkämpfer die Arena, die zu erbeben schien. Sie waren kampfbereit, ihre Körper waren geölt, und sie umkreisten sich mit gefletschten Zähnen. Rosaline interessierte sich nicht für ihr Gehabe.

Der Fürst hatte sich erhoben und fiel in die Rufe der anderen Zuschauer ein. Sein Gesicht war rot und erhitzt vor erregtem Zorn.

Die Rufe schienen in Rosalines Brust widerzuhallen, als die kollektive Aufregung durch sie hindurchfuhr. Aber sie empfand nichts. Es war ihr egal, wer siegte oder wer zu Boden geworfen wurde und blutend im dreckigen Sägemehl lag. Wenn sie nicht mit Romeo sprechen konnte, wollte sie das Theater verlassen. Sie fühlte sich ruhelos und wünschte, sie wäre nicht hierhergekommen.

Eine Hand ergriff ihre. Warme Lippen wurden an ihr Ohr gepresst. Ihr Herz donnerte, und sie rang um Atem.

»Komm mit«, murmelte Romeo.

Ohne zu zögern, folgte sie ihm.

Niemand bemerkte, dass sie gingen. Alle Blicke waren auf den Kampf im staubverhangenen Ring gerichtet, während Romeo sie weg von den Reihen und zu den Gewölbebögen hinter dem Amphitheater führte. Es herrschte ohrenbetäubender Lärm, und Rosaline blickte kurz zu den beiden halb nackten Männern, die barfuß und schweißnass versuchten, sich gegenseitig zu erwürgen. Die Menge feuerte sie an, begierig nach Blut und Tod. Damit war die Stadt bereits überschwemmt worden, aber diesmal glaubten die Zuschauer, selbst darüber entscheiden zu können.

»Wird einer von ihnen sterben?«, fragte Rosaline.

»Wahrscheinlich.«

Romeo schien weder bewegt noch traurig durch die Nähe des Todes zu sein. Er zog sie noch weiter aus der Sichtweite. »Vielleicht greift der Fürst ein und begnadigt den Verlierer, bevor es zu spät ist und sein Hals gebrochen wird.«

»Wird dein Freund nach dir suchen?«, fragte sie. Ihr Herz schlug, kaum vorstellbar, noch schneller in ihrer Brust.

»Mercutio? Nein.«

Es lag so viel Gewalt in der Luft, dass es Rosaline wie knisternder Funkenschlag vor einem Gewitterblitz vorkam: Sie spürte, wie es auf ihrer Haut prickelte.

Dann lehnte Romeo sich vor und küsste sie.

Sie erwiderte den Kuss und erhaschte durch halb geschlossene Augen einen Blick auf ihre Schattenfiguren an der gegenüberliegenden Wand. Romeos Schatten war groß und wirkte verzerrt, mit krallenartigen Fingern, die durch ihr Haar kämmten und ihren Hals entlangfuhren. Erhitzt und desorientiert taumelte sie leicht mit geschlossenen Augen. So ungestüm griff sie nach ihm, dass ihre Fingerspitzen weiß wurden.

Romeo flüsterte in ihr Ohr. »Ich mache Liebe mit deinem Schatten.«

Sie beobachtete, wie ihre Schatten sich erneut aneinanderschmiegten, sich auf der Mauer vereinigten.

»Als Schatten, bis ich dich wirklich haben kann«, sagte Romeo.

»Nein«, sagte Rosaline. »Küsse mich. Erkenne mich. Bete nicht Schatten an.«

»Wie du befiehlst«, sagte Romeo, wandte sich ihr zu und küsste sie.

Erneut hielt er sie ein Stück von sich entfernt, um sie anzuschauen, und sie wünschte, er würde es nicht tun. Sie wollte nicht seine Worte, sie wollte seinen Mund.

»Meine Lady Rosaline, beim Mond, der über uns steht, schwöre ich …«

»Welcher Mond?« Rosaline runzelte die Stirn. »Heute Abend scheint der Mond nicht.« Sie zeigte auf die wirbelnden Wolkenbänke über ihnen.

Romeo lachte. »Gut. Bei was soll ich dann meine Liebe schwören?«

Rosaline starrte ihn an. »Deine Liebe? Du liebst mich?«

Wieder küsste Romeo sie. »Bei meiner Treue, das tue ich, schöne Rosaline.«

Seine Worte verblüfften sie. War es möglich, dass er sie liebte? In den Stunden, seit sie sich begegnet waren, hatte sie von nichts anderem außer ihm geträumt. Alles schien verloren gewesen, und dann waren ihr unerwartet Licht und Liebe erschienen.

Und nun standen sie hier, ihre Finger ineinander verschränkt, sein Atem heiß auf ihrer Wange, seine Beine fest gegen ihre gepresst. Es war wunderbar, geliebt zu werden. Von jemandem ganz und gar wahrgenommen zu werden.

»Worauf soll ich meine Liebe schwören?«, fragte er erneut.

Rosaline schüttelte den Kopf. »Schwöre überhaupt nicht.«

Romeo trat von ihr weg und ging auf und ab. Er wirkte verletzt, voll plötzlicher Hitze. »Denn du liebst mich nicht? Wenn das der Fall ist, dann werde ich unter der Last meiner Liebe niedersinken und sterben.«

Sein plötzlicher Ärger verwirrte Rosaline. Sie starrte ihn an, unsicher, ob seine Worte für ihn dieselbe Bedeutung hatten wie für sie. Unmöglich konnte er wirklich meinen, dass er aus Liebe zu ihr sterben würde – allein der Gedanke war absurd. Zu ihr, die niemandem etwas bedeutete. Und sie wollte auch nicht, dass er ihretwegen starb oder es sich auch nur wünschte.

Dennoch, sie sehnte sich danach, geliebt werden. Auch wenn es eine nutzlose, unglückliche Sehnsucht war.

Sie eilte zu ihm. »Schwöre nicht, denn es ist hoffnungslos. Das habe ich gemeint. Ich werde schon bald hinter Klostermauern verbannt. Ich werde nie einem Mann gehören. Es kann nicht sein, auch wenn du kein Montague wärst.«

Er hielt inne, wandte sich um und starrte sie so durchdringend an, dass sie blinzelte und wegschauen musste. »Rosaline Capulet. Ich werde nicht zulassen, dass sie dich mir entreißen.« Er ergriff ihre Hände, drehte sie um und küsste die empfindliche Stelle an der Innenseite der Handgelenke.

In ihr flackerte ein Hoffnungsschimmer auf, und sie erschauderte. Nein. Das war nicht gut. Romeo kannte weder ihren Vater noch ihren Bruder. Sie waren streng, und wenn sie wüssten, dass sie auch nur mit einem Montague sprach, würden sie sie wegschicken, bevor morgen früh der Hahn krähte.

Sie wusste, dass sie verdammt war, selbst wenn Romeo es nicht wusste. »Oh, Romeo, du kannst das Schicksal nicht wenden. Du wirst verlieren.«

»Ein verliebter Mann kennt keine Grenzen, meine süße Rosaline. Bitte sag mir nur, dass du meine Liebe erwiderst.«

Rosaline sah zu ihm hoch. Er lächelte zu ihr herunter, mit großen Augen, die schwarz vor Liebe waren. Er war der schönste Mann, den sie jemals erblickt hatte, und er wollte sie, das Capulet-Mädchen, das sonst niemand wollte. Das Mädchen, dessen Namen die meisten vergaßen. Sie wollte die schöne, begehrenswerte Frau sein, die Romeo in ihr sah.

Inzwischen hatte sich die Geräuschkulisse geändert. Zehntausende Füße stampften gleichzeitig auf den hölzernen Boden, lautes Stimmengrollen erklang. Der Kampf war gewonnen und verloren worden. *Ein Mann ist tot*, dachte sie, *und ein anderer ist der Sieger*. Und dennoch standen sie beide hier allein, fern von allen anderen.

Mit ruhiger Entschlossenheit musterte Romeo sie, nur sie, und wartete. Inmitten der Kakofonie der Geräusche hörte sie Tybalt, der nach ihr rief. Mit jedem Ruf klang seine Stimme verzweifelter. Sie musste sich beeilen, fühlte sich jedoch, als ob sie am Rand der Welt schwebte, dem drohenden Fall ganz nah. Bis zu diesem Augenblick hatte sie geglaubt, dass Liebe etwas war, das einem zustieß, ohne dass man selbst eine Wahl hatte. Unbewusst und unvermeidlich, wie Jahreszeiten oder Ebbe und Flut. Laura und Beatrice waren Damen, die von Petrarca und Dante angebetet und geliebt worden waren. Aber niemand hatte jemals darüber gesprochen, wie sie sich dabei fühlten oder ob sie deren Liebe erwiderten.

Romeo fragte sie nicht nur, ob sie geliebt werden wollte, sondern ob sie lieben würde. Er verlangte es von ihr. Sie begriff, dass sie entscheiden musste, ob sie über diese Schwelle in eine andere Welt gehen sollte. Ob sie Romeo zurücklieben sollte.

Sie betrachtete seine dunklen Locken, die sie mit ihren Fingern zerzaust hatte, spürte noch seine Haut, seine Wärme. An seinem Kiefer zuckte ein Muskel – sie sehnte sich danach, die Hand auszustrecken und ihn zu berühren.

Lächelnd sah er sie unter dichten Wimpern an. »Ja zur Liebe«, antwortete sie, wandte sich um und rannte fort, während die Zuschauermenge von den Tribünen strömte und Rosaline verschluckte.

4. KAPITEL

Als ich die liebte, wars dir auch nicht recht

Die Tage waren wie weiße, brüchige Waben, und Rosaline und Julia verbrachten die meiste Zeit antriebsarm im sich drehenden Schatten unter den Weiden. Das Gras hatte seinen Juniglanz verloren und inzwischen die Farbe von Weizenstroh mit einem Hauch Gold angenommen.

Für Rosaline fühlte es sich an wie das Ende der Zeit. Ihr blieben nur noch zehn Tage in Verona. Ob sie nun mit Romeo floh oder ins Kloster entsandt wurde – ihr Zuhause war für sie so oder so für immer verloren.

Julia kratzte an dem dunklen Schorf auf ihrem Knie, bis Blutstropfen wie kleine Granatsteine heraustraten. Rosaline, die ständig an Romeo denken musste, las wieder und wieder dieselben drei Zeilen von Ovid, bis es die beiden Mädchen in der Hitze nicht länger aushielten. Sie zogen sich ins kühle Haus zurück, in Julias Schlafkammer zum Würfelspiel. Julia legte sich bäuchlings auf die Erde. Sie wackelte mit ihren schmutzigen Zehen und gewann jeden Wurf, zum Teil, weil sie Glück hatte, zum Teil, weil Rosaline unaufmerksam war.

»Ich habe dreimal geschummelt, und du hast nichts gesagt.«

»Du hast es so raffiniert gemacht.«

»Spiel richtig, oder spiel gar nicht.«

Rosaline wusste, dass sie Julia vernachlässigte, aber sie konnte an kaum etwas anderes als den Schwung von Romeos Augenbraue denken. Wie ernst sein Gesichtsausdruck stets war und sich in verspielte Fröhlichkeit verwandelte, wenn er sie anlächelte. Seine Augen waren … ungläubig erkannte sie, dass sie sich nicht an seine Augenfarbe erinnern konnte. Sie waren dunkel, aber waren sie bimssteingrau oder sturmblau wie das Meer bei Nacht? Wie konnte es sein, dass man jemanden liebte und nicht seine Augenfarbe wusste?

»Du hast schon wieder verloren. Du musst eine Strafe zahlen. Ich nehme deine Halskette.«

Rosaline griff schützend nach der Kette an ihrem Hals und streichelte den großen, glatten Anhänger. »Nein. Die nicht, tut mir leid. Ich passe besser auf, Julia. Die Kette gehörte meiner Mutter.«

Julia krabbelte näher und untersuchte den Smaragd, der so hell wie ein Katzenauge war. Sie ließ die Kette zwischen ihren Fingern hindurchgleiten.

»Gut, wie du beliebst. Aber spiel vernünftig. Du bist heute so dumm wie die Amme.«

»Oh, du hast mich verletzt!« Rosaline fiel rückwärts auf den Boden und legte ihre Hand auf die Brust, wie um eine vermeintliche Wunde zu bedecken.

Julia lachte und kitzelte Rosaline, die aufschrie.

Da wurde die Tür zur Kammer geöffnet. »Ihr beiden seid zu laut«, erklärte Madonna Lauretta Capulet und lehnte sich gegen den Türrahmen. »Ich habe Kopfschmerzen von der höllischen Hitze. Sonst ist die Luft im Juli nicht so drückend.«

»Es tut mir leid, Tante«, sagte Rosaline, während Julia sich aufrecht hinsetzte. Ihr Lachen verstummte.

Lauretta war wie Zugluft, die alle Wärme aus dem Raum sog. Missbilligend ließ sie den Blick durchs Zimmer schweifen. »Wo ist die Amme? Sie hat heute noch nicht aufgeräumt«, beschwerte sie sich.

»Doch, das hat sie«, sagte Julia. »Wir haben es nur wieder durcheinandergebracht. Ich wollte spielen.«

»Mit allem gleichzeitig, so unordentlich wie es nun ist.«

»Tante, bitte sagt mir«, unterbrach Rosaline sie. Sie spürte, dass ein Streit in der Luft lag. »Wie habt Ihr Julias Vater kennengelernt? Diese Geschichte habe ich noch nie gehört.«

Vage interessiert betrachtete Lauretta sie. »Ich war jung und stets gehorsam. Francesco Capulet wurde mir als Mann mit einem respektablen Namen und von annehmbarem Stand vorgestellt, und ich, eine gefügige Tochter, verstand, dass ich meiner Familie Ehre machen musste, und tat, was mein Vater von mir verlangte.«

Während sie sprach, starrte sie Julia an, die fortfuhr, Zählsteine von Hand zu Hand zu werfen, und so tat, als hörte sie nicht zu.

»Und habt Ihr ihn geliebt, Tante?«

Lauretta schnaubte. »Ach, ihr jungen Dinger! Was ist schon Liebe? Du lauschst wohl auch zu vielen Geschichten? Er gab mir ein Haus, Kleidung und Kinder, und Gott erbarmte sich und ließ uns Julia. Nicht alle Paare sind wie deine Eltern, Rosaline. Das ist der Grund, warum dein Vater so bemitleidenswert um Emelia trauert. Mit Liebe kommt der Verlust, wenn einer von beiden stirbt.«

Rosaline betrachtete ihre Tante. Sie war sich nicht sicher, ob Lauretta neidisch oder erleichtert war, dass ihr solcher Schmerz erspart bleiben würde.

»Leg diese kindischen Dinger weg, Julia«, fuhr Lauretta ihre

Tochter an. »Eines Tages, in nicht allzu weiter Ferne, wird dein Vater kommen und dir mitteilen, dass er einen Partner für dich gefunden hat. Deine Kammer ist vollgestopft mit Spielzeug. Was soll denn dein Ehemann davon halten?«

Julia setzte sich auf die Fersen. »Das ist mir egal, Madam, solange er Würfel und Knöchel und Shuffleboard spielen kann.«

Lauretta rauschte zur Tür und warf dabei, als sie an den Mädchen vorbeikam, einen Stapel Spiele um. »Tu, was du willst!«, rief sie. »Ich habe genug von dir, Julia.«

Rosaline fing an, die Spiele wieder zusammenzusuchen und sie aufeinanderzustapeln. Julia blieb sitzen, die Knie bis ans Kinn gezogen, und kaute an ihren Nägeln. Rosaline legte ihr einen Arm um die Schultern, aber Julia war zu aufgebracht, um sich trösten zu lassen, und schob ihn weg.

Nach dem Abendessen blieb Masetto auf der Loggia sitzen. Er nippte an seinem Wein und betrachtete versunken die Sterne, die am Nachthimmel erstrahlten. Über ihnen rief im Blätterdach des Weins ein Kiebitz, seine heftigen Flügelschläge drangen durch den stillen Abend. Das Tropfen der Pumpe im Hof klang regelmäßig wie eine Uhr, die Zikaden stimmten ihre Abendandacht an.

»Setz dich ein Weilchen zu mir, Rosaline«, sagte ihr Vater. »Lass uns versuchen, Freunde zu sein.«

Rosaline wäre lieber allein gewesen, aber sie blieb.

Ihr Vater wirkte verloren, er schien nicht zu wissen, wie er das Gespräch beginnen sollte.

»Erinnere ich Euch an meine Mutter?«, fragte Rosaline.

Masetto nahm die Kanne und füllte seinen Weinkelch erneut. »Ein bisschen. Wenn du lachst. Obwohl ich dich nicht oft lachen höre, Rosaline. Ich scheine dich nicht zu amüsieren.«

»Aber Vater, Ihr seid nicht komisch.«

Masetto schüttelte traurig den Kopf. »Nein, die einzige Person, die ich zum Lachen bringen konnte, war Emelia. Verstehst du? Das ist Liebe. Ich bin nicht komisch, aber sie empfand mich trotzdem so. Mit ihr war ich ein besserer Mann. Oder jedenfalls glaube ich, dass es so war. Vielleicht war ich dieselbe Rose wie heute, mit demselben sauren Geruch, den sie aber als süß empfand. Und mir war nur wichtig, dass ich ihr gefiel und niemandem sonst. Oh, Rosaline, diese Überraschung, als sie mir ihre Liebe schenkte, diese Heftigkeit.« Er seufzte. »Mit ihr ist das Licht der Welt erloschen.«

Während eine Eule durch die Dunkelheit flog, musterte Rosaline ihren Vater. Er wirkte verwelkt, seitdem ihre Mutter von ihnen gegangen war, als ob jede Mahlzeit, die er seitdem eingenommen hatte, mit Graberde vermischt gewesen war. Seine Haut spannte über seinem Schädel, und sein Haar lag in dünnen Strähnen über seinem geäderten Kopf.

»Hat sie auch mich geliebt?«, fragte sie leise.

Sie hatte immer geglaubt, dass ihre Mutter sie geliebt hatte, aber das Band der Zärtlichkeit zwischen ihren Eltern war offenbar so stark gewesen, dass sie sich jetzt fragte, ob überhaupt Platz für sie gewesen war. Die Verbindung erschien ihr nahtlos – hatte sich ein Lichtstrahl hindurchschleichen können?

»Ja, das hat sie. Dich mehr als deinen Bruder. Obwohl Mütter doch ihre Söhne mehr lieben sollten.«

In Rosalines Brust ließ der Druck nach, als hätte man ein Loch hineingepiekst.

»Aber Vater, warum wollte sie dann, dass ich gehe? Warum wollte sie mich hinter Klostermauern wegsperren?«

»Nicht alle Ehen sind gut, Rosaline. Ist Livia mit ihrer ständig wachsenden Kinderschar glücklich? Das glaubte deine

Mutter nicht. Nicht alle Männer und Frauen sind einander so liebevoll zugetan, wie wir es waren. Die meisten sind unzufrieden. Deine Mutter wollte, dass du frei bist.«

»Frei! Ein Kloster bedeutet nicht Freiheit!«

»Dort sind deine Gedanken frei, und du musst keinen Haushalt führen. Das Geld, das ich dafür gedacht habe, wird dir einen bequemen Aufenthalt garantieren. Du bist an Gott gebunden, aber nicht an einen Mann. Ja, deine Mutter glaubte, dass das Freiheit sei. Das Beste, das sie für dich arrangieren konnte.«

»Lasst mich selbst wählen.«

»Du bist zu jung, um zu wissen, was das Beste für dich ist. Es ist die Aufgabe eines Vaters, für seine Tochter die Wahl zu treffen. Du hältst mich für einen Tyrannen, aber ich möchte nicht, dass du unglücklich bist. Ich hoffe noch stets, dass du mich dich besuchen lässt. Ich hoffe, du hasst mich nicht.«

Sie dachte einen kurzen Moment nach. »Ich hasse Euch nicht«, sagte sie. »Ich hätte Euch auch lieben können.«

Mit müden, rot geränderten Augen sah Masetto sie an. »Könntest du es nicht jetzt ein bisschen probieren?«

»Es ist nicht genug Zeit übrig.«

»Ja, das stimmt. Die Zeit reicht nicht aus«, sagte er traurig.

Die Lampe auf dem Tisch flackerte, und eine Motte fächelte mit ihren papierzarten Flügeln gegen die Flamme. Sie verweilten beide in der Dunkelheit, tief in ihre Gedanken an eine mögliche Liebe zwischen ihnen versunken, die irgendwann hätte sein können.

Als es spät wurde, zog sich Rosaline ins Haus zurück.

Rosaline konnte nicht schlafen. Unter den Dachbalken war es in ihrer Kammer zu warm, und ihr Hemd klebte an ihrem Körper. Die warme Luft stand. Hellwach lag sie da und lauschte auf das Glockenläuten der Peterskirche, die den Lebenden und Toten die Zeit kundtat. Als sie endlich einschlief, hatte sie wilde, verstörende Träume. Barfuß lief sie durch den Garten der Montagues und suchte zwischen den Ungeheuern und gefallenen Göttern nach Romeo, aber er versteckte sich vor ihr. Plötzlich schreckte sie hoch, nachdem sie von einem Albtraum in den nächsten geglitten war: Sie ertrank, rang nach Luft, aber war zugleich von Feuer umgeben. Jemand presste seine Hand auf ihren Mund.

»Psst! Nicht schreien! Ich bin's, schöne Rosaline, dein Romeo!«, flüsterte er ihr ins Ohr, und sein Gesicht war ihrem ganz nah. Er nahm die Hand von ihrem Mund. Sie konnte ihren Puls in ihren Ohren hören, während er ihre Hand gegen seine Lippen presste. Seine Augen waren dunkel und wunderschön.

»Ich wollte dich nicht erschrecken. Verdammt sei mein Name! Ich bin ein schrecklicher, hassenswerter Mann.« Er betrachtete Rosaline mit besorgtem Gesichtsausdruck. »Wie geht es dir jetzt?«

Sie setzte sich auf, schüttelte Schlaf und Furcht ab, nahm sein Gesicht in ihre Hände und küsste ihn. Das Fenster war offen, die Fensterläden schlugen dagegen, und sie sah, wie er sich in ihre Kammer gestohlen hatte. Er hatte Verletzungen und Tod für einige Momente in ihrer Gesellschaft riskiert. Was konnte das anderes bedeuten als Liebe?

»Was machst du hier?«, fragte sie, immer noch nicht überzeugt, dass er kein Traum war.

»Ich musste dich einfach sehen, Mylady. Ich zähle die Stunden, nein, die Minuten, bis ich dich von diesem Ort weghole.«

Rosaline fand eine Büchse mit trockenem Feuerschwamm und zündete eine Kerze an. Dann betrachtete sie ihn, erstaunt darüber, dass er zu ihr gehörte und sie liebte. Dieser Mann, dieser Montague, der so schön aussah, dass er jede Frau haben konnte – eine, deren Name nicht Tod, sondern Vermögen und Wohlstand für ihn bedeutete –, hatte dennoch sie erwählt und liebte sie.

Romeo griff in sein Wams und zog eine kleine, etwas eingedellte Schachtel hervor, die er ihr überreichte.

Dankbar und verwundert nahm Rosaline sie entgegen. Nur selten bekam sie etwas geschenkt. Sie entfernte das Band und öffnete den Deckel. Darin lag eine Marzipanrose. Sie war in einem so tiefen Rubinrot bemalt und sah so natürlich aus, dass sie zuerst dachte, es sei eine echte Blume.

»Noch eine Rose für meine Rosaline. Und ganz gleich, wie süß sie schmeckt, kann es keine Rose geben, die so süß ist wie ein Kuss meiner schönen Rosaline.«

»Danke schön.«

»Jede Rose ist einzigartig. So wie du. Ich habe sie extra für dich anfertigen lassen, und der Confiseur hat mir versprochen, dass er keine weitere machen wird.«

Rosaline betrachtete die Rose in der Schachtel. Sie schwor sich, dass sie sie niemals essen, sondern für immer bewahren würde, als kristallines Symbol ihrer Liebe und ihrer Jungfräulichkeit, die sie ihm nun schenken wollte.

Er erhob sich, durchschritt den Raum und betrachtete dabei ihre Habseligkeiten. Sie fühlte sich, als ob er sie ansah, in sie hineinsah. Auf ihrem Tisch lag ihre *trousse de toilette*, in der sie auch ihren Kamm aufbewahrte, den ihre Mutter ihr zum zwölften Geburtstag geschenkt hatte. Einmal in der Woche vor dem Schlafengehen hatte Emelia Caterina fortgeschickt, Rosalines Haar gelöst und es eigenhändig ausgekämmt. Es war stets verhedderter, dunkler und dicker als das von Julia oder den anderen Mädchen gewesen.

Sie war mit dem Kamm hindurchgefahren und hatte die Knoten gelöst, während Rosaline halb hypnotisiert die Augen geschlossen hatte. Der Prozess hatte stets lange gedauert. Emelia hatte dabei gesungen, während sie kämmte, flocht und das Haar ihrer Tochter wieder bändigte.

Jetzt nahm Romeo den Kamm und fuhr mit seinem kräftigen Zeigefinger über die zarten Zähne. Einen Moment lang wollte Rosaline aufschreien und ihn anweisen, den Kamm wieder hinzulegen. Er war heilig. Niemand außer ihrer Mutter durfte ihn berühren. Aber ihre Stimme versagte.

Er kam näher und lehnte sich mit dem Kamm in der Hand so über sie, dass sie sich in ihrem Bett nicht rühren konnte. Sie hielt den Atem an. Er ängstigte sie etwas.

»Es ist ein hübsches Ding für ein hübsches Ding«, flüsterte er. »Was ist hier eingraviert? Ich sehe die Belagerung des Liebesschlosses bei La Spineta. Werde ich diese Belagerung gewinnen?«

Er legte den Kamm weg und trat zu ihrer Erleichterung mit einem leisen Lachen etwas von ihr zurück. Sanft streichelte er ihre Wange und strich ihr Haar hinter die Ohren. Mit vollendeter Zärtlichkeit ließ er seine warmen Fingerspitzen über ihren Hals gleiten und hauchte Küsse auf ihr Ohrläppchen, was sie genießerisch erschaudern ließ.

Er griff in sein Wams, zog seine Feldflasche hervor, entkorkte sie und reichte sie Rosaline. »Hier, süßes Mädchen, trink.«

Sie nahm die Flasche und nippte daran. Der Wein war stark und schmeckte nach Honig, nach längst vergangenen Sommern. Doch als sie ihm die Flasche zurückgeben wollte, weigerte Romeo sich, sie zu nehmen. »Nein, der Wein wird dir nach diesem Schrecken wieder Stärke schenken.«

Gehorsam setzte sie die Flasche wieder an, obwohl sie sich nicht mehr ängstigte. Unter seinem wachsamen Blick trank sie diesmal mehr. Die Flüssigkeit brannte in ihrem Hals. Romeo lächelte, als sie schluckte, und um ihn noch mehr lächeln zu sehen, trank sie weiter.

»Lass uns auf etwas trinken«, sagte er, nahm die Flasche und erhob sie. »Auf unsere Liebe, die süßer ist als Wein, auf unsere Leidenschaft, die stärker ist als sein Aroma, und auf meine Dame, die schöner ist als seine goldene Farbe.«

Sie wechselten sich beim Trinken ab und erhoben die Flasche bei jeder Ehrung. Erst beim letzten Schluck bemerkte Rosaline, dass die Flasche leer war.

Romeo beugte sich zu ihr und küsste sie erneut. Seine Lippen waren mit honigsüßer Flüssigkeit benetzt. Sie lachte und fiel berauscht zurück. Der Raum drehte sich. Ihr war warm, und sie war durchdrungen von Liebe.

Vielleicht war das ja der Grund, weshalb er in ihre Kammer gekommen war – um ihr Küsse und Wein aufzudrängen? Rosalines Enttäuschung verschmolz mit Erleichterung. Aber dann stellte Romeo die Flasche ab und legte sich vorsichtig neben sie auf ihr niedriges Bett. Langsam strich er über ihren nackten Arm. Sie erschauerte vor Sehnsucht, und er begann mit den Seidenverschlüssen ihres Unterkleids zu spielen, zog daran, bis das Gewand ihre Schulter frei gab, und zog weiter. Dann griff er nach ihrem langen Zopf und wand ihn sich wie ein Seil ums Handgelenk. »Siehst du? Ich bin ein Gefangener der Liebe. Und ich werde nicht zulassen, dass du ins Kloster gehst. Wir werden Verona gemeinsam verlassen und frei leben. Nicht als Montague oder Capulet, sondern als Mann und Frau.«

»Als Ehemann und Ehefrau?«

Er antwortete nicht, sondern verschloss ihren Mund mit einem weiteren Kuss. Dann zog er ihr das Nachthemd über den Kopf, sodass sie nackt auf dem Laken lag.

Sie fühlte sich entblößt und unsicher und wollte nach der Decke greifen, aber Romeo hielt ihre Hand fest.

»Nein, nur Kinder erröten. Oh, süße Geliebte, deine Schönheit ist wie die Sonne. Nein, nicht wie die Sonne. Das Leuchten deiner Augen würde die Sterne beschämen.«

Rosaline lachte, erstaunt darüber, dass jemand sie mit solch wundervollen Worten beschrieb. Sie versuchte nicht mehr, ihren nackten Körper zu bedecken. Auf keinen Fall sollte Romeo sie für kindisch halten, sondern für eine schöne, geistreiche Frau, die einem Mann wie ihm ebenbürtig war. Sie wünschte, sie wäre nicht so dünn und ihre Brüste wären nicht so klein. Auch dass sie hervorstehende Rippen hatte, war ihr schmerzlich bewusst. Warum hatte sie nur nicht die gerundeten Formen ihrer älteren Capulet-Cousinen? Bevor Livia dauerhaft schwanger geworden war wie eine von Caterinas Katzen, war sie beneidenswert kurvig gewesen wie eine reife Herbstbirne.

Trotz Rosalines Liebe und ihrer neu erwachenden Lust auf ihn musste sie ihre Fäuste ballen, um sich davon abzuhalten, das Laken über sich zu ziehen. Jetzt, da der Moment gekommen war, war sie nicht sicher, ob sie es so sehr ersehnte, wie sie gedacht hatte. Tränen ballten sich in ihrer Kehle wie eine harte Brotkruste, auch wenn sie nicht wusste, warum. Sie schluckte sie herunter, bevor er es bemerkte. Er durfte sie nicht für kindisch oder launisch halten. Sie wollte seine Liebe. Sie musste wie eine Sonnenblume sein, die ihre Blüten der Sonne entgegenreckte.

»Du denkst, das ist dein Fuß«, flüsterte er und ergriff ihn.

»Aber du irrst. Er gehört mir.« Während er sprach, bedeckte er ihren Spann mit Küssen, die so leicht wie Ascheflocken waren. »Und das ist nicht dein Bein, sondern meins.« Sie fühlte seinen Mund, die Wärme seines Atems und das leichte Kratzen seines Barts, während er ihren Oberschenkel entlang und höher glitt. Erneut erwachte ihr Verlangen. Er war erfahren, meisterhaft nicht nur in seiner Sprache, sondern auch in den sinnlichen Künsten.

»Das ist nicht deine Brust und nicht dein Herz. Denn auch sie gehören jetzt mir, wie jeder Teil deines Körpers.«

Sie wollte nicht, dass er aufhörte, aber seine Lippen berührten nicht mehr ihre Haut. Er blickte auf sie herunter.

»Versprich mir, dass du mir gehörst.«

»Ja, ich gehöre dir.«

»Schwöre es.«

Ihr fiel kein Schwur ein, der ihn zufriedenstellen würde, aber sie wollte, dass er sie wieder berührte, dass er sie liebte. Sie würde fast alles sagen, damit er es tat.

»Ich schwöre beim Mond über uns.«

Zu ihrer Erleichterung beugte er sich herunter und küsste sie. Sie beobachtete, wie Romeo sich aus seiner Kleidung wand wie eine Schlange, die sich häutete, bis auch er nackt war. Er legte sich neben sie, sie spürte seinen Hüftknochen, das Haarbüschel an seinem Becken.

Als sie versuchte, sich aufzusetzen, drückte er sie zurück aufs Bett, freundlich, aber bestimmt. »Alles ist gut, Geliebte«, flüsterte er.

»Wir werden heiraten?«, fragte Rosaline. Ihre Stimme klang schwach und fremd.

»Ich schöre dir, dass ich nicht zulassen werde, dass sie dich in einem Kloster wegsperren. Sie werden dich mir nicht wegnehmen«, sagte er und küsste sie erneut. Er zog ihre Arme über ihren Kopf, und sie konnte sich nicht bewegen, selbst wenn sie es gewollt hätte. Er drängte sich gegen sie. Es schmerzte, und unter der Demütigung seines Eindringens schrie sie überrascht auf. Obwohl sie wimmerte, hielt er nicht inne, wurde nicht langsamer. Sein Atem ging stoßweise, und er kniff seine Augen zusammen, während er in sie stieß.

Und dann endlich war er wieder still. Er bewegte sich nicht, sondern lag klebrig auf ihr, schwer wie der Tod.

Sie schlief und träumte von nichts. Er weckte sie sanft, indem er flüsternd ihre Schönheit pries. »Du bist alles für mich. Ich brauchte keine Augen, bevor ich dir begegnete. Deine Stimme ist wie Musik.«

Sie lächelte und badete in seinen Liebesbekundungen. Seine Finger fuhren durch ihr Haar, während sie weiterdöste und dabei auf die Geräusche im langsam erwachenden Haus lauschte.

»Mit der Zeit wirst du lernen, mehr Spaß beim Liebesakt zu haben«, sagte er.

Sie atmete erleichtert aus, weil er erkannt hatte, wie unglücklich sie war.

»Ich werde es dich nach und nach lehren.«

Seine Fingergelenke rieben die weichen Hügel am Ende ihres Rückgrats. Aber dieses Mal ging er langsam vor, flüsterte Liebeserklärungen, bis sie sich sicher fühlte, als ob sich ihr eine neue Welt öffnete. Sie befand sich an einem Ort, den sie nie zuvor gesehen hatte, in einem schmalen Durchgang zwischen Traum und Wirklichkeit. Die Glocken der Basilika auf dem Hügel begannen erneut im Rhythmus ihres eigenen Atems zu läuten, und Rosaline wollte, dass sich ihr diese neue Welt eröffnete, dass es ihr darin gefiel und sie wieder und wieder dorthin zurückkehren würde.

Danach begann Romeo, sich anzukleiden. Bäuchlings lag Rosaline auf dem Bett und beobachtete ihn dabei. Das Licht hatte sich geändert, der Himmel schien mit Blut übergossen. Sie wollte nicht, dass er sich anzog, ihr gefiel, wenn er nackt war. Denn dann gehörte er ihr und in diese Kammer, in diese Stunde und in diese Welt, in der es nur sie beide gab.

Während er erst sein Hemd und dann seine Hose anzog, sein Wams, die Strümpfe und schließlich seine Lederstiefel, spürte sie, wie sie traurig wurde.

Romeo setzte sich neben sie und fuhr mit den Fingerspitzen über die knochigen Rippenbögen, die kleine, hohle Muschel ihres Bauchnabels, die Erhöhung ihres Schlüsselbeins. »Du bist perfekt. In Schönheit wie in Charakter. Du bist sanftmütig und schüchtern. Vielleicht hast du Angst, aber ich werde dich vor allem bewahren.«

Rosaline lauschte seiner Beschreibung mit zunehmender Verwirrung. Sie war weder sanftmütig noch schüchtern und wurde immer von ihrem Vater, ihrem Bruder und sogar von Caterina ausgeschimpft, weil sie stets wie ein Wasserfall plapperte. Nur heute Nacht war sie ängstlich gewesen, weil Romeo wie ein Geist in ihrer Schlafkammer aufgetaucht war, wie aus den Schatten heraufbeschworen. »Ich bin nicht schüchtern und weder perfekt noch sanftmütig.«

»Psst. Natürlich bist du perfekt. Dass du es bei dir selbst nicht erkennst, macht dich nur noch perfekter, meine schöne Rosaline.«

Rosaline runzelte die Stirn. *Schön.* Sie zog es vor, wenn er sie anders beschrieb. *Meine süße Rosaline. Liebste Rosaline.* Er nannte sie schön wegen ihres Aussehens, aber sie war nicht das, was man landläufig als schön bezeichnete, nämlich von heller, blasser Hautfarbe, sondern dunkel und verheißungsvoll. Sie wollte, dass Romeo sie so liebte und verehrte, wie sie war, nicht die Version einer Frau in ihr sah, der sie nicht entsprach.

Er saß neben ihr, fuhr mit der Hand glättend über ihr Haar und spielte mit ihrem Ohrläppchen. Schließlich beugte er sich zu ihr hinunter und flüsterte ihr ins Ohr: »Und, meine Rosaline, du verstehst, dass du niemandem etwas über unsere Liebe sagen darfst? Es würde meinen Tod bedeuten. Und deine Verbannung.«

Wieder spürte sie Tränen aufsteigen, und einen Augenblick lang fühlte es sich an, als müsse sie daran ersticken. Obwohl sie wusste, dass er recht hatte und dass weder sie noch Romeo eine Chance hatten, missfiel es ihr, Geheimnisse vor Julia, Tybalt oder gar Caterina zu haben. Das erste Mal, seit sie Romeo getroffen hatte, fühlte sie statt Freude über ihn maßlose Einsamkeit.

Er schien ihr Unbehagen zu spüren, denn er zog sie an sich und flüsterte: »Die Welt ist gegen uns, Geliebte. Es gibt nur dich und mich, meine süße Lady. Wir beide sind vereint, aber umgeben von einem grausamen, launenhaften Ozean.«

Rosaline wusste, dass das, was er sagte, stimmte. Wenn ihr Vater oder ihr Bruder ihre Liebe entdeckte, würde sie ins Kloster gesteckt werden, bevor Romeo und sie fliehen könnten.

Romeo würde wahrscheinlich getötet werden. Solange sie sich liebten, waren ihre Familie und ihre Freunde ihre Feinde. Nach dem, was sie in der letzten Nacht getan hatte, war sie bereits ein Kuckuck im Nest der Capulets.

Klauen des Zweifels zerrissen ihr Inneres. Sie konnte Romeo aufgeben und stattdessen Pflicht und Ergebenheit gegenüber ihrem Vater und ihrer toten Mutter wählen. Mit Romeo durchzubrennen, wäre auch ein Verrat an Emelia. Niemand müsste erfahren, dass sie mit Romeo geschlafen hatte; sie könnte ihre Liebe für ihn mit ins Kloster nehmen und sie dort langsam vertrocknen lassen. Doch schon während sie darüber nachdachte, wusste sie, dass das unmöglich war. Sie hatte sich bereits entschieden.

Er bedeckte sie mit zahllosen Küssen, dann stand er auf und ging zum Balkon. Gegen den Fensterrahmen gelehnt, blieb er stehen. Die Strahlen der Morgensonne verfingen sich in seinem Haar, seine Liebe für sie warf ihr Licht auf sie, blendete sie wie die Mittagssonne auf einer Wasseroberfläche. Sie fühlte, wie sie weicher wurde, und entspannte ihren Kiefer. Sie wusste, dass sie kein Gelübde ablegen konnte, weder jetzt noch später. Sie wollte ihn, ihren Romeo. Sie wollte diese neue Welt, die er ihr eröffnet hatte.

Es wurde bereits heiß, und jeder Atemzug war ein Kampf gegen den Staub. Die Häuserreihen gaben einen ständigen Wärmestrom wie die rußbedeckten Öfen in den Küchen ab. Hungrige Bremsen machten sich über die Streuner her, die im kühlenden Schatten lagen. Masetto und sein Bruder, der ältere Lord Capulet, nannten die stinkende Stadt »unerträglich« und eilten zur Peterskirche, um gemeinsam zu beten und zur Beichte zu gehen.

Der Angriff der Hitzewelle nach den Pestqualen konnte nur bedeuten, dass der Allmächtige immer noch verärgert war, dass sie um Vergebung beten, beichten und büßen mussten. Aber während die älteren Capulets den Himmel ergeben und demütig anflehten, versuchten die jüngeren Capulets, der Hitze schneller und weltlicher zu entkommen. Auf Tybalts Vorschlag hin planten sie, einen Tag in den Wäldern zu verbringen, um ihr Mahl im Schatten der Bäume zu genießen. Dort wollten sie bleiben, bis die kühle Nacht hereinbrach. Wenn sie schon von der Pest, der Hitze oder einer anderen Plage heimgesucht werden würden, dann sollten sie zumindest vorher ausgelassen ein Fest feiern.

Aber Rosaline verspürte kein Verlangen, mit den anderen in den Wald zu gehen. Sie wollte in ihrer Kammer bleiben, auf dem Bett liegen und nur an Romeo denken. Sie war durchtränkt von Liebe, ihr Herz war wund. Sie schnalzte leise, ihre Zunge fühlte sich klebrig vor Salz an. Sie schmeckte ihn noch immer. Ihr Kopf tat weh von dem Wein, den sie mit Romeo getrunken hatte, und während aus dem Morgen Mittag wurde, wuchs der Schmerz in ihren Schläfen.

Zuerst versuchte sie, Caterina davon zu überzeugen, dass sie nicht gehen würde, dass sie Kopfschmerzen habe und ihr übel sei. Daraufhin brachte ihr Caterina Pfefferminztee, der ihren Magen beruhigen sollte. Dann versuchte Rosaline es mit Schmeicheln und schließlich mit Trotzen und Schmollen. Nichts half. Wie immer hörte ihr niemand zu. Sie wurde auf den Karren geladen, zusammen mit einem großen Stück geräucherten Schinken, Melonen, Feigen, Schläuchen voller Bier und Wein, einem Glas Honig und einem Stapel Servietten.

Zum Schluss half man auch Julia auf den Wagen, und sie quetschte sich neben sie. »Ist es nicht großartig, dass wir die Stadt verlassen, Cousine?«, sagte sie und stieß Rosaline in die Seite.

Vor Glück leuchtete Julias Gesicht rosafarben, und Rosaline konnte nicht umhin zu lächeln und sich an der Begeisterung des jüngeren Mädchens zu erfreuen. Sie versuchte, nur auf ihre eigenen Gedanken zu lauschen, als das Fuhrwerk langsam die Wege zwischen Klatschmohn und Fliegenschwärmen hindurchrollte, aber Julia zwitscherte unablässig wie ein aufgeregter Spatz. Rosaline konnte sich kaum auf sie einlassen, weil sie nur an Romeo dachte. Wann würde er kommen, um sie holen, und wann würde sie ihn das nächste Mal sehen?

Ratlos, weil Rosaline schwieg, wandte sich Julia von ihr ab und begann, Trauben aus dem Korb zwischen ihren Füßen zu Tybalt zu werfen, der versuchte, sie mit dem Mund aufzufangen. Normalerweise hätten solche Possen Rosaline abgelenkt, und sie hätte Tybalt ebenfalls vergnügt beworfen. Aber an diesem Morgen war ihr nicht danach zumute.

»Rosaline!«, rief Tybalt. »Ich habe dich dreimal angesprochen, und du hast nicht geantwortet. Bist du krank, oder hast du schlechte Laune?«

»Warum denkst du, etwas stimmt nicht mit einer Frau, nur weil sie nicht die ganze Zeit plaudert oder bei kindischen Spielen mitmacht?«

Zu ihrer Erleichterung sprach Tybalt sie nicht erneut an, sondern beobachtete sie nur schweigend mit besorgt gerunzelten Augenbrauen. Die frische Luft half gegen ihre Übelkeit und ihre Kopfschmerzen.

Als sie den Wald erreichten, sprangen die Mädchen herunter, während die Bediensteten die Pferde ausspannten und begannen, die Verpflegung vom Karren abzuladen und den Rest des Weges zu tragen. Die Pferde führten den gewundenen Pfad in den Wald an. Mit ihren Hufen wirbelten sie trockene Blätter und Dreck auf, mit wehenden Schwänzen schlugen sie nach den Fliegen.

Die Luft war feucht und roch nach den hellgrünen Farnen, die auf beiden Seiten des Pfads wuchsen und ein Dach für die Kreaturen bildeten, die darunter umherhuschten.

Während sie weiter in diese fremde Welt eindrangen, fühlte sich Rosaline, als ob sie eine Klosterkapelle betreten hätten, in der das Licht, das durch das Blätterglas fiel, jede denkbare Grünschattierung aufbot. Die Stille hatte etwas Düsteres, nur gelegentlich durchbrach sie eine Brise. Sie ging tiefer und tiefer zwischen den Bäumen, voller Sehnsucht danach, sich in dem wiegenden Grün zu verlieren. Sogar der Gesang der Vögel schien gedämpft und weit entfernt.

Einige Zeit später erreichten sie eine Lichtung. Endlich standen die Pferde still, und Rosaline beobachtete, wie die Bediensteten die Körbe absetzten und Brot, Flaschen und Schinken herausnahmen, um das erste Mahl vorzubereiten. Julia brannte darauf, Caterina und den anderen Bediensteten beim Auspacken des Proviants zu helfen, aber Rosaline war nicht hungrig. Sie wollte nur allein sein, und statt bei den anderen in der kleinen Senke zu verbleiben, lief sie tiefer in den Wald hinein.

Kleine weiße Blumen übersäten den Boden wie irrtümlich verlegte Kiesel. Efeuranken schwangen schlangenartig von Birken und Eichen herab, ihre kräftigen Nacken wanden sich muskulös die Stämme empor auf der Jagd nach Licht. Brombeerranken kratzten und bissen in ihre Knöchel, und eine Flottille zinnoberroter Schmetterlinge, nicht größer als Fingernägel, umschwirrte eine Stechpalme, wie zum Leben erwachte Beeren, die Oberon verzaubert hatte.

Sie ging weiter, stieg über gefallene Äste, die über dem Pfad lagen und ihn unter sich verbargen. Tiefer und tiefer wanderte sie in den Wald, bis sie den Weg nicht mehr ausmachen konnte und nicht mehr wusste, aus welcher Richtung sie gekommen war. Atemlos und erhitzt setzte sie sich auf einen umgestürzten, mit Moos bewachsenen Baumstamm.

Dann hörte sie die Stimme eines Mannes, der nach ihr rief.

Einen Moment lang rauschte das Blut in ihren Ohren, sang vor Freude – es war Romeo! Glücklich und aufgeregt stand sie auf, errötete vor freudiger Erwartung. Aber es war Tybalt, der sich einen Weg zu ihr durch das Dickicht bahnte.

Erhitzt setzte er sich neben sie und wischte sich den Schweiß vom Gesicht. Rosaline verbarg ihre Enttäuschung. Sie versuchte, glücklich über sein unerwartetes Auftauchen zu sein. Aber wenn sie nicht Romeo haben konnte, wollte sie lieber allein sein.

Tybalt nahm eine Flasche aus seiner Jacke und trank durstig, dann bot er sie ihr an. Dankbar nippte sie daran. Tybalt grinste sie an, und ihre Verstimmtheit über sein unerwartetes Erscheinen begann zu verschwinden wie die kleinen Mücken, die er verscheuchte.

»Ich bin aus der Puste, weil ich dir nachgeeilt bin. Du gehst nicht auf ausgetretenen Wegen, Rosaline. Kletten haben sich an deinem Unterkleid verfangen.«

»Die kann ich abmachen. Aber was ist mit den Kletten in meinem Herzen?«

»Oh, ich würde gern versuchen, sie auch zu entfernen, denn ich sehe, wie unglücklich du bist.«

»Das glaube ich dir, Cousin«, sagte Rosaline und ergriff seine Hand.

Tybalt ließ sie nicht los, sondern fasste sie noch fester, und für einen kurzen Augenblick lehnte Rosaline ihren Kopf an seine Schulter. Sie fragte sich, ob er spürte, dass sie sich verändert hatte. Dass sie einen Mann liebte, der ihre Gefühle erwiderte, und dass ihre Jungfräulichkeit nun vergangen war. In ihr summte es vor Aufregung.

»Du bist so still. Dein Schweigen verrät mir, wie unglücklich und verängstigt du sein musst«, sagte er.

Rosaline gab keine Antwort.

»Ich würde dich gern vor dem Kloster retten, Rosaline. Was, wenn du mich heiratest?«

»Dich, Cousin?« Überrascht setzte sie sich auf und ließ seine Hand los. Überzeugt, dass er sie neckte, wandte sie sich ihm zu. Sein jungenhaftes Gesicht war noch gerötet von der Jagd nach ihr durch den Wald, und über seiner Oberlippe entdeckte sie einen zarten Rand von Schweißperlen und einen ersten Flaum. Doch sein Gesichtsausdruck war liebevoll und zugewandt.

Besorgt runzelte er die Stirn und senkte den Blick. Ein heftiges Gefühl von Zärtlichkeit für ihn regte sich tief in ihr.

Vor langer Zeit hatte sie einen Vogel, den sie aus Goldpapier gebastelt hatte, hoch in eine dicke Hecke geworfen und aufgeschluchzt, als sie fürchtete, ihn verloren zu haben. Stundenlang hatte Tybalt die Hecke durchforstet, um den Vogel für sie zu finden, wobei er sich Arme, Beine und das Gesicht an Dornen und den Stechpalmenzweigen aufgerissen hatte. Seine Bemühungen waren fruchtlos gewesen, aber er hatte so lange gesucht, bis die Dunkelheit hereinbrach.

Jetzt war sie selbst der goldene Vogel, und er versuche immer noch, sie aus dem dornigen Dunkel herauszuziehen.

Sie stupste mit dem Knie gegen seins. »Oh, Tybalt. Es ist unmöglich. Sie würden es niemals zulassen. Du bist arm, du musst ein reiches Mädchen mit einer stattlichen Mitgift heiraten. Und mein Vater möchte die Mitgift, die ich bekommen würde, einsparen.«

Tybalt wischte ihre Bedenken mit einer Handbewegung fort. »Pfff. Ich habe schon von weniger gelebt, und du wirkst hier im Wald, umgeben von den Bäumen, sehr glücklich. Wir könnten weglaufen, immer tiefer hinein, bis wir auf der anderen Seite wieder auftauchen. Zusammen durchbrennen.«

In ihrer Kindheit war Tybalt ihr bester Freund gewesen, der Hüter all ihrer Geheimnisse. Sie hatten erbittert gestritten, Rosaline hatte ihn geschlagen, gebissen, sein Spielzeug gestohlen, ein- oder zweimal versucht, ihn zu ertränken. Aber sie hatte auch alle ihre Schätze mit ihm geteilt und er mit ihr. Würmer. Süßigkeiten. Bücher. Freude und Bestrafung.

Unbeirrt betrachtete er sie jetzt und blinzelte den Schweiß fort. Sie begriff, dass Zeit und räumliche Distanz nichts an ihrer Freundschaft und an seinen liebevollen Gefühlen für sie geändert hatten. Er wollte auch ihr Unglück teilen.

»Meine Schwierigkeiten gehen nur mich etwas an. Du kannst sie mir nicht nehmen, Tybalt.«

Doch noch während sie die Worte aussprach, erkannte Rosaline, dass sie ihren Freund zum ersten Mal anlog. Die Lüge breitete sich in ihrem Magen aus, wurde zu einem Klumpen, als hätte sie etwas Verdorbenes gegessen. Sie konnte ihm nicht sagen, dass sie Romeo heiraten würde, um dem Kloster zu entkommen, genauso wenig, wie sie ihm ihre Liebe für Romeo gestehen konnte. Denn Romeo war nicht wie das Gelege im Rotkehlchennest im Distelfeld oder die Prügel, die Valentio ihnen beiden verabreicht hatte, als er sie des Bücherdiebstahls verdächtigt hatte.

Romeo war ein Montague, und wenn sie Tybalt sagte, dass sie ihn liebte, würde er ihn umbringen. Oder beim Versuch selbst sterben.

Er wandte den Blick ab und schaute in das gewölbte Grün über ihnen. »Wenn sie dich wegsperren, wirst du verdorren. Was ist mit deiner Laute und deinem Gesang? Du brauchst schöne Musik und saftigen Humor, damit es dir gut geht. Ich kenne dich. Du bist nicht demütig und religiös, Rosa. Du bist Feuer und Übermut.«

Fast hätte Rosaline bei seiner Einschätzung ihres Charakters gelächelt. Er hatte recht, auch wenn es nicht sehr schmeichelhaft klang.

»Wie soll ich weiterleben, wenn ich weiß, dass du leidest und unglücklich bist?«, fuhr er fort. Seine Stimme klang dunkel und traurig. »Wir, die beiden unbeachteten Capulets, haben stets alles geteilt.«

»Wir sind immer beste Freunde gewesen.«

»Wie wahr. Und warum sollten sich dann die anderen darum kümmern, was wir machen? Wir bedeuten ihnen so wenig. Komm, Rosa, lass uns heiraten.« Er hielt inne. Sein Gesicht war angespannt vor Verwirrung und zunehmendem Schmerz. »Warum ziehst du ein Leben im Kloster einem Leben mit mir vor?«

Er nahm ihre Hand, aber sie entzog sie ihm vorsichtig. »Ich liebe dich nicht als Frau, Tybalt, und du liebst mich nicht als Mann. Es wäre nicht fair. Du bist mir wie ein Bruder. Besser als mein eigener Bruder. Der Bruder meines Herzens. Aber ich bin so dankbar«, sagte sie und lehnte sich erneut an seine Schulter. »Du bist der beste aller Freunde.«

Zärtlich küsste sie ihn auf die Wange. Doch er stand abrupt auf, und als sie nach ihm greifen wollte, wehrte er sie ab. Zu ihrem Erstaunen schien er nicht so erleichtert zu sein, wie sie erwartet hatte. Mit seinem Angebot hatte er seine Pflicht erfüllt, und sie hatte ihn von dieser Verpflichtung befreit. Dennoch wirkte er nicht wie ein dankbarer Mann, dem man eine Last genommen hatte.

Er wandte ihr den Rücken zu und schwieg eine Weile, bis er forsch sagte: »Lass uns zu den anderen zurückkehren.«

Rosaline betrachtete ihn verwirrt. »Kennst du den Weg?«

Tybalt antwortete nicht, sondern schlug die Richtung ein,

aus der er gekommen war. Während er ging, hieb er mit einem Stock auf die Brombeeren ein.

Rosaline eilte ihm nach. Sie versuchte, ihn in ein Gespräch zu verwickeln, aber egal, welches Thema sie anschlug – sie scheiterte. Tybalt schien sie nicht zu hören. Sie gingen den Rest des Weges in unbehaglicher Stille, abgesehen vom melodiösen Gesang einer Walddrossel.

Irgendwer hatte auf der Lichtung eine Decke ausgebreitet. Müde streckte Rosaline sich darauf aus. Sie schlug nach den Mücken, die sie immer zahlreicher umschwirrten, je goldener das Licht wurde, das durch das grüne Blätterdach fiel. Julia reichte ihr ein weiteres Glas Honigwein, das Rosaline schnell trank. Sie hoffte, dass Caterina es nicht bemerken würde. Sie betrachtete den kleinen Berg leerer Austernschalen und die vergilbender Schinkenrinden, auf denen Ameisen krabbelten. Der Wind brachte Lärche und Fichte zum Zittern wie fehlender Regen, und ein Kuckucksruf drang vom Wald her zu ihnen.

Julia hockte sich neben sie. Die Bediensteten zündeten Lampen an, die wie strahlende Dotter im Dämmerlicht leuchteten.

»Küss mich, Julia«, sagte Rosaline. »Sag, dass du mich liebst, denn ich liebe dich, meine süße Cousine.«

Julia nahm ihr Gesicht in ihre Hände und küsste sie rasch. »Oh, Rosaline, du und ich sind eins. Ich danke dem Schicksal jeden Tag von Neuem, dass es uns zusammengebracht hat.«

»Ah, da irrst du dich. Es war nicht das Schicksal, sondern Tybalt, der mich darum gebeten hat.«

»Dann danke ich der mildtätigen blinden Frau namens Fortuna und Tybalt, der weder blind noch eine Frau und dennoch mildtätig ist.«

Als er seinen Namen hörte, blickte Tybalt von jenseits der Lichtung zu ihnen. Doch als sein Blick Rosalines traf, schaute er rasch wieder weg. Seine Gesichtszüge wirkten vor Unglück wie eingefroren.

Rosaline seufzte, befremdet und verärgert zugleich. Sie würde nicht zulassen, dass Tybalt ihre verbleibende Zeit verdarb. Trotzdem spürte sie, dass sie nicht glücklich sein konnte, wenn er es nicht ebenfalls war. Warum nahm er nicht an ihren ausgelassenen Freizeitspäßen teil?

Auf einer der Decken lag eine Laute. Rosaline hob sie auf, zupfte die Saiten und begann zu singen. Die anderen Mädchen erhoben sich, um zu tanzen. Wie immer tröstete der melancholische Klang der Laute sie, lockte sie in eine andere Dimension zwischen Tag und Dämmerung, die ausschließlich aus Musik bestand. Etwas Wildes lag in der Luft, sie spürte, wie es in der Dunkelheit um sie herum lauernd nach ihr schnappte.

Unter des Laubdachs Hut
Wer gerne mit mir ruht
Und stimmt der Kehle Klang
Zu lustger Vögel Sang:
Komm geschwinde! Geschwinde! Geschwinde!
Hier nagt und sticht
Kein Feind ihn nicht
Als Wetter, Regen und Winde.

Ihre Stimme, die normalerweise so klar wie die einer Lerche im Frühling war, schwankte und brach. Diese Menschen hier waren ihre Familie, und trotzdem hatten Tybalt und sie nie selbstverständlich und voller Leichtigkeit dazugehört: Sie waren die zweite Garde der Capulets, weniger wertvoll, außer füreinander. Was würde geschehen, wenn all diese Capulets erführen, dass sie einen Montague liebte?

Zu ihrem Spiel tanzte Julia zwischen den schwarzen Eiben. Sie hatte die Augen geschlossen, ihr Kleid war nur halb zugeknöpft und bis zum Knie hochgehoben. Ihre Schuhe hatte sie verloren. Barfuß sprang sie zwischen den gefallenen Blättern und dem Schöllkraut umher. Mit ihren Fußsohlen zerdrückte sie dunkle Veilchenblütenblätter und bleiche Lanzen von Hexenkraut.

Rosaline legte die Laute weg, um mitzutanzen. Sie zog ihre Schuhe aus und ergriff Julias Hand. Ein anderer Lautenspieler griff nach dem Instrument und übernahm das Musizieren. Rosaline und Julia wiegten sich im Takt. Die anderen Mädchen taten es ihnen nach, während die Jungen, angetrunken vom Wein, klatschten und sie anfeuerten. Rosaline drehte und drehte sich, die Bäume verschwammen vor ihren Augen, wurden zu grünen, schwarzen und goldenen Flecken.

Ihr Haar löste sich aus der Spange und kitzelte ihre erhitzten Wangen. Alles um sie herum schien aus Musik, Rufen, Geräuschen und dem frechen Vogelzwitschern zu bestehen.

Im Dunkeln wurde zischend geflüstert, dass sich der Fürst von Verona persönlich unter ihnen befände und ihren Tanz beobachten würde. Auch er war in den Wald geritten und hatte die ausgelassene Gesellschaft im Lampenschein entdeckt. Er wurde von einem Freund begleitet. Einem reichen, gut aussehenden. Die Mädchen wirbelten noch schneller herum, lachten noch lauter. Rosaline entdeckte den Fürsten. Trotz der Hitze trug er einen Umhang, der mit Hermelin gefüttert war. Aber er trug auch einen kecken Strohhut als passende Kopfbedeckung für seinen ländlichen Ausflug in den Wald.

Zwei Diener in Livree hatten an seiner Seite Posten bezogen.

Sie gehörten nicht hierher, an diesen grünen Ort. Sie verkörperten die Stadt mit ihren Regeln und Hierarchien, und sie verstanden nicht, dass im dämmrigen Wald die Welt nur aus Musik, Tanz und Wein bestand. Zudem hörten sie nicht auf, die Mädchen anzustarren. Sie rochen nach Zwietracht, und allein ihre Anwesenheit beunruhigte Rosaline.

Der Freund des Fürsten war ein großer, gut gewachsener Mann mittleren Alters, dessen Bauch nicht mehr ganz in sein Wams passte. Der Abend war warm, und die Stirn des Fremden glitzerte vor Schweiß. Bedienstete eilten hin und her, brachten den beiden Neuankömmlingen Austern und Wein, der im Fluss gekühlt worden war.

Der Mann konnte nicht aufhören, Julia anzusehen, wie ein Hütehund, der ohne zu blinzeln seine Herde im Blick hat. Nein, er starrte sie an, als ob er sie am liebsten verspeist hätte. Trotz der Hitze erschauderte Rosaline.

Mit dem Fürsten sprach er zu laut, wie ein Mann, dem es gefiel, wenn man ihm lauschte. »Wer ist das Mädchen?«, fragte er. »Die Kleine da?«

»Wen meinst du, Paris? Das Kind da drüben?«, fragte der Fürst und wies zu Julia.

Die Stimmen der Männer passten nicht hierher. Rosaline tanzte mit Julia ein Stück weiter weg, bevor sie noch mehr über sie reden konnten. Sie hörte das Bellen eines Fuchses und sah seinen buschigen roten Schwanz einen Baumstumpf entlangstreichen. In der Ferne erklang das Heulen eines Wolfes, der auf eine Antwort lauerte. Ein Teil von ihr, wild und zugleich wie ein Beutetier, erzitterte. Aber sie hatte keine Angst vor dem Wolf. Sie fürchtete den Fürsten und Paris mehr.

Paris beobachtete Julia immer noch. Seinen Wein hatte er vergessen, und er leckte sich über seine ohnehin feuchten Lippen. Rosaline sah, dass Tybalt entfernt von den anderen saß. Vergeblich versuchte sie zu ignorieren, wie unglücklich er wirkte, während er sie beobachtete. Sie und Julia entfernten sich noch weiter, weg von allen anderen. Vom Fürsten, von seinem Freund, von Tybalt, von all den Augen, weg vom Licht und hinein in die schützende Dunkelheit des Waldes.

5. KAPITEL

Mein Herz bleibt hier

Die Zeit verging langsamer, um schließlich ganz stillzustehen. Nicht länger war sie wie feiner Sand, der durch die Sanduhr floss, sondern dicker Sirup. Zwischen jedem Schlag der Kirchenglocke verging nicht eine Viertelstunde, sondern ein ganzes Jahr. Rosaline fand es unerträglich. Es war nicht möglich, dass Romeo sie vergaß, obwohl ihnen nur noch neun Nächte blieben. Acht Nächte. Sieben. Sie konnte es nicht glauben. Sie wollte es nicht glauben.

Warum kam er nicht? Zweifelte er an ihrer Liebe? Sie verfluchte, dass sie als eine Capulet geboren worden war, und jeder ihrer Atemzüge war wie ein Seufzer. Warum tust du das, Romeo? Er schickte keine Nachricht, meldete sich nicht.

Jede Nacht ließ sie das Fenster geöffnet, aber er kam nicht zu ihr. Legte keine Rose auf ihren Balkon. Sie litt still, war sich seiner Liebe so sicher gewesen.

Nichts konnte sie trösten, nur Romeo selbst. Seine Abwesenheit bewirkte, dass sie sich nach ihrer Mutter sehnte. Die Trauer war wie ein Bauchschmerz, der in Wellen kam und bei dem sie sich manchmal regelrecht verkrampfte. Nur dem Geist ihrer Mutter konnte sie ihre heimliche Liebe anvertrauen, aber es war ein leeres Vertrauen, denn Emelia antwortete ihr nicht, tadelte sie nicht einmal oder schimpfte mit ihr. Ihr Ärger wäre besser gewesen als diese tödliche Gleichgültigkeit.

Verzweifelt wollte Rosaline in dem Anhänger ihrer Mutter etwas Trost suchen. Er war alles, was ihr von ihr geblieben war. Aber zu ihrer Bestürzung befand er sich nicht in ihrem Zedernkästchen. Wo er hätte liegen sollen, fand sie nur das Sammelsurium ihrer Kindheit vor: farbige Kiesel und Muschelschalen, die gelbe Feder eines Goldfinks, ein ausgeblasenes Rotkehlchen-Ei in geflecktem Türkis, das Exemplar von Ovids Geschichten, das Tybalt Valentio gestohlen und Rosaline geschenkt hatte. Aus alter Gewohnheit blätterte sie durch die geliebten Illustrationen: Thisbe wartete am Grab auf Priamus, und Daphne befand sich mitten in ihrer Verwandlung von einer Nymphe in einen Lorbeerbaum, um Apollos Nachstellungen zu entkommen.

So schön diese Besitztümer auch waren, konnte sie doch nirgends die Goldkette mit dem Smaragdanhänger entdecken. Sie suchte danach in der geschnitzten Truhe und auf dem Tablett neben ihrem Bett, aber auch dort sah sie keinen grünen Schimmer, kein goldenes Funkeln. In ihrer Kammer befanden sich nur wenige Möbelstücke, es gab kaum Möglichkeiten, etwas zu verstauen. Erschrocken kroch Rosaline auf dem Boden umher und spähte unter das Bett, um zu sehen, ob die Kette in eine Lücke zwischen den Bodenbrettern geglitten war.

So fand Caterina sie vor: auf allen vieren kriechend, mit schmutzigen Fingernägeln. Sie beide durchsuchten die Kammer, schauten in jeden Winkel, in jede Nische und jede Lücke, aber die Kette war und blieb verschwunden.

Caterinas Mitgefühl verwandelte sich schnell in Verdruss. »Du hättest vorsichtiger sein müssen! Der Anhänger war ein nicht unerheblicher Teil der Mitgift deiner Mutter. Genug, geh zu Julia. Hör auf zu weinen, bevor dein Vater fragt, weshalb, und entdeckt, was du verloren hast.«

Gesenkten Hauptes ging Rosaline zu ihrer Cousine. Sie war niedergeschlagen. Wie hatte sie nur so achtlos sein können? Welche Schande war dieser Verlust! Dennoch wusste sie tief im Herzen, dass Romeos Schweigen sie unglücklicher machte als der Verlust der Kette. Die Scham darüber wog schwerer.

Den ganzen Morgen lang schalt Julia sie, weil sie bei ihren Spielen nicht aufmerksam genug war. Aber Rosaline beachtete ihre Seufzer und Tadel kaum.

»Los jetzt, Cousine, soll ich singen, um dich abzulenken?«, fragte Julia.

»Du kannst nicht singen«, sagte Rosaline. »Du hast viele Talente, Liebes, aber du bist unmusikalisch.«

»In der Tat, meine Stimme ist nicht besonders gut, aber vielleicht amüsiert dich ja gerade das und bringt dich zum Lachen«, sagte Julie. Ihre Augen weiteten sich besorgt. »Wenn ich dich nicht fröhlich machen kann, dann lass mich deinen Kummer teilen. Leide nicht allein, süße Rosaline.«

Julia starrte sie an. Ihr Gesicht war offen und arglos, eine goldene Locke, die sich befreit hatte, glitt über ihre Wange.

Einen Moment lang sehnte Rosaline sich danach, ihr ihre Liebe zu Romeo, dem Montague, zu gestehen. Ruhelos bewegten sich ihre Hände im Schoß, ein frischer Schmerz brannte in ihrer Brust. Sie sehnte sich verzweifelt danach, ihn zu sehen, ihn zu halten, seinen geflüsterten Liebeserklärungen zu lauschen. Er war der Grund für ihre Erkrankung und zugleich die einzige Heilung.

»Ich werde dich im Kloster besuchen, Cousine«, sagte Julia und ergriff ihre Hand. »Sooft ich kann.«

Rosaline nickte und blinzelte. Sie wandte ihr Gesicht ab, so dass Julia nicht sah, wie sich ihre Augen mit Tränen füllten. Julia missverstand die Ursache ihres Unglücks. Ihr Körper verbündete sich mit ihrem Betrug, jeder Seufzer und jede Träne wurden zu einem missverständlichen Zeichen.

Und trotzdem konnte sie nicht die Wahrheit gestehen oder gar ihrer Liebe zu Romeo abschwören.

* * *

Rosaline lehnte es ab, zum Mittagessen nach unten zu gehen. Sie sei zu müde und habe nicht gut geschlafen, sagte sie. Julia bot ihr an, bei ihr zu bleiben, aber Rosaline, die allein sein wollte, drängte sie zu gehen.

Während sie gedankenverloren und unglücklich auf dem Bett lag, klopfte es an die Tür, und ein Bote bat um Einlass. Rosaline ließ ihn herein, ohne ihn eines Blickes zu würdigen.

»Ich habe einen Brief.«

»Mistress Julia ist nicht hier. Leg den Brief für sie auf den Tisch.«

»Er ist für Mistress Rosaline. Das Dienstmädchen sagte, ich würde sie hier finden. Ich soll den Brief ihr geben und niemandem sonst.«

Sie setzte sich auf. »Ich bin Rosaline.« Schnell nahm sie den Brief und schickte den Boten weg. Das Blut rauschte in ihren Adern, als sie Romeos Handschrift erkannte.

Bitte darum, zur Beichte zu gehen. Triff mich um sechs Uhr in der Peterskirche.

Als Julia zurückkehrte und Brot, gesalzenen Fisch und reife, samtige Pfirsiche mitbrachte, fand sie Rosaline verändert vor. Ihre zuvor blassen Wangen waren wieder rosig, und sie lächelte viel.

Sie spielten noch ein bisschen länger, vertrödelten die Stunden, die sich hinzogen, bis Rosaline endlich um halb sechs ihre Tante um Erlaubnis bitten konnte, auf dem Heimweg zur Beichte zu gehen. Wie erwartet wurde es ihr gewährt.

Sie wäre am liebsten zur Kirche gerannt, als ob der Heilige Geist sie dazu bewegte, ihre Sünden ins tiefe Wasser zu werfen und sich reinzuwaschen. Aber was hatte sie schon zu beichten außer Liebe? Die Hitze des Tages begann langsam abzunehmen. Schwarze Fliegen umschwirrten die Abflüsse und die gelbbraunen Mistfladen in der Straßenmitte. In der Mittagshitze waren die Geschäfte und Stände geschlossen und gegen die Sonne verbarrikadiert worden; nun wurden die Fenster- und Türläden allmählich wieder geöffnet, wie Augen, die noch müde vom Schlaf waren.

Aber Rosaline eilte schnell an ihnen vorbei, begierig, die Peterskirche zu erreichen.

Die Straßen wurden schmaler, bis sich vor ihr die Basilika erhob. Das Licht der Nachtmittagssonne warf goldene Flecken auf die Kirchenmauern und tauchte sie in ein tiefes Ocker. Ein religiöser Geruch lag in der Luft, gepaart mit einem weltlichen: Weihrauch und der stets gegenwärtige Gestank der Stadt – Fäkalien, Flussschlamm und Fisch. Tief kratzte er in ihrer Kehle, aber das war Rosaline egal, denn gleich würde sie Romeo sehen.

Sie rannte die Stufen hoch, vorbei an den beiden kauernden Steinlöwen, die Wache hielten, und hinein in das stille Kirchenschiff. Sie ignorierte die Säulen, die weit hinauf ragten, die gestreiften Marmorbögen und die Sternendecke, während sie in jedem dunklen Winkel Ausschau nach Romeo hielt. Ein Mönch nickte ihr zu und zeigte zu der Treppe, die nach unten in die Krypta führte. Sie zog ihren Umhang fester um sich, hastete zu den Stufen, die in das Gewölbe unter der Kirche führten, wie Persephone, die in den Hades stürzte.

Trotz der Hitze draußen war es in der Krypta kühl. Die Luft war abgestanden, und der Schimmel hatte flaumig-schmierige Flecken an den Wänden hinterlassen. Fackeln brannten in ihren Verankerungen, sie spuckten und zischten. Diese Krypta war der Ort, an dem die Montagues ihre Toten und andere Schätze sorgfältig verbargen. Rosaline hatte gehört, dass die Macht der Montagues durch dieses geheime Lager heiliger Relikte genährt wurde, aber sie hatte nie zuvor die Gelegenheit gehabt, etwas davon zu betrachten. Noch nie hatte sie sich in diese Krypta gewagt. Die Peterskirche gehörte der Stadt, aber die Krypta gehörte den Montagues.

Was sie in den Schränken erspähte, erschreckte sie, stieß sie ab und weckte ihre Furcht. Ein Paar goldener Engel hielt eine gläserne Reliquienschachtel, in der der graue, kieferlose Schädel eines Heiligen lag – seine Zähne und sein Kiefer gehörten offenbar einer anderen damit gesegneten Familie. In einem kleinen Kristallsarg sah sie eine abgetrennte Hand, die mit Rosenkränzen gefesselt war. Im Tod waren die Knöchel gelb geworden und zur Größe einer Kinderhand geschrumpft. Die Kanten des Sargs, der wie eine Hand geformt war, waren mit Rubinen und Smaragden verziert. Sie betrachtete auch ein Relikt in einer goldenen Muschelschale, die mit Perlen übersät war, bis ihr klar wurde, dass die Perlen in Wirklichkeit Zähne waren, kleine weißlich gelbe Klumpen, vom Alter gespalten.

In einer Kristallphiole lag ein erdiges Pulver, doch als sie es genauer betrachtete, sah sie, dass es getrocknetes Blut war. Sie runzelte die Stirn. Vor Phiolen mit Blut und abgeschnittenen

Teilen von Heiligen zu knien und um Segnungen für ihr Leben zu beten, erschien ihr nicht wie ein heiliges Ritual, das sie Gott näherbrachte. Sie fand es gruselig.

Sie wusste, dass ihr Vater und die Priester ihr nicht zustimmen würden und dass allein ihre Gedanken sie fast schon zu einer Ketzerin machten. Jedes Einzelne dieser Relikte war ein Objekt größter Macht, sowohl in mystischer als auch in religiöser Hinsicht. Ihr Vater glaubte, dass Reliquien die Fähigkeit hatten, Krankheiten zu lindern und dem Gläubigen Glück zu schenken. Eine weitere Macht, die jeder Gegenstand besaß, war nicht religiös, sondern weltlich, und nicht einmal Rosaline wagte es, sie infrage zu stellen: Es waren Schätze, die von Päpsten und Fürsten begehrt wurden. Solch wertvolle Dinge zu besitzen zeichnete die Montagues als eine Familie von Reichtum und Einfluss aus.

Auf einmal erfüllte der Gedanke, eine Montague zu werden, Rosaline kaum noch mit Freude. Sie liebte Romeo und freute sich darauf, seine Frau zu sein, aber sie wünschte, sie könnte ihren eigenen Namen behalten. Der Name Montague schien in diese Krypta zu gehören, in der wundersam berühmte Tote über Macht, Heiligtum und Verfall zu zischeln schienen.

Neben den juwelenbesetzten Zähnen erblickte sie das Abbild einer schneeweißen Montague-Jungfrau. Sie sah aus, als ob sie auf einem steinernen Bett schlief. Ihr Kopf schien einen Abdruck auf dem Kissen aus Marmor hinterlassen zu haben. Sie schien ungefähr in Rosalines und Julias Alter zu sein.

Im Tod war es egal, ob man eine Capulet oder eine Montague war.

Hinter sich hörte Rosaline weiche Schritte. Sie drehte sich um und sah Romeo. Glücklich rannte sie auf ihn zu, schmiegte sich an ihn und ersehnte seine Umarmung. Aber er blieb regungslos stehen und wandte sein Gesicht ab. Verletzt und bestürzt zugleich, wich sie zurück. Dann ging sie erneut auf ihn zu und versuchte ihn dazu zu bringen, sie anzuschauen. In sie zu schauen. Doch er erwiderte ihren Blick nicht. Er war blass, seine Hände an seinen Seiten bewegten sich ruhelos.

»Bitte, Romeo.« Sie berührte sein Gesicht und küsste ihn. Er zögerte kurz, dann küsste er sie ebenfalls. Seine Zunge presste gegen ihre Zähne und begehrte Einlass. In ihren Glasbehältern beobachteten die Reliquienschädel sie aus leeren Augenhöhlen.

»Mein Ärger verschwindet, wenn ich dich sehe«, sagte er seufzend.

»Ärger, Mylord?«, fragte Rosaline erstaunt.

»Ich sprach mit unserem Fürsten von Verona. Unser guter, nobler Fürst. Er hat beobachtet, wie du mit einem Mann im Wald getanzt hast.«

Rosaline schüttelte den Kopf. »Ich habe getanzt, und ich kann nichts dafür, wenn sie mich beobachtet haben. Ich habe sie nicht darum gebeten und es auch nicht gewollt.« Sie nahm seine Hand. »Ich liebe nur dich.«

Schweigend betrachtete Romeo sie. Sein Gesicht lag im Schatten. Er streichelte ihre Oberarme, und sie begriff, dass sie ihn irgendwie verletzt hatte, aber verstand nicht, wie. War das der Grund, warum er ihre Kammer zwei lange Nächte nicht aufgesucht hatte?

»Du hast ein einladendes Auge«, sagte er prüfend.

»Ein einladendes Auge?«, fragte Rosaline verwirrt.

»Du bist eine wunderschöne junge Frau mit einem einladenden Auge, weshalb du Männer einlädst, dich anzuschauen.«

»Ich habe sie nicht eingeladen.« Die Haut unter ihren Achseln wurde feucht. Seine Eifersucht war neu und seltsam. Sie musste ihn erfreuen und friedlich stimmen, ihn überzeugen, dass er sich irrte.

Er untersuchte sie minutiös, drehte ihr Kinn zur Seite, musterte sie. Rosaline wand sich unter seinem prüfenden Blick.

»Aber du hast getanzt?«

»Ja. Wir waren Verwandte, die sich zur Musik wiegten.«

»Mit Tybalt?«

»Mit Julia.«

»Julia! Dann tut es mir leid, schöne Rosaline.«

Er zog sie an sich und küsste sie auf den Kopf. Tief atmete sie den Duft seiner Haut ein und lehnte sich gegen ihn. Sie kannte sich in der Liebe nicht aus, Eifersucht und Zweifel waren für sie genauso neu wie die Leidenschaft. Alles, was sie über das Werben zwischen Mann und Frau in Erfahrung gebracht hatte, wusste sie aus Büchern, Gedichten und der Musik. Ihnen hatte sie entnommen, dass Liebe immer auch Qualen versprach. Aber sie wollte die Rosen der Liebe, nicht die Dornen.

»Und dennoch bist du mit diesem Narren Tybalt in den Wald gegangen. Stundenlang, wie mir berichtet wurde«, beschwerte sich Romeo und küsste ihr Handgelenk.

Unbehaglich wand sich Rosaline. Es missfiel ihr, dass er Tybalt beschimpfte. Zugleich war sie erleichtert. Wenn es das gewesen war, was ihn verärgert hatte, war es leicht, ihn zu beruhigen. »Mein Cousin Tybalt? Wir sind seit Kindheitstagen befreundet. Ich liebe ihn wie einen Bruder.«

»Und er?«, fragte Romeo mit einem scharfsinnigen Blick. »Wie liebt er dich wohl?«

Rosaline blinzelte nervös, wohl wissend, dass sie heucheln musste. »Ich weiß nicht, wie er mich liebt, denn ich sehe nicht mit seinen Augen und spreche nicht mit seiner Zunge. Ich weiß nur, wie ich ihn liebe. Wie eine Schwester.«

Daraufhin lachte Romeo. »Das ist mir zu viel Liebe. Ich will deine ganze Liebe, schöne Rosaline. Ich giere danach, mit einem Hunger, der unstillbar ist. Niemand wird dich so lieben wie ich.« Sein Gesichtsausdruck wurde ernst. »Du wirst nicht mehr mit ihm sprechen. Schwörst du mir das?«

Sie erwiderte seinen Blick und versuchte zu erkennen, ob er es ernst meinte. »Das kann ich nicht.«

»Also würdest du ihn mir vorziehen?«

Er stand so nah vor ihr, dass sie seinen Atem auf ihrer Wange spürte. Seine Iriden waren wie ein Paar funkelnder Zunderbüchsen, die das Licht der Fackelflammen in der Dunkelheit zurückwarfen. Es war nur ein Spiel, konnte nur ein Spiel sein. Er konnte nicht wirklich verlangen, dass sie etwas so Dummes schwor. Sie war erleichtert.

»Dich würde ich vorziehen, immer dich. Aber er ist mein Cousin und mein ältester Freund. Er wäre auch dir ein Freund, wenn du ihn lassen würdest.«

Romeo lachte leise auf. »Als ob ich dich an so einen Narren wie Tybalt verlieren könnte.«

Rosaline wandte sich ab. »Er ist mir genauso wert und teuer wie ich mir selbst. Er ist mein Herzensbruder und wird es für immer sein.«

Sofort sah Romeo, dass er sie beleidigt hatte. Wie ein gescholtenes Kind beugte er den Kopf. »Vergib mir. Tybalt ist in der Tat dein Freund und Cousin, und wenn wir verheiratet sind, wird er auch mein Cousin sein.«

Rosaline blieb wachsam, als Romeo fortfuhr: »Ich bin eifersüchtig auf den Mond, denn er darf auf dich scheinen und dein Gesicht sehen, wenn ich nicht bei dir bin.« Er zog einen ihrer Lammleder-Handschuhe aus ihrem Umhang und schüttelte ihn, sodass er schlaff gegen seine Hand klatschte. »Ich bin eifersüchtig auf diesen kleinen Handschuh, denn er kann deine Finger streicheln, wenn ich fort bin.«

Er fuhr mit der Hand zwischen die Falten ihres Kleides, bis er ihren glatten nackten Oberschenkel berührte. »Ich bin eifersüchtig auf die Seidenraupe, die die Seide für diesen Rock produziert hat, denn sie war Tag und Nacht in dem Kokon, dessen zartes Gewebe nun die Stellen streichelt, an denen ich sein möchte.«

Er zog seine Hand zurück, ließ ihre Röcke fallen und legte seine Hände auf ihre Schultern. »Kannst du mir vergeben?«

Rosaline zuckte mit den Achseln. Das Spiel fing an ihr zu gefallen. »Vielleicht. Vielleicht auch nicht.«

Er verbeugte und entfernte sich, ging langsam zwischen den Grabstellen und den glänzenden Reliquienbehältern hin und her, den Reichtümern der Toten. Rosaline atmete Weihraucharoma und Grabesgeruch ein. Schließlich wandte er sich um, kam zurück zu ihr, ließ sich auf ein Knie nieder und beugte den Kopf. »Ich bitte dich, Geliebte, verzeih mir meine Eifersucht. Meine Liebe zu dir ist übermächtig. Wie könnten dich nicht alle Männer so wie ich anbeten?« Er ergriff ihre Hände, drehte sie um und bedeckte sie mit Küssen.

Rosaline lächelte auf ihn hinunter. »Ich vergebe dir, mein Gebieter.« Sie kniete sich neben ihn auf den Boden der Krypta. Er nahm ihr Gesicht in beide Hände und küsste sie erst zart und dann entschlossen. Die Steinfläche unter ihnen war kalt und klamm, und Rosaline schauderte sowohl wegen ihrer Sehnsucht nach ihm als auch wegen der Kälte. Sie wünschte, sie könnten an einem anderen Ort sein: vielleicht bei den Weiden an der Flussbiegung, wo der Eisvogel eintauchte und die Luft klar und blau war. Andererseits: Solange sie mit Romeo zusammen war, war sie zufrieden.

Er legte seinen Kopf in ihren Schoß, und während ihre Finger durch seine widerspenstigen Locken fuhren, versuchte sie, sich das Flussufer vorzustellen und sich einzureden, dass das Tropfen, das sie hörten, die Musik des Stroms war und nicht das Wasser, das die bemoosten Wände herunterrann.

»Ich habe vor einigen Tagen dem Mönch einen Brief geschickt, und er hat endlich geantwortet«, sagte Romeo. »Er hält eine Messe für die Pesttoten in Mantua, aber er wird in drei Tagen nach Verona zurückkehren und uns hier in der Peterskirche verheiraten.«

»In dieser Krypta?«, murmelte Rosaline und wünschte, es könnte ein anderer, verheißungsvollerer Ort sein.

»Es ist die Kapelle meiner Familie. Zehn Generationen Montagues haben hier geheiratet, sind getauft worden und haben genau hier ihre letzte Ruhestätte gefunden.«

Rosaline schloss die Augen, damit sie die lang verstorbenen Montagues nicht sehen musste. Ihr Geisteratem war wie ein eiskalter Nebel an ihrem Nacken.

»Ich gebe dir Bescheid, wenn er kommt, und du wirst mich hier treffen. Danach reisen wir nach Mantua«, sagte Romeo.

Immer noch verstört von der Aussicht, ihn in der Krypta zu heiraten, konnte Rosaline ihre Freude darüber noch nicht zeigen. Romeo setzt sich auf. Er schien enttäuscht von ihrem Schweigen. »Ich fürchte, dein Herz ist nicht voller Freude darüber. Ist es Tybalt? Oder ein anderer Mann?« Er klang bestürzt. »Denn dann betrügst du deinen Vater und zugleich auch mich.«

»Ich betrüge ihn, weil ich dich liebe. Wie kannst du so etwas sagen? Meine Seele ist entzweit.«

»Und ich habe meine Seele dir geschenkt.«

Rosaline konnte nicht verstehen, wie Romeo immer noch an

ihrer Hingabe zweifeln konnte. »Wie noch kann ich dir meine Liebe beweisen, liebster Romeo? Ich habe mich dir hingegeben, dir meine Ehre gegeben.«

»Ich glaube dir, Geliebte«, sagte Romeo und strich federleicht mit dem Finger über ihre Wange.

Die Kirchenglocke begann zu läuten, und Rosaline wusste, dass sie sich beeilen musste. Caterina würde sie erwarten, und sie würde ausgeschimpft werden, wenn sie zu spät kam.

»Einen Moment noch! Dieser Kuss …« Zart küsste er ihre Lippen. »Keine andere Verlobungszeremonie kann für uns stattfinden, nur dieser Kuss, Geliebte«, flüsterte Romeo. »Für uns wird es kein Fest und keinen Tanz geben, keine Gäste, in deren Augen Freudentränen stehen. Weshalb wir beide uns selbst feiern müssen.« Er griff in sein Wams und zog einen Granatapfel heraus. »Weil du keine Granatäpfel als Glücksbringer auf dein Gewand gestickt hast, habe ich uns das als Verlobungsmahl mitgebracht.«

Rosalines fühlte sich wund vor Liebe. Mit seinem Messer halbierte Romeo die Frucht. Die Kerne waren blutrot und nass, und mit den Fingern fütterte er Rosaline. Die Kerne waren süß und bitter zugleich, explodierten auf Rosalines Zunge, und der Saft färbte ihre Zähne rot und purpur.

Die einzige Zeugin dieser Verlobung war die Marmorstatue des toten Montague-Mädchens. Sie würde sie nicht verraten. Als Rosaline sich zögernd abwandte und ihren Jungfernschleier senkte, sah sie noch einmal zu dem Marmorabbild. Einen Moment lang missfiel ihr, das Mädchen hier allein inmitten der Relikte, des Schimmels und der Schatten zurückzulassen, die die Fackeln an die Wand warfen.

Der Granatapfel hatte ihre Finger rot verfärbt, und als sie zu dem reglos schlafenden Mädchen auf seinem Steinkissen sah, war ihr, als sei auch das makellose Weiß seiner Lippen blutig vom Granatapfelsaft. Als ob die Statue sich vor ihren Augen in Persephone verwandelte, die dadurch, dass sie die Kerne eines Granatapfels aß, gezwungen wurde, die Braut des Hades zu werden.

Plötzlich verspürte Rosaline ein unzähmbares Verlangen, diesem bedrohlichen Ort zu entfliehen, bevor auch sie im Dunkel mit den toten Montagues gefangen wäre.

In dieser Nacht wartete Rosaline darauf, dass ihr Geliebter zu ihr kommen würde. Sie lauschte und wartete, atemlos vor Hoffnung. Bisher war er nie so spät zu ihr gekommen, aber vielleicht heute? Das war nicht der Schrei des ersten Hahns, sondern das Kreischen einer Eule. Es war immer noch zeitig genug. Aber was, wenn er gefangen worden war? Was, wenn er tot oder blutend im Freien lag, aber sie es nicht wusste und nicht an seine Seite eilen konnte?

Oder hatte er sich vielleicht doch über sie geärgert, und das war der Grund, warum er nicht kam? Tränen, die nicht fielen, brannten in ihren Augen. Sie fühlte sich fiebrig vor Sehnsucht und konnte nicht schlafen. Niemand hatte sie wirklich *gesehen*, bis er erschienen war. Für alle anderen war sie nur ein lästiges Kind. Sie bedeutete Unkosten und war eine Belastung für den Familiennamen, weshalb man sie wegsperren wollte, bevor sie Schande über die Capulets bringen konnte.

Aber insgeheim zweifelte sie, ob das wirklich stimmte. Schließlich gab es Tybalt, ihren treuesten Freund. Er hatte sich ihr sogar selbst angeboten, um ihr ihre Freiheit zu gewähren. Seine Liebe war anders als Romeos, aber trotzdem war es Liebe: älter, weicher und durch Freundschaft, nicht durch Leidenschaft gewachsen. Der Gedanke an Tybalt verursachte ihr

Unbehagen, und sie verdrängte ihn. Sie wollte nicht an ihn denken und wie verschlossen er geworden war, seitdem sie seinen Vorschlag, ihn zu heiraten, abgelehnt hatte.

Und dann klapperte es am Fenster, es wurde geöffnet, ein Fuß trat auf die Bodenbretter, und Romeo war da! Oh, die Sterne am Himmel leuchteten auf einmal heller! Ihr war schwindlig vor Dankbarkeit, dass er gekommen war. Sie bedeckte ihn mit Küssen, halb beschämt, dass sie so nach ihm hungerte.

»Ist der Mönch zurückgekehrt? Es hat so lange gedauert.«

Romeo lächelte. »Ich sagte drei Tage, meine Kleine. Die Liebe macht dich ungeduldig, aber es gab so viele Pesttote. Wenn er zurück ist, lasse ich sofort nach dir schicken.«

Rosaline sehnte sich danach, ihr Elternhaus zu verlassen, und der Gedanke an das Kloster verdüsterte ihre Laune. Ihr blieben nur noch sieben Nächte in Freiheit.

Aber Romeo lenkte sie mit seinen Lippen ab, und Schicht für Schicht entfernte er ihre Kleidung. Als sie vor Begierde nach ihm zitterte, ließ er sie bedingungslose Hingabe für ihn schwören, und sie gehorchte. Es gefiel ihm, wie sie ihre Liebe zu ihm auf hundert verschiedene Arten beschrieb. »Meine Leidenschaft für dich ist heißer als die Sonne und genauso wenig bezähmbar. Du bist schöner als der erste Junimorgen.« Sie fand Gefallen an diesem Spiel. Auch wenn sie die Bilder und die Worte nicht so leicht und schnell fand wie er, würde er sie immer lieben und an seiner Liebe zu ihr niemals zweifeln. Natürlich würde er das.

Später lag sie nackt auf dem Bett, ihre Knie bis ans Kinn herangezogen. Sie spürte seinen glitschigen Schlick zwischen ihren Oberschenkeln, dick und klumpig wie Froschlaich. Abaelard in seiner Leidenschaft für Heloise oder Dante in seiner lodernden Inbrunst für Beatrice hatten nie diesen Frosch-laich erwähnt. Und auch nicht, dass man hinterher, wenn man nackt zusammen lag, statt triumphaler Einheit eher Einsamkeit empfand. Rosaline war tief in Gedanken versunken, sie dachte mehr an den Tod als an die Liebe.

Romeo sprach gern über seine Gefühle für sie, ebenso wie er es genoss, wenn sie ihre Leidenschaft und ihre Hingabe für ihn beschrieb. Aber manchmal schien es Rosaline, dass er ihr nicht zuhörte, wenn sie über etwas anderes als über ihre Liebe sprach. Ihre Welt bestand nur aus ihnen beiden. Alles, das außerhalb war, war für ihn nicht von Interesse. Sie sonnte sich in sei-ner Sinnlichkeit, und wenn sie einen flüchtigen Moment lang mehr ersehnte, beschuldigte sie insgeheim die Dichter, dass sie sie nicht ausreichend vorbereitet hatten.

Zudem vermutete sie, dass Dantes Liebe für Beatrice niemals vollzogen worden und von daher perfekt geblieben war. Auf der Straße war er Beatrice gefolgt, hatte ihren Atem eingeatmet und bewundert, wie das Sonnenlicht ihre Haut mit leuchten-den Kreisen versah. Aber es war Rosaline nicht klar, ob der Dichter jemals mit seiner Angebeteten gesprochen hatte. Ganz zu schweigen davon, ob er ihren Oberschenkel gestreichelt hatte.

Rosaline lag neben Romeo. Abwechselnd tranken sie aus sei-ner Feldflasche. Der Trunk war stark und honigsüß und be-schwor einen kleinen, hellen Wirbelwind in ihrem Kopf he-rauf. Wenn Rosaline trank, fühlte sie sich nicht länger wie eine Kindfrau. Die Kerze flackerte, und sie fuhr die Schatten auf Romeos Bauch mit ihrem Zeigefinger nach. Er schauderte, die Haare auf seinen Armen und Beinen stellten sich auf wie win-zig kleine Legionäre.

Rosaline kicherte voller Erstaunen über ihre eigene Macht

und seine Schönheit. Seine Haut war zart, makellos und blass, verglichen mit ihrer. Er stieß ein leises, kehliges Geräusch der Lust aus, und Rosaline lachte erneut. Dann hörte sie ein Geräusch außerhalb der Kammer, und erschrocken erkannte Rosaline, dass sie unter dem Einfluss des Alkohols bei ihrem sinnlichen Vergnügen vergessen hatten, ruhig zu sein.

»Wer ist da?«, flüsterte Romeo und setzte sich auf. Sein Schwanz schrumpfte zusammen.

Kopfschüttelnd hielt Rosaline Romeo davon ab, aufzuspringen. Er tastete neben dem Bett nach seinem Degen, aber konnte ihn nicht finden.

Die Tür öffnete sich. »Was ist hier los?«, rief eine Stimme, und Caterina erschien mit furchtsam aufgerissenen Augen im Dunkel. Die Kerze, die sie in der Hand hielt, warf ihren Schein auf ihr Gesicht.

Rosaline sprang aus dem Bett und schloss rasch die Tür hinter ihr. Ungläubig starrte die Dienstmagd die Liebenden an, dann drehte sie sich um, während Rosaline und Romeo sich mit fliegenden Händen ungeschickt anzogen.

Rosaline versuchte, um Gnade zu bitten. »Gute Caterina, wecke nicht meinen Vater. Ich liebe Romeo. In einigen Tagen werden wir verheiratet sein. Bitte, Caterina. Verrate mich nicht. Er ist ein Montague, und du weißt, dass sein Name in diesem Haus für ihn den Tod bedeutet.«

Caterina sah sie beide voller Grauen an. Den Tränen nah, schlug sie sich mit der Hand vor den Mund. »Oh, Rosaline, was hast du getan?«

Romeo trat vor. Offenbar hatte er seine Furcht wie Wassertropfen abgeschüttelt, denn sanft, aber voller Nachdruck sprach er: »Bitte, Madam. Mich können sie töten, aber sie dürfen nicht Rosaline fortschicken. Sie hat es nicht verdient, dass man sie wegsperrt. Ich will ihr mit meiner Liebe nur die Freiheit schenken.«

»Und eine Ehe?«, fragte Caterina scharf.

»Sofort, wenn mein guter Freund, ein Mönch, zum Kapitelhaus der Peterskirche zurückkehrt. Hoffentlich morgen.«

»Nein, Ihr könnt mich nicht überzeugen. Rosaline ist zu jung für die Ehe, noch nicht einmal sechzehn.« Caterina wandte sich ab, als sei sie unwillig, ihn direkt anzusehen, als ob seine überirdische Schönheit ihren Entschluss erweichen könnte. Ihre Stimme klang nun unsicher. »Sir, in Eurem Alter solltet Ihr es besser wissen, und wenn Ihr sie wirklich liebt, hättet Ihr wenigstens zwölf Monate warten müssen.«

Reumütig neigte Romeo den Kopf. »Madam, Ihr habt recht. Ich würde sie niemals verletzen. Die Liebe hat mich für alles blind gemacht außer für ihre Schönheit und meine eigene Ungeduld. Sie ist ein Engel, der mich liebt, und ich bin wahrhaft gesegnet. Wenn ich jetzt sterben muss, dann sterbe ich reich und glücklich, umgeben von ihrer Liebe wie von schimmernden Juwelen.«

»Oh, Ihr seid ein gerissener Verführer!« Caterinas Gesichtsausdruck verriet, wie abscheulich sie ihn fand. Angeekelt wandte sie sich ab. »Ihr schmeichelt nur! Und gewiss seid Ihr auch ein schöner Mann. Ich verstehe, wie Ihr das eingesetzt habt.« Verzweifelt lehnte sie sich an die Wand, barg ihr Gesicht in den Händen. »Ich hätte dich davon abbringen müssen, auf den Maskenball zu gehen, Rosaline. Deine Mutter würde mir niemals verzeihen. Das wollte sie nicht für dich. Was habe ich nur getan?«

Rosaline lief zu der Dienstmagd und umarmte sie. »Wahrlich, Caterina, meine Liebe habe ich Romeo aus freien Stücken geschenkt. Und ich kann und werde nicht ohne ihn leben.«

»Schluss! Du bist ein Kind und weißt nicht, was du redest.«

»Ich bin kein Kind mehr, und ich weiß, dass Cupid seine Pfeile blind verschießt. Liebe ist weder an das Alter des Liebenden noch an einen Namen oder die Zeit gebunden. Ich sah Romeo, und wir liebten uns sofort.«

»Es ist wahr, gute Frau. Ich sah diesen leuchtenden Engel, diese geflügelte Botin, und ich liebte sie.«

Caterina schnaufte. »Es muss wohl wirklich Liebe sein, wenn Ihr ernsthaft glaubt, dass dieses halsstarrige Mädchen, diese hübsche Last, ein Engel ist.«

Rosaline fuhr fort, sie beklommen zu betrachten. Caterinas Blicke wanderten zu ihr und wieder zurück zu Romeo. Dieser schüttelte den Kopf. »Ich bin verzaubert. Ich kann keinen Frieden finden, bevor sie nicht die Meine ist und wir verheiratet sind. Ich schwöre, dass ich ihr ein guter, treuer Ehemann sein werde.«

Caterina ging zu einem niedrigen Holzschemel und setzte sich. Sie schaute zu den verknitterten Laken auf dem Bett und wandte sich unglücklich ab. Rosaline schien es, als ob sie plötzlich gealtert war, ihr Gesicht war voller Sorgenfalten. Durch Rosalines Herz fuhr furchtsame Zärtlichkeit. Sie nahm Romeos Flasche, reichte sie ihr, und Caterina trank.

»Es wird die Pflicht und Ehre meines Lebens sein, sie glücklich zu machen«, fuhr Romeo fort. »Meine einzige Aufgabe soll sein, der Tochter Eurer verstorbenen Freundin gerecht zu werden.«

Schweigend blinzelte Caterina. Sie schien wankelmütig zu werden, aber ob es ausreichte, vermochte Rosaline nicht zu sagen. Sie konnte es nicht länger ertragen, also ergriff sie das Wort: »Wirst du es meinem Vater sagen?«, verlangte sie zu wissen. »Denn dann wird Romeo sterben, und du hast ihn dann umgebracht.«

»Pst, geliebte Rosaline«, besänftigte Romeo sie. Er richtete sein Augenmerk erneut auf Caterina. »Du wirst mit uns kommen und bei uns leben, liebe Caterina. Nicht als unsere Dienstmagd. Ich sehe, wie viel meine Rosaline von dir hält, und ich weiß, was sie verloren hat. Sei ihr wie eine Mutter, und es soll euch beiden an nichts bei mir fehlen.« Er kniete sich vor sie und küsste ihre Hand, sah sie von unten mit seinen schwarzen Augen an.

Caterina sagte nichts. Und dann endlich nickte sie, und Rosaline sah zu ihrer Erleichterung, dass auch sie seinem Charme erlegen war.

Schließlich zog Caterina sich zurück, damit sich die Liebenden verabschieden konnten. Rosalines Herz quoll über vor Glück bei dem Gedanken, dass sie jetzt eine Freundin hatte, mit der sie ihre Freude teilen konnte. Es machte ihre Beziehung realer, weniger wie etwas, das sie sich nur heimlich vorstellte.

Bei ihrem Gesichtsausdruck lachte Romeo. »Bis morgen, süße Rosaline.«

Er beugte sich vor und nahm ihr Kinn in die Hand, wobei ihr Blick auf ein grünes Funkeln fiel, leuchtend wie Frühlingsgras, das aus seinem Hemdsärmel schwang. Es war ein großer, ovaler Smaragdanhänger, in Gold eingefasst. Rosaline sah sofort, dass es ihrer war.

Ihre Eingeweide schienen sich zusammenzuballen. »Das ist mein Schmuckstück. Es gehörte meiner Mutter.«

Romeo lächelte sie verwirrt an. »Ja, Geliebte. Du hast ihn mir gegeben, als Pfand für deine Liebe.« Er lachte auf. »Ich verstehe, wir spielen ein Spiel!«

Rosaline schüttelte den Kopf. »Ich habe ihn dir nicht gegeben.«

»Natürlich hast du das. Ich bat dich um ein Pfand, und du überreichtest mir das hier. Es ist wunderschön, und ich liebe dich dafür.«

Rosaline sah ihn immer noch verwundert an. Ihr Herz klopfte wild. Sie hatte ihm den Anhänger nicht gegeben. Oder doch? Sie erinnerte sich jetzt wieder, dass er sie um einen Gegenstand gebeten hatte, der ihre Liebe ausdrückte. Aber nicht daran, dass sie ihm ihr wertvollstes Schmuckstück gegeben hatte. Hatte er recht? Hatte sie das vergessen? Aber sie hätte ihm doch niemals das gegeben und dann auch noch vergessen, dass sie es ihm gegeben hatte, oder? Der Zweifel zerfraß sie fast.

Romeo musterte sie. Seine Gesichtszüge wirkten erstarrt vor Enttäuschung. Er nestelte an seinem Ärmel, zog den Anhänger von seiner Befestigung ab und streckte ihn ihr entgegen. Das Lächeln war verschwunden, jetzt war sein Gesichtsausdruck ernst und voller Bedauern. »Hier, nimm ihn. Das einzige Juwel, das ich brauche, ist deine Beachtung.«

Alles in Rosaline sehnte sich danach, den Anhänger aus seiner Hand zu schnappen. Ganz fest wollten ihre Finger ihn umschließen. Sie konnte bereits sein Gewicht auf ihrer Handfläche spüren.

Doch Romeos Augenbrauen zogen sich zusammen. Sie wusste, dass sie das Schmuckstück nicht nehmen konnte. Es zu nehmen, bedeutete, Romeo zu verlieren.

Sie schluckte und warf den Kopf zurück. Lächelte. Ihre Zähne schmerzten. »Behalte den Anhänger als Pfand für meine Liebe. Bis wir verheiratet sind.«

Sein Gesicht veränderte sich, seine Züge wurden so strahlend wie der schönste Sommertag, der Sturm war übers Meer hinweggeweht. »Dann befestige ihn wieder an meiner Manschette.«

Während sie gehorchte, zitterten ihre Finger, die den Anhänger wieder an sich reißen wollten. Sie liebte Romeo. Sie musste sich getäuscht haben.

6. KAPITEL

Ich lieb ein Mädchen

Rosaline fand Julia missgelaunt vor, ihre Augen gerötet von Tränen des Ärgers. Sie hatte mit ihrer Mutter gestritten. Sie sagte nicht, worüber, aber hatte ein rotes Mal auf ihrer Wange, einen fünffingrigen roten Stern, der erst allmählich verblasste. Die Amme hatte Kopfschmerzen und war nicht dabei gewesen, um den Streit zu verhindern. Auch jetzt war sie noch in ihrer Kammer, mit einem kühlen Umschlag auf der Stirn.

Rosaline versuchte, Julia abzulenken und zu trösten, aber sie hockte neben ihrem Bett, hatte die Knie bis ans Kinn herangezogen und rührte sich nicht.

»Komm, lass uns rausgehen. Zum Apfelbaum. Ich lese dir was vor.«

»Bücher interessieren mich nicht.«

»Dann singe ich eben für dich oder spiele Laute.«

»Musik interessiert mich auch nicht.«

Rosaline fühlte sich schuldig: Sie hätte früher hier sein sollen. Dann hätte der Streit vielleicht nicht stattgefunden. Aber selbst jetzt lenkte sie die Sehnsucht nach Romeo ab. Die Wärme seiner Umarmung. Das Leuchten seines Blicks. Wie seine Stimme von Freude durchtränkt klang, wenn sie ihn beglückte. Wenn er wieder aus ihrer Gegenwart verschwand, fühlte sie sich wie ein Krokus, dessen Blütenblätter sich im kalten Glanz des Mondes schlossen. Manchmal fragte sie sich, ob sie in der Welt einfach verblasst wäre wie Echos vernachlässigte Nymphe, wenn Romeo sie nicht erblickt hätte.

Dann sah sie den Smaragd vor sich, sein sattes Funkeln, wie er an der Manschette hing.

Sie zog Romeos Feldflasche unter ihren Röcken hervor. Er hatte vergessen, sie mitzunehmen, und sie in ihrer Kammer zurückgelassen. Sie stupste Julia an, die neben ihr mit verschränkten Armen an ihrer Unterlippe saugte. Das würde ihre Cousine ablenken und sie aufheitern.

»Lass uns in den Apfelbaum klettern und etwas hiervon trinken«, sagte Rosaline und hielt die Flasche hoch. »Das lässt uns alle Sorgen vergessen. Nichts wird dann so schlimm erscheinen, dass es sich nicht richten lässt. Es fühlt sich an, als ob man an Sonnenschein nippt.«

Julia lächelte und nahm die Flasche, wobei sie sie drehte und betrachtete. »Gehört die Valentio?«

»Nein.«

»Tybalt?«

»Nein. Hör auf, Fragen zu stellen, komm einfach mit.«

Rosaline ergriff ihren Arm und zog sie mit sich. Kichernd schlichen die beiden Mädchen die Treppe hinunter und hofften, dass niemand sie auf ihrem Weg in den warmen Nachmittag aufhielt.

Zwischen den dicken Zweigen des Apfelbaums saßen sie wie in einer Wiege. Rosaline reichte Julia die Feldflasche, sie nippte daran und prustete. Zögerlich begann sie zu lächeln, dann gab sie Rosaline die Flasche zurück, die ebenfalls trank und dann lachte. Die Flüssigkeit war kühl und süß und schmeckte nach Romeos Küssen.

»Glaubst du, dass du eines Tages lieben wirst, Julia?«

»Bestimmt keinen der Männer, die meine Mutter für mich erwählt«, antwortete Julia. Ihre Stimme klang auf einmal trotzig.

Rosaline drang nicht weiter in sie. Es war zu angenehm in dem einschläfernden Schatten. Die Blätter über ihnen wehten und tanzten. Julia versuchte, eins zu ergreifen, und als sie es berührte, fiel sie von ihrem Sitzplatz und landete unsanft auf dem staubigen Boden. Rosaline lachte so heftig, dass die Nähte in ihrem Oberteil ächzten.

Bald war die Flasche leer. Julia kletterte zurück auf den Platz neben Rosaline und streckte sich aus. »Sag mir die Wahrheit, Cousine … hast du jemals einen Mann geküsst?«, fragte Julia.

Rosaline schüttelte lächelnd den Kopf. »Das kann ich dir nicht sagen. Vergiss nicht, dass ich eine Nonne werde.«

»Oh, du ziehst mich auf! Noch hast du die Gelübde nicht abgelegt.«

»Tja, ich werde dir trotzdem nicht antworten. Auch wenn du mich bestrafst.«

»Dann lautet die Antwort Ja. Aber es macht keinen Spaß, wenn du mir nicht verrätst, wen. Ich glaube, es war Tybalt. Er sieht hübsch aus. Bis auf den Bart.«

»Was stimmt denn mit seinem Bart nicht?«

»Er ist zu spärlich, und die Form ist nicht schön. Aber dass dir der Bart gefällt, sagt mir, dass du voreingenommen bist. Ja, ich glaube wirklich, dass du Tybalt geküsst hast.«

Trotz der wirbelnden Apfelblätter über ihr und der sich im Wind wiegenden Grashalme unter ihr ließ Rosaline sich nicht von Julia überlisten. Wenn sie erklärte, Tybalt sei es nicht gewesen, bedeutete es, dass sie zugab, ein anderer habe sie geküsst.

Begierig auf ihr Geständnis, beugte sich Julia vor. Rosaline schüttelte verneinend den Kopf: Sie konnte es nicht sagen. Julia schmollte, und Rosaline seufzte – Tybalt hatte ihr einen Antrag gemacht, und Julia wäre entzückt gewesen, hätte sie ihn angenommen. Es wäre ein glückliches Geheimnis zwischen ihnen, ein geteilter Schatz zwischen Freundinnen. Ihre heimliche Verlobung mit Romeo dagegen bescherte ihr nicht nur Freude, sondern auch Trauer.

Ungeduldig stupste Julia sie an.

»Na gut, dann lass mich für mein Schweigen büßen.«

Julia seufzte. Dann dachte sie still nach. »Zieh dich aus und renne dreimal um den Obsthain.«

Rosaline kreischte leise auf. »Wenn mich jemand sieht, werde ich bestraft!«

Julia zuckte mit den Schultern und gähnte. Das Innere ihres Mundes war weich und rosafarben wie der Schlund einer Schlange. »Deshalb heißt es ja auch Buße.«

Ungehalten vor sich hin murmelnd, öffnete Rosaline ihr Gewand, trat aus ihrem Unterkleid, schlüpfte aus ihren Schuhen und rannte los. Sie war voller Angst, dass sie jemand sehen könnte – Bedienstete, ihre Tante oder, noch schlimmer, ihr Onkel, der alte Capulet. Furchtsam und schamhaft lief sie zwischen den Bäumen umher.

Dann bemerkte sie, dass die wehenden Blätter auf ihrer nackten Haut ein sich ständig veränderndes Muster zeichneten und dass das Gras im Schatten unter ihren nackten Füßen moosig und federnd war. Atemlos und erhitzt lief sie langsamer. Die Sonne schien warm auf ihren Rücken, noch angenehmer war das Gefühl an anderen Körperstellen, die bisher noch nie dem Sonnenschein ausgesetzt gewesen waren. Ihr war schwindlig vom Met und vom Rennen, und die Hitze war überwältigend.

Sie blieb stehen und malte mit dem großen Zeh im Staub, wobei sie einen Käfer beobachtete, der über einen Misthaufen krabbelte. Sein glänzender Panzer hatte die Farbe von gewachstem Mahagoni. Entschlossen warf sie ihre Scham von sich wie einen alten Umhang. Es war angenehm, inmitten der reifenden Äpfel und summenden Bienen nackt zu sein.

»Cousine?«

Als Rosaline über ihre Schulter linste, entdeckte sie Tybalt. Er stand am Rand des Obsthains und schaute sie verwundert an. Rosaline lachte ihm zu, sein Gesichtsausdruck verriet peinliche Neugier. Sie wussten beide, dass er den Blick abwenden sollte und es unmöglich konnte.

In ihrem Kopf summte es vor Met. Sie wandte sich ab, um den Käfer weiter zu beobachten, und gab vor, Tybalt zu ignorieren. Obwohl sie seinen Blick spürte, wollte sie sich nicht verstecken. Von Romeo hatte sie gelernt, dass in ihrer Nacktheit auch eine Macht lag.

Tybalt wartete darauf, dass sie sich bedeckte. Als sie keine Anstalten machte, rannte er zu ihr und legte ihr seinen Umhang über die Schultern. Doch sie schüttelte ihn ab. Unsicher auf den Füßen, verbeugte sie sich kichernd vor ihm und begann, mit gespieltem Ernst zu einer tonlosen Musik eine Sarabande zu tanzen.

»Willst du nicht mitmachen, Cousin?«, fragte sie. »Der Ball unseres Onkels findet am Sonntag statt, und ich finde es angebracht, einige Schritte zu üben.«

»Cousine, was ist das für eine törichte Narretei? Hast du einen Sonnenstich?« Er schüttelte den Kopf und trat näher.

»Es ist mein letzter Ball bei den Capulets. Ich habe vor, mich zu amüsieren und formvollendet zu tanzen.«

»Cousine. Rosaline. Ich bitte dich, hör auf.«

Rosaline beachtete ihn nicht und fuhr fort, um ihn herum zu tanzen, immer gerade außerhalb seiner Reichweite. Bis Tybalt es aufgab und, in Anbetracht der Absurdität, lachend in den Tanz einfiel, wobei sich ihre Fingerspitzen berührten. Jubelnd klatschte Julia. Betrunken vom Met, dachte Rosaline, dass sie viel lachte, wenn sie mit Tybalt zusammen war. Sie versuchte sich zu erinnern, wann sie mit Romeo gelacht hatte, aber ihr fiel keine Situation ein.

»Was für ein schönes Paar!«, rief Julia.

»Danke schön«, antwortete Rosaline. »Ihr, mein Herr, seid zu vornehm gekleidet«, sagte sie dann.

»Nein, Rosaline. Du hast mich oft zu Streichen verführt, aber ich bin kein Dummenfang mit meinem Umhang.«

Immer noch vom Met berauscht, glaubte Rosaline, noch nie etwas Lustigeres gehört zu haben, und stolperte vor Lachen über ihre eigenen Füße. Tybalt, der offenbar beunruhigt war, glaubte, dass der Spaß lange genug gewährt hatte, und warf Rosaline seinen Umhang erneut über die Schultern. »Du hast eine Fahne. Komm, bevor dich jemand erblickt.«

Julia schlenderte auf sie zu, wobei sie einem unsichtbaren gewundenen Pfad folgte und zwischendurch Halt suchend einen Baum umarmte.

Ungehalten schnalzte Tybalt mit der Zunge. »Du auch, Kleine?« Er sah sich suchend nach Rosalines Kleidung um. Als er sie in der Astgabelung eines Apfelbaums erblickte, ging er, um sie zu holen, und warf das Bündel dann Rosaline zu. »Bleibt hier, ihr beiden. Gebt mir die Flasche. Und du, Cousine, musst dich rasch anziehen. Es sind Leute unweit von hier.«

Er wandte ihr den Rücken zu und ging weiter auf sie zu. »Rosaline, das hast du auf dem Gewissen. Ihr werdet beide die Peitsche zu spüren bekommen, wenn man euch erwischt.«

Bei dieser Aussicht begann Rosaline, sich anzuziehen, wobei Julia ihr half. Nach mehreren Anläufen gelang es der Jüngeren, die Knöpfe zu schließen, wenn auch die Hälfte von ihnen in den falschen Knopflöchern landete.

»Woher hast du den Met?«, verlangte Tybalt zu wissen.

»Von Rosaline«, antwortete Julia.

»Von der Flasche«, meinte Rosaline mit gebeugtem Rücken.

»Was?«, fragte Tybalt verärgert, als er erkannte, dass er von den beiden betrunkenen Mädchen keine vernünftige Antwort bekommen würde.

»Ich war unglücklich. Und das bisschen Aufmunterung, das sie hatte, gab sie mir«, sagte Julia.

»Aufmunterung findet man nie in einer Flasche«, meinte Tybalt kopfschüttelnd. »Lasst uns noch ein Weilchen hier an der frischen Luft bleiben, bis ihr beide euch gut genug fühlt, um zum Haus zurückzukehren.«

Die drei setzten sich wieder auf die Astgabelung unter den Baumkronen, wo sie vor den Blicken anderer verborgen waren.

Julia verschwand, um sich verstohlen in dem hohen Gras zu übergeben, dann kehrte sie zu den anderen zurück.

»Es tut mir leid«, sagte Rosaline reumütig. »Tybalt hat recht. Ich hätte dir das nicht gestatten dürfen. Wie geht es dir? Es ist alles meine Schuld.«

Julia lächelte mit geschlossenen Augen. »Das ist es in der Tat, Cousine, und ich bin froh darüber. Ich bin es leid, immer verhätschelt zu werden.«

Rosaline war dankbar, dass Julia ihr vergab, aber nicht ganz sicher, ob sie das überhaupt verdiente. Sie stand auf und fiel fast um. Tybalt griff sie an den Armen, um ihr Halt zu geben. Trotzig funkelte sie ihn an.

»Verspotte mich nicht«, sagte sie.

»Das würde ich niemals wagen«, antwortete er lächelnd.

Julia kroch neben Rosaline und legte ihr den Kopf in den Schoß. Rosaline strich ihr übers Haar, glättete die goldenen Locken. Die drei schwiegen einen Moment, lauschten dem Wind, der durchs Gras fuhr, und den fernen Rufen der Dienstboten. Langsam schloss Julia die Augen, und sie wirkte so friedlich, als sei sie nicht von dieser Welt. Die Blässe ihrer Haut und ihre absolute Reglosigkeit erinnerten Rosaline an das Montague-Mädchen in der Krypta. Trotz der Nachmittagshitze fröstelte sie.

Flüsternd wandte sie sich an Tybalt. »Ich möchte mehr über die Fehde zwischen den Capulets und den Montagues wissen.«

Tybalt runzelte die Stirn. »Warum?«

»Es interessiert mich an diesem heißen Nachmittag. Ich habe gehört, dass eine junge Capulet und ein Montague heiraten wollten. Und dann verließ er sie, um die heiligen Gelübde abzulegen. Er wählte Gott statt der Liebe?«

Tybalt lachte leise. »Deine Betrachtungsweise ist oft so weich, so lyrisch.«

»Wieso?«

Er stützte sich auf einen Ellenbogen. »Sie waren verlobt. Aber dann bekam der Montague die Chance, Kardinal zu werden. Es war nicht die Liebe zu Gott, sondern die Liebe zur Macht, die ihn dazu brachte, seine Braut zu verlassen.«

»Und damit fing die Fehde an?«

»Die Capulets waren außer sich. Und dann, weniger als einen Monat nach seiner Priesterweihe, starb der neue Montague-Kardinal. Es ging das Gerücht, er sei durch die Hand der Capulets vergiftet worden.«

»Wir haben ihn vergiftet? Nun, er hat es verdient.«

Tybalt gluckste leise. »Ehrlich gesagt, weiß ich es nicht. Es ist so lange her. Ich bin mir nicht sicher, dass überhaupt noch jemand lebt, der die Wahrheit kennt.«

Rosaline starrte ihn an. »Und was geschah mit der Capulet-Braut?«

Tybalt gähnte. »Sie ist nicht wichtig.«

»Wie kannst du das sagen?«

Rosalines Stimme klang wütend, und Tybalt erhob abwehrend die Hände. »Es gibt verschiedene Versionen: Sie heiratete einen anderen. Oder sie starb an gebrochenem Herzen. Oder sie wurde eine Nonne.«

»Damit sind ja alle Möglichkeiten abgedeckt«, sagte Rosaline ungehalten. »Kein Ende für sie zu wählen, bedeutet, dass sie keine Rolle spielt.«

Julia öffnete die Augen. »Ich glaube, sie hat ihn vergiftet«, sagte sie leise. »Sie selbst hat sich an ihm gerächt.«

Tybalt begleitete Rosaline zurück zum Haus ihres Vaters. Ohne Julia herrschte zwischen ihnen eine unbehagliche Stimmung. Die Leichtigkeit war getrübt. Tybalt blickte finster vor sich hin und ging so schnell, dass Rosaline beim Versuch, mit ihm Schritt zu halten, außer Atem geriet. Aber sie wollte ihn nicht bitten, langsamer zu laufen. Sie hatte inzwischen starke Kopfschmerzen, ihr Mund war trocken, und sie hatte einen schlechten Geschmack auf der Zunge.

Als sie die Enklave des Hauses erreichten, drehte er sich endlich zu ihr um und sagte mit einer Stimme, die seinen Schmerz verriet: »Du bist so unglücklich, dass du den Met gestohlen, dich selbst und deine Cousine krank gemacht hast. Aber du willst nicht mit mir weglaufen, um deinem Schicksal zu entkommen? Findest du mich wirklich so abstoßend, Rosaline?«

Seine angespannten Gesichtszüge verrieten, wie verletzt er war. Rosaline wollte nach seinem Arm greifen, aber da war er bereits verschwunden.

Rosaline brüllte auf und hämmerte an die Eingangstür, sodass diese in den Angeln wackelte wie lose Zähne.

Sie fühlte sich unerträglich elend dabei, ihre Freunde anzulügen. Und trotzdem verstand sie, dass, wenn die anderen von ihrer Liebe zu einem Montague wüssten, die Wahrheit schlimmer als die Lüge sein würde. Ihre Ehe wäre für die anderen wie ihr Tod. Es wäre ihr nicht erlaubt, Julia, Livia oder die Kinder zu sehen. Kein Capulet würde ihren Namen nennen, außer als zischende Warnung für andere missratene Mädchen. Tybalt wäre ihr Feind.

Aber war sie nicht bereits seine Feindin, die ihn anlog und Ungereimtheiten vertuschte? Er wusste es bloß noch nicht.

Rosaline lehnte sich gegen die kühle Mauer. Sie fühlte die rauen Steine unter ihren Fingerspitzen, und einen Moment lang verschlug es ihr den Atem.

Was hatte sie bloß getan?

In den nächsten Stunden wünschte Rosaline, Romeo würde diese Nacht von ihr fernbleiben. Wie konnte sie Tybalt aufgeben? Schon der Gedanke daran, dass er um sie trauerte oder sie verachtete, verursachte ihr Magenkrämpfe. Und Julia? Sie liebte sie ebenfalls.

Aber ohne Romeo würde ihre Welt jegliche Farbe verlieren. Alles wurde zu Asche, wenn er nicht da war. Sie konnte nicht ohne ihn sein.

Und so stürzte sie, als sie seine Schritte auf den Bodendielen hörte, aus dem Bett und in seine Arme. Sie bedeckte ihn mit Küssen, während er lachte und sie streichelte. Alle Zweifel, alles andere war vergessen. Die Welt bestand nur aus Rosaline und Romeo.

Zusammen lagen sie auf dem Bett. Er streichelte ihre Grübchen am Rücken, eine Sommersprosse auf ihrer Pobacke. »Wenn wir verheiratet sind, müssen wir sofort weg von hier. Bei dem Hass, der zwischen unseren Familien herrscht, ist alles andere undenkbar.«

Rosaline schluckte. Die Tränen, die sie vergessen hatte, stiegen erneut wie eine Flutwelle in ihr auf. Sie stellte sich vor, dass Tybalt und Julia sie stumm beobachteten, vorwurfsvoll und enttäuscht über ihren Betrug. *Ich liebe euch beide*, dachte sie. *Ich liebe euch auch.*

»Dennoch schläfst du mit einem Montague«, sagte Tybalt.

»Und verlässt uns seinetwegen«, sagte Julia.

Rosaline blinzelte ihre Tränen fort. Allmählich verschwand die Vision ihrer Freunde wieder. Romeo lag neben ihr. Er redete, und es dauerte einen Moment, bis sie ihm folgen konnte.

»Ich kann meinen Vater nicht um das *contradonora* bitten, wie es eigentlich für die Braut gedacht ist«, sagte er gerade. »Und du wirst keine Mitgift erhalten. Wir werden beide unser Zuhause verlieren.«

Als er ihren Gesichtsausdruck bemerkte, lächelte er und glitt mit seinem Zeigefinger über ihr Schlüsselbein. »Nicht unglücklich sein, meine Kleine. Dafür sind wir frei, wir beide, trunken vor Freude und Hoffnung. Was brauchen wir mehr in dieser hektischen Welt?«

»Nichts«, sagte Rosaline und versuchte zu lächeln. Sie wollte so gern daran glauben.

»Und trotzdem …«, fuhr Romeo fort und zog mit kleinen Küssen eine unsichtbare Linie von ihrem Ohrläppchen bis zu ihrer pochenden Brustwarze, »... wenn du die Dukaten hättest, die dein Vater für deine Unterbringung im Kloster vorgesehen hat, wäre unser Leben in Mantua finanziell etwas leichter.«

Rosaline starrte ihn erschrocken an. »Du willst, dass ich meinen Vater bestehle?«

Romeo lachte überrascht, als ob allein der Gedanke an Diebstahl abwegig sei. »Nein. Es ist dein Geld, Kleine. Er will es dem Kloster geben, damit es dir dort an nichts fehlt. Aber da du dort nicht sein wirst, brauchen sie es nicht. Es ist für unser gemeinsames Leben, süße Rosaline. Die Nonnen benötigen das Geld nicht. Und es gehört ihnen auch nicht, sondern dir.«

»Es gehört meinem Vater«, sagte sie so leise, dass es kaum mehr als ein Flüstern war. Sie wollte ihm nicht widersprechen.

»Es ist deine Mitgift. Oder sollte es jedenfalls sein. Deine Schönheit sollte nicht hinter Klostermauern verborgen sein. Diese Grausamkeit hat die Welt nicht verdient.«

Rosaline runzelte die Stirn und wickelte sich eine Haarsträhne um den Finger.

Romeo küsste ihre Nase. »Es ist doch im Grunde keine große Sache. Denk darüber nach«, sagte er. »Nur ein kleiner Akt der Liebe, damit wir beide es in Mantua leichter haben. Und wenn du dich entschließt, dir die Dukaten zu ... borgen, schick sie mir, damit ich sie für uns aufbewahre. Sende sie mir mit der lieben Caterina.«

Rosaline antwortete nicht. Auf keinen Fall würde sie das tun. Ganz sicher nicht. Wie eine wütende Biene summte der Ärger in ihr. Wie konnte er sie überhaupt darum bitten? Auch wenn es so, wie er es beschrieb, nichts mit Diebstahl zu tun hatte. Aber warum stieß sie dann allein der Gedanke so sehr ab? Sie würde es *nicht* tun ... doch dann stellte sie sich vor, wie dankbar und voller Liebe Romeo sie ansehen würde. Und es war schließlich als ihre Mitgift als Nonne im Kloster gedacht. War es überhaupt Diebstahl, wenn die Dukaten sowieso ihr gehörten?

Sie wusste, dass sie, falls sie wirklich tat, worum er sie bat, ihm niemals die Geldstücke mit Caterina als Botin senden würde. Denn würde man Caterina des Diebstahls an ihrem Dienstherrn überführen, würde das ihren Tod bedeuten. Wusste Romeo das nicht? Ganz sicher nicht, sonst würde ihr lieber, guter Romeo das niemals vorschlagen.

Als Caterina am nächsten Morgen kam, um sie zu wecken, war Romeo fort. Rosaline fühlte sich verloren. Sie ließ es zu, dass Caterina ihr beim Ankleiden half, und ging dann langsam die Treppe hinunter. Jeden Schritt zögerte sie hinaus, während Caterina auf verschiedene Haushaltsgegenstände zeigte.

»Dieser Teppich mit Mottenschaden. Oder dieser Wandteppich, der die Hirschjagd zeigt. Deine Mutter mochte ihn nie, und deshalb hat dein Vater entschieden, dass er ihm auch nicht gefällt. Obwohl er durchaus wertvoll ist. Oder dieses maurische Muster?«, fragte Caterina. »Du musst dich für etwas entscheiden. Dein Vater hat es befohlen. Die Gegenstände deiner Wahl werden vorab ins Kloster geschickt, damit deine Zelle für deine Ankunft bereit ist.«

»Es ist mir egal«, antwortete Rosaline. »Meinem Vater geht es nicht um meinen Komfort, sondern um seinen Ruf. Es soll so aussehen, als würde Masetto Capulet sich anständig um seine Tochter kümmern. Und du weißt genauso gut wie ich, dass ich nicht gehen werde. Ich werde mit meinem Geliebten in Mantua sein.«

Caterina sann einen Moment nach. »Gut. Aber wir müssen zumindest so tun, als ob du etwas wählst.« Sie schwieg, dann lächelte sie. »Wenn Romeo einen Weg findet, werden diese Dinge dein neues Heim schmücken.«

Rosaline schüttelte heftig den Kopf. »Ich will sie nicht.«

»Wie du wünschst. Aber du musst ein, zwei Dinge nennen, sonst verärgerst du deinen Vater.«

Rosaline wusste, dass sie gut daran tat, diesen Rat zu befolgen. Caterina verließ sie und kehrte in die Küche zurück, um eine ihrer unzähligen Aufgaben zu erledigen, während Rosaline durchs Haus schlenderte. Was würde sie mit in ihr neues Leben nehmen, wenn sie eine echte Wahl hätte? Das Gemälde der launischen Madonna? Die geschnitzte Schlafcouch, auf der ihre Mutter nachmittags, auf viele Kissen gebettet, gedöst hatte? Nein, nicht einmal diese.

Stattdessen wollte sie wie ein frisch geschlüpftes Küken alles hinter sich lassen und nackt ihrer neuen Existenz entgegentreten. Dennoch ließen Romeos Worte sie nicht los. Sie würden kein Geld haben in Mantua, jedenfalls zuerst nicht. Ihr Vater konnte sie einfach nicht lieben. Anstelle eines Herzens befand sich in seiner Brust eine verschrumpelte Walnuss. Doch trotz ihres Ekels und ihres unbezwingbaren Ärgers wollte sie ihm weder die Gegenstände noch das Geld entwenden. Sie war immer noch seine Tochter, und irgendwann hätte sie ihn vielleicht sogar lieben können.

Als sie an sich heruntersah, bemerkte sie, dass ihre Hände zitterten. Während Romeos Freude strahlend warm war, waren seine Gesichtszüge, wenn er enttäuscht oder unzufrieden war, kalt wie der Winter. Es graute ihr, ihm zu sagen, dass sie es nicht tun konnte. Was, wenn sie sich nur einen kleinen Betrag lieh? Ihr Vater war reich und würde es nicht bemerken. Und wenn sie sich dann in Mantua niedergelassen hätten und Romeo in seinen Bemühungen erfolgreich sein würde, könnten sie die Dukaten zurückgeben. So wäre es kein Diebstahl, sondern ein Darlehen, wenn auch ein unwissentliches.

Dennoch war Rosaline nicht sicher, ob sie ihren Vater oder sich selbst betrog.

Sie verbrachte den Tag nicht wie sonst mit Julia, war entschuldigt, weil sie packen sollte, und zog sich wieder in ihre Kammer zurück. Doch sie sortierte nicht ihre Sachen, sondern durchquerte ruhelos den Raum und kaute an ihren Fingernägeln. Sie wollte es nicht tun, auch wenn ihr Vater es niemals erfahren würde.

Als sie auf ihrem Bett lag, war ihr so übel, als würde geronnene Milch in ihren Eingeweiden rumoren. Sie ging nicht hinunter, um etwas zu essen, und rührte auch die Speisen nicht an, die Caterina ihr auf einem Tablett vor die Tür gestellt hatte. Schließlich brach der Nachmittag an, und Rosaline hörte, wie ihr Vater das Haus verließ, um, wie er es häufig tat, in der Stadt Händler aufzusuchen. Er würde einige Stunden fort sein. Caterina wäre in der Küche beschäftigt, und die zwei Dienstmädchen hatten in den Nebengebäuden mit dem Abwasser und anderen schweren Arbeiten zu tun.

Einer Schlafwandlerin gleich erhob sich Rosaline vom Bett und schlich wie ein Phantom im eigenen Haus die Treppe hinunter. Es war still und heiß. Nichts rührte sich, nur hin und wieder erklang das Knacken und Ticken des Klopfkäfers in den Holzbalken. Während Rosaline jeden Moment erwartete, erwischt zu werden, schlich sie den steinernen Durchgang entlang zum Zimmer ihres Vaters. Die Tür war nur angelehnt.

Sie streckte die Hand aus, zögerte. Noch könnte sie sich umdrehen, die Treppe hochrennen und Romeo sagen, dass sie das niemals tun wollte, tun könnte, tun würde.

Sie drückte die Tür auf.

Der Raum war ordentlich, und vor Kurzem hatte man Staub gewischt. Der Boden war mit Bienenwachs behandelt worden, doch selbst das konnte nicht den schalen Geruch überdecken. Egal, wie viele Feuer brannten, dieser Raum war immer feucht und kalt. In einer Zimmerecke sah sie einen salatgrünen Schimmelfleck blühen.

Auf seinem Schreibtisch hatte Masetto Emelias Porträt zurückgelassen. Vorwurfsvoll sah sie Rosaline von der Schreibunterlage an. Mit zitternden Fingern drehte Rosaline das Porträt um, sodass die Mutter nicht Zeugin des Verbrechens ihrer Tochter wurde, deren Absturz ins Böse.

»Ich werde es wiedergutmachen«, flüsterte Rosaline.

Sie kauerte nieder und holte den schmiedeeisernen Schlüssel zur Truhe ihres Vaters hinter einem der metallenen Feuerböcke hervor, wo er ihn immer aufbewahrte. Er war schwer und ließ sich nicht im Schloss drehen. Erleichtert entschied sie, dass sie Romeo in aller Ehrlichkeit sagen konnte, dass sie es vergeblich versucht hatte. Das Schloss war verklemmt. Er würde sie beruhigen und ihr vergeben. Sie würden einen anderen Weg finden. Sie atmete tief durch und zog kräftig am Schlüssel, um ihn herauszuziehen. Mit einem Klicken öffnete sich das Schloss.

Sie hatte bisher ein-, zweimal flüchtig in die Truhe geschaut, und auch das war viele Jahre her. Gestapelte Goldmünzen hatten darin gefunkelt, ein narzissengelbes Leuchten hatte sich auf dem fahlen Gesicht ihres Vaters gespiegelt.

Jetzt hob Rosaline mit wachsendem Unbehagen den Deckel an. Aber diesmal gab es kein prächtiges osterglockengelbes Strahlen. Jedenfalls nicht genug, um ein Blumenbeet zu füllen, sondern höchstens ein paar schwächliche Töpfe. Wo war das Geld geblieben? Bewahrte Masetto sein Gold in einer der Stadtbanken auf?

Sie konnte nicht viel nehmen, sonst würde er den Diebstahl sofort bemerken. In einen kleinen Beutel, den sie für diesen

Zweck heimlich aufgehoben hatte, zählte sie dreißig Dukaten ab. Sie hoffte inständig, dass genug Münzen verblieben, sodass ihr Vater nicht bemerkte, dass sie sich etwas geliehen hatte.

Sie verschloss die Truhe und eilte wieder nach oben in ihre Kammer. Dort legte sie sich aufs Bett. Sie spürte die Schweißperlen auf ihrer Oberlippe und schloss die Augen, voller Sehnsucht nach Schlaf, der ausblieb. Sie wusste, dass Romeo erfreut darüber sein würde, was sie getan hatte, und versuchte, seine Freude zu verinnerlichen.

Denn ihre eigene blieb aus.

Rosaline schickte Caterina mit der Nachricht zu ihrem Geliebten, dass sie ihn sehen müsse. Aber Caterina kehrte mit der Botschaft zurück, dass Romeos Vater ihn in die Landvilla bestellt hatte. Unmöglich könne er an diesem Abend nach Verona zurückkehren. Stattdessen bat er Rosaline, sie an dem Ort zu treffen, an dem sie sich das erste Mal begegnet waren.

»Im Garten der Montagues. Aber wie soll ich dorthin kommen?«, fragte Rosaline besorgt.

Caterina überlegte einen Moment. »Mein Bruder ist Kutscher in einem anderen Haushalt. Er wird dich hinbringen und dort auf dich warten«, sagte sie. »Wir werden keinen unserer eigenen Dienstboten fragen. Das ist zu gefährlich.«

Rosaline stimmte Caterinas Plan zu. Angst und Schuldgefühl ließen nach bei dem Gedanken, dass sie Romeo sehen würde. Aber sie verschwieg Caterina, was sie getan hatte. Es war besser, dass diese nichts davon wusste.

Während die Nacht anbrach und die Bewohner des Hauses längst in ihren Betten lagen, versteckte Rosaline sich in einem kleinen Karren. Über ihr waren mehrere leere Säcke ausgebreitet, die nach Schimmel und Getreide rochen. Ihre Augen juckten, ihre Faust umschloss den kleinen Beutel mit den Dukaten.

»Ihr könnt herauskommen, wir sind fast da!«, rief Caterinas Bruder. »Hier ist niemand.«

Erleichtert warf Rosaline die Säcke von sich und atmete tief die kühle Nachtluft ein. Tausende Sterne standen am dunklen Himmelszelt und leuchteten so hell und klar, dass sie zu flattern schienen. Das einzige andere Licht stammte vom Landsitz der Montagues, und mit jeder Radumdrehung kamen sie ihm näher. Diesmal brannten nicht lodernde Fackeln, sondern sanfte Kerzen, die in einigen Fenstern standen.

»Bis hierher bringe ich Euch«, sagte der Pferdebursche und brachte das kleine Fuhrwerk zum Stehen. »Ich warte bei den Bäumen. Vor Sonnenaufgang müssen wir zurück in der Stadt sein.«

Rosaline nickte und sprang hinunter. Sie rannte den Feldweg entlang, der zu dem Garten auf der abgewandten Seite der herrschaftlichen Villa lag, und pflückte dabei alte Getreidekörner aus ihrem Haar und ihren Ohren. Der Weg lag im Dunkeln, nur das spärliche Licht des Mondes, der halb hinter den Bäumen verborgen war, schien. Ihre Schritte auf dem Kiesweg schienen widerzuhallen und die Stille zu durchdringen. Fast erwartete sie, dass eine Gruppe Dienstboten aus dem Haus stürzte und sie ergriff.

Dann hörte sie auf einmal erregte Stimmen. Neben einer niedrigen Hecke kauerte sie sich hin. In ihren Ohren rauschte das Blut.

Zwei Männer, die nicht auf sie Jagd machten, sondern miteinander stritten, tauchten auf.

»Du bist ein Geck und ein Narr!«, rief einer der beiden. Seine Stimme war tief, und er klang verärgert.

»Das bin ich keineswegs, Mylord«, antwortete eine zweite, vertraute Stimme.

Rosaline spähte durch die Dunkelheit zu den beiden, die vor der Loggia der Villa auf und ab gingen. Romeo erkannte sie sofort. Schmächtig wirkte er neben dem korpulenten Mann, den sie für seinen Vater hielt. Das Mondlicht verfing sich in seinem silbernen Haar, brachte es zum Leuchten und schien hinter ihm her zu fließen wie verschüttetes Quecksilber.

»Du bist, was ich sage, dass du bist. Und ich sage, dass du ein Narr bist, ein Lump und ein hübscher Schurke. Ja, hübscher als deine Schwester, das arme Ding«, sagte Signior Montague. Jetzt klang er zornig.

»Und ich sage erneut, dass ich nichts davon bin.«

»Du bist nichts?«, höhnte er. »In der Tat, du bist nichts. Und, Junge, aus nichts kann auch nichts werden.«

Und damit schubste er Romeo mit beiden Händen. Zu ihrer Überraschung leistete Romeo keinen Widerstand, sondern stolperte nur rückwärts. Rosaline wünschte, sie könnte sich bewegen oder sich tiefer in den Garten zurückziehen. Aber aus Angst, entdeckt zu werden, wagte sie nicht, sich zu rühren. Ihre Schritte würden auf dem Kies zu hören sein und sie verraten. Dennoch: Hierzubleiben und dem Streit beizuwohnen, fühlte sich für sie wie ein unerlaubtes Eindringen an.

Signior Montague zischte und stieß mit dem Zeigefinger gegen Romeos Brust. »Leider bist du zu groß, als dass ich dir was mit der Peitsche überziehen könnte. Wärst du mein Hund oder meine Tochter, würde ich dich einsperren oder dich hungern lassen. Aber das Schicksal meinte ja unbedingt, dich zu meinem Sohn machen zu müssen.«

»Ich versuche, es Euch recht zu machen …«

»Das versuchst du nicht! Du versuchst, es dir selbst recht zu machen. Widersprich nicht, sonst lässt du mich wie einen Narren aussehen. Denkst du, ich bin ein Narr?«

»Nein, Mylord.«

Signior Montague murmelte etwas, das Rosaline nicht hören konnte, und wandte sich verächtlich ab. Er schritt die Loggia auf und ab und sagte schließlich laut: »Ich mag den Franziskanermönch Lorenzo nicht. Er schmarotzt bei dir. Entledige dich seiner.«

Als Romeo antwortete, klang seine Stimme stärker. »Ihr wählt nicht meine Freunde, Vater.«

»Nein, aber ich füttere dein Portemonnaie.« Der alte Montague ergriff Romeos Ohr und zerrte ihn die Terrasse entlang wie einen Schuljungen, während Romeo mit den Armen um sich schlug, um sich zu befreien, ohne dabei den alten Mann zu verletzen. Schließlich verlor er die Geduld. Erniedrigt stieß er ihn so kräftig von sich, dass Signior Montague gegen die Steinbalustrade der Loggia fiel. Er stürzte zu Boden und wischte sich, brüllend vor Lachen, etwas vom Mund, das wie Blut aussah. »Also hast du doch Hitze in dir! Du kannst kämpfen und nicht nur jammern und Wein trinken.«

Rosaline sehnte sich danach zu fliehen. Romeos Vater war ein Tyrann, nicht viel anders als ihr eigener Vater. Aber sie spürte, dass Romeo sie in dieser Situation nicht sehen wollte, auch wenn sie etwas gemeinsam hatten.

Kurz darauf erhob sich der alte Mann und verschwand im Haus. Romeo fluchte verbittert vor sich hin. Rosaline beobachtete, wie er die Terrasse überquerte und den Weg entlangging. Sie wagte nicht, ihn zu rufen. Er verschwand im Maul des Ungeheuers, dem Tor zum Garten.

Endlich schlüpfte sie aus ihrem Versteck und folgte ihm. Am Tor zögerte sie, bevor auch sie durch den Schlund zur Hölle trat und sich auf der Lichtung der gefallenen Götter wiederfand.

Hier herrschte vollkommene Stille. Sie fragte sich, wohin er gegangen war. In der Dunkelheit brüllte ein Drache, als ein Jagdhund sich in seiner Flanke verbiss. Die hohen, dunklen Pinien löschten das Licht der Sterne aus. Proteus, der die Maske des Wahnsinns trug, glotzte und schrie in endloser Verzweiflung, während in einiger Entfernung Venus ausdruckslos vor sich hin starrte.

Rosaline sah sich auf der Lichtung nach Romeo um. Dann spürte sie, wie Hände ihre Taille umgriffen, und hörte eine Stimme an ihrem Ohr flüstern: »Fürchte dich nicht, Geliebte.«

Sie küsste ihn.

»Komm«, sagte er, nahm ihre Hände und zog sie an sich. »Lass uns zu einem anderen Teil des Gartens gehen, der vielleicht etwas fröhlicher ist.«

Rosaline ließ zu, dass sie tiefer hineingezogen wurde.

»Ich habe vorhin deinen Vater gesehen.«

Romeo versteifte sich.

»Ich glaube nicht, dass er sanft oder gut ist«, sagte Rosaline. »Mein Vater ist auch so unfreundlich. Er war gut zu meiner Mutter, aber sonst zu niemandem.«

»Mein Vater ist ein Gockel, und besonders bei meiner armen Mutter«, fauchte Romeo. »Ein reicher Gockel zudem, der daran gewöhnt ist, dass die Leute vor ihm im Staub kriechen. Aber ich nicht.«

Rosaline beschloss, Signior Montague nicht erneut zu erwähnen. Romeos Wunde war noch blutig und nicht verschorft.

Er führte sie zu einer Lichtung, zu einer Art Theater mit geharkten Grasbänken, wo steinerne Bildnisse verächtlich von hohen Sockeln auf sie herabschauten. Auf grauenhafte Weise kamen sie Rosaline wie enthauptete Könige und Königinnen vor.

»Hier treten in Sommernächten Schauspieler auf, um uns zu unterhalten«, sagte Romeo. »Aber heute sind wir beide die einzigen Darsteller auf dieser Grasbühne.«

Die Zuschauerschaft, die aus abgetrennten Steinköpfen bestand, sah sie herrisch an. Romeo hatte eine Decke dabei und einen Korb mit Leckereien, aber Rosaline war nicht hungrig. Dieser Ort, der sie damals so erstaunt und begeistert hatte, verunsicherte sie nun. Der Duft der Zedern und das Rauschen des Wasserfalls in der Ferne erinnerten sie an den Weihrauchgeruch und das beständige Tropfen in der Krypta der Montagues.

Doch als Romeo sich zu ihr beugte und sie küsste, seine warmen Finger in ihrem Haar vergrub, war sie verloren. Wenn sie mit ihm zusammen war, fühlte sie sich leichter als ein Pusteblumenschirmchen. Es gab nichts außer ihm.

Sein Atem roch nach honigsüßem Wein. Sie wollte nur hier unter den Bäumen liegen, ihn küssen und reden, aber Romeo hatte ruhelose, hartnäckige Finger.

»Wollen wir uns unterhalten? Oder erzähl mir eine Geschichte.«

Er grinste. »Ich werde dir die Geschichte von Romeo und seiner Rosaline erzählen.«

Romeo presste sich gegen sie. Sie versuchte, sich ihm zu entwinden, aber erkannte, dass das nicht ging. Ihr Körper bewegte sich nicht so, wie sie wollte. Stattdessen lag sie regungslos da und beobachtete sich selbst genau wie die Statuen, die starr auf sie herabschauten. Sie gestattete ihm, ihr Gewand zu öffnen und sie nackt auf die Decke zu legen. Schwer lag er auf ihr. Es schmerzte sie, aber sie wagte es nicht, ihm ihren Widerwillen zu zeigen, aus Angst, dass er sie auslachen und ihre Furcht kindisch finden könnte.

Stattdessen ertappte sie sich dabei, dass sie ihm eine Lust vorspielte, die sie nicht empfand.

Danach, als sie in Decken gehüllt nebeneinandersaßen und an einem Vin Santo nippten, nahm Rosaline den Beutel mit den Münzen und hielt ihn hoch. Vor Stolz stieg ihr die Hitze in die Wangen, sie konnte kaum erwarten zu sehen, wie erfreut er sein würde.

»Mylady? Du hast es getan?«, sagte er, verschränkte ihre Hände ineinander und küsste jeden ihrer Fingerknöchel.

Sie nickte glücklich.

Er umarmte sie so stürmisch, dass sie zurück auf die Decke fiel und dabei den Wein verschüttete. »Wie ich dich liebe«, erklärte er.

Sie lachte und schob ihn von sich. Er setzte sich auf, öffnete den Beutel und untersuchte den Inhalt. Aber dann verblassten sein Lächeln und seine Freude wie das letzte Licht in der Dämmerung.

»Das ist alles? Nur diese dreißig Dukaten sollen es sein?«

Rosaline runzelte die Stirn. »Es war nicht viel in der Truhe, Geliebter. Hätte ich mehr genommen, hätte mein Vater den Diebstahl sofort bemerkt.«

»Und wenn schon. Du musst es einfach erneut versuchen.«

»Nein!« Laut und schrill klang ihre Stimme in der Nachtstille.

Romeo starrte sie an, abgestoßen von ihrer Heftigkeit. »Psst! Wenn du es nicht willst, werde ich dich nicht zwingen. Ich wünschte nur, du würdest es noch einmal versuchen. Es ist schrecklich, aber mit so wenig Geld werden wir in Mantua leiden. Doch wenn du sagst, dass du mehr von deiner Mitgift nicht bekommen kannst, muss ich dir glauben.«

Kleine Käfer schienen in Rosalines Adern herumzukriechen. Sie war nicht böse, das wäre nicht gerecht. Romeo verstand einfach nicht, was dieser Diebstahl sie gekostet hatte.

Eine Brise kam auf und fuhr durch die Lärchen wie nahender Regen. Die Statuen schauten mitleidig auf sie herunter, sie wünschte, sie würden wegblicken. Wenn es sich so anfühlte, eine Schauspielerin auf der Bühne zu sein, missfiel ihr das sehr. Selbst wenn die Zuschauer still waren und es keinen Applaus gab.

»Ich kann das nicht.«

»Hier«, sagte Romeo und füllte ihr Glas erneut. »Es stimmt, dass mein Vater mich zur Landvilla zitiert hat. Aber ich wollte auch, dass wir beide wieder hier sind, in diesem Garten, in dem ich dein Gesicht zum ersten Mal erblickt habe. Ich habe Neuigkeiten. Mein alter Freund, der Mönch, kommt zurück nach Verona und wird uns morgen Abend verheiraten.«

Entzücken überkam sie, alle Zweifel und Ängste wurden vom Nachtwind verweht.

»Übermorgen werden wir in Mantua sein. Wir beide«, sagte er.

»Und Caterina«, ergänzte Rosaline, obwohl sie wusste, dass er das nicht vergessen hatte.

»Wie du wünschst. Alles, wie du es wünschst«, sagte er und ergriff ihre Finger.

Auf einmal war alles wieder gut. Die Statuen schauten milde; es gab keine schlechten, nur merkwürdige Träume. Diese Götter und Göttinnen würden sie segnen und ihre ungebührliche Liebe gutheißen.

Auf dem Weg zurück in die Stadt lag Rosaline wieder versteckt unter den Säcken. Der Pferdebursche war ungehalten. Es war später gewesen, als sie beabsichtigt hatte, als sie endlich zum Treffpunkt zurückgekommen war, und am Horizont zeigte sich ein erster Silberstreif. Er wies sie nicht zurecht, aber sie sah, dass er sich fürchtete.

Sie war zu glücklich, um Angst zu haben. Sie fühlte sich wie ein Blatt, das durch die Luft in den Wald direkt zu Titanias Gesellschaft gewirbelt worden war.

Alle Gedanken, außer die an Romeo, waren aus ihrem Kopf verbannt. Sie war ruhelos, und obwohl ihre Gliedmaßen schwer vor Erschöpfung waren, konnte sie trotz des gleichmäßigen Holperns des Fuhrwerks nicht schlafen. Warum sollte sie auch träumen, wenn sie über Romeos Perfektion nachdenken konnte? Morgen Abend um elf würden sie sich in der Krypta treffen. Und dann würden sie nach Mantua aufbrechen. Er hatte dort Freunde. Sie durfte nicht an ihre eigenen Freunde denken, nicht an Julia, Tybalt oder Livia. Sie durfte nicht grübeln, was mit ihnen verloren gehen würde, sondern sich nur darauf freuen, was sie gewinnen würde. Dennoch kamen ihr die Tränen, wenn sie sich ihre Gesichter vorstellte.

Über ihr schnatterten Graugänse im Flug. Das Morgenlicht entzündete ihre Flügel, und einen Moment lang kamen Rosaline die Vögel wie eine Schar Ikarusse vor.

Ohne ein Ende konnte es keinen Anfang geben. Sie hoffte, ihre Freunde würden sie nicht hassen.

»Wir sind am Stadttor!«, rief Caterinas Bruder. »Ihr müsst Euch jetzt wieder verstecken, Mistress.«

Sie zog die Säcke hoch und lauschte auf ihren raschen Herzschlag. Bald hielt der Karren. Sie lag still und wartete. Selbst durch die Maschen des Jutegewebes konnte sie sehen, dass es fast hell war. »Kommt, schnell jetzt, durch die Seitentür. Caterina erwartet Euch.«

Rosaline kletterte hinunter, der Bursche nahm ihre Hand und blickte furchtsam über seine Schulter. Die Straße war immer noch leer bis auf eine Ratte, die sie vom Rinnstein aus beobachtete.

Rasch warf sie einige Münzen in die Tasche des Burschen, dankte ihm und eilte den kopfsteingepflasterten Seitengang des Gebäudes entlang.

Der Wachmann war nicht auf seinem Posten. Stattdessen entdeckte sie im Zwielicht eine Frau, die auf sie wartete: Caterina. Bei diesem Anblick entspannten sich ihre Nerven, und sie atmete aus, obwohl ihr gar nicht bewusst gewesen war, dass sie den Atem angehalten hatte. Doch als sie näher kam, sah sie, dass die Frau jünger, kleiner und schmaler als Caterina war. Fast noch ein Kind, sah man von ihrem dicken Bauch ab.

Rosaline blieb abrupt stehen, dann ging sie ein Stück zurück.

»Bitte, Mistress«, rief das Mädchen. »Ich habe so lange auf Euch gewartet. Ich flehe Euch an, wendet Euch nicht ab. Geht nicht!«

Rosaline zögerte, als sie in der Stimme des Kindes einen verzweifelten Unterton zu hören glaubte. Im Mauerschatten sah es nicht älter als elf oder zwölf Jahre aus, auch wenn das möglicherweise trog. Sein Gesicht war dünn und verhärmt. Die große Schwellung des Bauchs wirkte schmerzhaft und unnatürlich an einem so jungen Mädchen. Rosaline näherte sich zögernd und unsicher.

»Du brauchst nicht mich«, sagte sie. »Du brauchst etwas zu essen. Ich bringe dich in die Küche. Irgendwer wird dir dort eine anständige Mahlzeit geben.«

Doch das Mädchen sah unablässig zu Rosaline. Sie hatte die gleichen, weit auseinanderstehenden blauen Augen wie Julia. »Ihr seid Rosaline Capulet?«

Rosaline nickte.

»Dann, Madam, seid Ihr es, die ich sprechen wollte. Ihr werdet Romeo Montagues Ehefrau? So hat er es Euch versprochen?«

Erstaunt starrte Rosaline sie an. Wie war es möglich, dass dieses Kind ihr Geheimnis kannte?

»Ich war eine Magd im Hause der Montagues. Aber keine Sorge. Ich weiß, wann ich was sagen darf und wann nicht.«

»Was willst du von mir? Geld, damit du mein Geheimnis nicht verrätst?«, fragte Rosaline erschrocken.

»Nein«, sagte das Mädchen und schüttelte energisch den Kopf. »Bitte habt keine Angst. Nicht vor mir. Ich bin gekommen, um Euch um Hilfe zu bitten. Für mich und das Kleine …«, sie streichelte ihren enorm gewölbten Bauch, »nun, das ist Romeo Montagues Kind.«

Rosaline sank zurück gegen die Steinmauer des Durchgangs. »Ich glaube dir nicht«, sagte sie. Das Blut rauschte in ihren Ohren. Sie versuchte, sich an dem Mädchen vorbeizudrängeln, aber es versperrte ihr den Weg und redete weiter.

»Er sagte, er liebe mich. Oh, Mistress. Er sagte so viele Worte, die nichts als ein Hauch waren. Dass er noch nie wahre Schönheit bis zu dem Tag gesehen hatte, als er mich erblickte. Dass der Moment, in dem wir uns kennenlernten, vom Schicksal vorbestimmt war. Oder war es Venus? Ich habe es vergessen.« Sie lachte, leise und traurig. »Es ist nicht mehr wichtig. Er schwor, dass wir heiraten und dann nach Mantua gehen würden. Er kannte einen Mönch, müsst Ihr wissen, einen alten Freund, der uns verheiraten und sich weder an meiner Jugend noch an meinem niedrigen Stand stören würde. Aber dann begann er, es immer wieder aufzuschieben. Der Mönch war angeblich weg. Wir konnten nicht inmitten des Sommerfiebers heiraten. Und dann kam die Pest. Aber Ihr müsst verstehen, gute Mistress, dass ich in Wahrheit bereits fürchtete, er habe das Interesse an mir verloren. Es missfiel ihm, dass ich sein Kind unter dem Herzen trug. Ich gefiel ihm besser, als ich zierlich und schmal war.«

Erschrocken und ablehnend betrachtete Rosaline das Mädchen. Sie schloss die Augen und blinzelte mehrmals in der Hoffnung, dass es verschwunden sein würde, wenn sie sie wieder öffnete. Wie eine Fee oder ein schlechter Geruch, den der Wind fortwehte. Aber nein, das Mädchen war immer noch da und sprach auf Übelkeit erregende Weise über Romeo.

»Er brachte mir alle möglichen Mittel, mit denen ich das Kind loswerden sollte, aber die nahm ich nicht, und er wurde böse.« Es schüttelte den Kopf. »Ich wollte es behalten. Das …«, sie streichelte den Bauch erneut, »ist ein kleines Kind. Ich habe keine Familie außer ihm. Und dann begegnete Romeo Euch. Liebte Euch. Ich bedeutete ihm nichts mehr. Wurde achtlos weggeworfen, wie ein zerbrochener irdener Topf auf den Abfallhaufen in der Küche.«

Endlich ertrug Rosaline es nicht länger. »Schweig! Das ist nicht wahr! Nichts, was du sagst, ist wahr!« Sie stampfte auf und hielt sich die Ohren zu. Sie würde nicht mehr zuhören. Es war verabscheuenswerter Unsinn. Das junge Frauenzimmer war hinter Geld her, das war alles, es spielte ein grausames Spiel, angeheizt durch Bitterkeit – warum, wusste sie nicht. Vielleicht war Romeos Schönheit der Grund für diesen Irrsinn. Sie würde nicht länger zuhören, keinen Moment länger.

Blass und ruhig stand das Mädchen da und bewegte sich nicht von der Stelle. Abwartend sah es sie reglos mit seinen zu weit auseinanderstehenden blauen Augen an. »Es tut mir leid. Ich sehe, dass Ihr ihn liebt. So wie auch ich ihn geliebt habe.« In ihrer Stimme schwang Mitleid mit.

Wie konnte dieses unglückliche, elende Ding es wagen, sie zu bemitleiden? Rosaline erwiderte seinen Blick und zwang sich, die aufkommenden Tränen zu unterdrücken. »Was willst du von mir?«

»Ich wollte Euch anschauen. Wollte sehen, wen er nun liebt. Und Euch warnen, obwohl ich bereits wusste, dass Ihr mir nicht glauben würdet. Ich hätte es auch nicht getan. Wenn er einen liebt, ist die Welt voller Güte. Ich war mutterseelenallein, und dann hatte ich auf einmal ihn. Er wollte mich, obwohl ich so eine arme Larve bin. Er ist so eine Freude, wie Met, genossen in einer Sommernacht, oder die Marzipanblume, die er einem schenkt.«

Rosaline schluckte. Das Mädchen hatte sich auf seine Lügen gut vorbereitet. Ihr war heiß und kalt zugleich, als ob sie Fieber bekäme. Ein Schweißfilm breitete sich wie Tau auf ihrer Stirn aus.

Noch immer trat das Mädchen nicht zur Seite.

»Warum gehst du nicht endlich?«, rief Rosaline erbittert.

Das erste Mal wirkte das Mädchen unsicher. Es blickte zu Boden. »Ich brauche Geld. Jedes Mal, wenn ich ihn sehe, flüstert er mir zu, ob ich nicht vor Scham in meiner Situation sterben möchte. Aber ich will nicht sterben, Mistress Rosaline. Ich schäme mich nicht. Wenn ich unter der Geburt sterbe, dann ist das Gottes Wille und soll so sein. Aber ich werde nicht Hand an mich legen.« Das Mädchen griff nach Rosalines Hand. »Werdet Ihr mir helfen?«

Rosaline blickte auf die kleine Hand, die raue Haut, die derb und aufgerissen von der harten Hausarbeit war. Sie schüttelte die Finger der Fremden ab. »Es ist nicht wahr. Nichts von dem ist wahr. Ich glaube dir nicht.«

Das Mädchen nickte. »Ich war nicht die Erste, das müsst Ihr wissen«, sagte sie nach einem kurzen Schweigen.

»Das weißt du?«, begehrte Rosaline zornig auf. »Oder ist es ein Gerücht?«

Das Mädchen zögerte und schluckte, und Rosaline spürte in sich einen zaghaften Triumph aufflattern.

»Es gab Gerüchte«, gab es schließlich zu. »Wie das Rascheln von Mäusen in den Dachsparren, wenn man versucht zu schlafen. Leise, aber unüberhörbar.«

Rosaline verschränkte die Arme und schüttelte den Kopf. Sie würde keinem einzigen Wort Glauben schenken.

»Nach Mantua. Dorthin hat er eins von seinen Mädchen gebracht, habe ich gehört. Weit weg von Verona, damit das Flüstern nicht vom Fürsten oder dessen Freunden gehört wird.« Das Mädchen schluckte. »Es verschwand. Wie Asche im Wind.«

»Aus! Schluss! Hinfort mit dir!«

Endlich trat das Mädchen zur Seite, sodass Rosaline an ihm vorbeigehen konnte, aber nicht ohne dabei gegen seinen harten, geschwollenen Bauch zu stoßen.

Sie eilte den Durchgang entlang und fühlte dabei immer noch den Blick des Mädchens im Rücken. Sie hatte Angst, sich umzudrehen, und ließ, in ihrer Eile fortzukommen, die Tür zum Hof zu laut zuschlagen. *Ich muss sie auf der anderen Seite verschließen, das Mädchen und seine Lügen im Durchgang aussperren.* Fast glaubte sie, der Griff drehte sich, und das Kind mit dem lächerlich dicken Bauch drängte hinein.

Aber im Hof war alles ruhig. Nur Caterina erwartete sie. Zornig lief sie auf und ab. »Du bist spät dran! Und jetzt machst du auch noch Lärm? Dein Vater wird bald aufstehen. Du bringst uns alle in Gefahr. Schnell jetzt.«

Erschüttert und verstört, wie sie war, schwieg Rosaline, während Caterina sie rasch nach oben in ihre friedliche Schlafkammer brachte. Als sie sich auf das Bett setzte, begann die Dienstmagd ihr mit Fragen zuzusetzen.

»Was ist passiert? Du siehst blass aus. Habt ihr gestritten?«

»Nein. Wir werden morgen heiraten. Nein, falsch, heute Abend.«

Caterina runzelte die Stirn, beugte sich zu ihr und betrachtete Rosaline genauer. »Warum bist du dann nicht außer dir vor Freude?«

Rosaline zögerte. Sie sagte nichts über das Mädchen, über seine dreisten Lügen. Es war sinnlos, diese Verleumdungen zu wiederholen. Das Mädchen hatte zugegeben, dass es Geld wollte. Es war ein übler Trick, mehr nicht. Sie fragte sich erneut, wie alt das Kind wohl war, verbannte aber den verstörenden Gedanken mit aller Macht. »Ich bin glücklich. Ich war nur die ganze Nacht wach und bin nun müde.«

»Gut, dann schlaf ein bisschen. Ich komme bald zurück, um dich zu wecken.« Caterina streichelte ihre Wange und deckte sie sorgfältig zu.

Als sie gegangen war, lag Rosaline noch wach und flüsterte sich selbst wieder und wieder beschwörend zu: »Lügen, nichts als Lügen.«

Zu spät fiel ihr ein, dass sie das Mädchen nicht nach seinem Namen gefragt hatte.

Rosaline kaute auf ihrem Finger. Sie konnte nicht schlafen. *Mantua.* Das Wort war für sie wie zu einem Gebet geworden. Es war der Ort, an dem Romeo und sie zusammen glücklich sein würden. Es missfiel ihr, dass das Dienstmädchen den Stadtnamen ausgesprochen und damit seine Heiligkeit beschmutzt hatte. Es war, als hätte es ein schönes Geheimnis aus Rosalines eigenem Herzen verraten und es damit hässlich gemacht. Alles, was das Mädchen gesagt hatte, war eine Lüge gewesen. Trotzdem sehnte Rosaline sich nach einer Bestätigung, dass sie recht hatte.

Wenn die Wahrheit in Mantua verborgen lag, musste sie sie dort suchen. Sie kleidete sich an, und sowie sie hörte, dass ihr Vater aufstand und die Treppe hinunterging, folgte sie ihm rasch, um mit ihm zu sprechen.

Er war mit seinen Morgengebeten beschäftigt und schaute sie erstaunt an.

»Ich möchte nach Mantua fahren, um das Kloster Sant'Orsola aufzusuchen. Wenn Ihr mich dorthin schickt, möchte ich mein zukünftiges Zuhause kennenlernen, bevor ich dort leben werde.«

Er musterte sie einen Moment, dann nickte er erfreut. »Gut. Wir werden morgen fahren.«

»Nein!« Rosaline zwang sich zu lächeln. »Ich möchte so gern heute schon dorthin, wenn es Euch genehm wäre, Vater. Darf ich Euch jetzt bei Euern Morgengebeten Gesellschaft leisten?«

Ihr Vater starrte sie einen Moment lang an, offenbar unsicher, ob sie sich über ihn lustig machte. Als er sah, wie ernst ihr Gesichtsausdruck war, nickte er erfreut. »Du darfst. Bevor wir mit dem Gebet fortfahren, werde ich anordnen, dass alles, was du für deine Klosterzelle gewählt hast, aufs Fuhrwerk geladen wird.« Er schwenkte die Glocke, und ein Bediensteter betrat den Raum. »Sieh zu, dass die Dienerschaft Rosalines Dinge heranschafft.« Er wandte sich an seine Tochter: »Wir werden veranlassen, dass sie deine Zelle bereits fertig machen, damit alles bereit ist, wenn du in ein paar Tagen anreist.« Er rief den Dienstboten zu: »Nach dem Morgenmahl machen wir uns auf den Weg nach Mantua! Heute Abend kehren wir zurück.«

Furcht breitete sich in Rosaline aus. Was, wenn ihr Vater beschloss, neben ihren Dingen auch einige Dukaten als ihre Nonnenmitgift mitzunehmen, und entdeckte, dass er bestohlen worden war? Furcht schwoll zu einem pochenden Schmerz hinter ihrem linken Auge an. Aber kein Dienstbote kam, um ihrem Vater etwas ins Ohr zu flüstern, und keine plötzlichen Rufe oder Beschuldigungen von ihm störten die friedliche Morgenstunde.

Dennoch ließ die Schuld darüber, was sie getan hatte, nicht nach. Es war keine Sünde, die sie einfach beichten und für die sie dann Buße tun konnte.

Sie wollte die Münzen zurück in die Truhe legen, aber sie hatte sie Romeo gegeben.

Als das Packen abgeschlossen war, half man Rosaline auf das Fuhrwerk. Dort saß sie neben ihrem Vater, die Hände krampfhaft im Schoß verschränkt, die Nägel weiß, den Schleier dicht übers Gesicht gezogen, sodass ihre dunklen Augenringe verborgen waren. Ausnahmsweise musste sie nicht ermahnt werden, nicht so viel zu plappern.

In vier Tagen werde ich Verona für immer verlassen. Entweder, weil ich ins Kloster gehe, oder, weil ich nach Mantua ausreiße.

Jeder Blick auf die Stadt war wertvoll, selbst der Gestank des Fischmarkts. Die Steinbrücken über den breiten Fluss, unter denen langsam die Boote trieben. Die dünne Schicht des Schlicks auf den Ufern.

Rosaline hoffte herauszufinden, dass das Dienstmädchen gelogen hatte. Das Kloster lag außerhalb der Stadt, aber Worte waren nichts als Hauch und Atem und fanden, leicht wie die Zugluft, ihren Weg durch Lücken in den Steinwänden. Wenn ein Mädchen aus Verona nach Mantua gekommen und verschwunden war, hätten selbst die Nonnen davon gehört. So fern waren sie der Welt schließlich auch nicht.

Das Dienstmädchen hatte von einem »Flüstern« gesprochen, aber was bedeutete das? War es ein Gerücht, das nicht mehr Sinn machte als das Rascheln von Blättern? Die traurige Geschichte des Mädchens hatte nichts mit ihrem Romeo zu tun: Ein anderer Mann hatte es entehrt und verlassen.

Aber warum reiste sie dann nun, wenn sie so sicher war, zum Kloster, um den Klatsch zu entkräften? Obwohl ihr nur noch so wenig Zeit in Freiheit blieb? Auf einmal fühlte Rosaline Übelkeit in sich aufsteigen. Sie schloss die Augen, und das Rattern und Quietschen der Wagenräder waren wie kratzende Fingernägel in ihrem Schädel.

Nach fast zwei Stunden erreichten sie das Kloster. Masetto rüttelte seine schlafende Tochter wach. Der Schmerz in ihrem Kopf war wie ein grelles Licht, und ihre Zunge fühlte sich seltsam dick an. Das Pferd zog den Wagen durch das Tor, laut erklangen die Hufschläge auf dem Kopfsteinpflaster. Hier war es wenigstens kühl, das von Mauern umgebene Kloster war wie eine steinerne Festung auf dem Hügel.

Rosaline war seit dem Tod ihrer Tanten vor vielen Jahren nicht mehr hier gewesen. Als Kind war es ihr riesig vorgekommen, und selbst jetzt schien es die Stadt zu dominieren und von hoch oben die irrenden Seelen zu bespitzeln.

Vater und Tochter durchquerten den Hof zur Eingangstür des Klosters, wo sie eine Dienstmagd begrüßte und in den *parlatorio* führte. Masetto erklärte der Magd, dass Rosaline die Abtei zu sehen wünsche, weil sie bald hier wohnen würde, und bat sie, seine Tochter zur Äbtissin zu bringen. Der Besucherraum hatte geweißelte Wände, ein hölzernes Kruzifix war der einzige Schmuck. Eine Schale mit Orangen stand auf dem Tisch. Die Früchte waren zu leuchtend, wie eine Schale kleiner Sonnen in dem gebleichten Raum. In Rosalines Kopf pochte es. Die Dienstmagd verschwand hinter einer Seitentür.

Eine niedrige Bank stand vor einem vergitterten Fenster zum Kloster, direkt über dem Fass der *ruota*, in das Rosaline als Kind gesteckt worden war. Nach einigen Minuten kehrte das Dienstmädchen zurück.

»Bitte wartet hier«, sagte sie mit einer kleinen Verbeugung zu Masetto. »Rosaline wird mich begleiten.«

»Ich habe Geschäftliches in Mantua zu erledigen.« Masetto küsste Rosalines Wange. »Ich werde dich heute Nachmittag abholen.«

Zögernd sah sie ihm hinterher, dann folgte sie der Dienerin durch die Tür in das geheime Herz des Klosters. Normalerweise hatte hier drinnen niemand von der Außenwelt Zutritt. Aber weil sie bald ihre Zelle beziehen würde – zumindest war es das, was die anderen glaubten –, wurde für sie wohl eine Ausnahme gemacht.

Inzwischen beeinträchtigte ihr Kopfschmerz ihr Sehvermögen. Der Ort war gleißend hell, dann wieder voller Schatten und Farben, rot, schwarz und grün. Rosaline wankte wie an Bord eines Schiffs, und die Dienerin griff nach ihr, um ihr zu helfen. Aber dann war es nicht die Dienerin, sondern die Äbtissin. Ihr war so schlecht, dass sie hoffte, sich nicht auf die Robe der Klostervorsteherin übergeben zu müssen.

»Komm, Kind, setz dich. Nein, hier, an der Luft.«

Rosaline wurde in den Kreuzganggarten hinausgeführt. Hier blies eine frische Brise, es duftete nach Rosmarin und Pinien.

Sie hatte nicht so viel Licht erwartet, nur kalten Stein und Dunkelheit.

»Du hast Schmerzen«, sagte die Äbtissin. »Welche Seite deines Kopfes ist es? Die Schläfe?«

Rosaline nickte, aber schon diese Bewegung löste Funkenblitze vor ihrem Auge aus. Sie rieb es, aber der Schmerz ließ nicht nach. Die Äbtissin murmelte etwas zu einer Nonne. Die Zeit verschwamm, begann zu stottern. Es gab nur noch den Schmerz, das Licht und die weißen Wolkensegel am blauen Himmel. Eine Phiole wurde in ihre Hand gepresst.

»Trink«, sagte die Äbtissin freundlich. »Das hilft gegen die Schmerzen.«

»Was ist das?«, fragte Rosaline etwas ängstlich.

»Ein Kräutertrunk. Wir sind Heilkundige. Trink alles auf einmal, danach musst du ein bisschen schlafen. Wir werden später sprechen. Es schmeckt nicht sehr angenehm.«

Rosaline nahm einen kleinen Schluck und schauderte. Der Geschmack war bitter, der Geruch zugleich aromatisch. Sie schluckte den Rest herunter, zu müde, um nicht zu gehorchen. Sie hatte dringliche Fragen, aber Erschöpfung und der verzweifelte Wunsch nach Schlaf überwältigten sie. Sanfte Hände zogen sie auf den Rasen, auf dem eine Decke für sie unter einer Eibe ausgebreitet worden war. Vorsichtig deckte die Äbtissin sie zu. Ihre Hände fühlten sich wie Emelias an. Irgendwer löste den Knoten in ihrem Haar, breitete es wie einen Fächer aus und deckte Rosaline mit einer zweiten Decke zu. Sie schlief.

Rosaline wusste nicht, wie lange sie unter der Eibe traumlos schlafend gelegen hatte, aber als sie die Augen öffnete, waren der Schmerz und die Übelkeit verschwunden. Das Licht hatte sich von der grellen Helligkeit des Morgens in den buttrigen Glanz des Nachmittags verwandelt.

Sie setzte sich auf. Sie war allein auf dem Rasen des Kreuzganggartens. Weiter unten, jenseits des abschüssigen Rasens, lagen die Stadt und dahinter die freie Natur. Rosaline kam sich vor, als ob sie über die Welt hinwegsegelte. Die kleinen Feldstreifen dort unten waren mit Sonnenblumen gesprenkelt, die von hier oben wie eine glatte Fläche goldener Blätter aussahen, zusammengeheftet von Weinreihen.

Die Terrakottadächer der Stadt leuchteten glutrot in der Sonne. Ein *aquilone* ritt auf den aufsteigenden Luftströmungen. Die Flügel des jagenden Adlers waren straff ausgebreitet.

Die Äbtissin schritt den Kreuzgang entlang. Sie beschattete ihre Augen, kam zu Rosaline und setzte sich neben sie auf die Decke. »Geht es dir jetzt besser, Rosaline?«

»Ja.« Rosaline fühlte sich leicht. Der verschwundene Schmerz hatte nichts als Luft zurückgelassen. Eine Novizin brachte Früchte, Brot und Käse und legte alles auf einem Tuch zurecht. Kein Fleisch. Rosaline wurde gewahr, dass der Wind Musik zu ihnen herübertrug. Gesang von Frauen. Sie mussten die Uhrzeit nach Sexten oder Nonen singen. Und es war nicht nur Gesang, den sie hörte, sondern auch eine Laute, eine Viola und vielleicht sogar eine Flöte. Und stammten die tiefen Töne sogar von einem Kontrabass?

Obwohl sie den Gesangstext nicht verstand, erkannte sie nicht nur eine Melodie, sondern auch Harmonien. Mit einem Wonneschauer begriff Rosaline, dass es kein *Cantus planus* war, sondern richtige Musik. Sie war nicht völlig überzeugt, dass das wirklich heilig war.

»Aber Rom hat alle Musik aus unseren Kirchen verbannt!«

»Aber wir sind nicht in der Kirche, sondern in einem Garten. Und Rom ist sehr weit entfernt.« Die Äbtissin lächelte unmerklich.

Als sie sich umschaute, entschied Rosaline, dass das Kloster nicht so war, wie sie es sich vorgestellt hatte. Es war wie eine Haselnuss, seine dunkle, harte Außenschale verriet nicht, wie süß ihr weißes Inneres war. »Was macht Ihr hier?«

Die Äbtissin lachte. »Wir sind Nonnen, Rosaline. Wir dienen Gott. Aber Gott kann auf ganz unterschiedliche Weise gedient werden. Und da dein Vater für deinen Unterhalt großzügig bezahlt, wird dich das von vielen Pflichten befreien. Du wirst nicht nachts für die Vigilien aufstehen müssen.«

Rosaline betrachtete die Äbtissin von Sant'Orsola. Sie war offensichtlich eine Frau heiliger Weisheit, aber kam ihr auch etwas übermütig vor. Sie ähnelte, wie Rosaline, von Zärtlichkeit erfüllt, feststellte, ihrer Mutter und ihren Tanten: Ihr Antlitz hatte den gleichen dunkelgoldenen Schimmer, sie besaß die gleichen braunen Augen.

Die Äbtissin wies zu dem Obsthain mit den Pflaumen- und den Mispelbäumen und zu einer niedrigen Mauer, die den Blick in weitere Gartenzimmer freigab. Im ersten bearbeiteten mehrere Nonnen die Erde mit Hacken, andere ernteten Saatgut. »Wir üben nicht nur geflissentlich die Andacht und das Gebet aus, wir sind auch exzellente Gärtnerinnen. Wir bauen alle Kräuter selbst in unserem Apothekengarten an und pulverisieren sie für unsere Heilmittel. Frauen aus ganz Mantua und von noch weiter her kommen zu uns, um von uns mehr über Arzneien zu lernen.«

»Auch wenn mich Eure Fähigkeiten tief beeindrucken, Äbtissin, und ich wirklich dankbar bin, möchte ich nicht Pasten aus gemahlenen Schneckenhäusern und Senfsaat für die Kranken im Namen Gottes herstellen.« Rosaline sah zur Äbtissin hoch, die ein Lächeln unterdrückte. Die schmucklose Nüchternheit ihres Habits ließ sie fast alterslos wirken.

»Ich lehre unsere Novizinnen auch zu schreiben. Seit tausend Jahren führt jede Äbtissin dieses Klosters eine Chronik über unsere Geschichte und unseren Orden.«

»Die Geschichte von Frauen und Nonnen? Wer würde so ein Werk lesen wollen?«

Die Äbtissin lachte. »Wir. Wir ziehen unsere eigene Geschichte die der Männer vor.«

Rosaline war sicher, dass, wäre ihr Vater über den ungewöhnlichen Charakter der Äbtissin im Bilde, er sie in ein Kloster der gestrengen Franziskaner in Mantua oder sogar nach Venedig schicken würde. Das Kloster war wirklich nicht das, was sie erwartet hatte.

Aber das, rief sie sich in Erinnerung, war nicht der Grund, warum sie heute hierhergekommen war. Sie leckte sich über ihre trockenen Lippen und sah die Äbtissin von der Seite an. »Ich habe ein Gerücht gehört, dass ein Mädchen aus Verona nach Mantua kam und verschwand«, sagte sie.

Die Äbtissin runzelte die Stirn und wirkte plötzlich abweisend. »Ich gebe nichts auf Gerüchte oder Klatsch. Da liegt im Plätschern eines Bachs mehr Weisheit.«

»Also wisst Ihr nichts von diesem Mädchen?«, fragte Rosaline beharrlich.

»Nein, ich sagte, dass ich auf Klatsch nichts gebe. Jede Woche kommen Mädchen aus Verona und aus der gesamten Republik Venedig nach Mantua in der Hoffnung, es hier besser zu haben. Manche finden vielleicht ihr Glück. Aber die meisten nicht. Sie verschwinden nicht, Rosaline – sie werden im Ganzen geschluckt. Einfach verschlungen. Sie *wollen* nicht gefunden werden.«

Damit beendete die Äbtissin das Gespräch und erhob sich mit einem leisen Seufzer.

Erleichterung überkam Rosaline. Die Gerüchte, die das Dienstmädchen gehört hatte, waren nichts als böses Küchengeschwätz. Unglücklicherweise liefen manchmal Mädchen weg. Aber ihr Verschwinden hatte nichts mit Romeo zu tun.

Während sie über die Absicht ihrer Reise hierher nachdachte, wurde sie zunehmend gereizter. Unmut über die haltlosen Anschuldigungen und Bezichtigungen des Dienstmädchens stiegen in ihr auf.

Die Äbtissin hielt ihr die Hand hin, und Rosaline ergriff sie überrascht. Sie wusste, dass jeder physische Kontakt Nonnen untersagt war, selbst untereinander war das verboten. Es gab einen Grund, warum die Zellen nur allein bewohnt wurden.

Sie gingen ein Stück und betraten schließlich ein Steinhaus, in dem sich die Einzelzellen des Schlafbereichs befanden. Manche von ihnen waren klein und unordentlich, andere geräumiger, mit aufwendigen Wandgemälden.

Vor einer Zelle blieb die Äbtissin schließlich stehen und öffnete die Tür. Der Boden war mit dem farbenfrohen osmanischen Teppich aus dem Haus ihres Vaters bedeckt, ein Wandteppich mit einer Jagdszene, die einen erlegten Hirsch zeigte, hing an der Wand. Einige ihrer Bücher – Rosaline hatte nur die eingepackt, die ihr nicht wichtig waren, aber hatte irgendwelche nehmen müssen, um keinen Verdacht zu erwecken – lagen neben einem einzelnen Kerzenhalter ausgebreitet auf dem Tisch.

Ein kleiner Tonkrug mit einem Lavendelstrauß stand ebenfalls bereit, vermutlich, um den feuchten, kalten Steingeruch zu überdecken. Durch ein quadratisches Fenster sah man hinaus in die Landschaft, die sich hoch über die restliche Welt erstreckte. Eine Wand war mit einem Fresko bemalt. Jesus weinte blutige Tränen und zeigte seine grausam zugerichteten Handgelenke.

Rosaline schätzte die Freundlichkeit der Nonnen, dass sie wollten, dass sie hier glücklich sei. Aber trotz aller Behaglichkeit blieb es immer noch eine kleine Einzelzelle, die im Winter kalt sein würde.

Wie eine auftauchende Schwimmerin, die nach Luft schnappt, trat sie schließlich aus dem Schlafbereich. Tief atmete sie den Duft nach Fenchel und frisch gesenstem Gras ein, der vom Apothekengarten herüberwehte. Hohe Mauern schützten die empfindlicheren Pflanzen vor Wind und Frost, und Hühner pickten zu ihren Füßen im Kies.

Sie war erleichtert, dass sie hier nichts herausgefunden hatte. Bald würde sie wieder in Romeos Armen liegen.

Während die Äbtissin sie in der Klosteranlage herumführte, ihr den Hühnerstall, die Obstgärten, das helle Refektorium mit den hohen Fenstern, den Dachboden voller Kästen mit Seidenspinnerraupen, die Bibliothek und den Apothekengarten zeigte, sagte Rosaline wenig, äußerte nur ein paar spärliche Worte der Bewunderung. Jede Nonne, die an ihnen vorbeikam, betrachtete sie mit wohlwollender Neugier, bevor sie weitereilte, um ihrer Aufgabe nachzugehen.

Schließlich führte die Äbtissin sie in eine recht dunkle Kapelle. Rosaline sah sich um, und ihr fiel auf, dass alle Heiligen, die hier angebetet wurden, Frauen waren. An diesem Ort gab es keine Peter, keine Pauls oder Josephs. Am Altar jeder Heiligen fanden sich ungewöhnliche Schnitzwerke und Fresken. Rosaline betrachtete ein Fresko, das die Jungfrau Maria darstellte. Dann ging sie zum nächsten, zu einem karminroten und goldenen Fresko der heiligen Anna.

Auf dem Altar lagen kleine Stückchen Pergament, und Rosaline las einige.

Es waren gekritzelte Gebete von schwangeren Frauen und ihren Freundinnen, die die heilige Anna baten, sie im Kindbett vor Krankheit und Tod zu bewahren. Mehrere Kerzen flackerten im Schummerlicht vor dem Altar, bunte Bänder, Blumensträußchen und andere Gaben waren an das hölzerne Altargeländer gebunden worden.

Die nächste Seitenkapelle war der heiligen Katharina gewidmet, der Schutzheiligen aller alleinstehenden Frauen und, wie Rosaline annahm, auch der Nonnen.

»Ich gehe nun«, sagte die Äbtissin. »Eine Schwester wird dir Tee und Kuchen bringen, und dann kannst du zu deinem Vater zurückkehren.«

Rosaline dankte ihr und verabschiedete sich. Sie verließ die Kapelle, setzte sich auf eine Bank im Garten neben den niedrigen Hecken, die aus Fenchel und Lavendel bestanden, und lauschte dem dunklen Summen der Bienen.

Auf der anderen Seite des Gartens, inmitten eines Teppichs aus Lichtnelken und Kornblumen, standen drei Bienenkörbe wie drei Bischofsmitren. Rosaline beobachtete interessiert, wie eine unglücklich wirkende Nonne nervös vor den Körben eine qualmende Platte schwang. Dem unangenehmen Geruch nach war es brennender Kuhdung.

Die junge Nonne hustete, und ihre Augen tränten, während sie auf das Drängen einer zweiten Nonne hin näher an die Bienenkörbe herantrat. Über ihren Habiten trugen die Nonnen engmaschige Visiere, Lederschürzen und lange Lederhandschuhe. Rosaline fand es faszinierend. Sie beugte sich vor, um den Vorgang noch besser beobachten zu können. Die Novizin hielt die qualmende Platte so nah an die Körbe, wie sie es wagte, während die andere den Deckel des einen Bienenkorbs abnahm und langsam ein klebriges Gestell herauszog, das von goldenem Wachs und Honig tropfte. Bienen bedeckten ihren Lederhandschuh, aber sie schreckte nicht zurück und legte das kleine Gestell auf ein dafür vorgesehenes Tablett. Langsam floss der gelbe Honig heraus.

Doch eine Biene hatte die junge Novizin gestochen oder war irgendwie in ihren Habit gekrochen. Sie begann in Panik auszubrechen, schrie, schlug um sich und wedelte dabei mit ihren Armen. Die andere Nonne rief ihr zu, sich zusammenzunehmen, aber es war zu spät. Der Dung qualmte nicht mehr stark genug, um die Bienen zu beruhigen. In einer wütenden Wolke schwärmten sie aus dem Korb, sodass sie eine Minute später den Himmel wie Rauch verdunkelten und die Sonne verdeckten. Auf einmal hing ein Donner in der Luft, und Rosaline erkannte, dass das Geräusch das drohende Summen der aufgebrachten Bienen war.

Sie drehte sich um und rannte zurück ins Kloster, immer tiefer und weiter hinein auf der Suche nach Sicherheit, während die verängstigten Schreie der beiden Nonnen hinter ihr verklangen.

Einige Minuten später fand Rosaline sich allein in einem Korridor wieder, der zum Schlafbereich führte. Hier war es menschenleer und still. Sie kam an der Zelle vorbei, die für sie vorgesehen war, aber verspürte kein Verlangen danach, sie erneut zu betreten, und ging weiter.

Je weiter sie ging, desto dunkler und kleiner wurden die Zellen. Es wurde klammer und der muffige Geruch stärker. Rosaline blieb stehen und blickte in einen schmalen Raum. Das Bett war ordentlich gemacht, ein Kreuz, gefaltet aus einem Palmenblatt, hing an der Wand, ein einzelner Habit wehte geisterhaft an einem Nagel.

Schaudernd wandte sie sich ab und bemerkte, dass die Tür auf der anderen Seite nur angelehnt war, sodass sie durch den Spalt eine abgezogene Liege in einer so schmalen Zelle sah, dass ihre Finger, als sie den Raum betrat und beide Arme ausstreckte, auf beiden Seiten über die feuchten Steinmauern strichen.

Neugierig sah sie sich um. Auf einem Holztisch lagen einige Bücher: ein Stundenbuch mit Gebeten, eine Bibel mit einem geprägten blauen Ledereinband. Sie waren alle sorgfältig entstaubt. Sie nahm die Bibel und fuhr mit dem Finger das Wappen auf der Vorderseite nach. Nachlässig schlug sie die Bibel auf.

»Dies war die Zelle von einem der verlorenen Mädchen«, sagte die Äbtissin und betrat hinter ihr den Raum.

Rosaline zuckte zusammen und schloss die Bibel. »Wo ist es jetzt?«, fragte sie. »Ist es gegangen?«

»Das Mädchen ist tot.« Die Äbtissin zögerte einen Moment, bevor sie fortfuhr: »Deshalb ist die Zelle leer. Niemand kam, um die Sachen abzuholen. Wir werden alles wegbringen, wenn die Zelle gebraucht wird, aber niemand will hier schlafen. Es ist zu traurig.«

»Was ist denn passiert?«, fragte Rosaline.

»Eines Morgens fanden wir sie zusammengekauert vor unserem Tor. Ein Freund musste ihr geholfen haben, hier heraufzukommen. Sie war sehr krank, konnte nicht einmal mehr sprechen. Wir wussten nur ihren Taufnamen, denn er steht in der Bibel. Sie wurde immer schwächer und starb schließlich.«

Rosaline sah auf die kleine blaue Bibel, die sie immer noch in der Hand hielt, und schlug sie auf. »Für Cecelia« stand mit Tinte geschrieben auf dem Vorsatzblatt.

Sie schaute hoch und seufzte, sah sich erneut in der traurigen kleinen Zelle um und versuchte sich vorzustellen, welcher Kampf und welches Leid Cecilia gezwungen hatten, hierher zu kommen. Die Mauern wirkten erdrückend. Das Mädchen hatte keinen Vater gehabt, der für Annehmlichkeiten gezahlt hatte. Dennoch hatte man durch das schmale Fenster denselben wunderbaren Blick, und ein Lichtstrahl fiel in die Zelle und erhellte sie. Rosaline hoffte, dass das Mädchen hier etwas Ruhe gefunden hatte.

»Ich glaube, Cecelia stammte aus Verona, genau wie du. Ihre Kleidung sah nach Stadt, nicht nach Land aus«, sagte die Äbtissin.

»Woran ist sie gestorben?«

»Sie litt an einer Art Lähmung, die sie schwächte und ihr die Fähigkeit zum Sprechen nahm. Es war sehr traurig. Die Krankheit brachte sie nicht um, oder jedenfalls nicht sofort, sondern bewirkte, dass sie regelrecht erlosch. Ich fürchte, wir waren nicht die Ersten, die sie heilen wollten. Sie reagierte panisch auf jeden Heiltrank, den wir ihr einflößten.«

Rosaline runzelte leicht die Stirn. »Wer, vermutet Ihr, hatte noch versucht, ihr zu helfen?«

Die Äbtissin zuckte mit den Schultern. »Ich bin nicht sicher. Vielleicht Mönche. Auch sie glauben, die Bedeutung und den Nutzen von Pflanzen zu kennen, aber in den falschen Händen können sie den Körper noch kranker machen. Wir widmen uns ganz den Pflanzen und ihrem Einfluss auf den Körper. Wir sind Expertinnen – es heißt schließlich ›Mutter‹ Natur –, und so ist es die Aufgabe von uns Frauen, uns darum zu kümmern.«

Rosaline fielen einige hölzerne Rosenkränze auf, die wie poliert schimmerten, wahrscheinlich, weil Cecelia so viel gebetet hatte. Sie lagen neben dem Stundenbuch auf dem Tisch. Das war sie, die Summe des vergangenen jungen Lebens. Doch dann entdeckte sie noch eine Papierschachtel auf dem Nachttisch. Rosaline nahm sie und öffnete die Papierlaschen.

Darin lag eine karmesinrote Marzipanrose. Die Blütenblätter waren verblasst, bedeckt von kristallisiertem Zucker wie Frost. Nein, das war nicht möglich. Wie konnte Cecelia die gleiche Rose haben wie Rosaline, nur dass sie älter aussah?

Erneut spürte sie aufkommenden Schmerz, der sich über ihrer Augenbraue zusammenballte. Für Cecelia war die Rose wie ein Schatz gewesen, sie war nicht versucht gewesen, sie zu essen, hatte die Schachtel nur geöffnet, um sie zu bewundern, und dann den Deckel wieder geschlossen. Sie war ein sorgsam gehütetes Geheimnis zwischen ihren wenigen Besitztümern.

Sie wusste, dass es das war, was Cecelia getan hatte, denn ihr selbst war es ebenso ergangen, während sie sich dabei Romeos Gesicht vorgestellt hatte.

Auf einmal ging Rosalines Atem abgehackt und stoßweise. Ihre Haut fühlte sich kalt an, ihre Handflächen waren feucht. Sie besaß eine Rose, die fast identisch aussah. Auch sie lag in einer passenden Papierschachtel neben ihrem Bett, die mit demselben roten Siegel des Confiseurs in Verona versehen war.

Sie schloss die Augen und hörte Romeos Worte: »Ich habe sie extra für dich anfertigen lassen, und der Confiseur hat mir versprochen, dass er keine weitere machen wird.« Was hatte er noch gesagt? *Jede Rose ist einzigartig. So wie du.* Nur dass es jetzt so schien, als ob sie doch nicht einzigartig war. Denn hier war eine zweite, in der Kammer des toten Mädchens.

War es möglich, dass Romeo sie ihm gegeben hatte? Diesem anderen Mädchen aus Verona? Rosaline schauderte, ihr war übel, als ob sie zu viele Süßigkeiten gegessen hatte. Aber es war nicht Zucker, der ihr diese Übelkeit bescherte, es war die Möglichkeit, dass Romeo gelogen hatte. Dabei war es so ein kleines Ding, eine Blume aus Mandelpaste und Zucker, gerollt und geformt, ebenso klein wie die Lüge, die kaum größer als die Rose war. Sie konnte sie zwischen ihren Fingern zu Staub zerquetschen.

Rosaline fürchtete, dass Romeo unehrlich gewesen war, in welcher Hinsicht auch immer. Entweder war die Süßigkeit nicht einzigartig, und diese Rosen wurden von Verehrern in ganz Verona gekauft, oder es bestand die düstere Möglichkeit, dass Romeo Montague sie in Auftrag gegeben hatte, weil es seine Routine war, seinen Geliebten eine Zuckerrose zu präsentieren, jede Rose in unterschiedlicher roter Schattierung.

Und er war Cecelias Liebhaber gewesen, bevor sie hierhergekommen war, um zu vergehen und zu sterben. Wenn Cecelia Romeos Geliebte gewesen war, war die junge Dienstmagd es dann auch gewesen? War er wirklich der Vater des Kindes in ihrem Bauch? Auch sie hatte von einer Marzipanblume gesprochen. Das bedrückende, Übelkeit erregende Gefühl in Rosaline wuchs. Sie hatte ihn gefragt, ob sie die Erste war, die er liebte, und er hatte geschworen, dass sie diejenige war, die er am meisten liebte. Sie war sein leuchtender Engel, seine Herzensliebste. Keine Frau vor ihr zählte. Ihre Liebe war einzigartig und besonders, in den Himmel eingraviert und von Venus bezeugt. Jetzt befürchtete sie, dass er mit seinen Worten zu leichtfertig war, dass sie ihm, zu oft gesprochen, zu flüssig über seine schönen Lippen kamen und die Liebe nur kopierten. So wie der Confiseur die Paste zu einer Blüte formte, die die Natur imitierte.

Sie hob die Handfläche, auf der die Blume lag. Aber nun

wirkte sie zerbrechlich und schmutzig. Die Farbe war schäbig und verlaufen. Zwei Blütenblätter waren gebrochen.

»Geht es dir gut?«, fragte die Äbtissin. »Du bist wieder blass. Es ist wohl dieser Raum und seine traurige Geschichte.« Sie öffnete die Tür. »Komm, lass uns hinausgehen. Wir dürfen uns nicht der Melancholie hingeben.«

Rosaline spürte, wie der Puls über ihrem Auge pochte. Romeo liebte sie. Sie sehnte sich nach seiner Liebe wie nach Luft zum Atmen. Ohne ihn würde sie wieder unsichtbar werden. Er war ein guter Mann, auch wenn er ein Montague war. Er hätte niemals ein junges Mädchen mit seinem Kind im Bauch verlassen. Und Cecelia war von einem anderen Mann zerstört worden, vielleicht von jemandem, den sie in Mantua getroffen hatte. Rosaline hatte sich getäuscht. Sie musste sich getäuscht haben. Sie hatte sich dazu entschieden, zu lieben und geliebt zu werden. Diese Zweifel waren nur das Ergebnis eines Schattenspiels ihres unruhigen Geistes, unruhig deshalb, weil ein Dienstmädchen ihr Lügen erzählt hatte.

Tief atmete sie durch und versuchte, sich zu beruhigen, während sie zurück in den Apothekengarten gingen. Aus der Kapelle drang Musik, die mit dem Wind zur Stadt weit nach unten schwebte. Die Bienenkörbe standen nun ruhig und friedlich inmitten der Wildblumen, während dieselben beiden Nonnen wie vorhin, offenbar unverletzt, Honiggläser mit Schildchen versahen.

Rosaline blickte an sich herab und bemerkte, dass sie immer noch Cecelias Bibel in ihren zitternden Händen hielt. Nur ungern würde sie sie wieder zurückgeben. »Darf ich die Bibel behalten? Ich bete auch für Cecelia.«

Die Äbtissin lächelte traurig. »Ja, das würde mir gefallen. Und Cecelia ebenso.« Schweigend gingen sie weiter.

»Wir sind hier zufrieden«, sagte die Äbtissin leise und fuhr nach einer kleinen Pause fort: »Ich glaube, du könntest es auch sein. Wenn Gärtnern, Imkern oder Heilen nicht deine erste Wahl sind, dann könnte ich mir vorstellen, dass es die Musik ist. Du könntest mir auch dabei helfen, unsere Geschichte aufzuschreiben.«

Rosaline seufzte. Das Klosterleben war viel heiterer, als sie erwartet hatte, und die Äbtissin interessierte sie. Dennoch konnte sie sich nicht vorstellen, hier zu leben. »Ich sehe, dass Ihr glücklich seid, und das macht mich froh. Aber ein Gefängnis, auch wenn es schön möbliert ist, ist immer noch ein Käfig.« Sie schüttelte den Kopf. »Ich will nicht hinter Mauern leben. Ich will gesehen werden. Ich will Liebe.«

»Es gibt doch Gottes Liebe. Die Liebe deiner Schwestern.«

»Ich habe keine Schwestern.«

Einen Moment lang betrachtete die Äbtissin sie nachdenklich, aber schwieg.

7. KAPITEL

*Süßer Honig kann ekelhaft
in seiner Süße werden*

Auf der Rückreise nach Verona versuchte Masetto, seine Tochter auszufragen. Wie gefiel Rosaline das Kloster? War ihre Zelle hübsch eingerichtet? Sie antwortete ihm mit kleinen Grunzern und gab einsilbige Antworten, und zu ihrer Erleichterung gab er bald wieder auf. Ihre Hochzeit mit Romeo sollte heute Nacht stattfinden, und sie fühlte sich weder freudig wie eine Braut, noch schwebte sie in glückseliger Erwartung. Die Gedanken an Cecelia, ein Mädchen, das sie nie getroffen hatte, quälten sie und ebenso die Erinnerung an das junge Dienstmädchen mit dem geschwollenen Bauch. Hatte Cecelia auch ein Kind erwartet? Hatte der Mönch nicht versucht, sie zu heilen, sondern sie stattdessen kränker gemacht, aus einer wie auch immer gearteten Boshaftigkeit heraus?

Während die ausgeruhten Pferde eifrig das Fuhrwerk zogen, wirbelten in Rosalines Kopf unglückliche Gedanken herum. Inzwischen war es später Nachmittag, und es blieben nur noch wenige Stunden bis zur Hochzeit. Bald würde sie Romeo treffen müssen. Er würde ihre Unruhe besänftigen. Sie sehnte sich danach, dass er sie überzeugte, dass alles Irrtümer waren. Denn die Wahrheit sah anders aus. Das musste sie einfach. Rosaline teilte ihrem Vater mit, dass sie zur Beichte in die Peterskirche gehen wollte. Dass die Äbtissin das empfohlen hatte, damit sie mit gereinigter Seele ins Kloster eintrat. Die Lüge floss ihr so leicht von den Lippen wie Wasser aus einem Krug.

Masetto willigte sofort ein, erfreut und dankbar über die anscheinend neu erwachte Frömmigkeit seiner Tochter.

Rosaline verließ das Haus kurz nach Einbruch der Dunkelheit. Sie zog den Schleier dicht übers Gesicht, während sie durch die Straßen eilte.

Die Basilika aus weißem Tuffstein leuchtete im schwachen Abendlicht, als sei sie aus Knochen erbaut. Rosaline blickte die Fassade zum Rosenfenster hoch, das sich über dem Kirchentor befand. Es war in Segmente unterteilt, in deren Mitte sich eine mächtige strahlende Sonne befand. In jeweils einem Viertel sah man kleine Männer, die an das riesige Schicksalsrad gefesselt waren.

Rosaline war Tausende Male unter diesem Rad entlanggegangen und hatte ihm keine Beachtung geschenkt. Aber als sie jetzt das Schicksalsrad betrachtete, fragte sie sich, wo sie selbst sich darin befand. War sie eine glückliche Seele, hoch oben vor der Mitternachtsstunde? Die kurz davor war zu heiraten und vom Schicksal reich beschenkt wurde? Oder drehte sich das Rad bereits, und sie stand kurz davor, ins Bodenlose zu fallen?

Trotz des warmen Abends war es in der Kathedrale kalt. Es roch nach Moder, Alter und Feuchtigkeit. Ihre Augen brauchten einen Moment, um sich an das Dämmerlicht zu gewöhnen. Rasch durchquerte sie das Kirchenschiff, wo gerade die Messe gelesen wurde und die Luft angefüllt von Gebeten war, und stieg die Treppe hinab in die Krypta. Hier war es noch dunkler, das einzige Licht kam von den Fackeln, die in den Wandhalterungen steckten und zischend Wachs spuckten. Die Wände waren glitschig-feucht und spinatgrün.

Am vorderen Ende der Kapelle, neben dem Altar, entdeckte sie Romeo. In ihren weichen Schuhen aus Lammleder hatte sie den Raum lautlos betreten, er bemerkte sie nicht.

Obwohl sie mit einem Kloß im Hals von aufsteigenden Tränen die Kirche betreten hatte und übervoll mit Fragen und Ängsten war, hielt sie bei seinem Anblick unwillkürlich den Atem an. So viel Attraktivität bei einem Mann war außergewöhnlich. Sofort brannte sie darauf, dass er ihr ihre Zweifel nahm. So ein gutes Aussehen konnte doch niemals ein verrottetes Inneres verbergen? Seine Augen waren so schön, wie sie ehrlich blickten, seine Lippen waren so rot und perfekt geschwungen, wie seine Küsse süß waren. Die Worte, die über diese Lippen kamen, mussten wahr sein. Gott konnte nicht so grausam sein und das anders eingerichtet haben.

Als Romeo sie erblickte, schien seine Freude darüber seine ganze Erscheinung zu erleuchten. Ihr drehte sich der Magen um. Ihr Körper gehörte ihr nicht mehr. Sie war eine Marionette, deren Fäden von Liebe und Verlangen gelenkt wurden. Sie wusste kaum, was sie tat, als sie zu ihm eilte und sich in seine Umarmung warf. Er ergriff sie schnell und legte seine Arme um sie wie einen Käfig, so eng, dass sie ihre Gelenke knacken hörte. Als er sich zu ihr beugte, erwiderte sie seinen Kuss und verdrängte alle Gedanken – außer denen, die sich um ihn drehten.

Nach einigen Minuten gab er sie frei, stützte aber sein Kinn auf ihrem Kopf auf. Tief atmete sie seinen Duft ein, Leder und Schweiß und Zedernholz. Sie schluckte und fühlte erneut, wie die Fragen auf sie einstürzten. *Lass es sein, Rosa.*

Sie musste nicht diesen kleinen, drängenden Zweifel erwähnen, konnte sich in seiner Bewunderung sonnen, ihn heiraten und alles wäre gut.

Rosaline leckte sich über die trockenen Lippen, spielte mit ihrem Ärmel und zog an einem losen Faden. Über ihnen drehte Fortuna ihr Rad. Rosaline blickte auf und sah in seine dunklen Augen.

Sag nichts. Sag nichts.

»Ein Mädchen kam zu mir«, sagte sie. »Eine Dienstmagd, fast noch ein Kind. Und zugleich mit einem Kind in ihrem Bauch.«

Romeo runzelte ungeduldig die Stirn. »Was hat das mit uns zu tun?«

»Sie sagte, das Kind sei von dir.«

Er ging einen Schritt zurück und sah sie an. »Und das hast du geglaubt?«, fragte er ungläubig und verletzt.

Rosaline zögerte, dann schüttelte sie den Kopf. Ihre Wangen glühten. Unsicher kaute sie auf ihrer Lippe. »Nein, ich dachte, dass sie lügt. Sie wollte Geld.«

»Dann hast du ja die Antwort darauf«, sagte Romeo. »Warum fängst du dann ausgerechnet heute damit an, wo wir doch eigentlich kurz vor unserer Hochzeitsnacht stehen?« Ungehalten hob er die Stimme.

Ja, warum? Sein Gesicht war ernst, doch trotz ihrer Furcht, ihn zu verärgern, konnte Rosaline nicht aufhören. Sie betrachtete den alten Boden, der aus abgetretenen Grabsteinen bestand. Die Namen darauf waren blank gerieben. »Das Mädchen sagte, es arbeite im Haushalt der Montagues hier in Verona.«

»Und wie lautet sein Name?« Seine Stimme klang wie das Zischen von Dampf.

Rosaline sah immer noch zu Boden. »Ich habe nicht gefragt.«

Alle Farbe verließ Romeos Gesicht. Er wich vor ihr zurück,

weiß wie die Marmorstatue in der Krypta. »Ein Mädchen, dessen Namen du nicht weißt, erzählt dir Lügen über mich, den Mann, den du liebst, und mir scheint – trotz deiner gegenteiligen Behauptung –, dass du der Magd glaubst!«

»Das habe ich nicht. Sie tat mir leid, aber ich dachte, dass sie lügt.« Das hatte zuerst der Wahrheit entsprochen. Doch inzwischen war sich Rosaline nicht mehr sicher. Aber egal, ob es Wahrheit oder Lüge war: Als sie in Romeos Gesicht sah – diese gebieterische Kurve seines Kinns, der makellose Schwung seiner Kehle –, wollte Rosaline ihn um Vergebung bitten, ihre Wange an seiner reiben, an seinem Daumen saugen. Und trotzdem konnte sie ihre Zweifel nicht völlig vergessen. Etwas ließ sie zögern und Fragen stellen, obwohl er seine Lippen bestürzt aufeinanderpresste und sie durch seinen dichten Wimpernvorhang fassungslos und verletzt anstarrte.

Sie bemerkte, dass ihre Hände zitterten, und verschränkte sie hinter dem Rücken, damit er es nicht bemerkte. »Im Kloster war ich in der Zelle eines toten Mädchens, das aus Liebe gestorben war. Es ist dahingewelkt.« Rosaline schluckte. »Es hatte eine Marzipanrose in seinen wenigen Besitztümern. So eine, wie du sie mir gegeben hast.« Ihre Worte rauschten wie ein Sturzbach aus ihr hervor.

Verwundert schüttelte Romeo den Kopf. »Na und? Ein Mädchen im Kloster hat eine Süßigkeit geschenkt bekommen?«

Sie sah, wie sehr ihre Worte ihn verletzten. Sie trafen ihn wie Pfeilspitzen.

»Die Rose war in Verona hergestellt worden. Auf der Schachtel war das Stadtzeichen zu sehen, und du hast mir gesagt, dass der Confiseur nur eine, nämlich meine Rose hergestellt hat.«

Als sie die Worte aussprach, hörte sie selbst, wie schwach und absurd ihre Beschuldigung klang, wie kindische Anklage.

»Das hat er auch, Rosa, aber es gibt doch noch andere seines Fachs! Ich habe nicht mit jedem Confiseur in der Stadt gesprochen.«

Seine Worte waren verführerisch plausibel. Sie sehnte sich danach, sie zu akzeptieren. Der Mönch würde bald hier sein. Aber sie konnte den Gedanken an das junge Mädchen mit dem gerundeten Bauch genauso wenig verdrängen wie die Stille in der Klosterzelle des toten Mädchens. Rosaline glaubte, dass Romeo sie liebte, und sie betete ihn an – allein der Gedanke an ihn war so süß wie Honig –, dennoch quälte sie eine innere Stimme: *Wie viele hat er vor mir geliebt? Eine? Zwei? Zehn?* Und dann zischte diese Stimme noch lauter: *Wie lange wird es dauern, bis er mich so wie die anderen entsorgt?*

Sie griff nach seiner Hand, fuhr mit ihren Fingern seine Knöchelchen entlang. Die Haut war rau und hatte Schwielen, aufgerieben von den Lederzügeln seines Pferdes. Jeder Teil von ihm war für sie wertvoll. Sie konnte seine Gewohnheiten auf seiner Haut spüren und ihre gemeinsame Geschichte auf ihrem eigenen Körper.

»Liebster, schwörst du mir, dass du niemals einem anderen Mädchen eine Marzipanrose gegeben hast? Und dass das Kind des Dienstmädchens nicht von dir ist?«

Romeo starrte sie an, seine Augen waren rund vor Schmerz. »Liebst du mich nicht? Hast du kein Vertrauen in unsere Liebe?« Er nahm ihr Kinn in die Hand. »Ich will dich heiraten. Rosaline, du bist für mich, was der Mond für die Nacht bedeutet.«

Offen und ernst blickte er sie an. Sie fühlte sich schuldig, als ob sie ihn getreten hatte, und spürte in sich ein Flattern der Erleichterung. Natürlich war er ein guter Mann. Er hatte sie sacht umworben, nicht mehr als einen Kuss verlangt, bis sie selbst bereit gewesen war, ihm mehr zu geben. Sie waren zwei

Seelen, die die Feindschaft zwischen ihren Familien abgelegt hatten, um sich in Liebe zu vereinen. Sie wollte ihn schon um Vergebung bitten, als er sie erneut ansah. Als er sprach, war seine Stimme voll tiefem Bedauern.

»Ich würde dich sofort heiraten, aber der Mönch wurde leider aufgehalten.«

»Aus welchem Grund?«

»Die Toten, die Toten. Diese schreckliche Pest.«

Rosaline wusste, dass sie verständnisvoll reagieren sollte, aber sofort erwachte ihre Furcht von Neuem. Romeo schien es zu spüren.

»Morgen wird er hier sein, um uns zu trauen«, sagte er, »und dann werden wir uns auf den Weg nach Mantua machen, wo uns ein neues Leben erwartet, kleine Maus. Ein Aufschub macht den Appetit nur größer, Geliebte.«

»Ist es ein Aufschub für immer? Schließlich hast du deine Befriedigung bereits bekommen«, sagte Rosaline. Erneut blühten ihre Zweifel auf. Hatte Romeo jemals wirklich vorgehabt, sie zu heiraten, oder war das alles nur ein Teil eines eingeübten Lavierens? Er war voller Versprechen, aber hatte ihr nie mehr geschenkt als eine kandierte Süßigkeit und einen Schluck Wein – der ihren Kopf verwirrt und es leichter gemacht hatte, dass sie seinen Worten glaubte. »Deine Schwüre sind nichts als Atem und Luft«, sagte sie.

Romeo sah sie entsetzt an. »Wie kannst du so etwas sagen? Oder auch nur denken?«

Er griff in seine Tasche, zog eine Schachtel heraus und hielt sie ihr hin. »Hier, ich wollte bis zu unserer Hochzeit warten, aber nimm ihn gleich.« Er drückte ihr die kleine Holzschachtel in die Hand. Sie öffnete sie. Darin lag ein goldener Ring mit einem großen, funkelnden Smaragd.

Das Juwel ihrer Mutter.

Wilde Freude stieg in ihr auf. Sie gab ihm die Schachtel zurück. »Nein, du bewahrst den Ring auf und gibst ihn mir erst, wenn du ihn mir ansteckst.«

Er küsste sie erneut. »Du bist mein«, flüsterte er. »Der Himmel über uns weiß von unserer Liebe. Wir haben einander den Eid geschworen. Ich werde darauf achten, dass er weder in diesem noch im nächsten Leben gebrochen wird.« Er lächelte sie zärtlich an und lehnte sich gegen eines der Kabinette mit den Reliquien, in dem sich die Fragmente toter Männer befanden. Die Luft stand vor Weihrauch und Tod. Rosaline fror. Sie warf einen Blick zu der für alle Ewigkeit schlafenden Montague-Maid. Auf einmal erinnerte sie sie nicht länger an Julia, sondern an sich selbst.

»Wir müssen nicht auf diesen unpünktlichen Mönch warten«, sagte er leise in ihr Ohr.

»Müssen wir nicht?«

»Wenn du möchtest, können wir heute Nacht zusammen sterben«, sagte er weich. »Das wäre das richtige, passende Ende für eine Liebe wie unsere. Dann liegen wir zusammen vereint bis in alle Ewigkeit, und niemand kann uns trennen. Weder dein Vater noch meiner. Weder Gott noch Schicksal.«

Rosaline starrte ihn entsetzt an, dann lachte sie. »Das nenne ich schwarzen Humor, vor allem an einem Ort wie diesem.«

Doch seine Worte klangen seltsam vertraut. Denn was hatte das Dienstmädchen zu ihr gesagt? *Aber ich will nicht sterben.* Doch jetzt lächelte Romeo sie an: Er hatte nur einen makabren Scherz gemacht. Er streckte die Hand aus, um ihre Wange zu streicheln, natürlich, es war nur ein Spiel, er zog sie auf. Er hatte nicht beabsichtigt, ihr sanft Gewalt anzutun.

»Dann sehen wir uns morgen, Geliebte. Im Haus deines Onkels findet ein Ball statt?«

»Ja.«

»Ich werde dich dort treffen, und danach werden wir heiraten und uns auf den Weg nach Mantua machen.«

Rosaline schaute ihn erstaunt und zugleich bestürzt an. »Der Ball ist für die Capulets und ihre Freunde. Wenn du dort erscheinst, riskierst du deinen Tod.«

»Ich fürchte den Tod nicht, nur, von dir getrennt zu sein.«

»Ich werde nach dir Ausschau halten«, sagte sie trotz ihrer Angst, dass ihm etwas passieren könnte.

Er lächelte. »Noch ein Kuss, bevor wir uns trennen müssen.« Er hob ihr Kinn und küsste sie sanft und liebevoll. Erneut hörte Rosaline das Blut in ihren Ohren rauschen.

»Schwöre mir, dass du für immer die Meine bist«, sagte er.

Rosaline starrte ihn an. Sein Antlitz erschien ihr noch schöner als sonst. Das Licht der Kerzen spielte mit seiner Haut.

»Ich gehöre dir für immer«, sagte sie und eilte nach einem allerletzten Kuss die Treppen aus der Krypta hoch.

Doch sobald sie seine Anwesenheit nicht mehr spürte, kehrte ihr Unbehagen zurück. Als sie durch die Basilika lief, fielen ihr die vielen Klosterbrüder und Mönche auf. Sie waren offenbar mit den Toten nicht so beschäftigt wie Romeos Freund. Und warum wollte Romeo sie heiraten? Nur aus Liebe? Sie hatte keine Mitgift, die sie ihm geben konnte. Die dreißig Dukaten aus der Geldtruhe würden bald ausgegeben sein. Und, rief sie sich in Erinnerung, die hatte sie Romeo bereits überreicht. Vielleicht war sie als Ehefrau leichter zu kontrollieren?

In Mantua würde sie weit weg von ihren Freunden und ihrer Familie sein, der Familie, die sie nicht wollte. Seufzend tadelte sie sich selbst. Natürlich liebte er sie und wollte sie heiraten. Der nächste Tag war schon nah, und die Verspätung ihrer Hochzeit lag nicht an Romeo.

Rosaline lief so rasch, dass sie das Haus ihres Vaters schnell erreicht hatte. Sie atmete mehrmals tief durch, glättete ihr Haar und richtete ihren Schleier.

Im Dunkel öffnete sie das Tor und eilte den Durchgang entlang, der zum Hof führte. Er war leer. Die Wasserpumpe tropfte, Zikaden zirpten, und in einem Olivenbaum sang eine Nachtschwalbe. Zu ihrer Erleichterung war die Eingangshalle ebenfalls menschenleer, und niemand bemerkte, wie sie die Treppen zu ihrer Kammer nach oben ging.

Während sie sich bettfertig machte, wurde die Zimmertür geöffnet. Mit einem Aufschrei fuhr sie zusammen.

»Ich bin es nur. Ist dein Ehemann hier?«, fragte Caterina leise und sah sich im Raum um.

Rosaline zwang sich zu lächeln. »Nein. Der Mönch hat sich verspätet.«

Caterina versuchte, ihre Besorgnis zu unterdrücken, und umarmte sie. »Alles wird gut.«

Als Caterina sie wieder verließ, schloss Rosaline die Augen. Sie würde Caterina nichts von ihren Zweifeln erzählen. Aber es gab jemanden, der ihr ohne zu zögern helfen, der keine Fragen stellen würde.

Früh am nächsten Morgen begleitete Tybalt sie zu Julia.

Sie hatte ihn um einen Gefallen gebeten. Er war verwundert, denn so etwas erfragte sie von ihm sonst nie, aber er erklärte sich sofort bereit, genau, wie sie es vermutet hatte. Er wirkte, als hätte er zu wenig geschlafen, und sie wusste, dass er ihr noch immer nicht ganz verziehen hatte. Aber sein Schmerz war verblasst.

Allmählich glichen sich ihre Schritte an. Noch immer herrschte zwischen ihnen eine leichte Spannung, aber sie waren bemüht, wieder zu ihrer alten Vertrautheit zu finden. Rosaline schwor sich, mit ihrer Freundschaft vorsichtiger umzugehen, was immer das Schicksal auch mit ihr vorhatte.

Als sie bei den Capulets ankamen, befand sich der gesamte Haushalt im hektischen Durcheinander wegen der Vorbereitungen für den abendlichen Ball. Dienstboten eilten von Raum zu Raum, bemüht, beschäftigt zu wirken, nicht unbedingt, weil sie wirklich arbeiteten, sondern wohl eher aus Angst vor ihrer Herrin. Laurettas Ärger war zu einem mächtigen Sturm angewachsen – anscheinend hatten viele der Gäste ihre Einladungen nicht erhalten.

Ihre zornige Bestürzung erschütterte die Villa. Vitruvios Witwe, Signior Placentio und seine reizenden Nichten waren ob dieser Beleidigung zutiefst indigniert. Ein Dienstbote bekam ein Entschuldigungsschreiben in die Hand gedrückt und eilte davon. Irgendwo schluchzte ein Dienstmädchen.

»Verrat ihr nicht, dass auch dein Bruder, Livia und ich keine Einladung bekommen haben«, meinte Tybalt grinsend.

»Ich werde dafür sorgen, dass du auf der Liste stehst. Wer immer die Einladungen geschrieben hat, hat auch Vater und mich ignoriert.«

»Unsere Tante verbreitet Schrecken, aber keine Effizienz«, sagte Tybalt. »Hol die Einladungen, und ich werde sie überbringen, wenn ich den Botengang für dich erledige.«

Rosaline war Tybalt ausgesprochen dankbar.

Den verbleibenden Vormittag spielte Rosaline mit Julia Tennis. Schnell wurde es heiß, eigentlich zu heiß für Spiele. In der Hitze rollten sich die Blätter an den Zweigen. Die Erde war trocken und rissig, eine Amsel pickte vergeblich nach Würmern und Maden im Staub.

Rosaline sehnte sich nach Ablenkung. Schweiß tropfte ihr in die Augen. Es brannte, und sie verpasste einen Ball.

Julia blieb am Rand des Rasenplatzes stehen, der Schläger baumelte schlaff in der Hand. Sie blies sich eine Haarsträhne aus dem Gesicht. »Es ist zu heiß, Cousine. Lass uns reingehen. Dort ist es kühler, und wir können darüber sprechen, wer zum Ball kommt und wer nicht.«

»Gleich, gleich.« Rosaline warf den Ball in die Luft, aber die gleißende Mittagssonne blendete sie, und der Aufschlag war schlecht und landete im Maulbeerbaum. Ungehalten murmelnd watete sie durch die Laubschicht, um den Ball zu suchen. Auf ihren Armen nippten Fliegen den Schweiß, und sie scheuchte sie fort.

Auf einmal spürte sie ein Kribbeln im Nacken, als ob jemand sie beobachtete. Sie versteifte sich. Die Blätter raschelten, obwohl es windstill war. Sie bekam eine Gänsehaut. War Romeo ihr gefolgt? Zum ersten Mal war sie bei diesem Gedanken nicht freudig erregt, sondern besorgt.

Sie blickte hoch und sah die dunklen Augen einer Amsel, die eine dicke Seidenraupe im Schnabel hatte. Einen Moment langte fühlte sie sich von Romeo heimgesucht. Sein Werben fühlte sich nicht länger wie ein freudiger Tanz an: Es war eine Jagd, und sie war die Beute.

Und trotzdem liebte sie ihn immer noch.

8. KAPITEL

Ist Rosalinde ganz vergessen schon,
Die Heißgeliebte?

I n der langen Halle war es so schwül, dass Rosaline sich wie eins der Veilchen fühlte, die in den Kristallvasen welkten. Ihre Blütenblätter rollten sich und fielen auf den Tisch. In den Krügen ließen Mädesüß und Wiesenkerbel die Köpfe hängen. Ihre Samen rieselten wie Schuppen auf die polierten Büfettflächen. Die Gesichter aller Anwesenden glänzten fettig wie gebuttert, bereit für den Ofen. Obwohl die Fenster weit geöffnet waren, schimmerten die Wände feucht, und von der Decke tropfte es herab. In dem riesigen Kaminfeuer drehte sich ein Wildschwein am Spieß. Die Rippen lagen bar, das Fleisch war bereits von hungrigen Nachtschwärmern verzehrt worden. Fett und Fleischsaft tropften auf die zischenden Kohlen.

Das Haus war getränkt vom Geruch nach gebratenem Schwein, Gebäck und Gewürzen – Zimt, Nelken und Muskat –, aber der Duft vermischte sich mit dem Gestank von Hummern und Austern, weil das Eis, das sie frisch halten sollte, inzwischen geschmolzen war. Muscheln in geöffneten Schalen schwammen im Schmelzwasser. Rosaline hoffte, dass niemand sie essen würde.

Sie durchsuchte die Halle auf der Suche nach Romeo. Ihre

Angst paarte sich mit Freude. Würde er sich wirklich in die Villa der Capulets wagen, um sie zu sehen? Was, wenn die Wachen ihn als Montague erkannten und töteten? Der Gedanke versetzte sie in Agonie. Bereits jetzt verzehrte sie sich nach ihm. Ihre trockenen Lippen dürsteten nach seinen Küssen. Ohne ihn waren die Gespräche ermüdend, die Musik nichts als Lärm.

Der Raum war nicht besonders hoch, die Geräusche stiegen auf, sammelten sich, wurden zurückgeworfen. Niemand verstand akustisch die Pointe eines Witzes, sodass er mehrfach wiederholt werden musste, bis ihn niemand mehr komisch fand. Die Musik war hektisch, und die fiebrige Hitze verstimmte die Saiten der Lauten und Violen, sodass sie falsch klangen. Doch das schien die Tanzenden nicht zu stören. Sie schwangen und stampften in der Halle mit begeisterten Rufen hoch und wieder runter. Sogar Livia und Valentio tanzten beschwingt die Figuren nach.

Rosaline lehnte sich neben ihren Vater an eine Wand. Er betrachtete sie beifällig.

»Gut. Solch liederliche Unterhaltung passt nicht zu einer Novizin.«

»Noch bin ich keine Nonne.«

Sie beobachtete, wie Julia am anderen Ende des Raums von einem schwitzenden Mann zu einer lebhaften Gaillarde aufgefordert wurde. Fortwährend griff er nach dem seidenen Taschentuch in seinem Ärmel, mit dem er Stirn und Lippen abtupfte. Ihre Cousine lächelte nicht, und ihre Füße schlurften über den Boden, während sie die Reihe entlangtanzte. Dennoch war sie eines der hinreißendsten jungen Mädchen hier, und in ein paar Jahren würde sie eine der schönsten Frauen sein. Ihre Amme hatte ihr das Haar aufgedreht und sie frisiert, und sie wirkte älter. Sah man davon ab, dass sie ihre Schuhe ausgezogen hatte, ständig an der Spitze ihres Abendkleides nestelte und dabei undamenhaft schmollte.

Zum ersten Mal an diesem Abend lächelte Rosaline amüsiert. Einen Moment später verging ihr jedoch das Lächeln, als sie erkannte, mit wem Julia tanzte: Es war der Freund des Fürsten von Verona, der ihn neulich bei seinem Ausflug in den Wald begleitet hatte. Sie versuchte, sich an seinen Namen zu erinnern. Er war im mittleren Alter, mindestens dreißig, und hielt vermutlich nach einer Ehefrau Ausschau. Nun, sollte er woanders jagen. *Paris*. Ja, das war sein Name. *Perspirierender Paris*. Erneut tupfte er sich das Kinn ab. Es war zu heiß. Selbst Julia schien zu welken. Als er ihr Unbehagen bemerkte, führte Paris sie aufmerksam vom Tanzgeschehen fort, um für sie einen kühleren Ort und etwas zu trinken zu finden. Er war fürsorglich und freundlich, aber am liebsten hätte Rosaline Julia seinen Händen entrissen und sie von dieser fieberhaften Kakofonie weggezogen.

Die Musik wurde noch lauter und disharmonischer. Ärgerliche Stimmen erhoben sich, irgendwo schien es einen Aufruhr zu geben. Rosaline sah sich um. Es musste Romeo sein. Ihr Herz klopfte ängstlich. Sie trat vor und entdeckte Tybalt, der sich offenbar nach dem Genuss von reichlich Bier einen Weg durch die Menge bahnte.

Schnell ging sie zu ihm, wobei sie sich ihren Weg durch die Tanzenden bahnen musste. Sie winkte ihm zu, zog ihn von den anderen Gästen fort und zu einer offenen Tür hin, durch die eine leichte Brise hereinwehte.

Über Tybalts Auge entdeckte sie eine Schwellung, und von seiner Lippe tropfte Blut. »Was ist passiert? Hast du dich geschlagen?«, fragte sie tadelnd.

Er sah sich um, ohne etwas zu fokussieren. Seine Augen waren glasig wie die eines Fischs. »Ich bin den Montagues auf dem Rückweg in die Arme gelaufen, nach dem Botengang für dich. Aber sie haben angefangen. Ich wollte nicht fliehen, ich bin schließlich kein Feigling, Rosa. Ich lasse mich nicht verhöhnen. Niemand soll mir nachsagen, ich hätte keinen Mut!«

»Ruhe! Dir fehlt es nicht an Mut, sondern an Verstand. Sprich leise, unser Onkel Capulet sieht bereits zu uns herüber.«

Tybalt sah sich hektisch um. Trotz des Lärmpegels im Raum hatten sich die Feiernden zu ihnen gewandt. Rosaline zog eine Serviette aus ihrem Ärmel, die sie auf Tybalts blutende Lippe drückte. Er zuckte zusammen. Tante Lauretta und ihr Mann, ihr Onkel Lord Capulet, flüsterten ungehalten miteinander.

Rosaline zog Tybalt am Arm hinaus auf die Terrasse. Draußen war es kühler, und hier waren sie vor neugierigen Blicken sicher. »Und sag mir jetzt, hast du den Botengang für mich erledigt?«, fragte sie.

»Das habe ich«, antwortete Tybalt mit gerunzelter Stirn. »Obwohl ich ihn nicht verstanden habe. Ich habe jeden Confiseur in Verona aufgesucht. Nur einer von ihnen macht Marzipanrosen, wie du sie mir beschrieben hast, und er macht sie nur für einen Mann – Romeo Montague.«

Rosaline schlug die Hände vors Gesicht. Sie fühlte sich einer Ohnmacht nah, und die Weinblätter über ihr schienen in reißenden Strudeln zu wirbeln. Wie eine Ertrinkende atmete sie die Abendluft ein und zwang sich zu fragen: »Wie viele hat er gemacht? Eine? Zwei?«

»Das konnte er nicht genau sagen. Es können ein Dutzend gewesen sein, in allen Formen und Größen. Rot, rosa, pfirsichfarben, dunkel und hell, zierlich geschwungen oder kompakt. Ich weiß nur, dass Montague sein bester Kunde ist.«

Rosaline schrie leise auf, und Tybalt schaute sie an, verwirrt darüber, dass eine Süßigkeit sie so verstören konnte. Er verbeugte sich und bot ihr seinen Arm. »Komm, Rosa, du siehst aus, als sei dir nicht gut. Lass uns unsere Füße im Brunnen abkühlen, so wie wir es als Kinder getan haben.«

Holzrauch und der Geruch von gegrilltem Schweinefleisch schwebten zu ihnen nach draußen, hoch in den Nachthimmel. Rosaline schaute zu den Sternen hoch. Die Erkenntnis, wie betrügerisch Romeo war, verstörte sie zutiefst. Es schien, dass sie ihm nichts bedeutete. Seine Liebe verschenkte er schnell und nahm sie ebenso schnell wieder zurück. Seine Gunst war hohl. Rosaline war nur eines in einer Kette von Mädchen. *Er hat uns alle geliebt, dann hat er uns fallen lassen, verwelkt wie die Rosen, die er hat anfertigen lassen.*

Sie fühlte sich verletzt und durchlässig. Porös. Am liebsten hätte sie geschrien, aber stattdessen war sie stumm und sprachlos vor Schmerz über seinen Betrug. Er war nicht der Mann, für den sie ihn gehalten hatte. Sie hatte einen Geist geliebt.

Tybalt ergriff ihren Arm und zog sie in den hinteren Teil des Gartens, wo ein Bächlein floss und ein Brunnen stand. Hier war es dunkel, und der vergnügte Lärm der Nachtschwärmer war in der Ferne nur schwach zu hören.

Rosaline zog ihre Schuhe aus und strebte mit gerafftem Rock durch das flache Wasser. Die Steine unter ihren Zehen fühlten sich glitschig an. Tybalt blieb am Rand sitzen und ließ Kiesel über die Oberfläche des Wasserbeckens springen. Für einen Moment waren sie schwerelos, dann sanken sie. Tybalt lachte freudig wie ein kleiner Junge auf.

Wenn sie die Augen schloss, könnten sie beide vielleicht hinter den wehenden Vorhängen der Weiden versteckt bleiben und niemals gefunden werden. Hier war die Welt dunkel und sicher. Die einzige Plage waren die Mücken, die um Rosalines Ohren surrten.

»Rosa, warum siehst du so elend aus? Was kümmern dich ein paar Marzipanrosen?«

Sie schüttelte heftig den Kopf, hob einen Stein auf und schleuderte ihn über die Wasseroberfläche. Aber die Furcht hatte sogar ihr Handgelenk ergriffen, und er sank sofort. »Das kann ich dir nicht sagen.« Sie würde es ihm nicht erzählen. Nie könnte sie seinen empörten Blick voller Abscheu ertragen, wenn er erfuhr, was sie getan hatte.

»Rosa, komm schon.« Er kauerte sich neben sie, und als sie sich von ihm abwandte, weil sie ihn nicht anschauen konnte, drückte er seine Nase mit einem schnellen Lächeln an ihre, sodass sie nicht anders konnte, als ihm direkt in die Augen zu starren. Aber immer noch schüttelte sie den Kopf.

»Warum nicht, Rosa?«

»Wenn ich es dir erzähle, wirst du kämpfen wollen«, sagte sie. »Ich liebe dich wie einen Bruder, nein, ich liebe dich mehr als Valentio. Und ich will dich nicht verletzen.«

Tybalt lachte. Gewandt sprang er auf seine Füße und zog den Degen aus der Scheide. Er schüttelte einen Ast der Weide, sodass die Blätter wie kleine schwarze Fische zur Erde fielen, schlug auf sie ein, tanzte um einen Phantomfeind herum und rief: »Hab keine Angst um mich! In Padua nannten sie mich den ›König der Katzen‹. Auch wenn ich jung bin, bin ich so flink wie Hermes, der Götterbote, höchstpersönlich.« Grinsend setzte er sich auf den Boden und steckte seinen Degen wieder weg. »Und wenn meine Zeit gekommen ist, kann ich auch nichts dagegen tun. Bestimmung lässt sich nicht beeinflussen, ebenso wenig wie der Tod.«

Rosaline biss sich auf die Unterlippe und schwieg. Sie wusste nicht, ob sie über den Jungen, der mit Blättern kämpfte, lachen oder weinen sollte. Er sprach mit ernsthafter Entschlossenheit, aber sie wollte auf keinen Fall, dass er ihretwegen verletzt wurde.

Sie sprudelte über vor Zärtlichkeit und Furcht für ihn.

»Bitte, Cousine. Ich kenne und liebe dich mein ganzes Leben«, sagte er und setzte sich neben sie an das Ufer des Bächleins. »Wenn du unglücklich bist, wenn dich etwas schmerzt, dann spüre ich es auch. Wenn einer von uns beiden mit einem Fluch belegt wird, ist es der andere auch.«

Sie überlegte, wie viel Wahrheit in seinen Worten lag. Als Kinder waren sie für gemeinsame Vergehen auch gemeinsam geschlagen worden: Wenn sie die unglücklichen Hühner verfolgt und gescheucht hatten, sodass die Eier, die sie gelegt hatten, keine Schale gehabt hatten, wenn sie den Ziegen zwischen den Heuhaufen hinterherjagten. Viele dieser kleinen Vergehen waren Rosalines Ideen gewesen, aber Tybalt war immer ihr williger Gefährte, hatte ihre Streiche vorangetrieben, weil er wusste, dass die Bestrafung in jedem Fall erfolgen würde.

Als sie noch gedacht hatte, dass Romeo ehrlich und ihre Leidenschaft rein sei, waren ihre Lügen gegenüber Tybalt das Gift im Brunnen ihrer Zärtlichkeit gewesen. Freude zu empfinden und sie nicht mit Tybalt teilen zu können, hatte einen bitteren Beigeschmack. Jetzt diese Verzweiflung zu spüren und auch diese Last nicht mit ihm teilen zu können, verstärkte ihren Schmerz noch.

Und dennoch konnte sie ihm nicht beichten, was sie getan hatte. Er hatte heute bereits mit den Montagues gekämpft. Bei seinem Botengang für sie war er übel von ihnen überrascht worden.

Er setzte sich noch näher an sie heran, legte erst einen Arm um sie und ließ ihn dann wieder sinken, um sie in die Seite zu stupsen. »Zwing mich nicht, dich zu bitten, Rosa. Das ist unmännlich.«

Mit seinen braunen Augen starrte er sie an, und bei der Zärtlichkeit in seinem Blick schaute sie weg. Vielleicht hatte sie mittlerweile genug gelogen. »Ich sage es dir, wenn du versprichst, dass du keine Rache suchst.«

Er grunzte seine Zustimmung.

»Ich, ich liebe …« Sie konnte die Worte nicht aussprechen, sie nicht zu Tybalt sagen, während er sie so arglos ansah, so liebevoll und besorgt. Sie erinnerte sich, wie er ihr angeboten hatte, sie zu heiraten, damit sie dem Kloster entkam. Er hatte ihr sein Leben angeboten, seine Liebe. Sie hatte leichtfertig abgelehnt, hatte seine Gefühle für sie so unbedacht übergangen, wie das Wasser einen Felsen überspült. Ihre Hände zitterten. Er wartete.

»Ich liebe, *liebte* … Romeo Montague.« Nachdem sie sich korrigiert hatte, hielt sie inne, um sich selbst davon zu überzeugen, dass die neue Wahrheit stimmte. »Und ich dachte, er liebt mich auch, aber das tut er nicht, und ich bin eine Närrin und dazu noch entwürdigt. Meine Ehre ist verloren.« Sie beobachtete Tybalt, wartete darauf, dass er entsetzt den Blick abwandte, aber das tat er nicht. Er fuhr zusammen, und sein linkes Auge begann zu zucken, aber noch immer sagte er nichts.

Unfähig, seinem Blick standzuhalten, begann sie zu gestehen, wie es passiert war, dass sie sich in Romeo verliebt hatte. Sie saß neben Tybalt, hatte die Knie angezogen und erzählte ihm über ihre Liebe und ihre Schande.

Ohne sie zu unterbrechen, hörte er ihr zu, spielte während-dessen mit dem Griff seines Degens. Nur seine Augenbrauen zog er unglücklich zusammen.

»Ich dachte, er ist ehrlich«, sagte sie weich, als sie alles berichtet hatte. »Männer sollten so sein, wie sie erscheinen, und das war er nicht. Sein schöner Anblick hat mich betrogen.« Endlich sah sie zu ihrem Freund hoch, durch Wimpern, in denen Tränen wie Juwelen glitzerten. »Jetzt, wo du die Wahrheit weißt, hältst du meine Tugend für immer für verdorben?«

Seine hängenden Schultern und der gesenkte Blick verrieten, dass er aufs Äußerste niedergeschlagen war. Als er endlich aufsah, erschrak Rosaline. Seine Verzweiflung hatte ihn in diesen paar Minuten altern lassen. Ihr Geständnis hatte bewirkt, dass etwas in ihm zerbrochen war. Sie hatte ihm gezeigt, wie es war, wenn einen Freund, den man liebte, belog.

Kalt breitete sich in ihr ein Gefühl der Schande aus. Sie hatte nicht gewusst, dass sie noch unglücklicher sein konnte. Aber sie wollte nichts mehr vor Tybalt verheimlichen, also erzählte sie ihm auch, wie Romeo sie überzeugt hatte, von ihrem Vater die Dukaten zu stehlen.

»Ist meine Seele im Fegefeuer verdammt?«, fragte sie erneut.

Er ergriff ihre Hand und presste sie gegen seine Lippen. »Nein. Niemals, süße Rosaline. Ich weiß um deine Tugend. Dieser Verbrecher Montague ist schuld. Ihm sei die Pest gewünscht!« Seine Wut wuchs, und er ließ ihre Hand los.

Rosaline versuchte, ihn zu beschwichtigen. Es schmerzte sie, wenn er so über Romeo sprach, auch wenn es dieser nicht anders verdient hatte. Was für eine Närrin sie gewesen war, dem Gesang der Nachtigall zu lauschen und ihn für die Wahrheit zu halten. Ihr Selbsthass war tief und bitter. Ihre glühende Haut roch sauer, und jeder Teil ihres Körpers, den Romeo berührt hatte, fühlte sich beschmutzt an.

Das Wasser des Springbrunnens war kühl, und sie sehnte sich danach, so tief hineinzuwaten, bis es über ihrem Kopf zusammenschlug. Sie wollte sich sauber fühlen, aber es gab kein Wasser, das kalt oder tief genug war, um sie von dieser Schande zu reinigen.

Als sie Tybalts Blick bemerkte, fürchtete sie, dass er sie nicht länger als das Mädchen sah, das sie gewesen war, sondern als die Hure, zu der sie geworden war. Doch zu ihrer Verwunderung richtete er seinen ganzen hitzigen Ärger gegen Romeo und nicht auf sie. »Ich werden ihn auf der Stelle aufsuchen und ihn umbringen! Diesen wertlosen Wurm! Diesen ehrenlosen Wüstling! Diesen Höllenhund!« Er stand auf und zog erneut seinen Degen, verfluchte die Götter im Himmel und die Teufel unter ihnen.

Es bedurfte Rosalines ganzer Stärke, ihn davon abzuhalten, sofort Romeo entgegenzutreten und ihn zu einem Duell herauszufordern. »Du hast mir geschworen, dass du das nicht tun wirst. Dämme deinen glühenden Zorn! Sei vernünftig! Denn was soll daraus werden?« Sie packte seine Handgelenke und zwang ihn, sie anzuschauen.

Schon fluchte Tybalt erneut, doch Rosaline beschwichtigte ihn. »Du hast gesagt, dass meine Seele nicht im Fegefeuer schmoren wird. Das musst du mir beweisen, indem du mich nicht rächst.«

Wie ein aufgebrachter Hund, den man zurückreißt, wurde Tybalt etwas ruhiger. Tief atmete er die Nachtluft ein. Doch dann spuckte er auf den Boden, und sein Ärger wuchs erneut. »Ich hasse die Montagues, diese Höllenbrut.«

»Sei nicht so wütend. Sei friedlich.« Rosaline nahm seine Hände in ihre. »Leg deinen Degen ab, wasch dein Gesicht und beruhige dich. Du kannst nicht ins Haus kommen, bevor dein

Gemüt abgekühlt ist und du wieder ausgeglichener bist.« Sie sah zur Villa. »Ich muss gehen, wir sind schon zu lange hier draußen.«

Sie küsste ihn, dann wandte sie sich ab und ging durch den Garten, drehte sich ein letztes Mal zu der einsamen Figur um. Sie hätte es ihm nicht sagen sollen. Daraus würde nichts Gutes entstehen. Tybalt war viel zu heißblütig, zu unbeherrscht. Dennoch machten ihn gerade diese Eigenschaften zu einem treuen Freund. Selbst Valentio, der kaum jemanden anders als sich selbst mochte, empfand für den jungen Tybalt Zuneigung.

Rosaline fühlte sich wie von Pfeilen durchbohrt. Romeos Betrug schmerzte so sehr. Sie wusste, dass sie in künftigen Monaten und Jahren, in einsamen Stunden im Kloster, bitter bereuen würde, dass sie diese Stunden mit Romeo verschwendet hatte, sowohl in seiner Gesellschaft als auch mit Gedanken an ihn. Diese Zeit hätte sie so viel besser mit ihren wahren Freunden verbringen können. Es würde kein Ausreißen nach Mantua geben, keine Liebesheirat. Nur ein Leben als Nonne. Und nun blieb ihr kaum noch Zeit, die sie mit Tybalt verbringen konnte, ihrem besten Freund, dem besten Mann, den sie kannte. Erneut brach ihr Herz.

Sie schlüpfte wieder hinein in die lange Halle, und eine Hitzewelle schlug ihr entgegen. Suchend sah sie sich um, aber sie konnte Julia nirgends entdecken. Die Musik wurde lauter. Ein Hund heulte.

»Schöne Dame, möchtet Ihr tanzen?«, hörte sie jemanden fragen.

Beim Klang der Stimme fuhr Rosaline zusammen, als hätte eine Degenklinge sie durchbohrt. Es war Romeo.

»Du bist gekommen«, sagte sie.

»Falls nicht, bin ich ein Geist.« Er streckte die Hand aus und streichelte ihren Arm, dann übersäte er ihre Schulter mit kleinen Küssen, was ihr eine Gänsehaut bescherte.

Sie rieb ihre Haut und verabscheute sich dafür, dass ihr Körper sie hinterging.

»Schau«, sagte er lächelnd. »Ich bin durchaus real.«

Sie riss sich von ihm los und wandte den Kopf ab, um seiner Schönheit zu entgehen. »Ich gehöre dir nicht, Romeo. Nicht mehr.«

Er musterte sie überrascht. »Was für grausame Worte. Ich will sie nicht hören.«

Rosaline sah sich um, aber alle tanzten oder aßen, und niemand bemerkte sie oder ihn, den Montague.

Stirnrunzelnd trat er vor, bedeckte ihre Hand mit Küssen und gab sie schließlich zögernd frei. »Warum? Warum würdest du etwas so Grausames zu mir sagen, Geliebte?«

»Du hast mich angelogen. Ich weiß, dass es andere Mädchen gab.«

Mit einer Handbewegung tat Romeo ihre Bedenken ab. »Nichts als Schatten. Ich wusste nicht, was Liebe ist, bis ich dir begegnete. Die anderen waren lose Liebesträume, wie sie ein Schuljunge hat.«

Rosaline starrte ihn an. Sie wünschte sich, dass dies die Wahrheit sei. Er lächelte sie an, und etwas tief in ihr schnappte und blieb hängen. Sie fühlte sich wie in einem verworrenen Knoten gefangen. Er beugte sich vor, und sie konnte den Honig in seinem Atem riechen.

»Der Mönch ist gekommen. Er ist hier, in Verona. Komm, wir gehen jetzt sofort zur Peterskirche und dann nach Mantua.«

Sie spürte, wie sich ihre Füße bewegten. Ließ zu, dass er ihre Hand ergriff.

»Lass diese Leute hinter dir. Sie sind nichts«, sagte er.

Bei diesen Worten zögerte Rosaline. Tybalt war nicht nichts. Genauso wenig wie Julia, Caterina oder Livia. Das Wort »Mantua« war eine Glocke, die sie wieder zu sich selbst rief. Sie erinnerte sich an die Zelle des toten Mädchens im Kloster. Die bröckelnde Rose.

Sie sehnte sich danach, ihm zu trauen, doch das durfte sie nicht.

Schließlich schüttelte sie ihn ab. »Nein«, flüsterte sie. »Ich will es, aber du erzählst nichts als schöne Lügen, verführerischer als eine Süßigkeit.«

»Bleib bei mir, mein Liebling, und ich werde dich für immer lieben, beschützen und schätzen. Wir werden das hier wie einen Albtraum vergessen, mit dem uns Königin Mab belegt hat.« Er ergriff ihr Handgelenk, aber seine Finger, die sich auf ihre Haut legten, griffen zu fest. Es schmerzte.

»Nein«, sagte Rosaline und versuchte, sich ihm zu entwinden.

Er ließ sie los. Auf ihrer Haut waren rote Abdrücke zu sehen.

»Du musst weg, bevor unsere Leute dich sehen«, sagte sie.

»Oh, lass sie uns beide töten, süßer Engel Rosaline«, antwortete er und hob die Stimme laut genug, dass die anderen Partygäste auf sie aufmerksam wurden und sich nach ihnen umdrehten.

»Du bist verrückt, so etwas zu sagen«, flüsterte sie.

»Verrückt vor Liebe! Du hast mich vom ersten Moment an, als wir uns gesehen haben, verzaubert. Schwör nicht unserer Liebe ab, sonst wandele ich als Toter unter den Lebenden.«

Bis zu diesem Abend hatte Rosaline seine exquisite Sprache bewundert und sich besorgt gefragt, ob ihre Ausdrucksweise, die nicht höfisch geschult war, seiner jemals ebenbürtig sein würde. Jetzt vernahm sie seine Worte wohl, aber sie waren wie fehlgelenkte Pfeile, die ihr Ziel nicht trafen.

So hatte er bereits ein Dutzend Mädchen vor ihr becirct. Ihre Liebe war echt, und zusammen mit ihr hatte sie ihm ihre Jungfräulichkeit geschenkt. Aber an seiner Zuneigung zweifelte sie. Die schönen Worte kamen ihm zu leicht über die Lippen. Er würde schnell eine andere lieben. Seine Liebesschwüre waren wie ein plötzliches Fieber, aus dem Tod und Gewalttätigkeit erwuchsen.

Sie unterdrückte ein Schluchzen. »Ich werde dich nicht heiraten, Romeo. Weder heute Abend noch irgendwann. Deine Belagerung ist aufgehoben.«

»Liebe ist nicht zart«, sagte Romeo bitter und schüttelte den Kopf. »Sie sticht wie der Dorn einer Rose. Ich kam hierher, um dich zu umwerben. Aber statt glücklich bin ich schmerzerfüllt.«

Sie wandte sich ab, um zu gehen, aber er stellte sich ihr in den Weg. Sie biss sich auf die Lippe, um nicht aufzuschreien und die Aufmerksamkeit der anderen auf sich zu ziehen. Aber da wurde er zu ihrer Überraschung von ihr weggezerrt.

Tybalt stieß mit vor Wut hochrotem Gesicht Romeo zu Boden und setzte den Absatz seines Stiefels gegen seine Kehle. Romeo boxte den Fuß mit seiner Faust weg und versuchte, sich aufzurappeln. Aber Tybalt setzte den Stiefel erneut auf seinen Hals und drückte ihn auf den Boden.

»Das muss Romeo Montague sein. Bringt mir mein Rapier!«, rief er und presste noch fester. »Bei der Ehre meiner Familie werde ich Euch jetzt mit einem Stich töten. Eine Sünde wird man es wohl nicht nennen!«

Jedes Mal, wenn Romeo versuchte, sich zu erheben, stieß Tybalt ihn erneut zu Boden. Rosaline versuchte, ihn von Romeo fortzuziehen, aber er wehrte sie ab, zischte, überwältigt von seinem Ärger, sie möge verschwinden.

Als Romeo bemerkte, dass sein Feind von Rosaline abgelenkt war, ergriff er die Gelegenheit. Er rollte sich weg, sprang auf die Füße und brachte sich außer Reichweite, wobei er die geschundene Haut seines Halses rieb.

Inzwischen hatten sich die Gäste interessiert um sie geschart. Verwundert raunten sie einander zu. Masetto und Lord Capulet steuerten durch den Raum auf sie zu. Sie wirkten ungehalten, dass inmitten der Festlichkeiten Unruhe entstanden war.

»Nun, junger Verwandter, was hat deinen heftigen Unmut geweckt?«, fragte der alte Capulet.

»Onkel, dieser Mann hier ist ein Montague. Ein Verbrecher, der uns in übelster Absicht aufgesucht hat.«

Rosaline fühlte Angst in sich aufsteigen. Sie fürchtete, dass Tybalt, beeinflusst von Wut und Trank, ihrem Onkel und ihrem Vater zu viel erzählen und ihre Schande kundtun würde – dass sie mit Romeo geschlafen hatte.

»Der junge Romeo ist es wohl?«, fragte der alte Lord Capulet.

»Das ist er, der Verbrecher Romeo«, sagte Tybalt und ergriff die Gelegenheit für einen weiteren Hieb.

Romeo sprang zur Seite.

»Ruhig nun und beherrscht, Neffe. Lass ihn in Ruhe«, sagte Tybalts Onkel mit einer Stimme, die keinen Widerspruch duldete. »Um die Wahrheit zu sagen, hält der Fürst von Verona ihn für einen höchst ehrenhaften Mann. Nicht für alles Gold dieser Stadt möchte ich, dass er hier in meinem Haus verunglimpft wird. Deshalb sei duldsam, und beachte ihn nicht weiter.«

Tybalt wollte Einwände hervorbringen, aber sein Onkel hob die Hand. »So lautet denn mein Wille. Eine freundliche Miene, nun. Dein wütendes Antlitz passt nicht auf dieses Fest.«

»Mein Antlitz spiegelt wider, dass ein verbrecherischer Lump in unserer Mitte ist. Ich werde ihn hier nicht dulden!«

»Und doch wird er hier geduldet, Junge. Das wird er, sage ich. Geh!«

Aber Tybalt regte sich nicht.

»Bin ich der Herr hier oder du? Geh nun!«, rief sein Onkel.

Ungläubig sah Rosaline, dass Tybalt noch immer Einwände vorbringen wollte. Ihr Onkel starrte ihn an, offenbar außer sich vor Ärger. »Schäm dich! Sei ruhig und verschwinde, oder ich werde dich zum Schweigen bringen«, sagte der alte Mann und hob drohend die Faust.

Voller Furcht beobachtete Rosaline ihren Onkel. Niemand durfte sich dem Gastgeber auf seinem eigenen Fest widersetzen. Tybalts Ungehorsam grenzte an öffentliche Beleidigung. Wenn er sich nicht beherrschen konnte, musste sie für sie beide denken. Sie legte ihren Arm um Tybalt und führte ihn weg von dem Tumult.

»Dieser schamlose Eindringling macht mich krank«, murmelte er.

»Schh, Cousin, nicht hier«, sagte sie. »Sie beobachten uns immer noch.« Sie blickte über die Schulter und sah zu ihrer Erleichterung, dass Romeo keine Anstalten machte, ihnen zu folgen.

Als er ihren Blick bemerkte, fuhr Tybalt zurück wie ein Pferd, das das Zaumzeug scheut, und drehte sich zu Romeo, um ihn anzugreifen. Aber sie drückte seine Hand.

»Wenn du nicht friedlich sein kannst, musst du gehen«, sagte sie. »Unser Onkel darf dich auf seinem Fest so nicht mehr erleben. Du weißt, wie er ist. Im Grunde freundlich, aber wenn ihn etwas herausfordert und aufbringt, dann ist er gefährlich. Sieh zu, dass er sich nicht gegen dich wendet.«

»Ich werde mich zurückziehen«, murmelte Tybalt. Sein Hals war rot gefleckt vor Wut. »Auch wenn mir bei seinem Anblick bittere Galle hochkommt. Aber ich will dich nicht hier zurücklassen, während dieser Schurke Romeo die Nacht nach Beute durchstreift.«

Schon der Gedanke, noch einmal mit Romeo zu sprechen, erfüllte Rosaline mit Unbehagen. Sie blickte sich in dem vollen Raum um. Einige Leute begaben sich erneut auf die Tanzfläche und bewegten sich anmutig zu einer Motette. In einer Ecke stand Julia und flüsterte mit ihrer Amme. Oben auf der Empore spielten die Musiker. Ein Violaspieler lehnte sich über die Balustrade und schaute herunter. Offenbar war für ihn das Handgemenge der Höhepunkt des Abends gewesen.

»Ich werde dort oben verschwinden«, sagte Rosaline und zeigte hoch zur Empore. »Niemand wird mich sehen. Es ist ein gutes Versteck. Du musst jetzt gehen. Schau, Onkel Capulet beobachtet uns, und er blickt sehr streng.«

Zögernd küsste Tybalt ihre Hand, und nachdem er ihr nachgeschaut hatte, wie sie die Treppen zur Empore hochgeeilt war, verschwand er in der Nacht.

Auf dem Balkon der Musiker war es noch wärmer. Atem und Schweiß von Hunderten Gästen ließen ein Sommerinferno entstehen. Die Gipsrosen der Stuckdecke drohten sich aufzulösen und begannen herunterzurieseln. Rosaline wunderte sich, wie die Musiker überhaupt spielen konnten – ihre schweißigen Finger mussten von den Saiten gleiten. Am entlegensten Ende der Empore hockte sie sich auf einen Mauerabsatz. Hier konnte sie sich hinter einer hölzernen Säule verstecken und von dort aus zu den Nachtschwärmern hinunterspähen.

Zwei Jungen spielten inmitten der Tanzenden Fangen. Sicher würde jemand ausrutschen und fallen, und ja, da stürzte auch schon die gute Witwe Vitruvio, während die beiden Bösewichte für eine Tracht Prügel in den Hof geführt wurden.

In einer Ecke des Raums blickten sich zwei frisch Verheiratete verliebt an. Sie verschränkten ihre Finger, ihre Nasen berührten sich, die Nacht und die Sterne waren allein für sie gemacht. In einer anderen Ecke pisste ein Windhund unter einen Tisch, auf dem Tabletts mit Käse und Feigen und eine Schüssel mit Bowle standen. Er ließ eine gelbe Pfütze auf dem Boden zurück.

Rosaline ließ den Blick durch die Menge schweifen, aber konnte Romeo nirgends entdecken. Vielleicht war er geflohen. Sie war ruhelos, was nichts mit der Hitze zu tun hatte. Sie suchte nach Julia, aber sah auch sie nicht. Weder bei der Amme, die mit den Dienstboten plauderte, noch bei den Tanzenden. Ein verloren wirkender Paris pflückte sich von einer Rebe einzelne Trauben und beobachtete die ausgelassen Feiernden. Müsste sie raten, würde sie darauf tippen, dass er nach Julia suchte. *Gut. Lass ihn suchen und sie nicht finden.*

Nach wie vor konnte sie weder Romeo noch Julia in der Gästeschar entdecken.

Auch hier oben waren Fenster und Türen geöffnet, und Rosaline schaute zur Loggia hinunter, die mit einem Dutzend Fackeln erleuchtet war. Dort entdeckte sie zu ihrer Überraschung beide: Julia und Romeo, zwei verschwörerisch nah beieinanderstehende Gestalten unter einem Dach von Weinblättern.

Rosaline hielt den Atem am. Sie lehnte sich weit über die Balkonbrüstung, um sie besser sehen zu können. Julia wirkte so zierlich neben ihm, überhaupt nicht fraulich. Warum war Romeo bei Julia? Sprachen sie über sie? Sie konnte sich keinen Reim darauf machen.

Während sie Romeo beobachtete, stolperte ihr Herz in der Brust, und ihr Puls begann zu rasen. Ein betrügerischer Teil von ihr wollte zu ihm laufen, wollte die Wärme seiner Umarmung spüren. Dann beobachtete sie bestürzt, wie Julia kicherte und sich näher an ihn lehnte. Romeo verwob seine Finger mit ihren und berührte ihr golden schimmerndes Haar.

Tief in ihrem Innersten schmerzte es Rosaline. Kalt und klar erwachte ihre Eifersucht. Einen kurzen Moment lang wollte sie diejenige sein, die er anbetete, wollte strahlend vor Glück in seiner Liebe baden. Zusammen waren Romeo und Julia wunderschön. Doch er war ein gefallener Engel, ein Teufel.

Hatte er sie je geliebt? Bei dieser Frage verhärtete sich Rosalines Herz gegen ihn. Er war weder ehrlich noch gut. Sie fühlte grimmigen Schmerz über seinen Betrug, das Aufflackern von Wut und Verletztheit. Sie konnte es in ihrem Mund schmecken, metallisch wie Blut.

Alles in ihr sehnte sich danach, Julia laut zuzurufen, sie solle von diesem Mann wegrennen, so schnell und so weit sie konnte. Dass er ein wunderschönes Unheil sei. Aber selbst, wenn sie so laut schrie, dass ihre Lunge und ihre Kehle roh wurden, würde ihre Cousine sie bei dem Lärm nicht hören.

Und würde sie sie überhaupt hören wollen?

Rosaline wusste um die honigsüßen Freuden, die Romeos Worte schenkten.

Oh, sah denn niemand sonst diese beiden? War sie die einzige Zuschauerin? Wo war jetzt ihr Onkel, der alte Capulet? Während sie das Geschehen angeekelt beobachtete, griff Romeo nach Julias Hand und neigte sich vor, um sie zu küssen.

Rosaline schrie auf. Niemand hörte sie.

Schrecken breitete sich in ihrem Herzen aus. Sie konnte es nicht länger ertragen. Es hatte keinen Sinn, sich hier oben zu verbergen, während er dort unten Unheil anrichtete. Sie glitt in ihren glatten Lederschuhen fast auf den Stufen aus, als sie die Treppe hinuntereilte. Sie durfte nicht zulassen, dass Romeo sich Julia näherte. Sie wusste, wer und was er war. Niemand hatte sie gerettet, und jetzt war sie mit fauligem Schlamm beschmutzt, und niemand würde sie mehr wollen.

Sie wollte sich nicht einmal selbst mehr. Sie war verdorben worden, und sie würde nicht zulassen, dass er Julia das Gleiche antat. Nur sie konnte dafür sorgen, dass Julia davor bewahrt blieb.

Es hallte dunkel in ihren Ohren, und ihr Herz schlug so laut wie eine Totenglocke, während sie versuchte, sich einen Weg durch die Feiernden zu bahnen. Empört und verärgert wurde sie wegen ihrer schlechten Manieren und ihrer spitzen Ellenbogen zurechtgewiesen. Irgendwer trat absichtlich heftig auf ihren Fuß. Sie zuckte zusammen, eilte zur geöffneten Tür und rannte auf die Loggia. Hier war es kühler, der Duft von süßem Jasmin und Geißblatt hing in der Luft. Motten umschwirrten den Feuerschein der Fackeln. Einen Moment lang dachte sie, niemand sei hier und sie sei zu spät. Sie waren weg.

Doch dann sah sie ihn. Er stand allein unter einem Fliederbaum, schwarz im Dunkel. Sie ermahnte sich, entschlossen aufzutreten.

»Spiel nicht mit ihr, um mich boshaft zu quälen«, sagte sie und bemühte sich, gleichmütig zu klingen. »Julia ist noch ein Kind.«

»Julia! Der bezauberndste Name, den ich jemals vernommen habe. Ich bin nicht würdig, ihn über meine gewöhnlichen Lippen gleiten zu lassen«, antwortete Romeo, atemlos vor Entzücken.

»Zumindest darüber sind wir einer Meinung.«

Rosaline starrte ihn an. Seine Augen glitzerten vor Begeisterung. Rosaline konnte nicht sagen, ob es an Julias Schönheit lag oder ob er ein widerliches Vergnügen daran empfand, sie zu verletzen.

»Sie ist eine Heilige«, sagte er.

»Nein. Sie ist ein Mädchen, nicht einmal vierzehn. Jünger noch als ich. Lass sie in Ruhe.«

»Das vermag ich leider nicht. Als ich sie küsste, wurde ich von allen Sünden gereinigt.«

Angewidert starrte Rosaline ihn an. »Deine Liebe entspringt nicht deinem Herzen, sondern deinen Augen. Sie ist nicht von Dauer.«

Romeo lachte verbittert. »Du hast mir gesagt, ich soll meine Liebe für dich begraben.«

»In einem Grab. Nicht in meiner Cousine, die noch ein Kind ist.«

Romeo schien von ihrer Antwort ungerührt. »Hat mein Herz bisher geliebt? Ich glaube nein. Denn nie sah ich wahre Schönheit bis zu dieser Nacht.«

Rosaline zwang sich, ihn anzulächeln, um ihn daran zu erinnern, dass früher sie es gewesen war, die er gewollt hatte. Ihr hatte er seine Liebe geschworen, für sie hatte er sterben wollen. Trotzdem schnitten seine Worte in sie hinein, und sie fragte sich, warum kein blutiges Mal auf ihrer Haut erschien.

Sie ging einen Schritt auf ihn zu, ergriff seinen Daumen, nahm ihn in den Mund und biss ihn sanft. Dann ließ sie seine Hand wieder fallen und sagte leise: »Ich heirate dich noch heute Nacht, wenn du Julia in Ruhe lässt.«

Geringschätzend betrachte Romeo sie. »Dich heiraten? Ich habe bereits deinen Namen vergessen. Ich liebe allein Julia. Meine Seufzer gelten nur ihr. Du bedeutest mir nichts.«

Obwohl sie wusste, wie er war, schmerzten seine Worte. Er hatte sich seiner Liebe zu ihr entledigt, und zu ihrer Betroffenheit hungerte sie dennoch danach. Obwohl sie bereits Julia gehörte oder er zumindest diesen Anschein erweckte.

Er musterte sie von Kopf bis Fuß. »Julia ist die Sonne, und du bist der neidische Mond, krank und grün. Und erzähl Julia keine Lügen. Niemand mag unzüchtigen Klatsch und Geschwätz. Verschwinde im Kloster, und unterlass es, uns zu belästigen.«

Ihr stockte der Atem, in ihrer Kehle ballten sich Tränen zusammen. »Ich werde ganz Verona erzählen, was für ein Schurke du bist.«

Regungslos und ohne zu lächeln blieb er stehen – schön, perfekt, monströs.

»Denk daran, kein anderer Mann wird dich wollen«, sagte er weich. »Deine Familie wird dich als verdorbene Hure verstoßen, weil du mir gehörtest. Sie werden keine Mitgift für dich an das Kloster zahlen. Ich bin schließlich ein Montague. Dein Makel, mit mir geschlafen zu haben, ist unverzeihlicher, als wenn du bei einem anderen Mann gelegen hättest.«

Rosaline starrte ihn an. Seine Grausamkeit entsetzte sie. »Du würdest es ihnen doch nicht etwa sagen?« Wie hatte sich seine Liebe so schnell in Rache wandeln können? Vielleicht hatte er sie immer schon verborgen, wie Schlamm und Morast unter der harten Kruste einer trockenen Marsch?

Er musterte sie einen Moment und sagte dann langsam: »In Erinnerung an die Zärtlichkeit, die ich für dich gefühlt habe, glaube ich nicht, dass ich es tun könnte. Dich von allen gemieden zu wissen, nein. Ich glaube nicht, dass ich das ertragen könnte. Aber denk daran – pst, kleiner Vogel.« Seine Stimme klang freundlich, und er kam auf sie zu. Rosaline zwang sich, nicht zusammenzuzucken. Einen Moment lang dachte sie, er würde versuchen sie zu küssen, aber dann ging er an ihr vorbei und verschwand.

Rosaline stand allein unter einem Baldachin aus Jasmin und Wein und beobachtete, wie die Fledermäuse unter dem käseblassen Mond herumflatterten. Sie hatte die tyrannische Seele hinter dem engelhaften Gesicht erblickt. Hatte er jemals beabsichtigt, sie zu heiraten, oder war alles nur eine grausame List gewesen? Sie war erleichtert, dass er sie aus dem Gefängnis seiner Zuneigung entlassen hatte, und trotzdem hatte er ihr doch alles bedeutet. Er stieß sie ab, auch wenn er sie gelehrt hatte, was Verlangen bedeutete. Und während er sie wegwarf, nahm er ein Stück von ihr selbst mit sich.

Als sie zurück ins Haus ging, fühlte sie sich, als liefe sie über wankenden Boden. Nichts war mehr so, wie es hätte sein sollen. Ihr Körper war nicht mehr ihr eigener. Wie war er gewesen, bevor Romeo sie derangiert, sie zerschnitten und schließlich wieder neu zusammengesetzt hatte? Würde sie jetzt, da er sie vergessen hatte und sie verabscheute, einfach seinem Blickfeld entschwinden? Es spielte keine Rolle. Sie musste sich nur überlegen, wie sie Julia vor dem Schurken Romeo bewahren konnte.

9. KAPITEL

Du schöner Heuchler!
Engelhafter Satan!

Nach einer schlaflosen Nacht stand Rosaline früh auf. Auf und ab ging sie in ihrer Kammer und spielte dabei gedankenverloren mit einer Haarsträhne. Sie trauerte so sehr um den Mann, den sie geliebt hatte, als ob er in seinem Grab verweste. Romeo hatte vorgegeben, jemand zu sein, der er nicht war, und sie hatte eine Lüge geliebt. Aber ob wirklich oder nur ein Schein – sie hatte ihn angebetet, und nun war er fort. Der Gedanke an ihn, der ihr eine Freude gewesen war, bedeutete ihr nun nichts als Qual. Oh, aber der Betrug hatte so ein wunderschönes Gesicht.

Sie hoffte, dass ihr Ruf noch nicht zerstört war. Aber Romeo konnte nicht offenbaren, dass sie mit ihm geschlafen hatte, ohne ihre unglückliche Geschichte und seine wahre Natur gegenüber Julia zu zeigen. Trotzdem durchfuhr sie eine kalte Vorahnung wie ein Winterwind, und sie fröstelte. Sie glaubte nicht, dass Romeo sie aufsuchen würde, dennoch erfüllte sie jedes Holzknarren, jeder Windstoß ums Haus mit Unruhe.

Ängstlich und hilflos fühlte sie sich, wie als Kind, wenn sie geglaubt hatte, Geister auf dem Dachboden zu hören. Jetzt waren es die Lebenden, vor denen sie sich fürchtete.

Falls Romeo in seiner Boshaftigkeit enthüllen würde, dass es Rosaline war, die Masettos Gold gestohlen hatte, würde sie ganz Verona erzählen, wie und warum sie die Dukaten ihres Vaters genommen und wer das von ihr verlangt hatte.

Vielleicht würde diese schreckliche Geschichte Julia abstoßen. Dann wäre sie sicher vor Romeos Verführung. Ein unangenehmer Gedanke überkam Rosaline – war es das, was sie tun musste? Sie dachte einen Moment nach. Vielleicht musste sie es nicht ganz Verona erzählen. *Es genügt, wenn ich Julia die Wahrheit anvertraue.* Ja, sie würde heute Morgen noch Julia ihr Verbrechen gestehen und sie von Romeos Verruchtheit überzeugen.

Es war noch früher Morgen, als Rosaline zum Haus des Onkels eilte, um Julia aufzusuchen. Alles war still. Auch die Dienstboten waren nach dem ausgelassenen Fest noch nicht aufgestanden. Der übernächtigte Wächter öffnete Rosaline das Tor. Sie hastete durch den Hof und rannte die Treppen zu Julias Kammer hoch. Noch immer hing der Geruch nach Holzrauch und gegrilltem Schwein in der Luft.

Ihre Cousine schlief nicht, sondern saß hellwach auf ihrem Bett, mit rosigen Wangen, in den Augen ein fiebriger Glanz. Freudig begrüßte sie Rosaline und klopfte auf den Platz neben sich. »Komm, küss mich, Cousine. Ist der Tag nicht strahlend schön? Es ist der wunderbarste Tag, den ich jemals erlebt habe.«

»Es ist jetzt schon zu heiß, und es ist noch nicht einmal neun Uhr.«

»Nein, der Tag ist perfekt. Versuch nicht, mich vom Gegenteil zu überzeugen.«

Julia wirkte ruhelos, zappelte fortwährend herum und konnte nicht still sitzen, als sei das Laken voller Flöhe. Rosaline beobachtete sie mit wachsender Sorge. Sie kam ihr bereits wie berauscht vor, vergiftet von einem Liebestraum.

»Ich weiß, du wirst mich nicht verraten«, sagte Julia, wand sich aus dem Laken und blickte über ihre Schulter, als ob die Wand plötzlich Löcher bekommen hatte. »Denn wenn sie herausfinden, dass ich ihn liebe, würden sie ihn umbringen.«

»Wen denn? Wie lautet sein Name?«, fragte Rosaline, obwohl sie es bereits wusste.

»Romeo Montague.« Julia lächelte sie süß an, ihre blauen Augen glänzten vor Liebe.

»Oh, Julia, tausend Mal nein. Es ist viel zu früh, um von Liebe zu sprechen.«

Das Gesicht ihrer Cousine verfinsterte sich, und einen Moment lang sah sie besorgt aus. »Unsere Begegnung war wie ein Blitz, so hell und plötzlich, dass die ganze Welt erleuchtet wurde. Aber ein Blitz erlischt auch schnell wieder. Er schenkt mir Freude, aber nicht so unser Vertrag.«

Erschrocken rang Rosaline nach Atem. »Was für ein Vertrag, Julia?«

»Oh, meine Seele ruft bereits seinen Namen, und bald schon werde ich seinen tragen!«

Rosaline starrte sie entsetzt an. »Du kannst ihn nicht heiraten. Nicht so bald. Nicht jemanden, den du erst seit ein paar Stunden kennst. Das ist nicht Liebe, das ist Verrücktheit. Du bist dreizehn.«

»Vierzehn zu St. Johannis, in zwei Wochen«, sagte Julia trotzig und mit verletztem Stolz. Sie blickte zu Boden und stieß mit ihrem schmutzigen Zeh nach einem Staubball.

Rosaline wusste nicht, ob sie sie umarmen oder schütteln sollte. »Oh, meine Kleine«, sagte sie. »Du täuschst dich, wenn du das für Liebe hältst.«

Julia sah sie an. »Wenn du ihn siehst, wirst du auch nicht anders können, als ihn zu lieben. Ich sag's dir, Rosa. Du bist nur gegen ihn, weil er Montague heißt.«

»Nein«, sagte Rosaline, »es ist nicht sein Name, der mich schreckt, sondern er selbst. Sein Aussehen ist bezaubernd, aber seine Seele ist schlecht.«

Julia blickte sie verwundert und mit wachsender Bestürzung an. Rosaline schluckte und atmete tief ein. Sie nahm Julias Hand und ließ sie wieder fallen. Ihr Mund war trocken.

»Einst habe ich Romeo geliebt«, sagte sie weich. »War wie du eingenommen von seiner exquisiten Sprache und seinem schönen Gesicht.«

Julia wirkte verwundert, dann lachte sie. »Er ist wirklich schön. Der schönste Mann, den ich jemals gesehen habe.«

Erneut machte Rosaline einen Versuch. »Auch wir wollten heiraten. Ich war sein leuchtender Engel.«

Julia starrte Rosaline zweifelnd an, als ob der Verstand ihrer Cousine verwirrt sei. »Ich bin sein leuchtender Engel, seine geliebte Heilige.«

»Genau das war ich auch. Ich habe ihn verehrt und angebetet. Seine Liebe bedeutete mir Sonne und Regen. Ich blühte oder welkte, je nach seiner Zuneigung. Wir wollten heiraten und zusammen nach Mantua gehen. Entgegen meiner ehrlichen Natur überredete er mich, die Golddukaten aus der Truhe meines Vaters zu stehlen, die für meine Unterbringung im Kloster bestimmt waren. Er sagte mir, ich solle es als meine Mitgift betrachten und ihm geben. Zu meiner Schande habe ich getan, was er von mir verlangte.«

Es war schrecklich gewesen, diese Sünde Tybalt zu gestehen, und zugleich eine Erleichterung, als er ihr vergab, besser als die Absolution eines Priesters.

Sie beobachtete Julia, unsicher, was sie sagen würde, und zugleich voller Hoffnung, dass ihre Worte wirkten.

Julia gaffte sie einen Moment an, dann lachte sie. »Liebste Rosaline. Du liebst mich zu sehr. Du denkst dir Geschichten aus, um mich zu erschrecken, sodass ich nicht mit meinem Romeo gehe. Aber, süße Rosa, du musst dir um mich keine Sorgen machen. Er schwor mir die treuesten Liebesgelübde, und meine Liebe für ihn ist weit und tief.«

Rosaline stieß einen kleinen verzweifelten Schrei aus. »Oh, Julia! Du kennst ihn kaum zwölf Stunden! Du weißt nicht, wie er ist! Wie grausam und durchtrieben! Was sagt denn deine Amme?«

Julia grinste und machte es sich neben Rosaline gemütlich wie eine Katze, die den bequemsten Platz gefunden hatte. »Sie hat sich gerade auf den Weg gemacht, um für mich mit ihm zu sprechen.«

Insgeheim verfluchte Rosaline die Amme. Sie hätte es besser wissen müssen, als von ihr ein vernünftiges Vorgehen zu erwarten. Während all der Jahre, in denen sie Julia betreut hatte, hatte sie ihr nur selten etwas verboten. Immer wollte sie ihrem Schützling zu Gefallen sein, Julia besänftigen und sie für Laurettas Gleichgültigkeit und belanglose Grausamkeiten entschädigen.

Einen Moment lang lauschte Rosaline dem erwachenden Haushalt, dem Schlagen der schweren Holztüren, dem Gackern der Hühner im Hof. Auf einmal kam ihr ein unangenehmer Gedanke. »Hast du mit ihm nach dem Ball gesprochen?«

Vor Vergnügen lief Julia rosig an. »Er kletterte die Ranken hoch zu meiner Kammer. Er hatte vor unserer Familie keine Angst, so groß war seine Sehnsucht, mich zu sehen, mit mir zu sprechen. Er sagte, in meinen Augen liege für ihn mehr Gefahr als in zwanzig Degen.«

»Oh, Julia, er ist so ein geschulter Schwätzer. Zu mir hat er das Gleiche gesagt.«

»Nein, Cousine, ich glaube dir nicht. Du willst mich erschrecken, weil du mich liebst, aber das ist nicht freundlich. Ich wünschte, ich hätte dir nichts gesagt.«

Verärgert saßen die beiden Cousinen eine Minute lang schweigend nebeneinander. Rosaline versuchte sich ins Gedächtnis zu rufen, wie sie es selbst auch nicht hatte hören wollen, als das Dienstmädchen sie aufgesucht hatte. Und sie war fast zwei Jahre älter als Julia. Natürlich war Julia vernarrt: Sie war in die Fänge eines raffinierten, erfahrenen Schmeichlers geraten.

Es kostete sie Mühe, ruhig zu sprechen. »Sag mir nur, Cousine, hast du letzte Nacht mit ihm geschlafen?«

Julia warf ihr einen zornigen Blick zu. »Wir sind noch nicht verheiratet.«

Rosaline war dankbar für Julias Standhaftigkeit. Sie hatte ihren Körper für mindestens eine weitere Nacht unversehrt gelassen. Aber nicht ihr Herz.

Julia seufzte leise. »Ich möchte gern schnell heiraten. Ich zähle die Stunden, die Minuten bis zu dieser seligen Nacht.«

Rosaline schreckte zusammen. Julia war getäuscht von dem Schlangenherzen, das sich hinter Romeos schönem Gesicht verbarg. Sie schwor sich, sie vor ihrem eigenen Verlangen zu bewahren. Die Hochzeit musste verhindert werden.

Die Morgensonne schien bereits glühend heiß. Rosaline lief den Fluss entlang, hob niedergeschlagen einen Stein auf, schleuderte ihn ins Wasser und beobachtete, wie er versank. Sie sehnte sich danach, sich Tybalt anzuvertrauen. Zu zweit waren sie besser als allein. Er hatte ihre Verwicklungen mit Romeo, ohne zu zögern oder zu zweifeln, akzeptiert. Tybalt. Von seinem aufbrausenden Temperament abgesehen, konnte sie ihm trauen wie ihrem eigenen, besseren Selbst. Tybalt würde an ihrer Seite sein und ihr helfen.

Sein Degen, sein Humor und seine Treue – all das gehörte ihr. Aber gerade das tiefe Gefühl der Zärtlichkeit ihm gegenüber verhinderte, dass sie ihn jetzt aufsuchte. In eine Auseinandersetzung mit den Montagues war er bereits verwickelt gewesen. Ohne sie wäre Julia Romeo nicht begegnet. Er war zum Ball im Haus der Capulets gekommen, um Rosaline zu jagen, und hatte stattdessen Julia eingefangen. Diese Misere war ihre eigene Schuld.

Wenn Tybalt jetzt erfuhr, wie es um die Sache stand, würde er hitzig einen weiteren Streit vom Zaun brechen. Er würde verletzt oder verbannt werden, und auch das wäre allein ihre Schuld.

Nein, sie musste versuchen, Julia ohne Tybalts Hilfe vor Romeo zu bewahren.

Ihr blieben nicht viele Möglichkeiten, außer die Amme inständig zu bitten, diese Verbindung zu verhindern. Julia hatte zugegeben, dass sie die Amme geschickt hatte, um mit Romeo zu sprechen, der um diese Uhrzeit wahrscheinlich noch im Haus der Montagues war. Also würde Rosaline sie dort abfangen. Zumindest hatte die Amme ein ehrliches, gutes Herz. Ihr einziger Fehler bestand darin, dass sie Julia zu sehr liebte und sich weigerte, ihr etwas abzuschlagen, aus Furcht, ihren Schützling zu enttäuschen.

Aber als Julia ein Kleinkind war und unbedingt eine Schlange hatte streicheln wollen, weil sie sich so weich und warm unter ihren Fingerspitzen anfühlte, hatte die Amme ihr das nicht erlaubt. Jetzt musste Rosaline sie überzeugen, dass Romeo diese Schlange mit dem Giftzahn war. Es war die Pflicht der Amme, Julia davor zu bewahren. Auch wenn Julia etwas anderes ersehnte.

Die Sonne stieg höher und sah aus wie eine polierte Messingscheibe. Das Wasser des Kanals weiter unten schoss über die Steine. In dem Geräusch glaubte Rosaline, die verrinnende Zeit zu hören. Sie ging schneller.

Sie hatte das Haus der Montagues in Verona noch nie aus der Nähe gesehen. Nach dem Fürstenpalast war es die herrschaftlichste Residenz der Stadt, sogar größer als Onkel Capulets Herrenhaus.

Ein Bäcker trat gerade aus seinem Geschäft und stellte eine Tafel auf. Nachdem er wieder hineingegangen war, blieb Rosaline im schattigen Eingang stehen, verbarg sich vor den Passanten und hoffte, die Amme zu entdecken, die pustend nach Hause eilte.

Der Duft von Hefe und Mandel-*Cantuccini* umgab sie. Ihr Magen knurrte. Sie war sehr früh aufgestanden und hatte das Frühstück verpasst. Als sie, noch immer im Eingang zur Bäckerei, an sich heruntersah, bemerkte sie, dass ihre Kleidung mit Mehlstaub bedeckt war. Ihr Vater würde zornig sein, wenn er sie so erwischte, schmutzig und ohne Anstandsdame.

Sie setzte sich auf eine Stufe und wartete im Schatten. Eine Viertelstunde verging, dann sah sie die korpulente Gestalt die Straße entlangkommen. Rosaline eilte auf sie zu und ergriff ihre Hand. Die Amme fuhr zusammen und schrie erschrocken auf. »Rosaline! Warum bist du hier?«

»Warum du, Amme?«

Die Amme schüttelte den Kopf. »Das kann ich nicht sagen. Ich habe geschworen, das Geheimnis zu bewahren. Dringe nicht in mich, sonst verrate ich es noch.« Sie hastete stark schwitzend weiter, so schnell es ihr möglich war.

Rosaline hielt leicht Schritt mit ihr. »Amme, sag ehrlich, mit wem hast du gesprochen?«

»Wirklich, liebes Mädchen, ich kann es dir nicht sagen. Ich habe es Julia versprochen. Obwohl, und das kann ich dir wohl verraten, deine Cousine weiß, wie sie einen Mann erwählt. Er ist gut aussehend. Und hat höfische Manieren. Und sein Körper, obwohl man über so etwas nicht reden darf, Rosaline, steht über jedem Vergleich. Und so gut aussehend, oder sagte ich das bereits? Und für seine Tugend verbürge ich mich. Und oh, sein Antlitz übertrumpft das jedes anderen Mannes. Und er spricht wie ein ehrlicher Gentleman.«

Rosaline zog am Umhang der Amme, sodass diese anhalten und sie ansehen musste.

»Bitte, Amme, glaub mir, wenn ich sage, dass er nur wie ein ehrlicher Gentleman spricht, aber kein ehrlicher Gentleman ist. Ich weiß, wen du aufgesucht hast. Es war Romeo.«

»Wahrhaftig, kennst du ihn?«, fragte die Amme erstaunt.

Rosaline schluckte, ihr Mund war trocken. »Ja. Und bitte, vertrau mir, wenn ich dich anflehe, dass du nicht zulassen darfst, dass Romeo Julia heiratet.«

Aus der Puste von der Anstrengung, blieb die Amme einen Moment stehen und glotzte Rosaline an. »Ah, du armes Kind. Du wirst bald schon in ein Kloster gehen, und Julia heiratet. Aber Julia wird dich sicher besuchen kommen. Sie liebt dich.«

Verärgert biss sich Rosaline auf die Lippe. »Ich spreche nicht aus Neid, sondern aus Sorge. Sie ist viel zu jung, und er ist bösartig. Verstehst du nicht? Es ist zu schnell. Sein Verhalten ist ekelhaft. Zu mir war er genauso. Gestern noch hat er mich geliebt.«

Die Amme machte ein mitleidiges Geräusch. »Romeo hat dich geliebt? Aber er ist verrückt vor Liebe nach Julia.« Sie strich eine Haarsträhne hinter Rosalines Ohr und zog ein Taschentuch hervor, um etwas Mehl von ihrer Wange zu wischen. »Ich kann mir vorstellen, welche Herausforderung es für euch Mädchen ist, die bestimmt sind, Jesus und damit Gott zu heiraten. Es stellt merkwürdige Dinge mit eurem Verstand an. Das habe ich schon mal gehört, aber erst jetzt verstehe ich, wie das gemeint ist.«

Rosaline verdrängte ihren Ärger und blinzelte den Schweiß weg, der ihr in den Augen brannte. Sie ersann eine andere Vorgehensweise. Die Vorstellung, dass Romeo Julia berührte, war unerträglich. Der Gedanke an sie beide zusammen war Gift. Und sie würde nicht zulassen, dass Julia hinterher diesen überwältigenden Selbstekel wie sie selbst empfand.

Sie leckte über ihre trockenen, sich pelzig anfühlenden Zähne und zwang sich zu lächeln.

»Vielleicht stimmt ja, was du sagst. Aber liebe Amme, verrate mir, wo sie heiraten werden. Lass mich dazukommen und dem glücklichen Paar alles Gute wünschen.«

Verstört runzelte die Amme die Stirn. Einen Moment lang schwieg sie, als ob sie über Rosalines Frage nachsann. Unschlüssig blickte sie sich um und ging allein weiter. Dann schien sie ihre Meinung geändert zu haben. Auf dem Absatz machte sie kehrt und kam zurück.

Rosaline fand ihr Verhalten merkwürdig.

Leise sagte die Amme: »In der Krypta der Peterskirche, heute Nachmittag.«

Sie küsste Rosaline, die wie erstarrt stehen blieb. Sie hatte auf ein paar mehr Stunden gehofft, vielleicht sogar einen Tag Aufschub. So bald schon wollte Romeo Julia heiraten? Das Versprechen ihrer eigenen Hochzeit hatte er nicht eingehalten.

Sie öffnete ihren Mund, um Einwände hervorzubringen, aber die Amme bat um Einhalt. »Psst. Mein Kopf schmerzt bereits, ich kann deinem Geplapper nicht länger zuhören.« Sie rieb sich die Schläfen. »Genug, du solltest nach Hause gehen.«

Rosaline fühlte sich abgewiesen. Niedergeschlagen blieb sie stehen und blickte der Amme hinterher, die zurück zu Julia hastete.

Sie würde nicht nach Hause gehen. Sie würde die Zukunft nicht dem Schicksal und Romeo überlassen.

»Du bekommst sie nicht, du Teufel«, murmelte sie.

Doch jeder Weg schien ins Nirgendwo zu führen. Sie bummelte die Allee entlang, versuchte, im Schatten zu bleiben, außer Sicht der Mitglieder des Capulet-Haushalts. Gab es denn wirklich niemanden außer Tybalt, der ihr helfen würde? Sie sehnte sich nach ihm, und zugleich wollte sie keine weitere Gefahr heraufbeschwören. Sie fühlte sich so schuldig, dass es sie krank machte.

Es musste noch jemanden geben. Mit Romeo zu sprechen, war verlorene Liebesmüh – er wollte sie bloß quälen. Dann fiel ihr jemand ein, der mit ihm Kontakt hatte, und sie schöpfte wieder Hoffnung. Romeos Mönch. Er hatte die Macht, die Hochzeit zu verhindern. Vielleicht würde der Pater bereitwilliger dem Verstand und der Logik Glauben schenken als die Amme.

Rosaline wandte sich um und eilte rasch zu dem Kapitelhaus, das sich neben der Peterskirche befand. Dort logierten die heiligen Brüder. Es musste ihr gelingen, den Mönch davon zu überzeugen, dass diese Verbindung nicht stattfinden durfte.

Den Blick nach oben gerichtet, trat Rosaline durch den Torbogen eines niedrigen Steingebäudes. Kurz darauf befand sie sich im ersten Apothekengarten wieder, dem sich weitere anschlossen. Auf einer kleinen Wiese wuchs weißer Klee, in dem es summte und brummte. Bienen umschwirrten die Blüten. In einem Blumenbeet harkten zwei Mönche Unkraut heraus, und einer goss kniend mit väterlicher Fürsorge Setzlinge.

Sie ging zu ihnen und fragte, ob sie wüssten, wo sie Bruder Lorenzo finden könnte. Der kniende Mönch wies schweigend zu einem mit Lorbeer bewachsenen Bogen, der in einen weiteren Garten führte. Rosaline dankte ihm und eilte weiter.

Dieser Garten war ungepflegt und wilder. Hohe Gräser wehten, der Duft von Rosmarin, Lavendel und Salbei lag in der Luft. Sie beobachtete einen älteren Mann, der sich gebückt um Weidenäste kümmerte. Er band Windenstränge um sie, ein Gehstock lehnte gegen den Baum. Obwohl er beschäftigt war und mit dem Rücken zu Rosaline stand, schien er ihre Gegenwart zu spüren, denn er sagte: »Ich nutze die Winden auf diese Weise, damit sie nicht die Wiesenraute erdrosseln. Es ist leichter, als sie herauszuziehen. Sie klettern glücklich und harmlos die Weidenäste empor, ein kleiner Trick, um zu verhindern, dass sie Schaden anrichten.«

Er nahm eine Schere aus einem Beutel, den er an einem Taillengurt trug, schnitt zuerst etwas von der Wiesenraute und dann von einer anderen Pflanze mit kleinen weißen, sternförmigen Blüten ab und legte beides in einen Korb zu seinen Füßen. »Ich muss diesen Korb mit Pflanzen füllen, die wertvolle Säfte haben. Viel Kraft und Anmut liegen in Pflanzen, Kräutern und Steinen, und sie haben wahrhaft großartige Qualitäten. Wenn man sie richtig einsetzt, sind sie Medizin. Aber ohne angemessene Sorgfalt sind sie schädlich.«

Rosaline sah ihn prüfend an. »Ihr seid in dieser Kunst erfahren, Pater?«

Er gab ein leises Glucksen von sich. »Wir sind alle Kinder der Natur. Selbst ich«, sagte er und zog an seinem Bart, der von dem blassen Weißgrau wie Pusteblumen war. »Komm.« Er richtete sich auf und schlenderte zu einem gefällten Baum am Gartenrand. Dort setzte er sich. Er stellte den Korb neben seinen Füßen ab, stützte sich auf seinen Stock und musterte sie. Dann zeigte er neben sich. »Setz dich ein Weilchen.«

Einen Moment zögerte Rosaline, dann nahm sie Platz. Er schien freundlich und zugewandt, aber trotzdem war sie vorsichtig. Er kannte Romeo so viele Jahre, und sie fragte sich, ob er über dessen wahre Natur Bescheid wusste. Der Mönch pflegte seine Freundschaft wie Fenchel und Salbei, die um sie herum wucherten.

Sie schwieg einen Moment, bevor sie ihn fragte. »Wisst Ihr etwas über mich, Pater? Ich bin Rosaline.«

Er runzelte die Stirn, dann blickte er sie forschend an, als ob er sich erinnerte. Sein Ausdruck veränderte sich. »Ja, leider, mein armes Kind.« Er seufzte und ließ seine Schultern sinken, um seine Trauer für ihre Notlage auszudrücken. Schließlich räusperte er sich und schüttelte den Kopf, wobei er unglücklich murmelte: »Heiliger Franz von Assisi, was für ein Wandel. Rosaline, die Romeo so sehr liebte und die er nun vergessen hat.«

Seine Stimme klang vor Bedauern leise und milde. »Oh, meine Liebe. Sein ganzes Selbst, sein Wohl und Wehe galten dir, seiner Rosaline. Und jetzt hat er sich gewandelt und du dich nicht. Ist das der Grund, warum du hier bist?« Er strich über seinen Bart, tiefes Mitgefühl zeichnete sein Gesicht.

»Pater, nein. Ich liebe ihn nicht mehr.«

»Jesus Maria!«, erklärte er erleichtert. »Denn er hat mich gebeten, ihn mit einer anderen zu verheiraten.«

Rosaline atmete scharf ein und griff nach der Stoffkante seiner Soutane. »Mit meiner Cousine Julia. Pater, ich bitte Euch, nein. Sie ist ein Kind. Dreizehn. Diese Verbindung ist vorschnell. Sie wird sich als bitter und verdorben erweisen.«

Besorgt presste der Mönch die Lippen aufeinander.

»Ich sehe, dass Euch diese Allianz ebenfalls besorgt. Es ist zu hastig. Zu plötzlich«, fuhr sie fort.

»Wie es auch deine Verbindung mit Romeo war«, rief ihr der Mönch in Erinnerung. Seine Stimme klang scharf, nicht länger wie die eines wohlmeinenden Großvaters. Dann lächelte er wieder und fuhr nachsichtig fort: »Er schrieb mir jeden Tag zwei Briefe, in denen er mich bat, schnell nach Verona zurückzukehren, damit ich euch verheiraten könnte. So hastig und heiß war damals deine Sehnsucht nach Romeo.«

»Bis ich erkannte, wie er wirklich ist. Romeo ist unbeständig. Wie Ihr sagt, gehörte mir bis gestern noch seine Liebe.«

Erneut wirkte der Mönch beunruhigt. Er stand auf und glättete seine Soutane ebenso wie seine Fassung. Breit lächelte er sie an. »Ich habe ihm mein Wort gegeben, meine Tochter. Diese Verbindung zwischen den Capulets und den Montagues, wenn sie denn glücklich ist, wird eure Familien versöhnen und den Fürsten von Verona persönlich erfreuen.«

Also stimmte es. Romeo wollte Julia heiraten.

Der Mönch fuhr fort, sie lächelnd und beunruhigt zugleich anzuschauen, offenbar voller Sorge. Rosaline fühlte Ärger in sich aufsteigen, aber unterdrückte ihn. »Bitte, Pater, Ihr seid ein Mann Gottes. Wenn Ihr Julia zuhört, wie sie mit dreizehn das Ehegelübde spricht, werdet Ihr bald an ihrem Grab Gebete sprechen.«

Unbehaglich veränderte der Mönch seine Position. Seine langen, blassen Finger ruhten auf der Soutane. Er konnte Rosalines Blick nicht erwidern.

Rosaline stand auf und sah auf ihn herab. »Wenn diese Knospe der Liebe dazu bestimmt ist zu wachsen, dann, bitte, verheiratet sie, Pater, aber erst in zwei oder drei Jahren. Dann wird diese Liebe zu einer mächtigen, wunderschönen Rose erblüht sein, die ganz Verona und sogar unseren stolzen Fürsten erfreuen wird. Diese Verbindung wird nicht übereilt, sondern stark und von Dauer sein, mit Wurzeln, die dem Sturm trotzen, den unsere Familien heraufbeschwören werden.« Rosaline hielt inne. »Und Julia wird eine erwachsene Frau sein, eine passende Partnerin für Romeo.«

Der Mönch schüttelte den Kopf, offenbar verwundert über die Kraft ihrer Rede. »An diesem Morgen, kaum dass es dämmerte, suchte Romeo mich auf und flehte mich an, dass ich ihn heute noch mit Julia verheirate.« Er stöhnte. »Und gestern noch war Romeo der Deine. Die Liebe junger Männer liegt, so fürchte ich, nicht wahrhaftig in ihren Herzen, sondern in ihren Augen.«

Traurig blickte er zu Boden.

»Verspottet mich nicht«, sagte Rosaline unsicher.

Er hielt die Hände hoch. »Bei meinem Treueschwur, Mylady, das tue ich nicht. Du hast mich überzeugt. Trotz deiner Jugend und deines Geschlechts sprichst du mit Verstand und Leidenschaft gleichermaßen.«

»Ihr werdet also diese Verbindung verhindern?«, fragte Rosaline hoffnungsvoll.

»Ich werde tun, was in meiner Macht steht.«

Rosaline starrte ihn ungläubig an. Er lächelte unbewegt zurück wie die Reflexion eines Spiegels.

»Schwört Ihr?«, fragte sie. Sie musste wissen, dass er die Wahrheit sagte und Julia sicher war.

Der Mönch gluckste ironisch. »Du kannst einen Mann Gottes nicht schwören lassen.« Als er sah, dass sie mit seiner Antwort unzufrieden war, nahm er seine Bibel hervor und sagte freundlich: »Lass uns zusammen für die Sicherheit und das Glück der süßen Julia beten.«

»Und dafür, dass ihre Ehe mit Romeo aufgeschoben wird.«

Der Mönch lächelte.

Besänftigt kniete Rosaline neben ihm im Gras. Rote Ameisen, die von dem Baumstamm gefallen waren, krochen in einer wimmelnden Prozession über ihren Schuh. Sie schnipste sie weg, bevor sie beißen konnten.

Der Mönch drapierte seinen Rosenkranz um den Ledereinband der Bibel und faltete die Hände zum Gebet. »Gott, vergib uns unsere Sünden …«

Der Mönch fuhr fort in seinem Gebet, aber Rosaline hörte ihm nicht zu. Sie hatte die kleine blaue Lederbibel in seinen Händen bemerkt. Sie sah genauso aus wie die, die sie in Cecelias Zelle gesehen hatte. Das gleiche weiche, kobaltblaue Lammleder, der gleiche Stempelabdruck. Als sie den Abdruck genauer betrachtete, erkannte sie, dass er das Symbol des Franziskaner-Ordens darstellte: ein Schild mit einem Kreuz, einem Raben und einer Blume.

Warum hatte Cecelia eine Franziskaner-Bibel in ihrer Zelle, als sie starb?

Ein Schauer überlief Rosaline, und trotz der Hitze richteten sich die zarten Haare auf ihren Armen warnend auf. Vor einigen Minuten hatte Bruder Lorenzo mit seiner Pflanzenkenntnis geprahlt, hatte erzählt, wie die Pflanzen medizinisch gut oder nachteilig wirken konnten. Rosaline versuchte sich daran zu erinnern, was die Äbtissin gesagt hatte: Dass, als Cecelia krank war, es möglicherweise jemand anderes war, der sie zuerst behandelt hatte: »*Vielleicht Mönche. Auch sie glauben, die Bedeutung und den Gebrauch von Pflanzen zu kennen, aber in den falschen Händen können die Pflanzenwirkstoffe den Körper noch kranker machen.*«

Rosaline bemerkte auf einmal, dass sie allein im Garten waren. Die Klosterbrüder hatten sich in das Gebäude zurückgezogen.

Sie wusste nicht genau wie, aber zwischen Cecelia und Bruder Lorenzo oder einem anderen Franziskaner schien eine merkwürdige Verbindung bestanden zu haben. Sie hatte kein Vertrauen in den Mönch, er kam ihr nicht wie ein heiliger Mann vor. Und sie glaubte auch nicht länger, dass er die Hochzeit verhindern wollte. Er flüsterte nur, was sie hören wollte. Sie fragte sich, ob er so leicht log, wie er betete. Sie wollte aus dem Garten fliehen, dessen Schönheit ihr nicht länger unberührt schien.

Bruder Lorenzo wiegte sich vor und zurück, während er den Himmel anflehte. Der Rosenkranz schlüpfte unablässig durch seine Finger, aber er machte keine Anstalten aufzuhören. Zu ihrer Erleichterung kam kurz darauf eine Gruppe Mönche in den Garten, und endlich beendete der Klosterbruder sein Gebet. Er stand auf, nahm den Korb hoch und ging langsam zu einem Rosendickicht. »Ich muss zu meinen Rosen zurückkehren, süße Rosaline.« Dann nahm er wieder die Schere aus der Taillentasche und fing an, verwelkte Rosenblüten abzuschneiden.

Auch Rosaline erhob sich und beobachtete ihn einen Moment. Er schnitt eine Blüte ab und reichte sie ihr. Sie nahm sie entgegen. Auf den ersten Blick war es eine perfekte Blüte von makellosem Weiß. Aber als sie sie genauer betrachtete, sah sie, dass in den inneren Blütenblättern ein fetter schwarzer Käfer saß.

Sie verabschiedete sich von dem Mönch und ging. Dabei zerquetschte sie die Blume und warf sie weg. Das Summen der Bienen klang noch immer in ihren Ohren.

Jetzt blieb Rosaline keine Wahl: Sie musste Tybalt finden. Sie biss sich auf die Lippe, um nicht zu weinen. Er würde ihr helfen, sobald sie ihn fragte, aber sie sorgte sich, dass Tybalt, der alle Montagues verabscheute, zu bereitwillig einen weiteren Grund fand, um sie noch mehr zu hassen. Rosaline musste hoffen, dass Fortuna ihr gnädig war. Allein und ohne Hilfe würde sie Julia nicht retten können. Als Frau beachtete sie kaum jemand, und als Mädchen, das bald ins Kloster gehen würde, war ihre Stimme nicht mehr als das Zwitschern eines Stars. Aber wenn sie Tybalt auf ihrer Seite hatte, würden ihr die anderen vielleicht zuhören. Sie wollte nicht seinen Degen, sondern seine Stimme. Vielleicht könnten sie zusammen die unheilvolle Hochzeit abwenden.

Rosaline überlegte, wo Tybalt um diese Uhrzeit sein würde. *In Valentios Haus.* Er aß jeden Tag bei ihrem Bruder.

Fast rannte sie durch die Straßen zur Villa ihres Bruders. Die meisten Einwohner der Stadt waren vor der sengenden Hitze in ihre Häuser geflohen. Sie versuchte nicht darüber nachzudenken, was Valentio sagen würde, wenn er sie in ihrem derangierten Zustand sah.

Aber als sie Valentios Haus erreicht hatte und vor dem großen hölzernen Eingangstor mit dem Messingbeschlag stand, zögerte sie, den Löwenkopfklopfer anzuheben. Sollte sie es wagen? Wenn sie hineinging, würde Valentio sie für ihr schlampiges Aussehen schelten und sie sofort zum Vater schicken. Ihr Bruder würde dem, was sie zu sagen hätte, nicht glauben oder, falls doch, für ihre Schande kein Verständnis haben. Im besten Fall würde man sie ohne Bestrafung sofort ins Kloster schicken, wo sie nichts für Julias Sicherheit tun könnte. Nein, sie durfte Valentio nicht trauen.

Sie blickte sich um und bemerkte einen Jungen in zerlumpter Kleidung, der im Schatten einer Steinkiefer lag und schlummerte. Sie schüttelte ihn wach. Als er die Augen öffnete, drückte sie ihm eine Münze in die Hand. »Nimm das Geld, guter Junge, und klopf an das Tor. Sag, dass Petruchio unbedingt Tybalt sehen muss. Er soll ihn sofort aufsuchen. Wenn du es so überzeugend wie möglich sagst, bin ich dir sehr dankbar, und du bekommst noch eine Münze.«

Der Junge blinzelte, wobei er die Münze blitzschnell in seinem Wams verschwinden ließ. »Ja, Mylady.« Sofort sprang er auf, und während Rosaline sich hinter dem Stamm der Steineiche verbarg, klopfte er laut an das Tor und wiederholte die Nachricht, wie Rosaline es ihm aufgetragen hatte.

Sie wagte kaum zu atmen. Würde die List funktionieren und Tybalt herauskommen? Was, wenn Valentio ihm aus Sorge um Petruchio folgen würde? Was dann?

Minuten vergingen, schleppten sich langsam durch den Schmutz. Der Junge kehrte zurück und nahm wieder seinen Platz im Staub unter dem Baum ein. Sie gab ihm die zweite Münze, er streckte sich aus und fiel in seinem Bett aus Kiefernnadeln in den Schlaf.

Tybalt kam nicht. Sie wusste nicht, was sie sonst noch tun konnte. Die Sache schien hoffnungslos und Julia verloren. Und Rosaline musste Wasser lassen. Sie würde sich auf der Straße hinhocken, um wie ein Bettler oder ein Streuner zu urinieren. Sie zog sich hinter den Baum zurück, hob ihre Röcke und kauerte sich hin. Sofort fühlte sie sich erleichtert.

In diesem Moment wurde das Tor geöffnet und wieder zugeschlagen. Tybalt! Schnell ordnete sie ihre Unterröcke und rannte hinter ihm her, folgte ihm bis zu einem verlassenen kleinen Platz, zu dem sich die schmale Straße öffnete. Auf der freien Fläche war es glühend heiß, die Fensterläden auf beiden Seiten waren verriegelt wie geschlossene Augen.

»Tybalt, warte!«

Tybalt runzelte die Stirn, und Rosaline war bewusst, dass er ihre sonnenverbrannten Wangen, ihr zerknittertes Kleid und ihre ungepflegte Erscheinung wahrnahm.

»Du bist wieder unerlaubt allein unterwegs, Rosaline«, sagte er resigniert.

Rosaline wollte schon antworten, aber Tybalt unterbrach sie. »Petruchio hat nach mir geschickt. Ich bin in Eile. Ehrlich gesagt weiß ich nicht, was geschehen ist.«

»Nichts. Jedenfalls nichts mit Petruchio. Oder anders ausgedrückt – ich bin Petruchio.«

Tybalt sah sie verwirrt an.

»Ich habe die Botschaft geschickt«, erklärte Rosaline. »Damit du rauskommst und mich triffst, ohne dass mein Bruder etwas mitbekommt.«

Tybalt musterte ihr unordentliches Aussehen erneut. »Hat Romeo dir etwas angetan?«, fragte er sanft. »Du siehst heute ganz anders als sonst aus.« Besorgt runzelte er die Stirn.

»Romeo hat mich vergessen …«

»Das sind wirklich gute Nachrichten!« Tybalts Gesicht leuchtete auf, aber Rosaline blieb ernst.

»Warum bist du dann so traurig?«, fuhr er fort.

»Er liebt jetzt Julia und will sie heiraten.«

»Unsere Julia?«, fragte er und geriet vor Unglauben fast ins Stolpern. »Unsere kleine Julia?«

Rosaline senkte den Kopf. Es war entsetzlich, dass es ihr nicht gelungen war, ihre Cousine vor diesem Ungeheuer zu bewahren. Sie selbst war so liebestrunken gewesen, dass sie nicht gesehen hatte, dass ihre Taube in Wirklichkeit ein Rabe war. Ihre schlimmste Furcht war der egoistische Gedanke gewesen, dass man sie entdecken könnte.

Sie ballte ihre Hände zu Fäusten und betete ungewöhnlich inbrünstig, dass es noch nicht zu spät sei. Durch staubbedeckte rote Augenlider sah sie zu Tybalt. »Er hat sie auf dem Ball erspäht, nannte sie seinen leuchtenden Engel und sagte, dass er sie liebt.«

Tybalt stand regungslos, nicht willens, ihren Worten zu glauben. »Und sie liebt ihn auch?«, fragte er.

»Das tut sie. Im Übermaß. Zumindest glaubt sie, dass sie es tut.«

Worauf Tybalt zu fluchen anfing. Rosaline zuckte zusammen. Sie fürchtete, dass er ihr den Großteil der Schuld dafür gab. Sie war schließlich der Grund gewesen, warum Romeo zum Ball der Capulets gekommen und dort seine neue Beute erspäht hatte. Sie selbst hatte falsch gehandelt und so blind wie Amor diese unglückliche Romanze ermöglicht.

Doch zu ihrer Erleichterung richtete sich Tybalts Zorn allein gegen Romeo. »Oh, dieser Geck! Dieser durchtriebene Stutzer! Dieser Hurensohn!« Er spuckte die Worte aus, fuhr sich zitternd vor Wut durchs Haar. »Ich werde ihn mir vorknöpfen, bevor er sie zu dieser Narretei verführt! Sie ist zu jung dafür!«

Bei seinen Worten wandelte sich Rosalines Erleichterung in Irritation. Die aufbrausende Unbeherrschtheit von Männern empfand sie nicht als hilfreich. »Sei etwas ausgeglichener«, schalt sie ihn. »Sonst ist deine Urteilskraft getrübt und kann uns nicht helfen. Ich habe dir nicht gesagt, dass du auf dein überkochendes Temperament hören sollst, das mehr Dampf als ein Teekessel hat.« Sie streckte die Hand aus, ergriff sein Kinn und zwang ihn so, sie anzuschauen.

»Ja, Cousin, wir müssen diese Verbindung verhindern, aber mit Sinn und klugem Verstand. Ich habe den Mönch aufgesucht, der sie verheiraten soll. Er hat mir versprochen, dass er ihnen die Heirat verwehrt. Aber ich glaube, dass er lügt.«

»Dann bin auch ich sicher, dass es so ist«, sagte Tybalt bestimmt.

»Ich habe auch versucht, mit Julia und der Amme zu sprechen. Aber sie hören nicht, jedenfalls nicht auf mich.« Bei dem Gedanken an diese Niederlage stiegen ihr die Tränen in die Augen.

Tybalt legte seine Hände fest auf ihre Schultern. Ihr Gewicht hatte etwas Tröstliches. »Also werden wir gemeinsam diese unselige Verbindung verhindern. Wann soll sie stattfinden?«, fragte er.

»In der Peterskirche. Heute Nachmittag.«

»Herrje, so bald schon? Dann komm, wir müssen schnell dorthin. Aber wenn Worte und Vernunft vergebens sind, werde ich gegen Romeo kämpfen und eure Ehre wiederherstellen.«

»Nein«, beharrte Rosaline. »Deinen Degen will ich nicht. Ehre bedeutet mir nichts ohne dich. Ich will, dass sie dir zuhören. Wenn sie erfahren, dass du mir glaubst, dann ist vielleicht auch Julia überzeugt. Wenn du nicht auf Gewalt verzichten kannst, dann begleite mich nicht.«

Rosaline wünschte, sie könnte Tybalts Degen abschnallen und ihn in den Fluss schleudern. Seine Begierde, jeden Disput durch Kämpfe zu entscheiden, verärgerte und beängstigte sie.

Bedeutete Männern das Leben so wenig, dass sie es bereitwillig wegwarfen?

»Schwöre, oder geh!«, sagte sie. Ihr Geduldsfaden drohte zu reißen.

Zögernd murmelte Tybalt einen Schwur.

Unruhig und verärgert gingen sie mehrere Minuten schweigend nebeneinander her. Aber allmählich ließ Rosalines Verdruss über ihren Cousin nach und verschwand schließlich ganz. Auf Tybalt dauerhaft böse zu sein, war, als wollte man Rauch festhalten.

Am schattigen Flussufer, wo eine Brücke das Gewässer überspann, boten Händler an Ständen Fisch, Gemüse und Früchte an, die wie gemalt aussahen: gelbschalige Zitronen, zerteilte Melonen mit kleinen hellen Kernen wie Kinderzähne, getrocknete Datteln. Hungrig schaute Rosaline auf die Waren. Tybalt konnte sie gerade noch auffangen, als sie stolperte.

Er betrachtete sie besorgt. »Wann hast du das letzte Mal etwas gegessen, Rosa? Etwas getrunken?«

Sie schüttelte seinen Arm ab. »Ich weiß es nicht. Es ist nicht wichtig. Wir müssen uns beeilen.«

Er missachtete ihre Einwände, kaufte ihr einen Becher mit Bier und eine halbe Melone, die überreif war und süß und verdorben zugleich roch, und eine würzige, heiße Kaldaunenwurst. Abwechselnd aßen sie schweigend von der Melone, während sie rasch weitergingen. Erneut fielen sie in Gleichschritt.

Schon bald waren Rosalines Finger klebrig, und sie wischte Wurstfett und Melonensaft an ihren Röcken ab. Sie musste daran denken, wann sie das letzte Mal auf einem Markt gegessen hatte – mit Romeo. Der Gedanke daran, wie er den Orangensaft fortgeküsst hatte, ließ sie erschaudern. Von der Seite warf sie Tybalt einen Blick zu. »Hast du mir sofort geglaubt, als ich dir von Romeos Verbrechen erzählt habe?«

Er zuckte mit den Schultern und spie ein Stück Knorpel in den Rinnstein. »Natürlich, liebe Rosaline. Ich vertraue dir immer, du bedeutest mir die Welt.« Er sagte es ohne Hehl, ungeniert und trotzdem zärtlich.

»Aber«, drängte sie weiter, »du verabscheust die Montagues und suchst immer nach einem Grund, um mit ihnen zu streiten und zu kämpfen. Hast du mir aus Hass geglaubt?«

Seufzend blieb er stehen, um sie anzuschauen. »Nein, Rosa, ich habe dir aus Liebe geglaubt. Ich habe dich immer geliebt, seit wir Kinder waren und darum gewettet haben, wer länger Zitronen aussaugen kann. Du hast mir erzählt, dass du Romeo liebst und dass er dir Schlimmes angetan hat, also habe ich dir geglaubt. Nicht weil ich ihn hasse, sondern weil ich dich liebe.« Er warf die Melonenschale in den Rinnstein und wischte sich mit dem Ärmel den Mund ab. So jung sah er aus, wie er vor ihr stand, so hoffnungsvoll und arglos zugleich. Noch näher rückte er an sie heran, dann blieb er stehen. Er schien unsicher über sich selbst zu sein. »Du sagst, dass ich für dich wie ein Bruder bin. Also werde ich das so lange sein, bis du etwas anderes sagst.«

Rosaline starrte ihn an.

»Du magst mich wie einen Bruder lieben, Rosa. Und ich liebe dich auch, aber nicht wie eine Schwester.«

Noch immer erwiderte er ihren Blick. Sie fühlte sich unbehaglich, in ihren Achseln klebte es, sie war sich ihrer schmutzigen Fingernägel und der Fettflecken auf ihren Röcken bewusst. Irgendetwas hatte sich in ihrem Haar verfangen und juckte sie. Dennoch starrte Tybalt sie an, als nehme er nichts anderes als sie wahr. »Rosaline, bei meinem Leben liebe ich dich, wirklich.«

Sie bemerkte, dass ihr die Worte fehlten.

Er fuhr fort: »Du hieltest mich für selbstlos, als ich damals um deine Hand anhielt, um dich vor dem Kloster zu bewahren. Aber es war selbstsüchtig, denn ich liebe dich mehr als mich selbst.«

Sanft küsste er ihre Handfläche und schloss ihre Finger darum, als sei sie ein Juwel. Rosaline seufzte – wenn nur seine Worte und seine unbeschwerte Zärtlichkeit ihr Selbst wieder so heilen könnten, wie das Essen ihren Magen zufriedengestellt hatte.

Er hatte sie sein ganzes Leben lang gekannt, wusste um ihre guten und ihre schlechten Seiten und liebte sie trotzdem. Tybalt hatte sie niemals vorspielen müssen, eine andere zu sein. Ein Muskel zuckte in ihrem Kiefer, und sie verzog das Gesicht. Sie wusste, dass sie solch zärtliche Zuneigung und Gewogenheit nicht verdiente. Wenn er in ihre Seele blicken könnte, sähe er, wie verdorben und beschmutzt sie mit Blut und Obszönität war. Das Mädchen, das sie einmal gewesen war, das er gekannt hatte, gab es nicht mehr.

Tybalt verstand es nicht. Er trat noch näher an sie heran. Seine Augen waren so weit und übervoll mit Liebe, dass sie es kaum ertragen konnte. Sie musste blinzeln und wandte den Blick ab. Das Mädchen, das sie früher gewesen war, hätte ihn so lieben können, wie er es wollte und verdiente: jene andere Rosaline, die Romeo in sich gelassen hatte und von ihm verlassen worden war. Sie liebte Tybalt, hatte ihn immer geliebt. Aber sie wusste nicht, ob sie ihn als Ehemann lieben konnte. Es gab zu viele Schichten Blut, Schmerz und Schmutz. Sie würde es gern wollen. Und vielleicht reichte der Wille ja aus, um es geschehen zu lassen.

Würde seine Liebe den Schmutz und den Schmerz abtragen, wenn sie lang genug währte?

»Dein Schweigen schenkt mir Hoffnung. Mein Leben, meine Seele, meine Rosaline.«

Endlich sprach sie. »Ich bin überrascht und weiß nicht, was ich sagen soll.«

Tybalt lächelte. »Sag, dass du mich heiraten wirst. Wir können hier in Verona bleiben und unser Leben gemeinsam verbringen, bis wir alt sind. Oder willst du mit mir weglaufen? Wenn wir das hier durchgestanden haben, lass uns durchbrennen! Wir fliehen in den grünen Wald und leben in Venedig, Rom oder Athen! Ehrlich, es ist mir egal, solange ich mit dir zusammen bin.«

Etwas an seinem Gesichtsausdruck bewirkte, dass Rosaline lachen musste. Es fühlte sich an, als hätte sie seit Monaten nicht mehr gelacht. Tybalt war ihr Spielgefährte. Sie waren wie zwei Beeren, die am selben Strauch wuchsen.

Tybalt lächelte. Er drückte seine Nase gegen ihre und küsste sie zaghaft und zögernd. Sie ließ es zu und empfand keinen Abscheu.

Er war nicht so erfahren wie Romeo, er hatte noch Zeit zu lernen. Sein Bart war weich am Kinn. War es möglich? Sie wusste nicht, ob sie wirklich geheilt werden könnte. Aber Tybalt würde ihr helfen. Er wusste, wie sie früher gewesen war.

»Wie geht es dir jetzt?«, fragte er unsicher und trat einen Schritt zurück.

»Ich bin voller Freude und voller Schmerz.«

Sie blickte in sein Gesicht, das ihr vertraut und fremd zugleich war. Spielkamerad, Freund und jetzt Geliebter? Ihr gefiel der Gedanke an seinen Kuss, obwohl alles, was weiterführen würde, sie mit Furcht erfüllte. Aber sie durften trotz Tybalts Ungeduld nichts übereilen. Rosaline spürte ihre eigene Ungewissheit darüber, dass sie ihre Meinung von einem Moment zum nächsten geändert hatte. Sie wusste, dass seine tiefe Zuneigung Tybalt dabei helfen würde, geduldig zu sein. Bald würde sie alle Zeit haben, die sie brauchte.

Sie blickte zum Himmel hoch. »Die Sonne steht jenseits des Zenits. Wir müssen schnell zur Petruskirche gehen und Julia und Romeo finden.«

Tybalt ergriff ihre Hand, und zusammen rannten sie die Straße entlang, die zur Basilika führte.

Die Kirche lag im hellen Nachmittagslicht und glänzte wie mit Blattgold belegt. Eine Schar Tauben hatte sich auf den Stufen niedergelassen. Ihr weiches Gurren war auf dem Platz zu hören, den sie mit ihrem Mist bekleckssten.

Rosaline wollte sich ihren Weg zwischen den wachenden Steinlöwen des Hauptportals bahnen, aber Tybalt hielt sie zurück. »Einen Moment, Rosa«, sagte er und zog ihr sacht mehrere Piniennadeln aus dem Haar.

Rosaline rückte ihre Röcke zurecht, dann rannten sie die Treppen hinauf, wobei sie immer zwei Stufen zugleich nahmen. Das Kirchenschiff war still und ruhig, friedlich wie ein Wald. Sie durchkämmten die Gänge auf der Suche nach ihrer Cousine, aber fanden nur einen Mönch vor, der kniend betete.

»Sie sind nicht hier«, zischte Tybalt.

»Die Kapelle in der Krypta«, sagte Rosaline und rannte vor. In der Stille klatschten ihre Schritte laut auf dem Steinboden.

Sie stiegen hinab in die Dunkelheit. Rosaline bemerkte, dass sie stoßweise atmete. Als sie unten angekommen waren, versteckten Tybalt und Rosaline sich bei den schlafenden Marmorstatuen und juwelenbestückten Schädelreliquien. Sie beide waren die einzigen lebendigen Zeugen dieser verstohlenen Zeremonie.

Denn im schwachen Schein der schwelenden Kerzen stand ein Paar vor dem Altar. Ein Mönch hielt ihre Hände zusammen. Die kleine Hochzeitsgesellschaft war so in das Ritual versunken, dass sie Rosaline und Tybalt nicht bemerkte. Das Mädchen war groß und schlank. Eine Fingerhutblüte wippte an ihrem smaragdgrünen Gewand. Der Bräutigam wirkte von Liebe erfüllt, als er der jungen Frau den Ring auf den Finger steckte. Der Geruch von Weihrauch vermischte sich mit dem von feuchtem Moder.

Tybalt stieß Rosaline leicht in die Seite und wollte vorwärtsstürzen, aber sie hielt ihn zurück und zischte ihm zu: »Tybalt, nein! Das sind sie nicht! Schau, das Mädchen ist nicht Julia, der Bräutigam nicht Romeo.«

Einen Moment lag war Tybalt zu sehr außer sich, um zu sehen, dass sie recht hatte. Dann wurde er ruhiger. Er sank an Rosalines Seite und beschwerte sich im Flüsterton: »Wie kann es sein, dass sie nicht hier sind? Was für ein Schelmenspiel ist das?«

Rosaline setzte sich auf eine der niedrigen Marmorgrabstellen und ließ den Kopf sinken. Vielleicht war es ihr gelungen, den Mönch zu überreden, die Hochzeit aufzuhalten. Aber als sie an die Franziskanerbibel in Cecelias Zelle dachte, war sie wieder sicher, dass er sie angelogen hatte, als er gesagt hatte, er würde es versuchen.

Die Hochzeit fand woanders statt.

Sie atmete tief durch. »Romeo muss die Amme überredet haben, mir und jedem anderen, der danach gefragt hat, einen falschen Ort zu nennen. Sie hätte mich niemals von sich aus betrogen.«

»Wo könnten sie sonst sein?«, flüsterte Tybalt aufgeregt. »Oder sind wir bereits zu spät?«

Rosaline leckte sich über ihre aufgesprungenen Lippen und

versuchte nachzudenken. »Es gibt noch einen weiteren Ort. Die Zelle von Mönch Lorenzo, nicht weit von der Peterskirche.«

Voller Widerwillen betrachtete Tybalt die düstere Kapelle. »Ich finde es hier schrecklich, wo nur die Verstorbenen alle Vorgänge bezeugen. Es ist der Tod im Leben. Wenn du erwägst, meine Frau zu werden, würde ich dich weder an so einem Ort heiraten noch in irgendeiner tristen Mönchszelle.«

»Wo dann?«, fragte Rosaline neugierig, während sie langsam zurück in den Schatten des Treppenraums schlichen. Sie versuchte, nicht die tropfenden Wände oder die Kerzen zu berühren, von denen das Wachs lief. Auch sie hatte diesen Ort nie gemocht, und Romeos Verehrung dafür hatte sie verstört.

»Ich fände es schön, wenn wir am Ufer heiraten, umgeben von Eisvögeln, oder in einem grünen Wald mit einem Chor von Nachtigallen.«

Rosaline war immer noch nicht sicher, ob sie überhaupt heiraten wollte.

Sie blieb einen Moment stehen und stellte sich frische, regennasse Blätter vor, das Flüstern der Bäume. Wenn sie wählen konnte, für immer an Tybalts Seite zu bleiben, ohne ihn zu heiraten, würde sie das auf der Stelle tun. Vielleicht könnte sie für immer seine Nicht-Ehefrau sein. Sie könnten als Bruder und Schwester zusammenleben. Wer sie nicht kannte, würde dieses Arrangement nicht hinterfragen, sie sahen sich so ähnlich. Tybalt würde sie lieben und sie ihn anbeten, und beste Freunde waren sie bereits. Was bräuchten sie mehr?

Aber eine Stimme flüsterte ihr beharrlich zu, dass Tybalt eine Freundschaft nicht reichen würde. Rosaline wand sich unbehaglich. Sie konnte sich nicht vorstellen, dass sie ihn oder irgendeinen anderen Mann wollte, nachdem sie in Romeos Fallstrick gefangen gewesen war, sich blutig und befleckt fühlte. Vielleicht bemerkte Tybalt es jetzt nicht, aber die Abdrücke waren an ihr. Eines Tages würde er sie sehen und sie dafür verachten.

Romeo hatte die Wahrheit gesagt – sie war ein verderbtes, gebrochenes Ding. Dennoch verstand Rosaline, dass Tybalt sie genug liebte, um auf sie zu warten. Sie hatte Tybalt vor Romeo geliebt, vielleicht konnte sie ihn auch nach ihm lieben. Sie liebte ihn bereits wie einen Bruder, nein, wie ihren Zwilling. Sie bat doch nur um Zugewandtheit, die sich allmählich veränderte und zu mehr wurde, so wie ein grüner Apfel in der Herbstsonne reifte. Mit der Zeit würden ihre Wunden möglicherweise heilen und allmählich von dem blutigen Rot zu einem fahlen Weiß verblassen.

Sie waren beide erst fünfzehn, sie hatten keine Eile. Sie konnte mit ihm weglaufen, und vielleicht würde sie ihn im Frühling, im nächsten oder übernächsten, so lieben, wie er es ersehnte. Sie hatte sich nach Romeo verzehrt. Eines Tages würde sie sich vielleicht nach Tybalt sehnen. Der Samen der Leidenschaft war in ihr gesät. Liebe würde den Regen bringen, den dieser Samen brauchte. Sie wagte zu hoffen.

Tybalt stand bereits mit einem Fuß auf den Stufen. »Rosaline, komm!« Er griff nach ihrer Hand, und zusammen rannten sie die Treppe hoch.

10. KAPITEL

Der Dreckskerl Romeo

Rosaline führte Tybalt durch den Torbogen in die Anlage der Apothekengärten. Das Gebäude mit den Schlafräumen der Mönche umgab die Rasenfläche, die Fenster waren schmucklos und dunkel. Sie wusste nicht, welche der spartanischen Zellen Bruder Lorenzo bewohnte.

Sie durchsteiften den ersten Garten auf der Suche nach einem Hinweis. Es war friedlich hier – eine laue Brise, warm wie Atem auf ihrer Wange, wehte durch das lange Gewand einer Trauerweide. In den Kräuterbeeten schäumte der grüne Fenchel, bis hierher konnte sie seinen scharfen Anisgeruch riechen.

»Woher sollen wir wissen, welche seine Zelle ist? Oder sind sie zur Kapelle gegangen?«, rief Tybalt ungeduldig.

Rosaline schüttelte den Kopf. Sie wusste es nicht und befürchtete, dass ihre Bemühungen nutzlos sein würden.

Die Glocke der Basilika schlug drei Mal. Sie blickte erneut im Garten umher und bemerkte auf einmal, dass der Mönch, den sie suchten, in einem Beet die Marienblümchen beschnitt. Sie rannte über den Rasen zu ihm. Ihr Magen krampfte sich vor Abneigung gegen ihn zusammen.

Der Mönch bemerkte, dass sie beide auf ihn zukamen, und

hob die Hand zum Gruß. Als er lächelte, waren seine Zähne so gelb wie die Herzen der Marienblümchen.

»Wie schön, dich wiederzusehen, süße Rosaline«, sagte er.

»Sind wir zu spät?«, fragte Rosaline. »Habt Ihr sie nun doch verheiratet?«

Sie dachte gar nicht daran, ihn »Pater« zu nennen.

Er lachte, und in seiner Stimme meinte sie, Triumph heraus-zuhören. Er wandte sich wieder seinen Blumen zu. »Mithilfe der heiligen Kirche habe ich die zwei tatsächlich zu einem ver-schmelzen lassen.«

Rosaline spürte, dass ihr übel wurde. Ihre Kehle brannte. Sie waren zu spät, und Julia war verloren. Einen Moment lang herrschte Stille bis auf den berharrlichen Pit-pit-Ruf einer Am-sel, die versuchte, einen Wurm aus der Erde zu ziehen.

Tybalt sah den Mönch an. Sein Gesicht war verzerrt von Trauer und Wut. Rosaline konnte sehen, dass es ihn seine gan-ze Beherrschung kostete, sich zurückzuhalten und den alten Mann nicht in den Schmutz zu schubsen, damit er weiter zwi-schen seinen nickenden Veilchen und den Stängeln der Toll-kirsche wühlen konnte.

»Bitte, heiliger Bekenner«, sagte er, wobei er die Worte zwi-schen zusammengepressten Zähnen hindurchstieß. »In welche Richtung sind sie gegangen?«

Der Mönch lächelte sie falsch an. »Ah, der Tag ist heiß, die Capulets schwärmen aus.«

»Das führt zu nichts«, sagte Rosaline und wandte sich ent-nervt an Tybalt. »Er wird uns nichts erzählen. Er ist nicht unser Freund, sondern Romeos.«

Der Mönch neigte den Kopf. »Er ist tatsächlich wie ein Sohn für mich. Und jetzt ist Julia wie meine Tochter.« Er lächelte ge-künstelt, offenbar mit sich selbst hochzufrieden.

Rosaline wich zurück. Sie hatte nie zuvor einen Priester oder einen Mönch verabscheut, aber dieser Mann schien sich an ihrem Unglück zu laben. Er hatte etwas Ätzendes. »Wie konntet Ihr nur? Ihr habt gelogen!«

»Ich habe es versucht, Rosaline, das musst du mir glauben. Ich habe dir versprochen, dass ich alles in meiner Kraft Stehende tun werde.« Kapitulierend hob er die Hände. »Aber während meiner ganzen Zeit als Priester habe ich nie eine so schöne Braut gesehen, eine Maid so voller Freude und so voller Liebe. Als wir fertig waren, rannte sie von hier weg, um die Ankunft ihres Bräutigams zu erwarten. So begierig war sie darauf, von ihm genossen zu werden.«

Rosaline fühlte, wie sich der Inhalt ihres Magens zusammenballte. Sie war sicher, dass sich der Mönch vorstellte, wie Julia jung und ungeduldig auf ihrem hölzernen Bett saß und auf ihren Ehemann wartete.

Dieser heilige Mann brauchte in der Tat selbst dringend einen Beichtvater. Sie konnte den Schmutzring um seine Seele sehen.

»Genug von dieser fauligen Begehrlichkeit«, sagte Tybalt. Er griff nach seinem Degen und näherte sich langsam dem Mönch.

Der Mönch hustete, gab vor, gebrechlich zu sein, und lehnte sich auf seinen Gehstock. »Du würdest einen Mann Gottes angreifen, Junge?«

Rosaline trat zwischen sie und drängte Tybalt zurück. »Sei kein Narr! Hier sind überall Klosterbrüder und Mönche. Er muss nur um Hilfe rufen, und sie werden kommen. Wenn sie dich festnehmen, kannst du uns beiden nicht helfen!«

Mürrisch akzeptierte Tybalt die Wahrheit. Er packte seinen Degen in die Scheide und trat zurück.

Rosaline drehte sich noch einmal zu Klosterbruder Lorenzo zurück. »Was Ihr sagt, deutet darauf hin, dass Romeo und Julia nicht zusammen sind, Mönch«, sagte sie scharf. Der Duft der Rosen stieg ihr in die Kehle. »Julia ist weg, um auf Romeo zu warten. Allein.«

Der Mönch grunzte. Offenbar ärgerte er sich, dass er diese nützliche Information ausgeplaudert hatte.

Tybalt hörte aufmerksam zu. Er griff Rosaline am Ellenbogen und zog sie vom Mönch fort, hin zur anderen Seite des Apothekengartens. »Du musst zu Julia gehen«, murmelte er. »Und ich zu diesem Schurken Romeo. Wenn ich ihn finde, bevor diese Ehe vollzogen ist, dann ist unsere Cousine wieder frei.«

Rosaline schüttelte energisch den Kopf. Sie wusste, worauf er abzielte, und das kam nicht infrage. Vielleicht war es die endlose Hitze dieser Tage, die das Blut glühen ließ und machte, dass alle kämpfen und raufen wollten. Sie hasste Romeo, aber sie glaubte nicht an die Heilung durch einen spitzen Degen. *Weder beschwört ein Kampf Engel herauf, noch schenkt er Antworten. Er beschert nur den Tod*, dachte Rosaline.

»Tybalt, nein. Ich bitte dich. Komm mit mir, und lass uns mit Julia vernünftig reden. Nur wenn wir beide gemeinsam vorgehen, könnten wir Erfolg haben. Auf mich allein wird sie nicht hören.«

Tybalt starrte sie mit seinen braunen Augen an, die die Farbe von Haselnussstecken im Mai hatten. Aber Rosaline fühlte sich nicht länger gleichaltrig. Ihre Wege hatten sich getrennt. Sie war jetzt alt, innerlich eine Vettel, ausgehöhlt und eingefallen. Sie war nicht länger Tybalts Mädchen, voller Licht und Übermut, stattdessen war sie dunkler und trauriger.

Als Tybalt nicht aufhörte, sie rundäugig anzuschauen, scheute sie zurück. Der Gedanke, dass sie seine Aufmerksamkeit nie wert sein würde, war ihr unbehaglich. Dennoch verspürte sie auch einen Stich Hoffnung. Solange sie zusammen waren, könnten sie Julia retten. Davon war sie überzeugt. Danach wäre genug Zeit, über Liebe und andere Dinge nachzudenken. Jetzt musste sie ihn dazu bringen, sie nicht zu verlassen, und dafür sah sie nur eine Möglichkeit.

»Bleib bei mir«, sagte sie und griff nach seiner Hand. »Wir versuchen zusammen, Julia zu finden. Und wenn wir das geschafft haben, gehen wir in den grünen Wald und haben nichts mehr mit den Montagues und den Capulets zu tun, nur noch mit Puck und Robin Goodfellow.«

Still blieb er stehen und sah sie an. Plötzlich leuchtete sein Gesicht vor unerwarteter Freude auf. »Sehr gut. Dann zusammen«, sagte er. »Auf die Liebe.«

Und er küsste sie.

»In welche Richtung gehen wir?«, fragte Rosaline, als der Kuss endete. Der Duft von Weidenröschen lag in der Luft, ein Lichtstrahl verfing sich in den violetten Blüten des Blauregens und malte goldene Kringel auf den Boden. Die süße Heiterkeit verschleierte ihren Aufruhr, und sie hielt unsicher inne. Einen Moment lang konnte sie sich nicht entscheiden.

Über dem Garten wies der weiße Finger des Turms der Peterskirche – zum Himmel nach oben und zum Schicksal nach unten. Wie sollte sie nur wissen, welche Wahl die richtige war?

»Hier entlang«, sagte sie.

Sie verließen den Garten und nahmen die Straße, die zum Haus der Capulets führte. Rosaline wusste nicht, wie weit Julia ihnen voraus war, ob nur Minuten oder gar eine Stunde. Vielleicht war das Mädchen schon zurück im Haus, vielleicht war Romeo bereits bei ihr, und sie hatten die Ehe besiegelt. Dennoch tröstete Rosaline die Vermutung, dass Romeo, einem

Nachtmahr gleich, Julia erst in der Dunkelheit aufsuchen würde. Er würde nicht riskieren, bei Tageslicht das Haus zu betreten, würde warten, bis er sicher hinter den Nachtschatten versteckt wäre.

Sie gingen eine Weile, bis die Nachmittagshitze etwas nachließ. Als Tybalt bemerkte, dass Rosaline von den Strapazen des Tages müde war, bot er ihr seinen Arm. Dankbar ergriff sie ihn. Die Sohle einer ihrer Schuhe hatte sich gelöst und schlug beim Gehen lose auf die Steine, und sie spürte eine offene, nässende Blase am Hacken. Vorsichtig rieb sie sie. Sie hinkte, während sie Julia folgten.

Allmählich wurden die Geschäfte wieder geöffnet, aber keiner der Händler schenkte dem jungen Paar Beachtung. Sie waren ein ungepflegt wirkendes, missratenes Mädchen und ein Junge, die sich beim Einbruch der Dämmerung in den Straßen herumtrieben. Rosaline flehte die ewigen Götter im Himmel an, dass sie weder ihrem Vater noch sonst jemandem begegneten, der sie kannte.

Noch ein kleines Stück weiter gingen sie, als Rosaline vor ihnen eine zarte Gestalt entdeckte. Sie stieß Tybalt an.

In der Dämmerung wurde es immer schwerer, etwas zu erkennen, aber sie beschleunigten ihre Schritte, und Tybalt, der sich nicht zurückhalten konnte, rief: »Julia!«

Die Figur stutzte, dann verlangsamte sie ihren Schritt.

Rosaline nahm ihre verbleibende Kraft zusammen und eilte weiter. »Julia! Du bist es wirklich!«

Julia wandte sich um und erblickte sie. Überraschung breitete sich auf ihrem Gesicht aus, als sie sie zusammen sah. Sie begann, auf sie zuzulaufen, offenbar in der Absicht, sich in die Arme ihrer älteren Cousine zu werfen. Doch kurz vor Rosaline blieb sie, auf einmal zögernd, stehen.

»Du hast es Tybalt erzählt, Rosa«, sagte sie vorwurfsvoll.

»Mir blieb keine andere Wahl, Cousine. Glaub mir, es war nicht das, was ich tun wollte.«

»Komm jetzt mit uns, Kleine«, sagte Tybalt. »Wir werden einen freundlichen Priester finden, der diese verhängnisvolle Verbindung annulliert.«

»Wir lieben dich, Julia«, fügte Rosaline hinzu. »Mehr, als es dieser Schurke jemals tun wird. Bitte mach, worum dich Tybalt gebeten hat.«

Vorsichtig wich Julia vor ihnen zurück. »Ich will nicht streiten, Rosa«, sagte sie abwehrend. »Küss mich nur, und wünsch mir alles Gute.«

Rosaline trat auf sie zu, ergriff ihre Hände und küsste sie warm und zärtlich. »Ich wünsche dir alles Gute. Das habe ich immer schon getan. Aber, Cousine«, sie sah sie eindringlich an, »jeder Bettler ist mehr wert als Romeo Montague.«

Verletzt und verärgert versteifte sich Julia. »Rede nicht so über meinen Ehemann! Es ist nicht wahr. Er ist kein Bettler. Er ist reich in seiner Liebe für mich. Und Gold besitzt er auch. Er hat es mir gezeigt, dreißig Golddukaten. Sein Geld werden wir mit uns nehmen, wenn wir die Stadt verlassen.«

Verzweifelt schrie Rosaline auf. »Verstehst du nicht? Das Gold gehört meinem Vater! Romeo bat mich, die Dukaten aus Vaters Truhe zu stehlen.«

Julia saugte am Ende ihres Zopfs und sah ihre Cousine verletzt an. »Alles wird gut werden. Sei nicht verbittert oder zänkisch. Es steht dir nicht, Rosa. Sei im Tiefsten deines Herzens glücklich für mich, auch wenn dich Fortuna grausam behandelt.«

Ein leiser Schmerz begann über Rosalines Auge zu pochen. Weil sie sich schämte, aber vermutlich auch, weil sie sich den ganzen Tag in der Hitze wie ein Federball hin und her bewegt hatte. Aus ihrem wunden Hacken sickerte Blut. Und alles, was sie wollte, war, dass Julia wieder zu Verstand kam, zu ihrem eigenen Selbst zurückfand.

»Noch ist nicht alles verloren«, sagte Tybalt stirnrunzelnd. »Julia ist klein. Ich kann sie zu einem Versteck tragen und sie dort festhalten, bis sie wieder zu sich kommt. Es wäre mir ein Leichtes.«

Julia schoss von ihm weg, voller Angst, dass Tybalt es ernst meinen könnte.

»Schhhh«, meinte Rosaline ungeduldig. »Schweig, wenn dir nur Unsinn einfällt.«

Rosaline dachte an Cecelia und das junge Dienstmädchen mit dem gerundeten Bauch. Wie viele andere Mädchen waren es vor ihm gewesen? Sie fürchtete, dass Fortuna bald schon gehässig zu Julia sein würde. Romeo würde sie beiseitewerfen und sie wie ein Nichts behandeln.

Aber Rosaline wollte, dass Julia verstand, dass sie nicht nichts war und dass sie geliebt wurde.

Julias Wangen glühten, errötet von dem Glücksgefühl, das Rosaline am liebsten weggewischt hätte. Sie musste den Wunsch unterdrücken, ihre Cousine zu verletzen. Julia sollte verstehen, worum es hier ging, aber stattdessen betrachtete das Mädchen sie nur mit unverhohlener Ungeduld. Es hüpfte von einem Fuß zum anderen in dem inbrünstigen Wunsch wegzugehen, hin zu Romeo.

Rosaline seufzte. Der Neid nagte an ihr. Sie wollte sich auch wieder sicher, glücklich und schön fühlen. Dann stach ihr an Julias Finger ein grünes Schimmern ins Auge, wie das Flattern eines frischen Blattes. Einen Augenblick lang verschlug es ihr den Atem.

»Lass mich deinen Ring sehen«, bat Rosaline und setzte alles daran, ihre Stimme unbeschwert klingen zu lassen.

Zögernd hielt Julia ihr die Hand hin. Rosaline betrachtete den Ring, drehte die Hand um. Das goldene Band war schmal, aber der Schmuckstein war ein großer Smaragd, grüner leuchtend als die ersten Frühlingsknospen oder Gras nach einem Regenguss.

Sofort wusste sie, dass es das Juwel ihrer Mutter war, der Ring, den Romeo für ihre Hochzeit hatte herstellen lassen. Sie ließ Julias Hand fallen, als ob sie sich daran gestochen hatte.

Verwundert sah Julia sie an, aber Rosaline verzichtete auf eine Erklärung. Es war sinnlos. Julia würde ihr niemals glauben. Ihre Ohren waren verstopft mit Gift.

Rosaline schluckte und zwang sich, den Ring nicht erneut zu betrachten. Für Romeo waren wohl alle Mädchen und alle Ringe austauschbar. Aber es war jetzt egal, denn Julia würde es nicht sehen, sie war zu durchdrungen von Liebe und hatte bereits zu viel Gift genossen.

Es bedeutete für Rosaline eine zusätzliche Seelenpein, dass das Mädchen sie nicht fragte, was sie quälte. Julia verbarg nur ihre Hände in den Ärmeln und sagte, offenbar ungeduldig: »Ich muss schnell nach Hause.«

»Lass sie gehen«, meinte Tybalt und legte einen Arm um Rosalines Schultern. »Lügen verschmieren ihre Ohren wie Honig.«

Stumm nickte Rosaline. In ihrem kaputten Schuh stand sie da und beobachtete, wie Julia durch die zunehmende Dunkelheit forteilte. Lass sie zurückschauen, nur einen Moment lang, lass sie uns zulächeln. *Dreh dich um, Julia. Ich liebe dich, während er nur so tut.*

Aber Julia drehte sich nicht um.

Rosaline biss sich auf die Lippe, um sich vom Weinen abzuhalten. Tybalt zog sie dicht an sich heran, murmelte Kosewörter und bedeckte ihr Haar mit Küssen. Seine Umarmung fühlte sich warm und vertraut an, er roch nach Weidenröschen und Frühling.

Nach einigen Minuten stieß er sie sanft von sich. »Es ist so weit, Rosa. Du musst mir gestatten, dass ich den Schurken Romeo aufsuche.«

Heftig schüttelte sie den Kopf. »Nein.«

»Doch. Wir haben lange genug gesprochen, aber Worte sind nur ein Atemhauch.«

»Wo Worte und Atemhauch sind, sind auch Leben und Hoffnung.« Rosaline griff nach seinem Arm und hielt ihn fest, aber Tybalt schüttelte ihre Hand ab.

»Lass mich gehen, Rosa.«

»Aber ich habe Ja zu dir und dem grünen Wald gesagt.«

»Und wenn diese hässliche Sache abgeschlossen ist, werde ich dich finden.« Er lächelte, und das Licht in seinen Augen war voller Freude. Dennoch würde er nicht bleiben. Mit den Fingerspitzen streichelte er ihre Wange und küsste sie auf die Stirn. »Oh, mein Himmel ist hier, wo Rosaline lebt. Hier ist mein Herz zu Hause.«

Er nahm ihre Hand in seine und presste sie so fest gegen seine Brust, dass sie seinen Herzschlag gegen den dünnen Stoff seines Hemdes hörte. Darunter waren zartes Fleisch und der Umriss von zerbrechlichen, jungenhaften Rippen. Dann küsste er sie erneut und verschwand.

»Nein!«, rief Rosaline. Tränen strömten ihr über die Wangen, während sie hinter Tybalt herjagte, aber er war zu schnell. Sie rannte, so schnell sie konnte. Ihr Atem ging stoßweise, aber sie holte Tybalt nicht mehr ein. Die Straße war leer. An der Kreuzung schaute sie eine enge Gasse entlang und dann eine nächste, aber sie konnte ihn nirgends entdecken. Sie fluchte in die Dunkelheit hinein. Nur hoffen und beten konnte sie, dass er Romeo nicht finden würde.

Der dunkle Glockenschlag sang das Abendlied der Basilika. Mönche und Schwalben versammelten sich, um die Vesper anzustimmen. Rosaline wanderte so lange durch die Straßen, bis sie dieselben Stimmen die Stunde der Komplet besingen hörte. Der Mond schien wie eine Laterne, schwang rund und hell am Himmel, der von zu vielen Sternen bedeckt war.

Beim Gehen senkte Rosaline den Blick. Die Schönheit der Nacht spielte keine Rolle, während sie die Stadt nach Tybalt durchsuchte. Nicht nur eine Cousine, sondern Cousine und Cousin waren in Gefahr. Beide hörten nicht auf sie. Selbst wenn sie Tybalt aufspürte, wusste sie nicht, wie sie ihn überreden sollte, mit ihr nach Hause zu gehen. Auch war sie ratlos, wie sie der unbesonnenen, lieblichen Julia helfen könnte. Sie wusste nur, dass ihr beides gelingen musste. Rosaline wünschte, es hätte irgendwen gegeben, der sie vor Romeo gerettet hätte.

Sie blickte auf ihre beschmutzte Kleidung und entschied, dass sie ihr entsprach. Der äußere Schmutz passte zu ihrem inneren Unrat. Erbärmlich und dumm, wie sie war, verdiente sie nichts Besseres. Sie hätte wissen müssen, dass Romeo unehrlich war, hätte es erkennen müssen. Sie grub ihre Fingernägel in ihre Handfläche, bis es schmerzte.

Als eine Bettlerin aus einem Eingang auf sie zutrat, an ihrem Rock zupfte und um eine Münze bat, fuhr sie zusammen. Sie kramte in ihrer Börse, gab ihr etwas Geld und fragte, ob sie einen jungen Mann auf dieser Straße gesehen habe. Die Frau schüttelte verneinend den Kopf und zog sich in den Schatten zurück.

Nach den langen Wochen ohne Regen war der Fluss zu einem schmalen Rinnsal geschrumpft, das nach Abwässern stank. Das Wasser war zu flach, und tote Dinge trieben darin herum, stießen gegen Steine oder wurden ans Ufer getrieben, wo sie verwesten. Auch die Pesttoten in ihren flachen Gräbern verbreiteten den Geruch von Fäulnis, aber Rosaline fragte sich noch immer, ob dieser Gestank nicht in ihr war – dass sie selbst irgendwie verfault war. Vor Romeo hatte sie gefürchtet, unsichtbar zu sein, und nun fühlte sie sich, als ob ihr Körper nicht mehr existierte, es nicht einmal sie selbst gab.

Die Blase an ihrem Fuß nässte und blutete, zugleich schien nicht einmal mehr die Ferse zu ihr selbst zu gehören. Romeo hatte ihren Körper eingefordert, als er sie verführt hatte, und sie wusste nicht, wie sie ihn sich zurückholen konnte. Er hatte ihr die Jungfräulichkeit und zugleich ihr Selbst geraubt. Rosaline würde nicht zulassen, dass Romeo sich wieder und wieder, bei einem Mädchen nach dem anderen, so verhielt. Es musste mit ihr enden.

Sie bemerkte einen weiteren Bettler, der an dieser Flussseite kauerte, und rief ihm leise zu: »Hast du einen Mann gesehen, der hier entlanggegangen ist? Vor nicht allzu langer Zeit?« Sie hielt inne. »Ein junger Mann?«

Er schüttelte den Kopf, und sie ging weiter. Dann rief er ihr etwas mit rauer, dünner Stimme nach. »Kein Junge allein, aber eine Gruppe Montagues habe ich vor einiger Zeit gesehen.«

Auf dem Absatz drehte sie sich um. Ihr Herz setzte einige Schläge aus. »In welche Richtung sind sie gegangen?«

Er zeigte in die Richtung. Sie rannte los. *Bitte lass mich nicht zu spät sein.* Vielleicht hatte sich Tybalts Weg nicht mit dem der Montagues gekreuzt. *Die Stadt ist groß genug.*

Dann ließ ein plötzlicher Schrei ihre Gedanken verstummen, laut und grell wie ein Messer, das den weichen Bauch des Abends aufschlitzt. Reglos blieb Rosaline stehen. Sie hielt den Atem an und lauschte wie ein Hase auf die Jäger. Vielleicht war es der Schrei einer Eule gewesen. *Lass es nur eine Eule sein.* Und dann gellte ein weiterer Schrei, und es war kein Vogel, sondern ein Mensch, der schrie, voller Pein und Qual. Noch schlimmer war, dass sie die Stimme erkannte. *Tybalt.*

Sie rannte los, folgte dem Klang bis zur nächsten Straße. Schweiß sammelte sich zwischen ihren Schulterblättern und rann ihren Rücken hinunter. Eine andere Stimme antwortete. Sie konnte nicht verstehen, was sie sagten, hörte nur die Wut und den Hass darin. Ihre Schritte schlugen aufs Pflaster, die lose Sohle ihres Schuhs klatschte leise, während sie die einsame Allee entlanglief. Die Rufe und Schreie wurden lauter. Sie war schon ganz nah, fast da.

Furcht breitete sich in ihr aus wie die Sommerkälte. Am Eingang zum Friedhof, auf dem sich die Gruft der Capulets befand, blieb sie stehen. Der Kampf fand innerhalb der Friedhofsmauern statt. Das Getöse erweckte den Eindruck, als seien die Toten auferstanden.

Sie öffnete die Pforte und schlüpfte hinein. Die Rufe schienen direkt von hinter der Gruft zu erklingen.

Obwohl es seit Wochen nicht mehr geregnet hatte, war der Boden nass. Flüssiger Schlamm quoll hervor und befleckte ihre Schuhe. Nach der Hitzewelle war der Gestank unerträglich. Der Morast roch faulig, im Mondlicht war er rotfleckig. Die Toten sickerten nach oben, weigerten sich, in der Vergessenheit zu versinken.

Sie hörten jemanden brüllen. Es war nicht Tybalt, diese Stimme kannte sie nicht.

»Der Tag war heiß, das Blut kocht in dieser Brodelhitze!«

»Du bist der hitzigste Wüterich in ganz Italien!«, erklang eine weitere Stimme.

Es klangen die Geräusche eines Handgemenges, Schubsen und Grunzen. Sie hörte das Klirren von Metall auf Stein. *Bitte mach, dass er nicht verletzt ist.*

»Bei meinem Haupt, er ist ein Capulet.«

»Bei meinem Hintern, mir egal.«

Als sie am entlegensten Ende des Friedhofs um die letzte Ecke bog, entdeckte Rosaline Tybalt und mehrere Montagues – Romeo und zwei weitere, seinen Freund Mercutio und einen anderen, den sie nicht kannte –, die sich zwischen den Gräbern umkreisten und sich dabei Beleidigungen wie Speere entgegenschleuderten. Zwei junge Pagen kauerten verschreckt in einiger Entfernung und suchten beieinander Halt. Sie sah Tybalt selbstsicher auf einem hohen Granitgrab stehen. Er schwang den Degen, und seine Augen funkelten vor maßloser Wut. Aus einer Wunde auf seiner Wange sickerte Blut, es war ein dunkler Riss, aus dem eine Muskelfaser herabhing. Sein Wams war zerrissen und zerfetzt, aber er schien seine Verletzung genauso wenig zu bemerken wie den Zustand seiner Kleidung. Er balancierte auf den Fußballen, jeden Moment bereit zu springen.

Unter ihm schlich Romeo zwischen den Gräbern hindurch. In der einen Hand hatte er seinen Degen, in der anderen ein Rapier. Er beobachtete Tybalt mit wölfischem Blick. Anders als Tybalt war Romeo noch immer makellos gekleidet, er wirkte, als wollte er zu einer Audienz des Fürsten gehen. Zu Rosalines Bestürzung stellte sie selbst in dieser Situation Vergleiche an:

Romeo war in jeder Hinsicht größer, breiter und stärker als Tybalt. Selbst jetzt war seine Schönheit verstörend, aber als sie sein grausames Lächeln bemerkte, fragte sie sich, warum sie das noch nie zuvor wahrgenommen hatte.

»Komm da runter!«, rief sie Tybalt zu. »Der Fürst hat ausdrücklich Straßenkämpfe in Verona verboten.«

Die Männer ignorierten sie. Es war, als ob sie sie nicht hörten oder sahen, so sehr waren sie im Bann ihrer Wut aufeinander.

Tybalt spuckte auf den Boden, sprang herunter und stürzte sich auf Romeo. Er stolperte über eine gebrochene Grabplatte in seiner verzweifelten Wut, den Feind zu erreichen.

»Ich weiß, was du bist!«, keuchte er. »Und morgen früh soll es auch ganz Verona wissen: Du bist ein Lump! Ich will, dass du hängst.«

»Tybalt, Frieden!«, schrie Rosaline. Sie strauchelte beim Versuch, ihn zu erreichen. Ihre eigene Sicherheit bedeutete ihr nichts, aber Tybalt, der vor Zorn glühte, beachtete sie nicht.

»Ein Lump bin ich nicht«, gab Romeo wütend zurück. »Warte, bis ich dich erwische!« Er rannte auf Tybalt zu, wobei er seinen Degen hin und her schwang. Ob nun wegen seiner maßlosen Wut oder seiner Gleichgültigkeit ihrer Sicherheit gegenüber – als er sich grob an Rosaline vorbeidrängte, stieß er sie so heftig um, dass sie gegen ein Grab fiel. Hart landete sie auf einem Stein, dann rappelte sie sich hoch und floh hinter ein Mausoleum, um den zischenden Klingen zu entkommen.

Hinter ihr wimmerten die geduckten Pagen furchtsam, offenbar zu ängstlich, um ihr Versteck zu verlassen und dabei in den Kampf verwickelt zu werden. Als Rosaline hervorspähte, sah sie, dass Romeo auf einen hohen Sarkophag geklettert und damit außerhalb von Tybalts Reichweite war. Angeberisch steckte er Degen und Rapier in ihre Scheiden und nahm einen großen Schluck aus seiner Feldflasche. In gespielter Frömmigkeit kniete er nieder und gab vor zu beten, was Tybalt noch mehr aufregte.

»Das entschuldigt nicht die Verletzungen, die du mir und meiner Familie angetan hast. Dreh dich um, und zieh«, sagte Tybalt. Seine Stimme war rau von seinen lauten Rufen, die Wunde auf seiner Wange war verschmiert und glänzte blutig.

»Dich habe ich ja wohl nie beleidigt«, höhnte Romeo. Er hielt seine Hände hoch, bevor er einen weiteren Schluck nahm. Dann sprang er hinunter, aber schlich um Tybalt herum und blieb vorsichtig außerhalb seiner Reichweite, duckte sich flink weg und sprang von einem Grab zum nächsten.

Rosaline konnte sehen, dass es Romeo außerordentliches Vergnügen bereitete, Tybalt zu provozieren und sich ihm dann zu entziehen. Er spielte mit ihm wie mit einem ungezähmten Welpen.

Tybalts Verstand und all seine Fähigkeiten wurden von seinem Zorn verschleiert. Wütend stürzte er sich erneut auf ihn.

»Oh, du ehrloser feiger Schwätzer!«, rief er. »Mit deinen durchtriebenen Lügen und gewalttätigen Übergriffen hast du dich an meiner Cousine vergangen.«

Obwohl seine Degenklinge nicht ihr Ziel erreicht hatte, traf diese verbale Parade. Romeo rückte näher an Tybalt heran, sodass ihn Mercutio und die anderen Montagues nicht hören konnten. Nur Rosaline war nah genug, um den heimlichen Schlagabtausch zu belauschen.

»Wir streiten mitten unter allen Leuten«, zischte Romeo. »Entweder wir suchen einen ruhigen Fleck und besprechen kaltblütig unseren Streit, oder du haust ab.« Er behandelte Tybalt gleichermaßen aggressiv, eingebildet und beschwörend, während er auf die anderen wies. »Alle Augen gaffen.«

»Ich räume das Feld vor niemandem, du jämmerlicher Mistkerl«, spie Tybalt aus.

»Schmachvoller, wertloser Bengel«, höhnte Mercutio. Er schlenderte näher und blieb schließlich mit gezogenem Schwert neben Romeo stehen, um ihn zu verteidigen.

Entsetzt erkannte Rosaline, dass Tybalts Feinde klar in der Überzahl waren. Sie würde nicht in ihrem Versteck bleiben und zuschauen, wie er verletzt wurde. Sie verließ den geschützten Raum, den ihr das Mausoleum bot, kletterte über ein aufgebrochenes Grab, schnappte nach seinem Ärmel und zerrte ihn zur Seite. So musste er sie beachten. »Tybalt! Komm mit mir mit«, bat sie ihn. »Überlass diesen Platz den Toten und werd nicht einer von ihnen! Gib Romeo keinen Grund, dich zu verletzen. Wenn du ihn oder seinen Ruf bedrohst, wird er dich töten!«

Tybalt schenkte ihrer Warnung keine Beachtung und schüttelte ihre Hand ab. Sein hitziges Temperament hatte seinen Hals und seine Brust mit roten Flecken überzogen. Schweiß rann an ihm herab. Sie beobachtete, wie Romeo in ein paar Metern Entfernung verschlagen grinsend mit Mercutio zusammenstand. Was immer er ausheckte, würde gewiss nicht gut für Tybalt sein.

Verzweifelt versuchte sie es erneut. »Komm, Cousin, du kannst Julia nicht helfen, wenn du tot bist.« Ihre Worte blieben ihr fast im Halse stecken, und sie rang nach Luft. »Bitte, komm mit mir nach Hause. Zusammen werden wir Julia retten, und dann gehen wir beide in den grünen Wald.«

Sie küsste seine Lippen und schmeckte Blut. *Er muss auf mich hören, er muss einfach.* »Oder willst du lieber, dass wir nach Venedig gehen? Oder nach England? Wahrhaftig, es ist mir egal, wie wild der Ort ist, solange ich dort mit dir zusammen bin.«

Nun zögerte Tybalt doch, und er schien sie zum ersten Mal richtig wahrzunehmen. Rosaline ergriff ihre Chance. »Kein gruseliger Mönch und keine schimmlige Krypta sollen es für uns sein. Wir können in der Sonne faulenzen und lesen oder auch streiten, wenn du es wünscht. Nur lass uns diesen schrecklichen Ort und diese verruchten Männer verlassen.«

Sie nahm seine Hand, und zu ihrer Erleichterung ließ er es zu. Sie küsste seine Fingerknöchel, spürte die Wärme seiner Haut und begann, ihn quer über den Friedhof fortzuführen. Eine Fledermaus flatterte über ihnen wie ein kleiner Ehrensoldat mit Flügeln wie aus schwarzem Papier.

Dann rief ihm eine Stimme hämisch nach. *Mercutio.* »Tybalt, du Rattenfänger, suchst du das Weite?«

Tybalt blieb stehen. Rosaline zerrte ihn am Arm, aber er regte sich nicht. »Was willst du von mir?«, fragte er.

»Du König der Katzen, ich will eins deiner neun Leben an die Wand spießen und dir liebend gern auch die anderen acht nehmen. Wirst du bald den Degen ziehen? Mach hin, sonst hab ich meinen parat, eh deiner draußen ist.«

Und damit verschwand Tybalt von ihrer Seite.

»Tybalt!«, schrie Rosaline voll wütender Furcht.

Ausdruckslos sah er zu ihr zurück, aber er schien sie nicht mehr zu erkennen. Dann sprang er über die gespaltenen und zerbrochenen Gräber, zog, noch während er durch den Schlamm schlitterte, Schwert und Dolch und lief auf Mercutio zu. Bevor Rosaline ihn davon abbringen konnte, stürzte Tybalt sich auf ihn und stieß aus: »Ich nehme dich beim Wort!«, worauf Romeo hämisch rief: »Mercutio, heraus mit deinem Degen!«

»Nur zu, jetzt bist du an der Reihe!«, rief Mercutio und machte eine obszöne Geste in Tybalts Richtung.

Schrecken und Verzweiflung ergriffen Rosaline. Warum hörte Tybalt nicht auf? Warum hörte keiner von ihnen auf sie? Sie fauchte vor Ärger, dann rief sie: »Kämpfst du nicht für dich selbst, Romeo? Du benutzt Mercutio als deinen hübschen Schild. Willst du dich nicht mit mir duellieren? Ich weiß genau, auf welche Weise du mit Mädchen kämpfst.« Sie stolperte über die Gräber auf ihn zu, hielt nur einen Moment inne, um einen Ast aufzuheben, den sie in seine Richtung stieß. »Ich habe hier meinen Fiedelbogen, wenn du dich auf ein Duell mit mir einlassen willst?«

Romeo beachtete sie nicht. Seine Augen glitzerten vor gehässigem Vergnügen, während er die Auseinandersetzung aus sicherer Entfernung beobachtete und die anderen anspornte mitzukämpfen. »Zieh, Benvolio! Schlag ihm die Waffen aus der Hand! Halt Tybalt fest, guter Mercutio!«

Benvolio und Mercutio trieben Tybalt erneut gegen den Außenzaun. Er strauchelte, und es sah so aus, als würde er in den gähnenden Schlund eines offenen Grabes stürzen. Zu Rosalines Erleichterung sprang er in letzter Sekunde zur Seite.

Das rasende Sirren der Klingen dröhnte in der Luft wie das Summen von Mücken. Die Montagues waren die Jagdmeute und Tybalt ihre Beute. Aber er war schnell, man nannte ihn zu Recht den König der Katzen: Er sprang und parierte, hielt den Degen kurz, seinen Dolch in die Höhe und ächzte leise bei jedem Stoß. Mercutio schlich näher, und Tybalt führte eine Finte aus. Sein Degen glänzte hell im Mondlicht.

Rosaline ging vorsichtig über die Gräber zu Romeo, kletterte zum Schluss über einen bröckelnden Grabstein, der neben ihm lag.

»Mach, dass sie aufhören«, flehte sie.

Er gab vor, sie nicht zu hören. Sie bedeutete ihm nicht mehr als eine Motte, die um die Grablampen schwirrte. Seine Wangen waren rosig vor Vergnügen, für ihn war das ein tödlicher Sport. Durch Rosalines Venen strömte Hass auf ihn, dicker als Blut.

»Tanzen sollst du!«, rief Mercutio. Sie fochten, täuschten und blockten die Schläge ab.

Tybalt sprang zur Seite. Sein Degen flimmerte, und Mercutio stieß zu. Aber er war zu langsam, und Tybalt lachte.

Er war leichter und flinker, und Mercutio wurde allmählich müde. Benvolio rückte vor, um ihm zu helfen, aber Tybalt war zu schnell für sie beide, seine Klinge wie ein Hornissenstich.

Rosaline sah den Stoß nicht, hörte nur Mercutios Aufschrei: »Ich bin verletzt!«

Sie stürzte vor, dann blieb sie stehen. Sie starrte Mercutio an, wie dem Getroffenen das Blut aus der Seite strömte, er auf die Knie sank und in den Schlamm fiel. Was hatte Tybalt getan? Ihr stockte der Atem. Die Luft roch bereits nach Tod.

Tybalt schaute ungläubig und erschrocken auf den zu Boden gegangenen Mann. Es war Romeo, den er gewollt hatte, nie dieser andere, dieser Fremde. Er wurde blass, sein Gesicht verlor jede Farbe bis auf den Hieb an seiner Wange. Unter ihm krümmte und drehte Mercutio sich im Dreck.

Stirnrunzelnd kam Romeo näher. »Was hast du?«, fragte er klagend. »Bist du verletzt?« Er schlenderte heran, beugte sich vor, reichte Mercutio eine Hand und versuchte, ihn auf die Füße zu ziehen.

Aber Mercutio konnte seine Hand nicht festhalten: Seine Finger waren zu glatt, voller Blut. Er sank zurück. Einen Moment später lachte er. Aus seinem Mund trat eine hellrote, blutige Spuckeblase, die zerplatzte und sich auf seine Zähne legte. »Ja, ein Kratzer, nur ein Kratzer. Das ist nichts«, sagte er.

Rosaline schluckte. Für sie beide, die Capulets, war es hier nicht sicher. Verzweifelt versuchte sie, Tybalt mit sich fortzuziehen. Sie mussten wegrennen, von diesem Ort fliehen. Aber Tybalt konnte sich nicht bewegen. Wie erstarrt blieb er stehen, ähnlich den Marmorstatuen, die sie umrundeten, still und reglos.

Sie wandte sich an einen der Pagen, der immer noch zähneklappernd am Rand des Friedhofs kauerte. »Hol schnell einen Wundarzt«, drängte sie ihn. »Lauf!«

»Nur Mut, Mann. Das kann keine schlimme Verletzung sein«, sagte Romeo.

»Nein, nicht so tief wie ein Brunnen und nicht so weit wie ein Scheunentor! Aber mir reicht's«, antwortete Mercutio. »Wenn ihr morgen nach mir sucht, werdet ihr mich im Grab finden.« Er schnaubte über seinen Witz, aber das Lachen bewirkte, dass Blutblasen aus seiner Nase schäumten. Erstickend rang er nach Atem, fing nun an, in seinem eigenen Blut zu ertrinken.

Tybalt stöhnte erschrocken auf. »Ich wollte ihn nicht umbringen. Mercutio doch nicht. Romeo, ja, aber nicht diesen Mann. Ich hasse alle Montagues, aber ...«

Rosaline kniete sich neben Mercutio. Sie versuchte, ihre Panik und ihren Ekel zu unterdrücken, während sie ein schmutziges Taschentuch hervorzog, um die Blutung zu stoppen.

Doch mit erstaunlicher Kraft stieß Mercutio sie beiseite. Hass blitzte in seinen Augen auf. »Die Pest auf eure beiden Häuser! Herrgott noch mal!« Er stach mit dem Finger nach ihr. »Wie kann es sein? Eine Katze kratzt einen Mann tot?« Er fiel auf den sumpfigen Boden zurück. Alle Energie verließ ihn.

Romeo hockte sich hin und wollte seine Hand nehmen, aber

auch er wurde abgeschüttelt. Mercutio starrte ihn an, Abscheu über den Verrat in seinem Blick. »Ein Maulheld, ein Schurke, ein Gauner. Der Teufel«, zischte er.

»Ich dachte, so sei es am besten.« Romeos Stimme klang wie das lang gezogene Quietschen eines alten Rads an einem Fuhrwerk.

»Die Pest auf eure Häuser! Wurmfutter haben sie aus mir gemacht. Eure Häuser!«, flüsterte Mercutio. Seine Augenlider flatterten.

Rosaline zitterte vor Schock und Schuld. Sie hätte erkennen müssen, dass diese Angelegenheit nur mit dem Tod enden konnte, aber sie war so blind wie das Schicksal gewesen.

Sie fühlte sich starr vor Schuld, als ob sie selbst die Klinge in sein weiches Fleisch gestochen hätte. Tybalt stand immer noch reglos da, überwältigt von seinen Gefühlen. Sein Degen hing schlaff an seiner Seite herunter.

Mercutio bäumte sich noch ein letztes Mal auf, dann erlosch er. Die Stille tickte.

Unvermittelt richtete sich Romeos Aufmerksamkeit wieder auf Rosaline und Tybalt. In seinen Augen glitzerte es feindselig. Rosaline stockte der Atem. Es war offensichtlich, dass er sie beide umbringen wollte. Sein Degen glänzte. Sie wichen vor ihm zurück, während er sie verfolgte, stolperten über Grabsteine und rutschten fast auf dem unebenen, morastigen Boden aus in ihrer Eile wegzukommen.

Tybalt zog Rosaline hinter sich her. Seine Hand zitterte, und sein Degen entglitt fast seinem Griff. Er konnte ihn nicht fest und gerade halten, und er schlug klirrend gegen die Grabsteine, als begehrte er Einlass.

»Der Tag ist schwarz«, sagte Romeo. Seine Stimme klang verhalten, gefährlich.

Rosaline trat erneut einen Schritt zurück und fiel fast hin. Sie kauerte sich hinter ein Grab, um Tybalt die Freiheit zum Kämpfen zu gewähren.

Er trat seinem Feind entgegen, der Degengriff ruckte noch immer in seiner Faust. So schlank und jung sah er aus, ein Schössling, der sich einer ausgewachsenen Eiche stellt.

Benvolio trat zwischen den Gräbern hervor, um sich neben Romeo zu stellen. Tybalt stand allein.

»Mein bester Freund ist meinetwegen gestorben«, sagte Romeo. »Mein Ruf wurde durch Tybalts Kränkung befleckt. Tybalt, der erst seit einer Stunde mein Vetter ist.«

Tybalt sah aus, als ob ihm schlecht sei.

»Oh, süße Julia, deine Schönheit hat meine Seele erweicht, aber nicht meine Entschlossenheit!«, rief Romeo und sah zum Himmel hoch. Dann richtete er den Blick wieder auf Tybalt und griff an.

Tybalt hob den Degen, aber konnte immer noch nicht verhindern, dass er in seinem Griff zitterte. Immer wieder schaute er zu der reglosen Gestalt am Boden, die Mercutio gewesen war, als ob er sich jeden Augenblick erheben könnte und alles wieder gut sei.

»Und der wütende Tybalt lebt in Triumph, während Mercutio ermordet wurde«, fuhr Romeo fort und bewegte sich unablässig vorwärts. Seine Stimme klang ruhig und fest, doch zugleich voller Boshaftigkeit. Er begann, den jungen Mann langsam und überlegt zu umkreisen, wobei er immer wieder eine Finte ausführte und mit Tybalt spielte.

Tybalt war wie gelähmt und kaum in der Lage, sich selbst zu verteidigen. All seine Geschicklichkeit und Schnelligkeit hatte er verloren. Er griff seine Waffe nun mit beiden Händen in dem verzweifelten Versuch, das Zittern zu beenden.

»Nun, Tybalt, nimm den ›Schurken‹ zurück, sonst wird einer von uns beiden mit Mercutio gehen!«, rief Romeo.

Verzweifelt stürzte Rosaline hervor. »Fleh um Gnade, Tybalt, oder er wird dich töten! Sie sind in der Überzahl, und er ist grausam und verrückt vor Wut.«

Tybalt schüttelte verbittert den Kopf. »Nein! Er *ist* ein Schurke. Ich werde keinen Meineid leisten und auch nicht vor ihm auf dem Bauche kriechen. Er verdient es zu sterben!«

»Vielleicht, aber selbst wenn, ziehe ich es vor, dass du lebst!« Bei ihren Worten füllten sich ihre Augen mit Tränen, aber sie konnte an Tybalts Gesichtsausdruck ablesen, dass ihr Bitten vergeblich war. Er hatte ein Ziel, und inzwischen war auch seine Hand ruhiger.

Er sprang auf einen Erdhügel, aber Romeo war größer, und sein Alter hatte ihm Erfahrung und Heimtücke gleichermaßen verliehen. Erneut täuschte er einen Angriff vor, den Tybalt parierte, doch dann stieß Romeo wirklich zu. Tybalt sprang zur Seite, aber er war nicht schnell genug, und Romeos Klinge erwischte ihn. Gnadenlos und kalt griff Romeo erneut an und bohrte die Klinge in seine Rippen. Es knirschte, als sie auf Knochen stieß, dann erklang ein hässliches, nasses Geräusch, als sie weiches Gewebe zerschnitt.

Romeo zog die Klinge heraus und setzte erneut an. Diesmal schlitzte er Tybalts Bauch auf und drehte dabei die Klinge.

Rosaline hörte sich schreien. Ein schreckliches Klirren erklang, als Tybalts Degen fiel. Und dann sackte er zusammen, schlug auf dem Boden auf und blieb in einer Pfütze von Blut und Eingeweiden liegen.

»Mörder!«, schrie Rosaline. »Mörder!«

Romeo starrte sie an. Sie rannte zu Tybalt, der reglos dalag, seine Kleider besudelt mit Blut, Schweiß und Scheiße.

»Sag was, Tybalt«, flehte sie und ergriff seine Hand. Aber sie lag schlaff in ihrer. Er sah sie an, seine erste und seine letzte Liebe. Er hatte die Augen vor Schmerz und Überraschung weit aufgerissen. Er öffnete den Mund, und sie beugte sich zu ihm, verzweifelt darauf bedacht, seine Stimme zu hören, aber es kamen keine Worte. Also hielt sie ihn, getränkt in seinem Blut, während seine Gedärme aus ihm herausquollen. Wenige Sekunden nur, dann spürte sie, wie er erschlaffte und starb.

Sie schüttelte den Kopf. Es durfte nicht sein. Rosaline flehte ihn an, Tränen rannen ihre Wangen herab. »Tybalt. Nein! Verlass mich jetzt nicht. Bleib bei mir!« Aber noch während sie sprach, wusste sie, dass es zu spät war: Sein Lebensgeist war gegangen. Seine Augen waren blind und leer, sein Gesicht war von Agonie und Schock verzerrt. Sie nahm seine Hand in ihre beiden Hände. Sie war glitschig von Blut.

Abscheu ergriff sie, als sie sah, wie Benvolio besorgt zu Romeo rannte. »Romeo, geh weg, verschwinde. Die Leute sind auf, und Tybalt liegt erschlagen hier. Steh hier nicht wundernd rum! Fort, schnell!«, rief er.

Es kostete Rosaline körperliche Anstrengung, sich von Tybalts Leiche abzuwenden und zu Romeo zu schauen. Wie mit einem Bann belegt, betrachtete Romeo die Szene und den Ermordeten. »Oh, ich Narr des Schicksals!«

Sie sah, wie sich seine Gesichtszüge vor Selbstmitleid verzogen, sah, wie er ungläubig den Kopf schüttelte. Abgestoßen von seiner Darbietung, ließ sie Tybalts Hand los, erhob sich, rannte zu Romeo und schubste ihn so heftig, dass sein Degen zu Boden fiel. »Das war nicht das Schicksal. Das warst du! Du Höllenfeind!«

Er starrte sie an, so verwundert, als hätte er das Übel, das er über sie gebracht hatte, bloß geträumt, ehe er aufgewacht sei und überrascht festgestellt habe, dass dieser Traum Wirklichkeit war.

Benvolio drängte ihn erneut: »Warum stehst du hier rum? Romeo, verschwinde!«

Durch tränenverhangene Augen beobachtete Rosaline angeekelt, wie Romeo durch die Friedhofspforte stürzte. Sie legte sich neben Tybalts Leiche und nahm sie in die Arme.

Romeo hatte ihr Tybalt geraubt, ihn ihr entrissen, ihren ältesten Freund, den Mann, der sie am meisten geliebt hatte.

Romeo war ein Schurke, ein Mörder und der Dieb aller Hoffnung.

Tybalt hatte sie geliebt, und nun war ihr Herz durchdrungen von Hass. Sie küsste seine Stirn, seine Wangen, seine Lippen – und schmeckte Metall. Seine blicklosen Augen waren offen. Sie versuchte, sie zuzudrücken, aber sie blieben nicht geschlossen, und ihre Finger waren zu rutschig von seinem Blut. Die Nacht roch nach Fleisch wie eine Schlachterei.

Einen Moment später hörte sie Stimmen, die langsam lauter wurden. Capulets. Montagues. Sie kamen. Fackeln loderten wie zur Erde gefallene Sterne.

Benvolio hockte sich neben sie und umfing weich ihre Schulter. »Rosaline? Ist das dein Name? Sie dürfen dich hier nicht entdecken.« Er sagte es freundlich.

Sie rührte sich nicht, ihr war egal, ob sie sie fanden. Aber Benvolio beharrte darauf, drängte sie: »Komm jetzt, junge Rosaline. Sie dürfen dich nicht hier inmitten der Toten finden. Und wenn ich ihnen von dieser blutigen Fehde berichte, werde ich ihnen nicht sagen, dass du hier warst. Dieser schreckliche, fatale Ort ist kein Platz für dich. Ich schwöre es bei meiner Ehre und meinem Leben – ich werde deine Anwesenheit bei diesem Kampf verschweigen. Geh jetzt. Nimm meinen Umhang, um deine blutige Kleidung zu bedecken, und eile nach Hause, schöne Rosaline. Tybalt hätte nicht gewünscht, dass du hierbleibst. Auch er hätte gewollt, dass du von diesem unglücklichen Ort fliehst.«

Die Wahrheit in seinen Worten ließ Rosaline wankelmütig werden. Die Stimmen wurden noch lauter, die Kommenden hatten schon fast die Pforte erreicht.

Sie stand auf, und mit einem letzten Blick auf das Gemetzel wandte sie sich ab und floh vom Friedhof.

11. KAPITEL

Das Leid, die Not, der Kummer macht mich alt.
Oh, Schande auf sein Haupt!

Die große Basilikaglocke verkündete Mitternacht, als Rosaline an das Außentor zum väterlichen Haus hämmerte. Alle Fenster waren dunkel – als ob das Haus bereits in einen Vorhang von Trauerschwarz gehüllt sei –, nur der Schein der Lampe des Nachtwächters warf ein schwaches Licht. Er öffnete für sie das Tor, wobei er nicht die Flecken auf ihrem Kleid bemerkte, die Benvolios Umhang bedeckte. »Sie haben den ganzen Tag nach Euch gesucht, Signorina. Mir wurde gesagt, ich soll Euern Vater wecken, solltet Ihr nach Hause kommen.«

»Ich flehe dich an, tu das nicht. Bitte, Samson, du kennst mich schon mein ganzes Leben lang.«

Er überlegte einen Moment, dann zuckte er zu Rosalines Erleichterung mit den Schultern und zog sich in sein Wachhäuschen zurück. Sie ging langsam ins Haus. Es herrschte Totenstille, das einzige Geräusch war ihr Atem. Wenigstens ihre Bestrafung dafür, einen ganzen Tag verschwunden gewesen zu sein, würde bis morgen warten. Sie konnte jetzt nicht ihrem Vater gegenübertreten. Ihre Beine waren so müde, dass sie kaum genug Kraft hatte, die Treppen zu ihrem Raum, zu ihrem Bett emporzusteigen.

Als sie die Tür zu ihrer Kammer schloss, hörte sie ein rasendes Klopfen an der Eingangstür. Sie hatte es gerade noch rechtzeitig zurück geschafft: Die Wächter waren bereits hier, um ihren Vater aus dem Bett zu holen und ihm die schrecklichen Neuigkeiten zu überbringen. Ihr war übel. Schritte eilten die Treppe hoch, dann hörte sie leise Stimmen. Jemand rannte an ihrer Tür vorbei, aber zu ihrer Erleichterung kam niemand herein. In diesem neuerlichen Tumult schien sie vergessen.

Unwillig betrachtete sie ihren kleinen Raum. Ein frisches Blumensträußchen aus Stiefmütterchen und Rittersporn war auf den Fenstersims gestellt worden, davon abgesehen sah der Raum noch genauso aus wie am Morgen. Dabei gehörte die Tragödie des Tages an die Wände geschmiert. Stattdessen waren sie von makellosem Weiß. Nichts hatte sich hier drinnen verändert. Außer sie selbst.

Ihre Finger waren noch immer schreckenstaub, sodass es sie mehrere Versuche kostete, die Knöpfe ihres Kleides zu öffnen. Es war schwarz vor Schmutz und von Tybalts Blut. Es musste verbrannt werden. Auch ihre Schuhe waren verdorben. Tränen brannten in ihrer Kehle, aber wenn sie sie zulassen würde, fürchtete sie, dass sie nie wieder aufhören konnte zu weinen. Sie hatte gehört, dass das Herz vor Liebe anschwellen konnte und dass das Herz von Eltern bei jedem neuen Kind größer wurde, aber konnte sich das Herz auch von Trauer und Schmerz aufblähen? *Oh, unbedachter, leidenschaftlicher, freundlicher, dummer Tybalt.*

»Gib mir meinen Tybalt zurück«, flüsterte sie mit unsicherer Stimme in den leeren Raum. »Jetzt, wo er tot ist, nimm ihn zu dir, und lass sein Antlitz in den Sternen erscheinen.« Sie schluckte schwer gegen den Kloß in ihrer Kehle an. »Ich werde den Himmel betrachten und ihn dort oben sehen.«

Sie sammelte ein paar Stücke Anmachholz zusammen, warf sie auf den Kaminrost und setzte mithilfe der Kerze von ihrem Nachttisch ihr Kleid in Brand. Obwohl die Nacht lau war, fröstelte sie, und ihre Finger zitterten so heftig, dass sie mehrere Versuche brauchte, bis der Stoff endlich brannte.

Nun war sie nackt, beschmiert mit getrocknetem, bröckeligem Schlamm, Blut und Hautfetzen. Sie umfasste ihre Beine und biss die Zähne aufeinander, um sie am Klappern zu hindern. Vor der Feuerstelle rollte sie sich zusammen und beobachtete, wie das Tuch schwelte und die Feuerzungen daran leckten. Der Rauch stank beißend. Tybalt war gestorben, weil er ihre Ehre wiederherstellen wollte, was niemand wusste. Was niemand jemals erfahren durfte. Sie drohte an Einsamkeit und bitterem Rauch zu ersticken.

Als sie am nächsten Morgen erwachte, lag sie noch immer auf der rauen Matte vor der Feuerstelle. Ihr Haar stank nach Asche, und ihre Haut war gesprenkelt mit Ruß. Einen glückseligen Moment lang glaubte sie, alles sei nur ein widerwärtiger Traum gewesen. Aber dann sah sie das verdreckte Leder ihrer Schuhe, die in dem Kaminrost eingeklemmt waren. Von den knotigen Sohlen ging der Geruch nach verbranntem Fleisch aus. Durch das Strahlen des Morgens schwamm der Horror der Nacht zurück zu ihr.

»Tybalt ist tot. Tybalt ist tot, und Romeo hat ihn ermordet.« Wieder und wieder murmelte sie die Worte, als ob sie allein durch die ständige Wiederholung Sinn ergaben, wie ein komplizierter Katechismus. Aber das taten sie nicht. Die Welt selbst hatte keinen Sinn.

Ihre Anordnung war falsch ausgerichtet und fremd, ihre Sphären zersprungen. Dass eine verdorbene und niederträchtige Kreatur wie Romeo noch auf der Welt wandelte und gedieh, während der noble Tybalt kalt und still dalag und sein Fleisch zu verwesen begann, zeigte, wie zerstört die Welt war.

Wie konnte sie zum Himmel oder zu einem Gott beten, der über eine Welt wie diese herrschte? Ihr Kopf schmerzte, ihre Kehle war staubtrocken, und es fühlte sich an, als sei ihre Seele roh und wund.

Es klopfte an der Tür, dann eilte Caterina herein. Als sie sah, dass Rosaline bäuchlings auf dem Fußboden lag, rannte sie zu ihr, kniete sich hin und nahm sie in den Arm.

»Du hast also das Gerücht gehört, aber mach dir keine Sorgen. Es kann nicht wahr sein! Unser Tybalt ist nicht tot. Davon bin ich überzeugt.«

»Oh, ich wünschte, dem sei so!«, rief Rosaline. Sie atmete den süßen, vertrauten Duft von Caterinas Haut ein. Caterina umarmte sie so fest, dass sie Mühe hatte zu atmen.

»Wir müssen uns sagen, dass er jetzt beim heiligen Petrus ist«, sagte Caterina.

Bei diesen Worten begann Rosaline zu schluchzen. Es war ihr unmöglich aufzuhören. Sie konnte nur daran denken, wie gelangweilt Tybalt im Himmel wäre, dass er sie vermissen würde. Auch Caterina weinte und hielt sie nur noch fester.

Nach einigen Minuten wurde der Tränenstrom schwächer. Die Dienstmagd ließ sie los, setzte sich auf und realisierte endlich, dass Rosaline nackt und dreckig war.

»Wo ist deine Kleidung?«

»Ich habe sie verbrannt«, sagte Rosaline, ohne sich zu rühren. Sie wartete darauf, dass Caterina den Grund dafür wissen wollte. Aber nach all dem Schrecken wollte diese offenbar nicht noch mehr schlechte Nachrichten hören. Ihre Augen tränten, ihre Nase lief, und sie wischte die Flüssigkeiten an ihrer Schürze ab. Schließlich stand sie auf.

»Dein Vater will dich sehen«, sagte sie. Sie ergriff Rosalines Hand und zog sie hoch. »Er ist sehr verärgert. Wir müssen dich erst mal sauber kriegen.«

Rosaline ließ zu, dass sie sie zu einer Kanne mit Wasser und einer großen Schüssel zerrte.

Gefügig wie ein gescholtenes Kind stand sie da, während Caterina sie schrubbte und Bemerkungen über den ungebührlichen Zustand ihrer Haut, ihres Haars und ihrer Hände machte.

Als die Dienstmagd fertig war, nahm sie ein sauberes Kleid aus der Truhe, zog es Rosaline an und band die Bänder zu. »Du musst nun zu deinem Vater gehen. Er ist in seinem Zimmer. Und er weiß nicht, dass du die schrecklichen Neuigkeiten bereits erfahren hast. Es wurde mir streng verboten, dir etwas zu sagen. Er will es dir selbst mitteilen.«

Dankbar für die Warnung, drückte Rosaline ihre Hand. Dann stieg sie langsam die Treppe hinunter, ihre Füße bleischwer auf den Stufen. Nichts war jetzt noch von Bedeutung. Erst Emelia, jetzt Tybalt. Der Tod verfolgte sie. Er saß auf seinem schwarzen Pferd und beobachtete sie aus leeren Augenhöhlen.

Im Haus herrschte Stille, die Spiegel an den Wänden waren umgedreht oder verhangen worden. Sie konnte ihr eigenes trauriges Spiegelbild nicht sehen, und wenigstens dafür war sie dankbar.

Die schwere Tür stand offen, und Rosaline betrat den Raum, ohne anzuklopfen. Sie blieb stehen und beobachtete ihren Vater. Er war über sein Kontenbuch gebeugt und schrieb noch einige Augenblicke weiter, bis er sie bemerkte. Das Zimmer roch genau wie immer, feucht und dumpf wie ein Grab. Die unteren Bereiche der Wände waren mit grünem Schimmel überzogen. Emelias Miniatur lag auf Masettos Schreibtisch und betrachtete sie voller Sympathie, die verschlossene Truhe stand unter dem Fenster, ein weiteres Symbol ihrer Schuld.

Während sie sie betrachtete, schien die Kiste zu vibrieren und zu klappern. Vielleicht hatten ihre Trauer und ihr Unglück sie um den Verstand gebracht, und sie war verrückt geworden? Sie schloss die Augen. Als sie sie wieder öffnete und die Truhe erneut betrachtete, war alles ruhig. Masetto blickte hoch. Ungehalten verzog er bei ihrem Anblick das Gesicht. Er legte den Stift hin.

»Tochter, ich sehe, dass ich dir nicht trauen kann! Wie hast du dich gestern weggeschlichen? Das war ein Blutsverrat. Ich dachte, du seist weggelaufen. Den ganzen Tag warst du fort und einen Großteil der Nacht! Ich dachte, dir sei etwas zugestoßen. Was, wenn dir jemand Gewalt angetan hätte?«

Während er sprach, überkam Rosaline unerwartet ein Gefühl tiefer Scham. Sie hatte nicht beabsichtigt, ihren Vater zu beunruhigen. Normalerweise fiel ihm ihre Abwesenheit nicht auf, also war es nicht wahrscheinlich gewesen, dass er sich Sorgen machte. Reuevoll senkte sie den Kopf. Masetto beharrte auf seinem Standpunkt, schlug mit der Faust auf das Kontenbuch und sagte: »Ja, in der Tat, was, wenn dir etwas passiert wäre? Dich jemand gar missbraucht hätte?«

Bei seinen Worten verengten sich Rosalines Augen, und die Reueblase zerbarst. Es war der Erhalt ihrer kostbaren Jungfräulichkeit, die ihm Sorge bereitete, nicht sie als Person. Es war ihr guter Ruf – und damit sein eigener –, der ihm etwas bedeutete, und nicht sie selbst.

Sie bot ihm keine Erklärung und auch keine Entschuldigung, sondern verfiel nur in trotziges Schweigen.

Ungehalten grunzte er und unterstrich mit einer Handbewegung das Ende dieses Gedankens. »Du bist unbezähmbar. Du und dein Cousin Tybalt, ihr beide seid es. Und jetzt, Tochter, muss ich dir leider sagen, dass Tybalt tot ist.«

Obwohl sie die grauenhafte Neuigkeit bereits wusste, hörte Rosaline sich selbst einen kleinen Schrei ausstoßen. Tränen begannen ihr über die Wangen zu rinnen.

Ihr Vater seufzte und betrachtete sie unbehaglich und mitleidig zugleich, dann beschäftigte er sich wieder damit, Papiere auf seinem Schreibtisch zu sortieren, die dies nicht bedurften.

Rosaline bemerkte, dass ihre Atemzüge unregelmäßig waren, dass sie anfing zu schwitzen und es in ihren Ohren summte. Dennoch schaffte sie zu fragen: »Wie ist das geschehen?«, als ob sie es nicht schon längst wüsste.

Ihr Vater warf ihr einen Blick zu. »Tybalt missachtete die Anordnung des Fürsten und ließ sich in einen Kampf mit den Montagues verwickeln. Er brachte Mercutio um und wurde im Gegenzug von Romeo getötet.«

Sie ersparte sich jede Bemerkung, denn sie fürchtete, dass sie, würde sie etwas sagen, sich übergeben musste. Sie hatte einen bitteren, scharfen Geschmack im Mund, und plötzlich war sie wieder auf dem Friedhof, ihre Füße schwer von Schlamm und Unrat, Tybalt zusammengesunken zu ihren Füßen, seine Augen offen und blicklos wie ein toter Vogel, der zu Boden gestürzt war.

Masetto schnippte mit den Fingern vor ihrem Gesicht. »Hast du die Sprache verloren?«

Rosaline schluckte. Sie schmeckte Erbrochenes. »Wenn es mir mit meinen kleinen Händen nur möglich wäre, den Tod meines Cousins zu rächen, würde ich Romeo Montague persönlich umbringen.«

»In der Tat«, sagte Masetto erfreut. »Möge er Tybalt bald Gesellschaft leisten. Dann wirst du hoffentlich zufrieden sein.«

»Ich werde nie zufrieden sein, bis ich Tybalt zurückhabe!«, rief sie weinend. »Mein Herz ist tot.«

»Genug«, sagte Masetto. Er schien peinlich berührt, dass er zu sehr auf ihre Gefühle eingegangen war. »Gott weiß, dass ich versucht habe, ein umsichtiger Vater zu sein. Aber als Kinder wolltet weder du noch Tybalt die Regeln befolgen, weder nach Vorschrift noch nach der Peitsche. Und jetzt, als Erwachsene, seid ihr beide so unbeherrscht und so ungebärdig, immer nur auf euch selbst bedacht. Nun hat der arme Tybalt dafür leider mit seinem Tod bezahlt. Ich fürchte, dass du die Nächste sein wirst.« Verärgert und bedauernd wandte er sich von ihr ab. »Gut, ich kümmere mich nicht mehr darum. Wenn der heutige Tag um ist, wirst du ins Kloster geschickt.«

Erbleichend starrte sie ihn an, aber erwiderte nichts.

»Was? Kein trotziger Tadel?«, fragte er.

»Euer Entschluss steht, Vater. Würde ich etwas dagegen sagen, bestätigte ich nur Eure Meinung, dass ich widerspenstig und aufsässig bin. Mein Elend ist grenzenlos. Es kümmert mich nicht länger, wo ich bin.«

Ihr Vater seufzte und rieb sich die Schläfen. »Ich sehe, dass der Schmerz schwer auf dir lastet«, erklärte er, nun freundlicher. »Aus Respekt vor deiner Liebe zu deinem Cousin erlaube ich dir, dass du am Begräbnis teilnimmst. Danach wirst du dich sofort auf den Weg machen. Nun geh zu Julia. Ihr könnt euch gegenseitig wegen dieses bedauernswerten und vorzeitigen Verlustes trösten.«

Ohne ein weiteres Wort zog Rosaline sich zurück. Aber als sie in den Hof trat, war in ihrem Ärmel das Porträt von Emelia versteckt, an seiner goldenen Kette befestigt. Rosaline war bereits eine Diebin. Beim ersten Mal war sie zögerlich gewesen und hatte zu einer verbrecherischen Handlung gedrängt werden müssen. Diesen zweiten Diebstahl hatte sie für sich selbst und ohne zu zögern ausgeführt. Im Kloster würde sie sich jeden Tag der Buße hingeben, aber diese Sünde war die Bestrafung wert.

Julia wartete bereits im Obsthain auf sie, verborgen zwischen den Pflaumenbäumen. Eine Amsel saß im Wipfel, ihr Schnabel ein gelber Streif, während sie ihre Freude über den Morgen hinausschmetterte. Die Sonne war bereits so heiß wie das Feuer eines Schmieds, angeheizt, um die Welt zum Schmelzen zu bringen und neu zu formen.

Julia öffnete die Arme, und Rosaline rannte zu ihr. Eng umschlungen saßen die Mädchen im Schatten und weinten, während die Vögel zwitscherten und die Sonne strahlte.

»Dieser Höllenfeind hat unseren Cousin umgebracht«, spie Rosaline aus, als sie wieder sprechen konnte.

Julia sah sie einen Moment an, bevor sie ihre nackten, schmutzigen Knie genau untersuchte. »Ich kann nicht schlecht über meinen Ehemann reden«, sagte sie. »Wenn er sich nicht gewehrt hätte, hätte Tybalt ihn umgebracht.«

Bei ihren Worten wich Rosaline entsetzt zurück. Ihre Wangen waren rot gefleckt. »Dein Ehemann! Du stehst immer noch zu ihm? Zu deinem Lord, der kaum zwölf Stunden über dich herrscht? Romeo, der unseren Verwandten ermordet hat? Unseren Spielgefährten? Unseren Tybalt?« Sie sprach, obwohl die Tränen sie fast erstickten. »Romeo hat mit ihm gespielt und ihn getötet, als sei er nichts. Als sei Tybalts Leben nichts. Romeo stieß seine Klinge zwischen seine Rippen. Ich habe gehört, wie es klang. Nass und glitschig. Ich war dabei, als Tybalt fiel und starb.«

Julia sah sie ungläubig an.

»Und als das Leben des armen Tybalt erlosch«, fuhr Rosaline fort, »fühlte Romeo keine Spur Mitleid außer für sich und sein Dilemma. Seine Gedanken galten nur sich selbst.«

Julia verschränkte die Arme und wandte sich von ihr ab. »Das ist nicht wahr. Romeo ist ein ehrlicher Mann. Sie fochten, und er hatte keine andere Wahl, als sich vor Tybalts heftig geführter Klinge zu verteidigen.«

»Und ich sage dir, es ist wahr, denn ich war dabei und war Zeugin dieses kalten, brutalen Kampfes.« Rosalines Stimme brach. Sie wandte den Blick ab und trocknete ihre Tränen. Erneut meinte sie den stinkenden Schlamm des Friedhofs zu riechen, das Blut, die Fäulnis und die Schreie.

Julia starrte sie entsetzt an, dann griff sie nach ihrem Arm und sagte leise: »Ich wusste nicht, dass du da warst.«

Rosaline schüttelte ihre Hand ab. »Niemand weiß das. Benvolio Montague hat geschworen, dass er es niemandem sagt, und er scheint sein Wort gehalten zu haben. Aber was nützt das? Was nützt überhaupt irgendwas, wenn du bei Romeo bleibst? Tybalt kämpfte und starb für uns beide.«

»Er hat Mercutio getötet, Rosa! Er hätte auch Romeo umgebracht!«

»Ja, um meine Ehre und auch deine wiederherzustellen. Es war unbesonnen von ihm. Er war voll jugendlicher Unbedachtheit. Aber seine Absicht jetzt abzutun, stellt seinen Tod als bedeutungslos hin. Tu das nicht, Julia. Sprich ihm Bedeutung und Tapferkeit zu. Ich bitte dich.«

»Wie?«

»Sag mir, dass du nicht bei Romeo bleibst. Dass du ihn nicht liebst.«

»Das kann ich nicht, Cousine. Ich kann das nicht leugnen.«

Rosaline schüttelte den Kopf. »Dann bringst du Tybalt zwei-mal um. Denn auch die Erinnerung an ihn tötest du.«

»Hör auf, Cousine! Das ist zu grausam. Ich leide auch.«

»Wie denn? Neben deinen Tränen scheint es dir gut zu ge-hen.«

»Romeo ist wegen seiner Tat verbannt worden. Ohne ihn bin ich zu einem lebendigen Tod verurteilt.«

»Ha! Dieser Garten, diese Früchte, diese Freunde«, sagte Ro-saline, riss einen unreifen Apfel und eine grüne Pflaume von den Ästen und schleuderte sie zu Boden. »Das ist kein lebendi-ger Tod. Eines Tages, wenn du es wünschst, kannst du zu ihm fliehen.« Sie hielt inne. Die Verzweiflung raubte ihr den Atem, und ihr war schwindelig. »Doch ich fürchte, es wird nicht lan-ge dauern, dass auch du erkennst, wie Romeo wirklich ist. Und dann wirst du nicht einen lebendigen Tod, sondern einen Tod ohne Leben finden.«

Julia hielt sich die Ohren zu. »Still! Hör auf. Sag nicht so et-was. Ich will es nicht hören.«

Zornige Blasen schienen unter Rosalines Haut zu zerplatzen. Dennoch wollte sie Julia nicht verlassen, nicht so voller Feind-seligkeit. Sie zumindest wusste, wer der wirkliche Feind war, selbst wenn Julia ihr Wissen noch nicht teilte. Beim Versuch, vernünftig zu klingen, atmete sie tief durch. »Ich sage das nicht, um dich zu verletzen, Julia, sondern aus Angst um dich. Ab morgen kann ich dir nicht länger helfen. Wir müssen uns heu-te trennen, und ich hoffe, das werden wir als Freundinnen tun. Noch heute Abend mache ich mich auf den Weg zum Kloster.«

»Oh, Rosaline! Wir sind beide verdammt! Du hinter Mauern und ich im Fegefeuer.«

Bei ihren Worten kochte Rosalines Temperament erneut hoch. »Darauf zu warten, dass du deinem Geliebten nach Mantua folgen kannst, ist nicht das Fegefeuer! Tybalt ist tot, ausgelöscht«, sagte sie so laut, dass es fast wie ein Rufen klang. Vergessen war ihr Vorsatz, ruhig zu bleiben. Wütend betrachtete sie Julia, spürte ihren klopfenden Puls in ihrer Stirnader. Julia hatte Tybalt vergöttert. Dennoch schien diese teuflische Liebe für Romeo sie selbst gegen die scharfe Klinge der Trauer abzustumpfen. Julia mochte weinen und beteuern, dass ihr Herz gebrochen sei. Aber ihre Wangen waren mit Rosen und Tau bedeckt.

Unglücklich schwiegen die beiden Mädchen, unfähig, sich gegenseitig zu trösten. Sie blieben in der Astwiege des Apfelbaums sitzen. Fast berührten sich ihre Knie, dennoch hatte sich Rosaline noch nie so beraubt aller Gemeinsamkeiten und so einsam in Julias Gegenwart gefühlt.

Sie wusste nichts mehr zu sagen, das Julia erreichen und sie von Romeos Bösartigkeit überzeugen würde. Diese monströse Liebe hatte Julia gegen ihre Worte gewappnet.

Lärm schallte vom Haus zu ihnen herüber. Dann sah Rosaline, wie Lauretta durch das vertrocknete Gras und durch den Obsthain auf sie zukam. Sie beschirmte mit der Hand die Augen, um sie vor dem gleißenden Sonnenlicht zu schützen. Laut rief sie ihnen etwas quer durch den Garten zu. »Hat sie dir die Neuigkeiten berichtet? Es gibt freudige Neuigkeiten inmitten unserer Trauer. Wird sie nicht eine wunderschöne Braut sein?«

Rosaline war verwirrt. Ihre Tante konnte unmöglich über Julias Hochzeit mit Romeo erfreut sein. Julia hatte ihr doch sicher nichts davon erzählt?

Lauretta trug einen eleganten Trauerschleier, der im Haar befestigt und mit aufwendiger Stickerei versehen war, und hatte sich einen schwarzen Samtmantel über die Schultern geworfen.

Das, vermutete Rosaline, sollte ihre Trauer über den Verlust ihres Neffen zeigen. Denn ihr Gesichtsausdruck zeigte es nicht. Ihre Augen strahlten, sie wirkte keineswegs niedergeschlagen, lächelte stattdessen fröhlich. *Eine Speiche des Schicksalsrads musste in der Tat geschnappt und gebrochen sein.* Nur einen Tag nach dem Mord an ihrem Neffen gab Lauretta sich froh gelaunt, und Julia flatterte von Freude zu Trauer wie eine Elster: Ihre Gedanken bewegten sich ruhelos zwischen Liebe, Ehe und Tybalts vorzeitigem Tod hin und her.

Rosalines eigene Gedanken drehten sich nur um Tybalt, und sie nahm Julia ihre Freude übel. Doch Julia schien unter dem Blick ihrer Mutter zusammenzusinken. Lauretta klatschte freudig und erwartungsvoll in die Hände. »Am Morgen des nächsten Donnerstags wird der noble, ehrenwerte Gentleman Paris in der Peterskirche Julia zu seiner glücklichen Braut machen.«

Julia schwieg.

Rosaline betrachtete sie mitleidig. Jetzt verstand sie, warum Julia sich als im Fegefeuer verbannt betrachtete. Das waren in der Tat bittere Neuigkeiten.

Lauretta brüstete sich schwelgend mit der Aussicht auf die kommende Hochzeit und plauderte über die zu erwartenden *contra donora*, die Geschenke des Bräutigams – ein so reicher Gentleman würde seiner Braut sicher eine wunderbare Auswahl von Kleidern und wertvollen Juwelen bringen, und oh, was für eine Ehre, nun einen so intimen Freund des Fürsten in der Familie zu haben, und in der Tat, Gold und Geld. Während Lauretta schnell und pausenlos weiterplapperte, wurde Julia immer bleicher, verblasste wie der Mond am Morgenhimmel.

Rosaline verabscheute Lauretta für ihre Fröhlichkeit in so einem Augenblick. Wie konnte sie nur an etwas anderes als an

Tybalt denken? Ihre Liebe war so flach wie ein Sommerbach, während Rosalines eigene Liebe wie ein Strom war, weit und tief.

Allmählich verstummte Laurettas Geplauder, das sich nur um sie selbst drehte. Sie ging ins Haus zurück und ließ die Mädchen wieder unter den Apfelbäumen allein.

Julia wandte sich an Rosaline, sie wirkte betroffen und war blass. »Verstehst du jetzt? Wie kann denn diese Verbindung verhindert werden? Kannst du mich trösten?«

Darauf konnte Rosaline ausnahmsweise nichts erwidern.

Julia pflückte ein Blatt und zerrieb es zwischen den Fingern. »Die Amme drängt mich, Romeo zu vergessen und Paris zu heiraten. ›Er ist so ein wunderbarer Ehrenmann.‹ Aber mein Ehemann ist auf Erden, und mein Glauben gehört dem Himmel. Was soll ich nur tun, Cousine?«

Rosaline schlang einen Arm um Julias magere Schultern. »Nicht alles ist verloren«, sagte sie. Sie wusste, dass das nur ein schwacher Trost war, aber in diesem Moment fiel ihr nichts anderes ein. Julia wurde an einen reichen Mann gegeben, sie an Gott. Sie hatten beide keine Wahl in diesem Handel.

»Paris ist alt und fett, und ich liebe ihn nicht«, sagte Julia angeekelt. »Er schaut mich an, als ob ich ein kleiner, leckerer Pfannkuchen bin, den er sich in den Mund stopfen will.«

Rosaline drückte sie an sich.

»Wenn alles fehlschlägt, bleibt mir immer noch die Kraft, meinem Leben ein Ende zu setzen«, fuhr Julia fort. Sie fuhr sich über die Wange, um sich die Tränen fortzuwischen.

Trotz der Hitze erschauderte Rosaline. »Nein! Sagst du das, oder ist es Romeo, der aus dir spricht? Vom Tod haben wir genug. Ich flehe dich an, nein.«

Romeo war wie ein Parasit. Er schlang sich um Mädchen

und zerstörte sie mit Gedanken über Tod und Selbstverletzung. Bevor sie ihn getroffen, sich in ihn verliebt hatte, hatte Julia niemals so gesprochen.

»Ich würde lieber von den Zinnen eines Turms springen, ehe ich Paris heirate«, beharrte Julia. »Oder mich mit Ketten an brüllende Bären fesseln lassen. Oder mich in einem Beinhaus verstecken, in dem die Knochen der Toten laut klappern. All das würde ich ohne Furcht oder Zweifel tun.«

Rosaline umarmte sie fest. »Das bezweifle ich nicht, aber lass uns hoffen, dass es nicht dazu kommt.«

Julia griff in ihren Ärmel und zog einen kurzen Dolch mit rostiger Klinge heraus. Mit einer ruckartigen Bewegung hielt sie ihn Rosaline hin. »Oder ich benutze dieses Messer.«

Rosaline versuchte, ihn ihr zu entwenden. »Julia, nein!«

Bevor Rosaline ihn ihr wegnehmen konnte, verbarg Julia die Waffe wieder in ihrem Kleid.

»Du bist zu jung und zu schlau, um so über den Tod zu sprechen«, sagte Rosaline bittend. »Hast du denn keinen Respekt vor dem Leben?«

»Für ein Leben, das so ist? Nein, Cousine.«

»Du bist die süßeste Blume, und ich werde zu verhindern wissen, dass Paris dich pflückt«, beharrte Rosaline. »Ich bitte dich, traue mir und nicht Romeo.«

Julia antwortete nicht, aber Rosaline bemerkte, dass etwas Farbe in ihre bleichen Wangen zurückgekehrt war.

Rosaline hoffte, dass Romeo vorsichtig mit ihr in der Hochzeitsnacht umgegangen war, dass er wenigstens in diesen Stunden so freundlich gewesen war und die Liebe so glaubhaft gemacht hatte, wie es ihm möglich war. Er war schließlich sehr erfahren. Aber als der Dolch rutschte, schaute er wieder aus Julias Ärmel hervor. Rosaline schob ihn zurück in sein kleines

Versteck, doch dabei fielen ihr hässliche rote Schnitte an der Innenseite von Julias Handgelenken auf.

Verstohlen bemerkte Julia ihren Blick und zog ihre Ärmel rasch tiefer. Rosaline sagte nichts, aber ihr drehte sich fast der Magen um. Es war egal, ob Romeo oder Julia selbst die Klinge geführt hatte. Es waren Wunden, die er auf dem Gewissen hatte.

Jeder Teil von ihr, der einst voller Liebe für ihn gewesen war, war nun von Hass auf ihn eingenommen.

Die Mittagsstunde war nah, als Rosaline mit rasendem Herzen durch die leeren Straßen nach Hause ging. Ihre Gedanken überschlugen sich. Sie war die Einzige, die wusste, dass Julia Romeos Beute war. Die Einsamkeit dieses entsetzlichen Wissens erschreckte sie. Aber sie durfte es mit niemandem teilen, denn sonst würde man auch Julia hinter Klostermauern verbannen, wo sie aller Freuden beraubt sein würde.

Rosaline war überzeugt, dass Romeo verstand, wie riskant Julias Dilemma war. Wie auch bei ihr, war Julias Verletzbarkeit etwas, das Romeo besonders ansprach. Er war ein aufmerksamer Jäger. Er suchte sich die Mädchen sorgfältig aus und stellte sicher, dass Amors Pfeil, selbst blind abgeschossen, sie nicht verfehlte.

Romeo taumelte nicht in Liebesturbulenzen, sondern trat vorsichtig mitten hinein. Er suchte junge, einsame Mädchen aus, die rasch dem Charme seiner poetischen Sprache und seinem einnehmenden Äußeren verfielen. Erwachsene Frauen waren nicht so leicht durch Worte oder gutes Aussehen zu überzeugen. Rosaline empfand ihn als die schlimmste Sorte Raubtier. Er war schön, mit sauberen weißen Zähnen und einem vollendeten Lächeln, das Leben versprach und Tod bescherte. Die

Liebe mit ihm war sinnlich, köstlich und verhängnisvoll: Er war nicht nur ein Jäger, sondern auch ein Dieb, der die Seelen der Mädchen raubte.

Sie dachte an die Wunden an Julias Handgelenken. Vielleicht wusste Julia es noch nicht, aber ihre Zerstörung hatte bereits begonnen. Rosaline fühlte sich leer, als ob ihr Inneres so hohl wie ein geplündertes Grab war.

Es war diese verkommene Stadt, die es Romeo ermöglichte, sich zu erheben und sich unbeobachtet zu bewegen. Die ehrwürdigen Bewohner, Mütter und Väter, hatten ihm erlaubt, sich ungehindert einzuschleichen, wie die Ratten und die wilden Hunde. Die guten Leute weigerten sich, ihn als das zu sehen, was er wirklich war. Ihre Blindheit war schuld daran, dass Rosaline, Julia und die anderen Mädchen sich in seine Arme geflüchtet hatten.

Er schien den Mädchen einen Ausweg aus ihrer Unsichtbarkeit anzubieten, von der Gleichgültigkeit, die ihnen andere entgegenbrachten, oder auch von einer Ehe, die der Vater vorschrieb und die sich wie die Gitterstäbe einer Gefängniszelle anfühlten. Im Moment konnte Julia nicht genug von Romeo bekommen. Aber wenn ihr Hunger auf ihn gestillt war, würde sie – zu spät – erkennen, dass dieses Festmahl aus verdorbenen Speisen bestanden hatte.

Rosalines Ärger auf Julias Eltern wandelte sich in Wut. Was hatten Lauretta und der alte Capulet für ein Problem? Und die Amme? Sie mussten unter einem unglücklichen Stern geboren worden sein. Wie konnten sie Julia nur drängen, Paris zu heiraten? Julia war immer noch erst dreizehn. Was Julia gesagt hatte, stimmte – Paris lief das Wasser im Mund zusammen, wenn er sie nur ansah. Er war gierig nach ihr. Und trotzdem, wenn Paris zu alt für Julia war, war es Romeo ebenso.

Es betrübte Rosaline auch, dass Julia mit Romeo geschlafen, dass sie ihn geheiratet hatte. Warum hatte die Amme sie darin bestätigt, diese unberechenbare Romanze gefördert, anstatt Julia davor zu warnen? Wenn Julias Eltern von dieser heimlichen Liebe erführen, wären sie bestürzt und würden sie verbannen. Und trotzdem waren sie mit dieser politischen, zweckdienlichen Verbindung zu Paris höchst einverstanden. Nichts würde sie davon abbringen, nicht einmal Tybalts Leiche.

Rosaline musste an seine warmen, frechen braunen Augen denken, die nun blicklos und stumpf waren.

Lauretta, die Amme, der alte Capulet und die guten, ehrlichen *Hypokriten* von Verona waren schuld daran, dass Julia glaubte, es sei richtig zu heiraten, obwohl sie noch ein Kind war. Während ihre Familie versuchte, ihr Paris oder jemanden anderen schmackhaft zu machen, hatte sie unmerklich Julia für Romeo vorbereitet. Ihre Arme waren geöffnet, sie war bereit gewesen.

Rosaline war noch immer in zornigen Träumereien versunken, als sie den Hof des väterlichen Hauses betrat. Dabei wurde sie fast von Caterina umgerissen, die auf sie zustürzte, sie umarmte und laut weinend rief: »Was für ein Tag! Tybalt war so ein guter Junge, ach was, ich darf nicht lügen, er war der ungezogenste, aber ich habe ihn geliebt.«

Rosaline nickte. »Das tat ich auch. Er war mein bester Freund. Und jetzt brennt in meinem Herzen das Feuer der Rache.«

Caterina hielt inne und starrte sie aus ihren geschwollenen roten Augen an. »Nein. Lass das. Rachedurst ist nicht gut für dich.«

Rosaline ballte die Hände zu Fäusten. Sie war es leid, dass

man ihr sagte, was gut oder was schlecht für sie war. Wenn sie gegen Romeo kämpfen könnte, würde sie es tun.

Sie lachte leise, als ihr bewusst wurde, dass sie allmählich genauso heißblütig wie Tybalt wurde. Vielleicht lag es auch an der Gluthitze dieses Sommers, dass sie so empfand.

Sie folgte Caterina langsam in die Küche, wo diese Zutaten zusammensuchte und begann, etwas zu kochen. Auch wenn Caterina außer sich und ihr Verstand hilflos waren, wussten ihre Hände genau, was sie zu tun hatten.

Rosaline setzte sich auf eine Bank neben dem offenen Herd und beobachtete, wie schon Tausende Male zuvor, wie Caterina Klumpen von milchigem Schmalz zwischen ihren Fingern in schneeweiße Mehlkipfel quetschte. Wieder kamen ihr die Tränen. Als Kinder hatten sie und Tybalt hier gesessen, zusammengekauert unter dem Tisch aus Pinienholz. Sie hatten die Ohren der Spaniel, die sich gern in der Küche aufhielten, gestreichelt und Caterina beim Kochen zugeschaut und dabei mit den Hunden um kleine Bissen gewetteifert. Jetzt empfand sie die Abwesenheit ihres Freundes neben sich wie eine dunkle Leere. Es verlangte sie nach dem Trost seiner geisterhaften Gegenwart, nach einem kindlichen Phantom eines jungenhaften Tybalt, der den Löffel ableckte oder an einem Zuckerstab mit Zimtgeschmack lutschte. Aber da war nichts. Nur das Zirpen der Zikaden und das wirbelnde Mehl, das auf den Boden schneite.

Caterina löste das große Nudelholz aus seiner Halterung über dem geschrubbten Tisch und begann, den Teig auszurollen und ihn in die Form zu pressen. Wieder lag ein brauner, ineinander verknoteter Haufen Aale auf dem hölzernen Schlachtblock. Sie rochen nach frischem Flusswasser und Schlamm und Fisch und Kindheitssommern.

Caterina nahm jeden zwischen zwei Fingern hoch, häutete ihn mit einem Messer, entfernte die Gräten und warf sie fort. Die Schneide des Messers machte in dem raschen Tempo ein klickendes Geräusch, aber Caterina schnitt sich nie.

Der Haufen der schwarzen, glänzenden Haut und der Fischinnereien wuchs, während sie die zerschnittenen Aale auf den Boden der Pastete legte. Zum Schluss rieb sie noch Muskatnuss darüber, bevor sie sie mit einer letzten Teigscheibe versiegelte.

Rosaline lachte traurig auf. Das war nun ihre letzte Aalpastete in diesem Haus. Ihre Tage wurden tatsächlich in Aalen gemessen, die Seit' an Seit' ausgelegt wurden.

»Ich werde morgen fahren, Caterina«, sagte sie leise. »Die Zeit ist gekommen. Wenn ich gehe, kommst du mit?«

Caterina schob die Pastete in den Ofen und richtete sich auf. »Ich habe mich mir nie als Nonne vorstellen können, auch wenn ich dich wirklich liebe.«

Rosaline lächelte. »Du sollst nicht Nonne werden, sondern in der Klosterküche arbeiten. Sie müssen doch eine Köchin wie dich wollen. Was sagst du? Kommst du mit?«

Caterina sah sie an. »Ich denke darüber nach. Selbst als Nonne wirst du jemanden brauchen, der auf dich aufpasst.«

»Das werde ich sicher«, pflichtete Rosaline ihr bei. Sie musterte Caterina, dann sagte sie: »Und vielleicht, eines Tages, nicht sofort, aber in einem Monat oder in einem Jahr, finden wir zusammen einen Weg, das Kloster wieder zu verlassen. Dann beginnen wir irgendwo ein neues Leben. Eigentlich weiß ich nicht, was du getan hast und wie du warst, bevor du zu uns gekommen bist. Aber vielleicht können wir etwas ganz Neues wagen?«

Caterina sah traurig aus und antwortete nicht.

»Komm, es ist möglich«, beharrte Rosaline. »Wir segeln nach Illyrien oder sogar nach England.«

Irgendwann hatte sie gehofft, diese Reise mit Tybalt zu machen, aber das würde nicht stattfinden. Es war ein bitterer Gedanke, ihre erträumten Abenteuer nun Caterina anzubieten. Die Dienstmagd sagte nichts. Sie hatte nichts von Tybalts ungestümer Begeisterung.

Schließlich sagte sie: »Sprich mit deiner Äbtissin, und finde heraus, ob ich wirklich in der Küche arbeiten könnte. Solange die Dienerschaft kommen und gehen darf, wie es ihr beliebt, werde ich es erwägen.« Der Duft der Pastete breitete sich in der Küche aus und stieg zur Decke.

Caterina setzte sich neben Rosaline und strecke ihre Beine aus. »Zumindest bist du frei von Romeo«, sagte sie vorsichtig. »Er kann sich ein anderes Mädchen suchen, dass seine Lady spielt.«

Verschämt biss sich Rosaline auf die Lippen, als sie daran dachte, dass es ihre Schuld war, dass er Julia begegnet war. Wenn sie nicht gewesen wäre, wäre er nicht auf den Ball der Capulets gegangen. Sie sehnte sich danach, ihre Schuld abzustreifen, so wie die Aale in Caterinas Pastete ihre Haut abgestreift hatten. Aber diese Scham wollte sich nicht von ihr lösen.

»Er hat bereits eine für diese Rolle gefunden«, sagte Rosaline ruhig. »Und er hat sie geheiratet.«

»Das arme Mädchen! Es kann uns leidtun.«

»Es ist Julia. Romeo hat Julia geheiratet. Niemand weiß das außer uns und Tybalt. Und er nahm diese Wahrheit mit ins Grab. Die Amme teilt das Geheimnis ebenfalls, aber würde es niemals verraten.«

Caterina stieß einen ungläubigen Schrei aus und schüttelte

den Kopf. »Diese dicke Henne. Sie hat meine Pasteten nie gemocht. Unsere liebe, arme Julia. Soll sie nicht Paris heiraten?«, fuhr sie besorgt fort.

»Das ist der Wunsch ihrer Eltern. Aber sie hat mir gesagt, dass sie lieber stirbt, bevor sie das macht. Ich weiß nicht, was ich tun soll, Caterina.«

Caterina lehnte sich zurück und betrachtete das hölzerne Kreuz an der Wand. »Wir werden beten. Die Jungfrau möge mir beistehen, ich hätte dich aufhalten sollen, als du auf den Maskenball im Garten der Montagues gehen wolltest. Und jetzt Julia, dieser kleine Unglückswurm. Wenn du es jemandem erzählst, wird es nicht gut für sie enden.« Sie seufzte. »In der Tat, lass uns beten.«

Rosaline wünschte, dass Beten gegen Romeo ausreichen würde. Aber zumindest nahm sie alles an Trost, der ihr in Caterinas vertrauter Küche gegeben wurde. Der Geruch der Pastete. Das Staubfegen mit der Bürste aus einem Gänseflügel, als Caterina sich an die Arbeit machte. Das Zirpen der Zikaden vor dem geöffneten Fenster.

Ein paar Minuten später klopfte es laut an der Tür. Ein heruntergekommener Junge spähte um die Küchentür in den Raum hinein.

»Ich habe nichts für dich«, fuhr Caterina ihn an. »Heute gibt es nichts außer Fischhaut. Und um die zu bekommen, musst du erst gegen die Hunde kämpfen.«

»Eure Abfälle will ich nicht. Ich will Madonna Rosaline Capulet …«

»Wofür denn?«, fragte Caterina.

»Sie soll mitkommen, gute Lady. Eine Dienstmagd fragt nach ihr. Eine kranke Magd. Mistress Rosaline muss kommen. Schnell.«

Rosaline musterte ihn einen Moment lang verwundert, dann stand sie auf, um den Jungen zu begleiten. Aber Caterina streckte ihre Hand aus, um sie energisch zurückzuhalten. »Nein. Nicht schon wieder. Du machst dich nicht wieder allein zu Gott weiß wem auf den Weg mit einem kleinen Vagabunden.«

Rosaline gab ein unwilliges Geräusch von sich. »Dann begleite mich.«

Der Junge zappelte unruhig herum. Er war barfuß, und seine Füße hinterließen schmutzige Abdrücke auf den Küchenfliesen. »Kommt allein, oder kommt zusammen, aber beeilt euch.«

Sie folgten ihm.

Draußen fühlte sich die Hitze heißer an als das Herdfeuer in der Küche. Rosalines Haut kribbelte. Sie folgten dem Jungen, der sie weg aus dem wohlsituierten, bekannten Viertel in eine Gegend führte, die hinter dem Fischmarkt bei den Gerbereien lag, wo Unrat und giftiger Schmutz flossen. Sie gingen schweigend, und nach einiger Zeit bemerkte Rosaline, dass viele Haustüren das rote Pestkreuz trugen. Hier herrschte noch die Seuche.

»Wer ist es, der nach mir fragt?«, wollte sie von dem Jungen wissen und eilte schneller, um mit ihm Schritt zu halten.

»Das werdet ihr bald sehen.«

Viele Häuser waren baufällig oder halb eingestürzt. Die meisten Fensterläden waren zerbrochen. Es gab keine Töpfe mit blühenden Geranien und auch keine Fresken an den Wänden, die die Madonna zeigten. Nur getrocknete Fische wehten an langen Leinen wie verschrumpelte, stinkenden Fähnchen. Bei einigen der Gebäude fehlten die Türen, ihre Dächer waren eingesunken, und sie wirkten verlassen. Doch auch hier wohnte wer, Rosaline sah, dass zerlumpte Wäschestücke auf einer durchhängenden Leine zwischen den Balkonen hingen. In den Straßen war es still, die wenigen Leute, die auf den Treppenstufen vor den Häusern saßen und Linsen aussiebten, waren zu beschäftigt, um Rosaline, Caterina oder ihren mageren Führer mit den schlechten Zähnen zu bemerken.

Rosaline fiel es schwer, frei zu atmen. Der Gestank der Gerberei breitete sich in den Straßen wie Dunst aus, während der Geruch des alten Fischmarkts jahrhundertelang die Straßensteine durchdrungen hatte. Die Exkremente und die Pisse, die die Hügel zum Fluss hinabflossen, stauten sich hier. Hier gab es keine Eselskarren oder eleganten Pferde, nur den gelegentlichen Schrei eines hungrigen, unterernährten Säuglings. Der Turm der Petrusbasilika war weit entfernt, sein Glockenschlag klang hochmütig und distanziert. Diese armen Seelen waren jenseits seiner Zuständigkeit.

»Hier drin«, sagte der Junge und zeigte auf eine Tür.

Rosaline dankte ihm und bezahlte ihn. Dieses Haus war noch baufälliger als die, die es umgaben, wenn die verfallene Schale, die noch stand, überhaupt Haus genannt werden konnte.

»Ich arbeite hart, damit ich nicht an Orte wie diese kommen muss«, fuhr Caterina Rosaline an. »Warum kannst du diese Dinge nicht auf sich beruhen lassen? Warum musst du mit jedem Bengel mitgehen, der an unsere Tür klopft?«

»Ich weiß nicht. Und es tut mir leid, gute Caterina, aber du hättest mich nicht begleiten müssen.«

Mit der Schulter drückte Rosaline die Tür auf. Der Geruch, der ihr entgegenschlug, war schlimmer noch als der auf der Straße. Es war der Gestank des Todes. So stechend war er, dass ihre Augen tränten. Ein Toter lag hier seit Tagen und verweste. Sie blickte sich in dem kleinen, düsteren Raum, mit einem offenen Loch in der Wand als Feuerstelle, nach einer Leiche um. Schließlich entdeckte sie einen Haufen Decken auf dem Boden. Neben diesem provisorischen Bett stand eine kleine Schachtel wie eine Krippe, in Schwarz gehüllt. In den Decken erblickte sie ein totes Mädchen.

Während sie erschrocken die Szene betrachtete, blinzelte die Leiche und hob dann unter großer Anstrengung einen Arm. Abscheu packte Rosaline. Dann trat aus den Schatten eine andere Frau hervor und fuhr der Figur im Bett mit einem Lumpen über die Stirn. Vorsichtig näherte Rosaline sich. Caterina blieb in der Tür stehen, als fürchtete sie, das Tageslicht zu verlassen.

»Ihr seid gekommen«, sagte das Mädchen und schaute zu Rosaline.

Auf Zehenspitzen trat Rosaline näher. Ihre feuchten Hände hatte sie geballt. »Du«, sagte sie. »Natürlich bist du es.«

Die dünne, kindliche Figur war das Dienstmädchen, das Romeo verführt und verlassen hatte. Als Rosaline genauer hinschaute, sah sie, dass die Decken steif und dunkel vor getrocknetem Blut waren. Sie versuchte nicht zu der Krippe zu schauen, die schwarz verhangen war. Etwas scharrte über den Boden.

»Bleibt nicht lange, Mistress, Ihr ermüdet sie sonst«, sagte die Frau und griff erneut nach einem Lappen.

»Das ist doch egal«, sagte das Mädchen. »Ich sterbe sowieso.«

»Dann eben, wie du willst. Hör nicht auf mich. Ich bleibe sowieso nur aus Mitleid und Wohltätigkeit.« Bestürzt sah Rosaline, wie die Frau aus dem trübsinnigen Raum marschierte und die Tür hinter sich zuwarf.

»Geh hinter ihr her, gib ihr das«, sagte sie und drückte Caterina eine Münze in die Hand. Erleichtert eilte Caterina aus dem Raum.

Rosaline wandte sich wieder an die gekrümmte kleine Figur in ihrem Nest aus schmutzigen Decken. »Sag mir, wie du heißt«, sagte sie und hockte sich neben sie. »Das habe ich dich beim letzten Mal nicht gefragt.«

»Laura. Ich war seine Laura. Zumindest eine Zeit lang.«

Rosaline ergriff die dünne Hand des Mädchens. Die Knochen waren so zart und zerbrechlich wie die eines Vogels. Wenn sie sie zu heftig drückte, würden sie zersplittern. Vorsichtig ließ sie die Hand wieder los.

Laura sank zurück in die besudelten Decken. Noch immer war darunter ihr Bauch geschwollen. Sie sah kindlich und zugleich alt und ausgemergelt aus. Der Geruch von Verwesung und Tod, erkannte Rosaline erschrocken, ging von ihr aus. Sie musste von innen heraus faulen.

Selbst die Äbtissin mit all ihrer Weisheit und Kenntnis könnte dieses armselige, leidende Mädchen nicht retten. Es würde das Kindbett nicht überleben.

»Ich bin so froh, dass Ihr gekommen seid. Das tat er nicht«, sagte Laura.

»Hast du nach ihm geschickt?«

»Ja. Die Wehen kamen zu früh. Ich schickte ihm einen Boten. Vielleicht bin ich ihm doch nicht ganz egal, denn er sandte mir den Mönch Lorenzo. Er saß bei mir, betete und las aus der Bibel.«

Neben dem Bett entdeckte Rosaline eine ordentliche, in Leder gebundene Bibel, die den gleichen Abdruck trug wie die des Mönchs und die aus Cecelias Zelle.

»Der Mönch gab mir auch eine Phiole mit einem Trunk, den ich nehmen sollte, wenn der Schmerz zu groß würde«, fuhr

Laura fort. Sie wies zur Zimmerecke neben dem leeren Rost, wo eine kleine Flasche stand.

Rosaline holte sie und drehte sie in den Händen. Sie war aus leuchtend blauem Muranoglas gefertigt und hatte die Farbe des Junihimmels, der einzige Farbfleck in dem ansonsten düsteren Raum. Ein Tropfen der Flüssigkeit glühte am Boden der Phiole.

»Hat es geholfen?«, fragte Rosaline.

»Mein Kind wurde tot geboren. Welche Medizin kann dagegen helfen? Und nun sterbe ich auch. Etwas ist in mir zurückgeblieben, das mich von innen verwesen lässt. Sie können es nicht aus mir herausziehen, obwohl sie es, bei Gott, versucht haben.«

Rosaline schloss die Augen und drückte erneut die Hand des Mädchens. Sie fühlte sich von Tod umgeben in diesem kleinen, stinkenden Raum. Ja, der Tod kannte kein Mitleid. Er lauerte und wartete, um sich sein Opfer zu holen.

Fieberschweiß benetzte Lauras Stirn. Rosaline griff nach ihrem Taschentuch, um ihn abzutupfen, und Laura schloss erschöpft die Augen.

Dann musterte Rosaline noch einmal die kleine Flasche in ihrer Hand. »Kann ich sie behalten?«

»Nehmt sie.«

Sie verstaute die Phiole in der bestickten kleinen Tasche an ihrem Taillengurt.

»Ich habe gehört, Ihr seid nun frei von ihm?«, fragte Laura und öffnete die Augen. »Ist es wahr?«

»Es ist wahr, dass dieser Mann keine Wahrheit kennt«, sagte Rosaline. Sie war nicht imstande, die Verbitterung aus ihrer Stimme zu verbannen.

»Ah, wenn er verliebt ist, spricht er die Wahrheit, aber er ver-

und entliebt sich so rasch, wie die Gezeiten des Meeres kommen und gehen.«

Rosaline nickte. »Seine Küsse sind die Kinder Judas'.«

»Aber sie schmecken süßer«, sagte Laura. Sogar jetzt noch klang sie reumütig. Sie schloss erneut die Augen und schien einzuschlafen. Aber dann sagte sie weich: »Ohne Kerze muss ich im Dunkeln bleiben. Betet für mich. Und weint, wenn ich nicht mehr bin.«

»Bei meiner Treue, das schwöre ich«, sagte Rosaline und strich dem Mädchen das verfilzte Haar aus dem Gesicht.

Kurz darauf verließ Rosaline den düsteren Raum. Sie fühlte sich traurig und erleichtert zugleich. Sie hielt die Tür auf, sodass die Hebamme hineinschlüpfen konnte, bestochen mit Rosalines glänzender Silbermünze.

Im Tageslicht betrachtete Rosaline erneut die blaue Glasphiole in ihrer Hand. War die Flüssigkeit hergestellt worden, um den Schmerz zu erleichtern oder um den Tod zu beschleunigen? Die Äbtissin würde es sicher wissen.

Rosaline und Caterine machten sich durch das sonnenheiße Straßenlabyrinth auf den Heimweg. Rosalines Gliedmaßen fühlten sich nach dem Erlebten seltsam schwer an. Sie gestand Caterina, wie Laura in diesem Haus gelandet war und wessen Kind sie ausgetragen hatte.

Schweigend hörte Caterina ihr zu. Das Entsetzen über Romeos weitere Vergehen war ihr anzusehen. »Es hättest auch du oder Julia in diesem widerwärtigen Raum sein können«, sagte sie schließlich.

Schweigend gingen sie weiter, jede tief in ihren eigenen unglücklichen Gedanken versunken. Laura würde sterben, bevor sie die Chance auf ein wirkliches Leben hatte. Der Säugling hatte nie gelebt. Und Rosaline hoffte, dass Laura nicht mehr lange leiden musste. Sie würde dafür Sorge tragen, dass das Mädchen zusammen mit seinem Kind ein anständiges Grab bekam und nicht wie eine Bettlerin verscharrt wurde.

Sie gingen weiter, auf ihre Rücken schien heiß die Nachmittagssonne. Caterina hatte unrecht. Zu beten reichte nicht aus, um die Lebenden vor Romeo zu beschützen.

12. KAPITEL

Romeo! Schmachtlappen!
Spinner! Schmusebold!

Als sie sich dem Haus näherten, sahen sie, dass das Tor weit offen stand. Mehrere schweißige, stampfende Pferde standen auf der Straße, die Pferdeburschen wartend neben ihnen. Voller Unbehagen betrat Rosaline den Hof, dicht gefolgt von Caterina. Das Pferd ihres Oheims Capulet wurde gerade gestriegelt und getränkt. Was war geschehen, und warum war ihr Onkel gekommen? Als sie Julia vorhin verlassen hatte, waren Tante und Onkel mit den Vorbereitungen für Julias Hochzeit beschäftigt gewesen. Hatte Rosalines Vater einen Unfall gehabt, oder war er plötzlich erkrankt? Es war nicht die Pest, denn dann hätten die Furcht und die Wache alle vom Haus ferngehalten. Auch war kein rotes Kreuz an die Tür gemalt worden.

»Wo ist mein Vater? Mein Onkel?«, befragte sie einen Pferdeburschen. Er wies zum Haus, und sie lief hinein, während Caterina im Hof blieb. Welche neue Katastrophe war über ihre Familie hereingebrochen? Die Dienstboten hasteten durch die Eingangshalle, aber alle wichen ihrem Blick aus und hielten die Augen gesenkt. Die Tür zum Arbeitszimmer ihres Vaters war weit geöffnet, und dort fand Rosaline ihn schließlich. Blass und zerzaust wirkte er, Bücher und Papiere lagen in wildem

Durcheinander um ihn herum verstreut. Er sah ihr entgegen, verwirrt und verloren.

»Seid Ihr krank?«, fragte sie beim Blick auf sein unordentliches Aussehen und seine Blässe.

»Krank vor Unglück. Beraubt meiner Dukaten und meiner Ehefrau. Emelia ist mir erneut genommen worden.«

Sie sah an ihm vorbei und bemerkte, dass die stabile Geldtruhe aufgeschlossen war. Der Deckel stand weit offen, und auf einmal begriff Rosaline, dass ihr Verbrechen entdeckt worden war. Ihre Schuld auch? Ihr Herz begann rasend in ihrer Brust zu klopfen.

Masetto fuhr sich durchs Haar, sodass die wenigen verbliebenden Strähnen wirr abstanden. »Ich bin bestohlen worden. Das Gold, das für deinen Aufenthalt im Kloster gedacht gewesen war, Rosaline, ist entwendet worden«, sagte er. »Es war eine beträchtliche Summe, und nun ist sie verloren. Ich wurde des Geldes und der Würde beraubt – und meiner Frau ebenfalls.«

Es war offensichtlich, dass er nicht wusste, dass sie es genommen hatte. Sie atmete auf. Er barg das Gesicht in den Händen.

»Wie närrisch von mir, so unvorsichtig zu sein. Und ich muss dich um Vergebung bitten, denn wenn du nun ins Kloster gehst, wirst du es nicht mehr so bequem haben, wie ich es für dich vorgesehen hatte. Ich werde dir so viel Geld zukommen lassen, wie ich entbehren kann. Kannst du einem dummen alten Mann verzeihen?«

»Ja, das kann ich verzeihen«, sagte Rosaline langsam. »Aber vielleicht müssen wir das als Zeichen deuten, dass ich zu Hause bleiben soll.«

Bei ihren Worten lächelte Masetto beinahe. »Psst, oder ich beginne zu glauben, dass du das Geld gestohlen hast, um mich davon abzuhalten, dich fortzuschicken.«

Weise entschied Rosaline, nichts darauf zu antworten. Fast fühlte sie sich schuldig, weil sie Emelias Miniatur entwendet hatte. Unter ihrem Kleid schien sie auf Rosalines Haut zu brennen.

Masetto stand auf und betrachtete den Raum erneut verzweifelt. »Oje, Verlust auf Verlust. Der Dieb nahm mir so viel. Mein Gold und deine Mutter. Der Verbrecher kann es nicht auf ihr Porträt abgesehen haben. Nicht ihr Gesicht war das Schmuckstück, das er wollte, sondern die Smaragde, Rubine und das Gold, die ihrem schönen Gesicht den Rahmen gaben.«

Wieder spürte Rosaline, wie ein Tropfen der Schande einer Schweißperle gleich langsam ihren Rücken hinunterlief.

»Deine Cousinen sind gekommen, um mir Trost zu spenden«, sagte er, »aber in Wirklichkeit eher deshalb, um mich wegen meines Altersblödsinns zu verspotten. Sie beleidigen und frohlocken zugleich. Ich bedarf nicht ihres falschen Mitleids. Es gibt keine Satisfaktion und keine Rache dafür. Ich werde diesen Dieb niemals finden.«

Rosaline erkannte, wie tief die Trauer war, die er empfand. Sie fühlte Reue, aber nicht genug, um ihre Vergehen zu gestehen. Täte sie es, würde man sie hart bestrafen. Stattdessen nahm sie seine Hand. »Ihr seid nicht altersblöde. Und Onkels Haar ist noch viel ergrauter als Eures, Vater. Achtet nicht auf die Verwandten, wenn Ihr ihr Mitleid für vorgetäuscht haltet, aber ich glaube, sie meinen es ehrlich. Und sorgt Euch nicht um mich. Ich brauche in dem Kloster keinen Komfort. Ich werde haben, was ich verdiene.«

Ihr Vater war gleichermaßen erstaunt und erfreut über die Sorge, die sie ihm gegenüber an den Tag legte. Er tätschelte ihre Hand und drückte ihr schließlich einen glänzenden Dukaten hinein. »Ich habe die Truhe geöffnet, um Geld für Tybalts Leichentuch zu entnehmen. Damals war nicht genug Zeit, um ein lilafarbenes oder goldenes Tuch für die sterblichen Überreste deiner Mutter zu erstehen. Ehre Tybalt – sende ihn würdig gewandet in sein Grab.«

Überrascht betrachtete Rosaline ihren Vater. Es rührte sie, dass er sich über Tybalt Gedanken machte. Es war mehr als der Stolz oder die Gottesfurcht eines Capulet, es war etwas, das an Zärtlichkeit erinnerte, wofür sie ihn nicht für fähig gehalten hatte.

Gerade als sie sich bei ihm bedanken wollte, drängte sich ihr Onkel Capulet in den Raum, offenbar erpicht darauf, mit seinem Bruder zu sprechen.

»Keiner der Dienstboten weiß etwas. Oder sie sagen zumindest, dass sie nichts wissen«, erklärte er. Er begann, ihren Vater mit einer Fragenflut zu überschwemmen, der widerspruchslos und erniedrigt mit gesenktem Kopf dasaß und über mögliche Antworten nachsann.

»Ist das Fenster immer auf diese Weise geöffnet? Und warum hängst du dir den Schlüssel nicht um den Hals, Bruder? Gehst du so leichtfertig mit deinem Besitz um?«

Ihr Onkel scheuchte Rosaline hinaus und schloss hinter ihr die Tür. Während sie die Eingangshalle durchquerte, hörte sie noch ihre gedämpften Stimmen. Sie hoffte inständig, dass keiner der Dienstboten in Verdacht für ihre eigenen Sünden geriet.

Das runde Geldstück, das ihr der Vater gegeben hatte, lag schwer und warm in ihrer Hand. Eine traurige Aufgabe lag nun vor ihr. Einst hatte sie geglaubt, ihr Vater würde ihr Golddukaten geben, damit sie ihr Hochzeitskleid und ihre Aussteuer erstehen könnte. Stattdessen sollte sie ein Leichentuch kaufen.

Es war der letzte Akt Barmherzigkeit für den Mann, den sie so absolut geliebt hatte.

Aus dem dunklen Schoß der Halle trat sie in das gleißende Licht des Nachmittags. Die Luft war süß und schwer vom Duft des Geißblatts und Jasmins. Bienen summten. Sie dachte an Laura in ihrer stinkenden dunklen Kammer. Für sie würde niemand ein Leichentuch kaufen, wenn ihre Zeit gekommen war.

Flüchtig blickte sie zur Ostseite des Hauses, wo Weintrauben auf dem Ständerwerk in der Hitze reiften. Die Blätter beschatteten die Loggia darunter. Zu ihrer Überraschung saß dort Julia. Sie starrte auf den Garten, der weiter unten lag.

Rosaline ging zu ihr und kauerte sich neben sie. Julia schien sie nicht zu bemerken und fuhr fort, blicklos vor sich hin zu starren.

»Wo bist du mit deinen Gedanken, Mylady? Ich glaube, nicht hier«, sagte Rosaline.

Julia fuhr zusammen und sah sie an.

»Mein Vater ist bestohlen worden«, sagte Rosaline.

»Ich weiß. Ich habe es gehört.«

»Du wusstest es bereits, denn ich habe es dir selbst erzählt. Ich bin die Diebin. Ich nahm aus der Truhe meines Vaters dreißig Golddukaten. Vermutlich hat dir Romeo Montague genau diese Summe gezeigt und triumphierend verkündet, dass ihr damit euer gemeinsames Leben in Mantua beginnen werdet.«

Julia erstarrte. »Vielleicht hat er mir einige Dukaten gezeigt. Ich erinnere mich nicht, ob es genau diese Summe war.«

»Lügnerin.«

Julia errötete. »Das würdest du nicht tun, Rosa. Ich weiß, dass du niemals deinen Vater bestehlen würdest.«

»Ah, aber genau das habe ich getan. Würdest du nicht auch alles tun, worum dich Romeo bittet? Würdest du nicht sogar für ihn sterben, wenn er dich fragen würde?«

»Das würde ich«, antwortete Julia feierlich.

»Dann, mein süßes Mädchen, war das, was er von mir wollte, nicht so teuer. Denn er wollte nicht meinen Tod, sondern nur ein paar glänzende Münzen. Er überzeugte mich, dass sie bereits mir gehörten und ich sie für mich selbst stehlen würde.« Sie stand auf und pflückte eine Weintraube. Sie war klein, hart und bedeckt von einer kreidigen Staubschicht. »Was sind schon dreißig Dukaten gegen ein Leben? Mein Preis war niedrig, verglichen mit dem, was Romeo, wie ich fürchte, von dir verlangen wird.«

»Das ist mir egal. Ich liebe ihn, und ich sterbe für ihn freiwillig.«

»Ich kann dich nicht zwingen, deine Meinung zu ändern. Aber du sollst wissen, dass der Mann, für den du sterben würdest, ein Gauner und ein Dieb ist.«

Ihre Worte weckten Julias Zorn. »*Du* warst die Diebin. Du hast die Sünde begangen.«

»Das kann ich nicht abstreiten, und ich werde Buße leisten. Aber ich war Romeos Werkzeug. Ich habe das Gold nicht mehr. Er hat meine Beute an sich gerissen.«

Ihre heißen Wangen verrieten, wie verärgert Julia war. »War Tybalt perfekt?«, fragte sie herausfordernd. »Oder war er zu heißblütig, unbeherrscht und auf Hass aus? Und trotzdem hast du ihn geliebt.«

»Das tat ich, denn er war mein Freund, die zweite Hälfte meiner Seele. Und er war zwar all das, was du sagst, aber mir schien, dass seine Fehler durch meine Liebe korrigiert wurden. Zugleich war er auch freundlich und loyal und liebte mich so unveränderlich, wie die Sonne und die Sterne am Himmel stehen. Dein Romeo ist wie der Mond, launisch und kalt.«

»Schweig! Red nicht so mit mir.« Julia atmete tief ein, um sich zu beruhigen. »Ich kann Paris nicht heiraten, verstehst du das nicht?«

Die dünnen Schatten der Weinranken sahen wie Venen auf Julias Wangen und Händen aus und ließen sie gealtert wirken. Rosaline wusste, wie verzweifelt Julia war und dass ihre Furcht sie wagemutig machte. Die Spitze des Dolchs glitt erneut aus Julias Ärmel, und eine Sekunde lang konnte Rosaline sich vorstellen, wie sie kalt im Grab lag.

Julia erwiderte ihren Blick. »Egal, was du sagst, Rosa, du kannst mir nicht helfen. Ich bin heute zu dem Mönch gegangen, um mit ihm zu reden. Er ist Romeos Freund und meiner auch. Er hat einen Plan und hofft, mich mit meinem Romeo zu vereinigen.« Leise triumphierend hielt sie eine kleine Phiole aus Muranoglas in die Höhe, so strahlend blau wie ein wolkenloser Junihimmel. Das Gefäß fing das Licht ein und schimmerte wie Lapislazuli. Als Julia die Phiole schüttelte, leuchtete der Inhalt, und kleine Blasen stiegen auf.

»Heute Nacht, wenn ich im Bett liege, werde ich diesen Trank zu mir nehmen. Er wird mich in einen kalten Schlaf versetzen. Kein Puls, keine Wärme, kein Atem wird Zeugnis davon ablegen, dass ich noch lebe …«

»Julia, nein …!«

»Das Pink meiner Lippen und Wangen wird äschern werden, und meine Augen werden wie gebrochen vom Tod aussehen. Jeder Teil meines Körpers wird steif, starr und kalt sein und wie tot wirken.«

»Tot oder wie tot? Oh, Julia, ich flehe dich an, tu das nicht.« Rosaline legte ihre Hände auf die Schultern des jungen Mädchens und sah es beschwörend an, aber Julia schüttelte entschlossen und mit abgewandtem Blick den Kopf.

»Er hat mir versprochen, Rosaline, dass ich nach zweiundvierzig Stunden wie aus einem erfrischenden Schlaf erwachen werde. Und genau dann wird mein Bräutigam zu mir kommen, um mir von der Bahre zu helfen, mich aus der Gruft herausgeleiten und sich mit mir auf den Weg nach Mantua machen, wo uns ein neues Leben erwartet, frei von all den gegenwärtigen Verwerfungen. Der Mönch hat einen seiner franziskanischen Brüder nach Mantua geschickt, zu Romeo, um ihm schnellstmöglich unseren Plan zu unterbreiten.«

Rosaline schüttelte langsam den Kopf. »Ich glaube nicht, dass der Mönch Romeo einen solchen Brief schickt. Nach der Verbannung durch den Fürsten wird er wollen, dass Romeo in Mantua bleibt, in Sicherheit. Wenn Romeo nach Verona zurückkehrt, ist sein Leben verwirkt, und ihn erwartet ein grausamer Tod. Der Mönch wird nicht riskieren, dass er hierherkommt. Er ist nicht dein Freund, sondern allein Romeos.«

Julia weigerte sich, sie anzuschauen, aber Rosaline fuhr fort: »Der Mönch ist falsch und füttert dich mit honigsüßen Lügen. Er ist durchtrieben und grausam.«

Sie griff in ihre kleine Taillentasche und zog Lauras Phiole hervor, die Zwillingsschwester von Julias Fläschchen.

»Ebendieser Mönch mischte Kräuter für ein weiteres Mädchen von Romeo, für die einst von ihm geliebte Laura. Sie suchte ich heute Nachmittag auf. Ihr Kindbett ist zugleich ihr Sterbebett. Vielleicht wäre sie auch ohne den Trank des Mönchs gestorben, aber ich glaube nicht, dass dein heiliger Klosterbruder, der diesen Namen zu Unrecht trägt, diese Mixtur hergestellt hat, um ihren Schmerz zu lindern. Sondern um ihren Tod zu beschleunigen.«

Ungläubig starrte Julia sie an.

»Trink dieses Gebräu nicht«, sagte Rosaline. »Was, wenn es ein Gift ist, das der Mönch bereitet hat, um auch dich zu töten?«

Julia betrachtete nachdenklich das Fläschchen in ihren Händen. »Wenn ich es trinke und sterbe, dann muss ich wenigstens nicht Paris heiraten. Ich werde mit meinem Romeo vereint sein.«

»Ah, aber Romeo wird nicht mit dir sterben. Er hat nicht einmal Laura besucht, während sie im Sterben liegt, und gewiss wird er nicht mit ihr sterben. Sie wird einsam und unglücklich in den Tod gehen, an ihrer Seite nur eine Frau, die dafür bezahlt wird. Und er lebt weiter.«

Rosaline atmete tief durch. »Bitte, liebste Julia. Trink das nicht.« Sie versuchte, ihr die Phiole aus der Hand zu nehmen, aber Julia weigerte sich, den Griff zu lockern.

Rosaline zitterte vor Wut und Frustration. »Es gibt noch andere Menschen außer Romeo, die dich lieben. Habe ich recht? Oder bedeute ich dir nichts?«

»Doch, natürlich. Ich liebe dich, Rosa.« Julia wirkte betroffen, aber noch immer gab sie das Fläschchen nicht her. Sie erhob sich. »Mein Vater ruft mich.«

Niemand rief. Nur der Gesang einer Amsel und das Rascheln der Weinblätter über ihnen waren zu hören.

Julia begann sich zu entfernen. »Heute Abend müssen wir scheiden, Rosa. Es gibt keine andere Wahl. Ich muss auf mein Schicksal vertrauen.«

»Vertrau dem Schicksal, aber vertrau nicht Romeo!«, rief Rosaline ihr nach.

Julia zögerte, dann ging sie weiter.

Rosaline spürte, dass ein winziger Zweifel in den Gedanken ihrer Cousine erwacht war. Ihre Liebe zu Romeo wurde fadenscheinig, und das musste fürs Erste genügen. Rosaline würde an diesem Faden zupfen und zerren, bis sich das Gewebe der Zuneigung aufräufelte. Aber ihr blieb nicht mehr viel Zeit. Sie blickte Julia nach, wie sie durch den Garten zurück zum Haus schritt und schließlich darin verschwand.

Die blaue Phiole war kein Schlaftrunk, sondern Gift. Rosaline hatte bereits zu viel verloren, sie würde nicht auch Julia verlieren. Auf keinen Fall.

Gemeinsam mit Livia suchte Rosaline das Geschäft des Stoffhändlers auf. Ihr Vater hatte ihr nicht gestattet, allein zu gehen. Er würde sich Sorgen machen, hatte er gesagt, da der Dieb noch nicht gefasst worden war. Doch Rosaline war sicher, dass es eine Ausrede war, dass er in Wirklichkeit fürchtete, dass sie weglaufen würde, bevor er sie zum Kloster entsandte.

Der Händler breitete einen weiteren Regenbogen aus trostlosem Grau vor ihnen aus. Livia drückte ihren Arm.

»Es tut mir so leid, Rosaline. Tybalt war für dich wie ein Bruder.«

Rosaline konnte nicht antworten. Ihre Kehle war wie zugeschnürt.

Immer mehr Stoffe wurden auf die Ladentheke gehäuft, Lage auf erstickende Lage.

»Ist etwas dabei, das dich anspricht?«, fragte Livia vorsichtig.

Rosaline schüttelte den Kopf. Tybalt brauchte etwas Glorreiches.

Und dann entdeckte sie etwas im hinteren Teil des Ladens. Ein Tuch für einen Fürsten. Es war das aufwendigste, großartigste Stück Stoff, das sie jemals gesehen hatte, aus rotem Samt, gefüttert mit dem zartesten Leinen. Aus feinster Seide waren ein weißer Schädel und gekreuzte Knochen darauf appliziert, die Knochen gebrochen und an den Bruchstellen gesplittert. Das Leben war nur vorübergehend und kurz, der Tod folgte ihm auf Schritt und Tritt.

Sie zeigte darauf.

Livia brachte Rosaline zurück zum Haus ihres Vaters, damit sie sich auf das Begräbnis vorbereiten könnte. Tybalts Körper war gewaschen und in der Halle aufgebahrt worden. Im Tod sah er dünner und jünger aus. Seine Wunden waren gereinigt worden, aber die erstarrten Schnittwunden zeichneten sich deutlich von seiner weichen Haut ab. Gläser mit Rosmarin, Fenchel und Rosen standen auf dem Kaminsims, um den Geruch des Todes zu übertünchen. *Das Leichentuch ist groß genug, um uns beide einzuhüllen*, dachte Rosaline. Sie könnte mit ihm zusammen ins tröstliche Dunkel schlüpfen. Aber für den Tod war sie genauso wenig bereit wie fürs Kloster.

Mit größter Zärtlichkeit wickelten Rosaline, Julia und Livia Tybalts totenstarren Körper ein, hüllten ihn für seinen ewigen Schlaf in das schöne Tuch. Es war das letzte Mal, dass sie Zeit mit ihm verbrachten. Bald schon würden die Männer kommen und ihn in die Capulet-Gruft bringen. Intuitiv zogen sich Julia und Livia in eine Ecke des Raums zurück und ließen Rosaline mit Tybalt allein.

Als sie auf die eingewickelte Form hinunterblickte, wusste Rosaline nicht, was sie sagen wollte. Jetzt schon sah Tybalt nicht mehr wie er selbst aus: blasser und mit gelblicherem Hautton als zu Lebzeichen. Sie fühlte sich unbehaglich, als sei er ein Fremder. Auch vermochte sie nicht, ihn anzurühren. »Wer bist du?«, flüsterte sie. »Gib mir meinen liebevollen Ritter mit den dunklen Augenbrauen zurück. Dich kenne ich nicht.«

Sein Schweigen schien sie zu verspotten.

Sie schlug das Tuch ein wenig zurück und legte ein Buch in seine kalten Hände. Nicht die Bibel oder ein Gebetbuch, sondern das Exemplar von Ovids Geschichten, das Tybalt für sie vor vielen Jahren von Valentio gestohlen hatte.

»Damit du auf deiner Reise etwas zu lesen hast«, flüsterte sie. »Ohne dich will ich es nicht. Was bedeuten schon Geschichten, wenn ich sie nicht mit dir teilen kann?«

Die anderen beiden Frauen beteten lauter, um ihr mehr Privatsphäre zu geben. Dennoch ertönte aus einem anderen Raum im Haus ein lauter, durchdringender Lärm bis zu ihnen.

»Was ist das für ein Getöse?«, fragte sie.

Julia und Livia tauschten vielsagende Blicke aus.

»Es sind die Musiker, die sich vorbereiten«, sagte Livia zögernd. »Nach Julias und Paris' Hochzeit wird es eine Vorstellung geben. Dein Onkel wünscht, dass das Teil der Festlichkeit ist.«

Rosaline blieb der Mund offen stehen. »Er konnte nicht einmal Tybalts Beisetzung abwarten?«, fragte sie zornig. »Sie sind hier Eindringlinge, schon ihre Gegenwart ist eine Beleidigung!«

»Ich habe nichts mit ihnen zu tun«, sagte Julia. »Es ist nicht meine Schuld.«

Livia ging zur Tür. »Ich werde ihnen sagen, dass sie leiser sein sollen.«

»Nein, das werde ich machen«, sagte Rosaline. Verärgert und verbittert verließ sie den Raum. Wie konnte ihr Onkel es wagen, den Musikern zu erlauben, für heute Abend zu üben, wenn nebenan Tybalts Körper aufgebahrt lag? Es war eine grausame Herabsetzung.

Gelächter wurde lauter. Die Musiker sprachen offenbar dem guten Wein ihres Onkels zu.

Dann erklang eine Stimme. Rosaline blieb stehen und lauschte. *Das konnte nicht sein.* »Rosa!«, rief jemand. Sie kannte diese Stimme, sie war ihr so vertraut wie ihre eigene.

Es war nicht möglich. Dennoch hörte sie sie.

»Tybalt«, rief sie unsicher. »Wo bist du?« Er war noch nicht beigesetzt, verbarg sich sein Gesicht vielleicht in den Schatten? Sie folgte der Stimme, die sie in die große Halle führte, wo mehrere Schauspieler trinkend herumstanden, umgeben von halb ausgepackten Bühnenbildern, hölzernen Requisiten und Truhen voller Kostüme. Ein Mann jonglierte, während ein anderer den Narr gab. Sie bemerkten nicht einmal, dass sie den Raum betreten hatte.

Verwirrt blickte sie sich um. Zuerst sah sie ihn nicht, und dann war er plötzlich da. Er stand auf der Treppe, die zur Galerie hinaufführte. Er lächelte sie an, Blut und Eingeweide quollen ihm aus der Wunde an seiner Seite, seine weißen Zähne waren blutig besprenkelt. Er wartete auf sie.

Sie lief auf ihn zu. Seine Wangen waren blutleer, er war nicht mehr von dieser Welt, dennoch erschreckte sie sein Anblick nicht.

Drei Schauspieler trotteten die lange Halle entlang. Einer von ihnen trug eine Lockenperücke, alle drei hatten Bierkrüge in den Händen und murmelten ihre Texte leise vor sich hin.

»Guten Abend, Mistress«, sagte einer von ihnen, lüftete seinen Hut und verbeugte sich.

Sie schenkte ihm keine Beachtung, denn zu ihrer Bestürzung wandte sich Tybalt ab, rannte die Treppe hinauf und verschwand aus ihrem Blickfeld.

Warum hatte seine Anwesenheit nicht auch die anderen verstört? Niemand von der Schauspielertruppe schien sich für den toten Mann zu interessieren. Entweder konnten sie ihn nicht sehen, oder sie schenkten nur ihren Bierkrügen und Textzeilen Beachtung.

Von der Galerie aus winkte Tybalt ihr zu und deutete ihr, zu ihm zu kommen. Sie hastete die Treppe hoch und fragte sich, ob ihr der Kummer den Verstand geraubt oder ob sie in der gleißenden Sonne einen Hitzestich bekommen hatte. Aber als sie auf ihre Hand schaute, war diese ruhig und zitterte nicht.

Wartend saß er auf dem Boden. Sie setzte sich neben ihn.

»Tybalt?«, flüsterte sie

»Wie kommst du zurecht, Rosaline?«, fragte er bedauernd lächelnd. Seine Zähne waren blutverschmiert.

»Ich weiß es nicht. Glücklich, dass du hier bist. Aber unglücklich, weil du tot bist, denn ein Teil meiner Seele lebt nur durch dich.«

»Du kannst nicht in einem Toten leben. Das ist nicht möglich.«

Sie versuchte zu schlucken, aber das war ebenso fruchtlos wie der Versuch, etwas zu sagen. Begierig wollte sie seine Hand nehmen, aber griff ins Leere.

Schweigend sah er sie traurig an.

Unter ihnen begannen die Schauspieler zu proben. Satzfetzen flogen zu ihnen hoch.

Zwei Haushalte, ähnlich in Würde

In Babylonien, wo wir die Szene spielen lassen.

Rosaline musste daran denken, dass sie wütend auf die Schauspieler gewesen war, weil sie so grausam jedes Mitgefühls entbehrten.

Jetzt schaute sie in Tybalts geliebtes Antlitz, das im Tod blasser war, und bemerkte, dass ihr Zorn verschwunden war. Sie blickte ihn verwundert an. »Ich bin verrückt«, sagte sie.

»Warum?«

»Weil ich deinen Geist sehe. Ich bin verrückt vor Schmerz und Liebe.«

»Dann bin ich auch verrückt«, antwortete Tybalt leise lächelnd. »Wir sind beide füreinander verrückt geworden.«

Während sie nebeneinandersaßen, sehnte sich Rosaline nach der Kühle der Wälder, nach dem dichten Grün und dem Duft feuchter Erde. Vielleicht wären Tybalts Fußabdrücke in der Schicht der Piniennadeln noch immer auszumachen, und sie konnte ihm nach unten folgen, in die Unterwelt. Sie roch sein Blut, meinte, es warm und klebrig an ihren Fingern zu spüren. Dabei wollte sie sich lieber an die Zeit erinnern, als sie zusammen die Sommertage am Fluss verbracht hatten. Sein Haar war so glatt wie das Fell eines Otters gewesen, vom Wasser und nicht vom Blut. Seine nassen Füße hatten Abdrücke auf den heißen Steinen hinterlassen, er hatte sich das Wasser aus den Augen geblinzelt und nach ihr Ausschau gehalten.

Ein Geräusch in der Halle unter ihnen unterbrach ihre Gedanken, und sie wandte sich an Tybalt. »Sag, welches Stück führen sie heute Abend auf?«

»Ovids Liebestragödie ›Pyramus und Thisbe‹.«

Rosaline dachte an ihr kostbares Buch, das in dem anderen Raum in den Händen des toten Tybalts lag. An die Geschichten, die sie nie wieder gemeinsam lesen würden. Sie seufzte. Unter ihnen wurde ein Mond über dem provisorischen Bühnenbild hochgezogen. Er schwang hin und her und glänzte hell im Licht. Ein Musiker begann, auf einer Fidel zu spielen, es klang schmelzend wie der Wind, der in der Abenddämmerung durch ein Schilfrohr in der Marsch fuhr.

»Bist du wirklich hier, Tybalt?«

»Ja und nein«, antwortete er.

Er ist nicht hier, dachte sie. *Er ist ein Teil von mir, der Teil, der gestorben ist. Auf irgendeine Weise habe ich diesen Teil zurückgeholt.*

Sie wandte sich wieder den Vorgängen in der Halle zu. Das Schauspiel war stark vereinfacht, die Darsteller erschienen ihr ungeschult. Dennoch war Rosaline die Handlung auf geradezu unheimliche Weise vertraut.

Von altem Groll zu neuem Aufruhr …

Ich habe diese Geschichte hundert Mal gelesen, aber es ist noch mehr – ich kenne sie, denn ich habe sie gelebt. Und nun macht Julia das Gleiche, entschied Rosaline. Die Handlung, die sich dort unten abspielte, hatte auf beängstigende Weise Ähnlichkeit mit ihrem eigenen Leben. Pyramus und Thisbe, Romeo und Julia. Rosaline und Romeo. *Zwei Familien und ein unheilvoller Hass zwischen ihnen. Ich sehe mir ein Theaterstück an, aber ich sehe auch mich selbst.* Mit gerunzelter Stirn betrachtete sie die Schauspieler und kniete sich hin, um einen besseren Blick auf sie zu haben.

Zwei hoffnungslos Verliebte nehmen sich das Leben …

»Es endet mit dem Tod.« Sie seufzte. »Immer endet es mit dem Tod. Pyramus und Thisbe. Laura. Cecelia. Du.«

Traurig sah Tybalt sie an. »Ich bin gestorben«, sagte er. »Aber, Rosa, dein Ende ist noch nicht besiegelt. Da kommt noch mehr. Es bleibt immer noch die Hoffnung.«

Sie schüttelte den Kopf und sah wieder zu den Schauspielern.

»Was ist dieser Pyramus eigentlich wirklich? Ein Liebhaber oder ein Tyrann?«, fragte sie. »Und welche Version des Stücks ist es?«, fügte sie verwundert hinzu. »Sie kommt mir nicht wie die von Ovid vor.«

»Das Stück ändert sich jedes Mal von Neuem. Es lebt durch das Erzählen. Die Geschichte ist in einfacher Sprache geschrieben. Hör hin«, sagte Tybalt und bedeutete ihr, ruhig zu sein.

Sie schwiegen einige Minuten, aber tatsächlich beobachtete Rosaline nur Tybalt. Sie betrachtete sein geliebtes Gesicht, den Schwung seiner Wange, seine hohe Stirn, den perfekten Bogen seiner Lippe. Oh, warum nur hatte sie das nie bemerkt, als es noch nicht zu spät gewesen war, ihn zu küssen?

»Als Schattenspiel wäre es wohl noch besser«, flüsterte Tybalt lächelnd.

»Das stellst du dir so vor, aber sie wollen es anders«, sagte sie.

Doch noch während sie sprach, fragte sie sich, ob er es sich überhaupt vorstellen konnte. Besaßen tote Männer Vorstellungskraft? Rosaline ließ den Blick über sein Gesicht gleiten. Ihr wunderschöner Geist. Ihre Liebe. Ihre Träume waren seine Träume. Wenn, wie sie glaubte, ein Teil von ihr mit ihm gestorben war, dann war es dieser Teil ihrer Seele, den sie nun heraufbeschworen hatte.

Er betrachtete sie betrübt, aber sagte nichts.

Rosaline verstand, dass sie die Antworten auf all ihre Fragen auf der Bühne dort unten fand: Der Teil von Tybalt, der in ihrem Herzen wohnte, hatte sie auf diese Galerie geführt, um den Schauspielproben beizuwohnen. Was wollte er, das sie sah und verstand? Der Staub brannte in ihren müden Augen. Warum konnte sie es nicht erkennen? Sie musste es einfach sehen, für sich selbst und für Tybalts Geist.

Die Handlung auf der Bühne neigte sich dem Ende zu. Pyramus und Thisbe starben.

»Siehst du?«, sagte Rosaline niedergeschlagen. »Es endet immer mit dem Tod.«

»Nein«, sagte Tybalt. »Verstehst du es jetzt?«

Die Probe war beendet. Die Schauspieler dehnten und streckten sich, gähnten, wirkten wie aus einem Traum erwachend. Rosalines eigenes Ende und das von Julia und Romeo blieben auf ähnliche Weise unvollendet. Noch immer waren einige Seiten ungelesen.

Ovid hatte sich die Geschichte von Pyramus und Thisbe ausgedacht oder sie vielleicht auch nur aufgeschrieben. Wer war der Autor von Rosalines Liebe gewesen, die sich in Hass gewandelt hatte? Rosaline sann darüber nach, wie etwas völlig Unbedeutendes, selbst eine kleine Staubflocke, die Balance und damit den Ausgang des großen Ganzen verändern konnte.

Romeo hatte versucht, sie zu formen, und sie wie ein rohes Material für ihn, den Künstler, behandelt. Aber sie hatte nicht die Form angenommen, die er für sie gewollt hatte, genauso wenig, wie Julia das tun würde. Und damit würde das Unheil über sie hereinbrechen. Er verliebte sich in die Idee einer Frau, und wenn er seinen Fehler einsah, entsorgte er sie.

Allmählich verstand sie die grausame Unvermeidlichkeit dieser Vorgänge. Ihre Leben folgten Ovids Kunst wie die Wagenräder in den Straßenfurchen Veronas, wie in den eingefrästen Rinnen der Hohlwege, die durch die waldigen Hügel führten: Diesen Weg mussten sie einschlagen und keinen anderen.

Doch dazu war Rosaline nicht bereit. Sie würde das mächtige Schicksalsrad aus seiner vorbestimmten Furche herauszwingen, damit es einen anderen Weg einschlug.

Wenn Ovid seine Geschichte mit seiner Vorstellungskraft

heraufbeschworen hatte, dann musste sie ihre Zukunft durch ihre eigene Vorstellungskraft korrigieren. Könnte sie nur ihren Stift schwingen und ein anderes Ende für sie alle aufschreiben! Das war die Kunst des Bühnenautors, und sie, Rosaline Capulet, war keine Schauspielschreibende. Sie musste einen anderen Weg finden.

Aber was, wenn Tybalt recht hatte und das, was bis jetzt geschehen war, auch nur eine Probe gewesen war? Könnte nicht ein anderes Ende die gesamte Vorstellung verändern?

Es war an der Zeit, dass Julia und Rosaline sich von dieser Geschichte befreiten. Rosaline musste ihr Leben von der Kunst trennen, sie wie die Schale von der Orange lösen und sie in die Flammen werfen. Sie wollte nicht als Schatten oder als Geist enden. Sie war aus Fleisch und Blut und wollte leben. Und das traf auch auf Julia zu. Es war an Rosaline, für sie einen neuen Pfad und ein neues Ende zu finden.

Suchend sah sie sich nach Tybalt um und sagte: »Tybalt! Ein einziger Buchstabe, ein Wort kann alles verändern! Ich weiß jetzt, was ich tun muss.«

Er antwortete nicht. Vielleicht hatte sie seinen Schatten befreit, als sie die Wahrheit herausgefunden hatte, was er ihr hatte zeigen wollen? Ein Ruck fuhr durch ihre Brust, und sie sehnte sich nach einem endgültigen Abschied von ihm, bevor er in die Unterwelt ging. Sie stand auf, beugte sich auf ihrer Suche nach ihm so weit über das Geländer der Galerie, wie sie es wagte.

Er war nicht mehr da.

Die Glocke schlug Viertel nach fünf. In einer Stunde würde Tybalts Beisetzung beginnen. Die Schauspieler waren erneut dazu übergegangen, die gemalten Bühnenbilder aufzustellen, Requisiten auszupacken und sich nachzuschenken.

Rosaline stieg die Treppe hinab und beobachtete sie einen Moment. »Mir haben eure Proben gut gefallen. Für die Vorstellung von ›Pyramus und Thisbe‹ wünsche ich gutes Gelingen. Bedauerlicherweise werde ich sie nicht sehen können.«

Wenn alles nach Plan ging, würde die Hochzeit nicht stattfinden und das Theaterstück abgesagt werden, aber das sagte Rosaline nicht. Dennoch warf ihr der Darsteller einen merkwürdigen Blick zu.

»Vielen Dank, Mylady. Aber wir führen nicht ›Pyramus und Thisbe‹ auf, sondern eine Mittsommernachts-Komödie. ›Pyramus und Thisbe‹ wäre für eine Hochzeit zu melancholisch.« Er hielt inne, dann fügte er hinzu: »Mistress, wir haben mit unseren Proben noch nicht begonnen. Nur unsere Kartons haben wir bis jetzt ausgepackt und die Bühnenbilder aufgestellt.« Er schüttelte den Kopf. »Ich fürchte, dass unsere Anwesenheit für Euren Kummer schmerzlich ist, und dafür bitte ich um Verzeihung.« Er verbeugte sich und eilte davon.

Rosaline starrte ihm nach. Hatte sie geträumt? Oder nicht nur Tybalt, sondern auch das Stück aus ihrer eigenen Vorstellungskraft heraufbeschworen? Waren beide aus dem Dunkel ihrer unruhigen Seele herausgezerrt worden? Dennoch hatte ihr dieser Traum, wenn es denn einer gewesen war, trotz all seiner Düsternis dabei geholfen, eine neue Möglichkeit zu finden.

Während die Spieler beschäftigt waren, huschte Rosaline an ihnen vorbei und griff sich dabei einen schlichten Umhang und einen Hut. In dieser unauffälligen Kostümierung schlüpfte sie durch die Hintertür aus dem Haus. Sie musste noch etwas erledigen, bevor sie Tybalts grünliche Lippen küssen und sich ein letztes Mal von ihm verabschieden konnte.

Julia hatte gesagt, dass der Mönch einen Klosterbruder mit einem Brief zu Romeo nach Mantua schicken wollte. Sie hasste den Mönch fast genauso sehr wie Romeo. Allein der Gedanke an ihn war wie ätzender Essig.

Als sie mit Bruder Lorenzo gesprochen hatte, waren sein Blick und sein laszives Grinsen eines heiligen Mannes unwürdig gewesen, und als er Julia erwähnt hatte, hatten seine Augen vor Gier gefunkelt. Rosaline vermutete, dass die beiden Männer ihre widerlichen Pläne zusammen aushecken, aber war sich nicht ganz sicher. Konnte es sein, dass Romeos entsorgte Mädchen im Bett des Mönchs landeten, oder war das nur ein lüsterner Albtraum?

Sie schlug nach den Fliegen, die sie umschwirrten und sich auf ihrem Gesicht und ihren Armen niederließen. In der Hitze und dem Gestank schienen die Schwärme ständig anzuwachsen. Sie zog den geliehenen Hut tiefer und ging in Richtung Peterskirche.

Als sie das Kapitelhaus erreichte, blickte Rosaline beklommen in den Apothekengarten. Im ersten Garten sah sie Franziskanermönche, die die Beete und Rasenflächen pflegten und vorsichtig barfuß über hölzerne Wege schritten. Zu ihrer Erleichterung erspähte sie unter ihnen nirgends Bruder Lorenzo.

Sie zog ihren Hut noch weiter nach unten, um ihr Gesicht im Schatten der Krempe zu verbergen, und näherte sich einer Gruppe Mönche, die im zweiten Garten Schnecken von kräftigen Kohlblättern absammelten. »Bitte, ihr heiligen Väter. Wer von euch geht für Bruder Lorenzo nach Mantua? Denn auch ich habe einen Brief, den der gute Mann mitnehmen soll. Ich hoffe, dass ich nicht zu spät bin.«

Einer der Mönche, ein hochgewachsener Mann mit einer Knollennase, die den roten Zwiebeln ähnelte, die er in einen

Weidenkorb legte, sah Rosaline prüfend an. »Wer seid Ihr, Tochter?«

»Madonna Laura Montague, Romeos ehrwürdige Cousine. Bruder Lorenzo sagte, ich könnte meinem Cousin einen Brief senden.«

»Bruder John überbringt den Brief, und er ist bereits auf dem Weg.«

»Nein, nein«, sagte ein anderer Mönch. »Er ist gerade unterwegs, um Krankenbesuche zu machen. Erst wenn er zurück ist, wird er nach Mantua aufbrechen.«

»Dann könnt Ihr mir den Brief für Euren Cousin übergeben«, sagte der Mönch mit der Knollennase. »Ich werde ihn in Bruder Lorenzos Zelle hinterlegen. Bruder John nimmt dann beide Briefe mit.«

Rosaline schüttelte den Kopf und zwang sich zu lächeln. Ihr Plan würde nicht aufgehen, wenn dieser Mönch ihren Brief nahm – den sie nicht einmal geschrieben hatte. Sie musste selbst zur Zelle des Mönchs gehen und nach dem Brief für Romeo suchen.

»Ich danke Euch, Pater, aber nein. Ich möchte Euch keine Mühe machen. Lasst mich selbst seine Zelle aufsuchen.«

Der Mönch wirkte unentschlossen, aber zu ihrer maßlosen Erleichterung begann die Glocke zu läuten, die die Gläubigen zu den Nachmittagsgebeten rief. Zögernd nickte er. »Bruder Lorenzos Zelle ist die, unter deren Fenster die weißen Rosen blühen«, sagte er und zeigte zu dem entsprechenden Gebäudeteil.

Rosaline dankte ihm und eilte hastig den Weg zum Haus entlang, bevor er seine Meinung ändern konnte. Die Zellen der Mönche waren in einem einstöckigen Gebäude aus rotem Backstein mit einem flachen Ziegeldach untergebracht. Die schlichten Holztüren und die kleinen vergitterten Fenster sahen alle gleich aus, aber unter einem Fensterbrett entdeckte Rosaline einen welk wirkenden Rosenbusch. Zusammengerollte Blütenblätter mit braunen Rändern waren in der Hitze zu Boden geschneit, und sie rochen Übelkeit erregend süßlich.

Nur eine Rose blühte noch. Ihre Blütenblätter waren jedoch nicht von purem Weiß, sondern hatten kleine roten Flecken wie Blutspritzer auf einem Taschentuch. Die makabre Schönheit empfand Rosaline als verstörend – wenn auch passend für Bruder Lorenzos Zelle.

Sie öffnete die Tür, schlüpfte hinein und sah sich um. Das war also die Höhle des Ungeheuers. Sie erschien ihr nicht beängstigend. Weder Knochenberge noch glänzende Schwerter konnte Rosaline entdecken. Es roch nach Asche, und durch das geöffnete Fenster drang der Geruch der verwelkten Rosen herein. Der Raum war spartanisch, fast leer: eine dünne Matratze, ein Holzkreuz an der Wand. Ein Wasserkrug und ein hölzerner Becher. Mehrere Rosenkränze. Keine Decke und kein Stuhl – solche Gegenstände waren unnötige weltliche Bequemlichkeiten. Ein Stich fuhr ihr durchs Herz, als sie an Cecelias Raum im Kloster dachte, und sie erinnerte sich wieder daran, warum sie hier war.

Sie musste den Brief an Romeo finden. Ihr fiel die Bibel auf, die neben dem Krug lag. Ihr Wappen war genau dasselbe wie auf den Bibeln von Laura und Cecelia. Rosaline nahm sie und betrachtete sie. Sie sah sehr benutzt aus, die Buchstaben waren verblichen, als ob die Gebete sich durch die Häufigkeit ihrer Wiederholung abgenutzt hatten. Sie wollte sie schon zurücklegen und ihre Suche fortsetzen, als ihr etwas Helles, verborgen in einer Ecke des Lederumschlags, ins Auge fiel. Zuerst dachte sie, es sei ein Riss im Gewebe. Aber als sie behutsam daran zog, hatte sie plötzlich ein Stück Papier in der Hand. Es war eng zusammengefaltet und mit kleiner, spinnwebartiger Schrift beschrieben.

Hatte sie den Brief an Romeo entdeckt? Aber warum wäre er in der Bibel versteckt?

Vorsichtig faltete sie das Papier auseinander. Zwei Listen standen darauf. Sie brauchte einen kleinen Moment, um zu verstehen, dass sie aus Namen bestanden: Mädchennamen auf der einen, Männernamen auf der anderen Seite. Einige erkannte sie sofort. Die Männer gehörten zu den reichsten, bekanntesten Familien Veronas. Namen von Capulets und Montagues fanden sich hier. Signior Martino. Baltasar Montague. Gregory Capulet. Und Graf Paris. Zu ihrer Erleichterung fand sie nicht den Namen ihres Bruders, obwohl sie die Liste zweimal überflog. Zumindest das stimmte sie froh.

Dann bemerkte sie gepunktete Linien, die die Namen der Mädchen mit denen der Männer verbanden. Romeos Name stand neben jedem der Mädchennamen, er war jeweils der erste. Einige Mädchennamen waren mit zwei, drei oder sogar vier und fünf Männern verbunden. Erschüttert erkannte Rosaline, dass der Mönch eine Liste mit gefallenen Mädchen führte und mit den Namen der Männer, die sie missbraucht hatten. Einige Mädchennamen glaubte sie im Zusammenhang mit Todesnachrichten gehört zu haben. Entweder gingen ihre Familien also wirklich davon aus, dass sie gestorben waren, oder sie erzählten diese Geschichte, nachdem ihre Töchter fortgelaufen oder verschwunden waren.

Rosaline brach kalter Schweiß aus. Ihr Kopf begann sich zu drehen. Mehrere Namen auf der Liste waren mit schwarzer Tinte durchgestrichen.

Diese Mädchen, schloss Rosaline, waren diejenigen, die

schlussendlich gestorben waren. Ob aus natürlichen oder unnatürlichen Gründen, wusste sie nicht. Sie schrie leise auf, als sie erkannte, dass die Hälfte aller Namen ausgelöscht worden war. Während sie Gebete für die Verstorbenen murmelte, schwor sie, sie alle zu rächen.

Sie wischte ihre schweißnassen Hände an ihrem Kleid ab und studierte das Papier erneut. Zwei Namen sprangen ihr ins Auge. *Cecelia*. Und *Laura*. Beide waren durchgestrichen. Laura war also inzwischen auch tot. *Mochte ihre Ruhe süßer sein als ihr Ende.*

Dann begann es plötzlich in Rosalines Ohren zu summen, und ihre Beine fühlten sich merkwürdig schwach an.

Sie durfte ihrer Angst nicht nachgeben, obwohl diese abgrundtief verdorbenen Machenschaften unerträglich waren. War Romeo der Honig, um all diese Mädchen anzulocken? Es musste einen Grund dafür geben, dass sein Name bei allen Mädchen als Erster stand. Rosaline war sicher, dass es genau so war. Schließlich war er auch bei ihr so schnell und erfahren vorgegangen, als hätte er es schon oft getan. Egal, ob er sie liebte oder nicht – Romeo musste doch wissen, dass seine Eroberungen stets mit dem Ruin der Mädchen endeten. Und wenn die Wonnen der Liebe schwanden und er des jungen Mädchens müde war, würde der unheilige Mönch diskret erscheinen, um ihn von dieser Lästigkeit zu befreien, sodass er erneut frei und unbeschwert lieben konnte. Das Mädchen würde verschwinden, um unter den wohlhabenden Männern Veronas weitergereicht zu werden, vermutlich gegen eine stattliche Summe.

Und wenn auch diese Männer des Mädchens überdrüssig wurden oder wenn es zu gefährlich wurde? Was passierte dann? Rosaline dachte erneut an die Phiolen aus blauem Muranoglas und die verräterischen Tintenstriche, die die Namen der Mädchen auslöschten. Sie erschauderte. Das hätte ihr Schicksal sein können. Und es könnte immer noch Julias sein.

Der Mönch war kein Mann Gottes, sondern ein Mann ohne Gewissen oder Respekt für die menschliche Seele. Ein Skorpion in heiligen Lumpen.

Die Glocke der Peterskirche schlug erneut. Sie musste sich beeilen und fort sein, bevor die Mönche und Klosterbrüder ihre Gebete beendet hatten. Rosaline steckte die Liste mit den Namen in ihre Taillentasche, schlug die Bibel zu und legte sie neben den Krug, wobei sie hoffte, dass der Mönch nicht bemerkte, dass jemand sich daran zu schaffen gemacht oder gar sein durchtriebenes Spiel entdeckt hatte.

Ihr Herz klopfte schnell. Sie musste den Brief finden. Sicher war er nicht versteckt – sie hatte einfach zuvor nicht sorgfältig genug geschaut. Wieder blickte sie sich im Raum um und sah endlich ein Stück Papier halb versteckt unter einem Wasserbehälter auf dem Boden. Nur eine Ecke schaute hervor, was der Grund gewesen war, dass sie es nicht zuvor bemerkt hatte. Sie nahm es hoch und las den Empfängernamen: Romeo Montague. Der Brief war versiegelt. Einen Moment zögerte sie, dann brach sie das Wachssiegel auf, entfaltete den Brief und las:

Benedicte, mein guter Sohn Romeo,
Donnerstagmorgen wird Julia den Grafen Paris heiraten. Ich schwöre, dass ich alles daransetzten werde, um diese Verbindung zu verhindern, aber Du darfst nicht nach Verona kommen. Deine Gegenwart hier würde Deinen Tod bedeuten. Der Fürst ist noch wütend über diese Fehde, und Du darfst nicht in die Stadt zurückkehren. Rosaline, diese zänkische Hexe, sinnt auf Rache und ist voller Hass auf Dich. Komm nicht

hierher, um für Julia zu sterben. Du bist wankelmütig, wenn es
um die Liebe geht. Erinnere dich, Romeo, einst galten all Deine
Liebesschwüre Rosaline. Einen Tag später war das vorbei. Bleib
sicher in Mantua. Die Liebe wird Dich auch dort finden.
Dein Freund
Bruder Lorenzo

Rosaline lehnte sich gegen die Mauer. Der kalkige Putz war
kühl und blätterte unter ihren Fingerspitzen ab. Natürlich, der
Mönch hatte Julia angelogen. Dieser Brief war nicht der, den
er ihr versprochen hatte zu schreiben. Er drängte Romeo darin
nicht, möglichst schnell nach Verona zurückzukommen, um
Julia aus ihrem Grab zu befreien und mit ihr gemeinsam wieder nach Mantua zu gehen. Und obwohl er Romeo versprach,
Julias Hochzeit mit dem Grafen Paris zu verhindern, schrieb
er nicht, wie er das bewerkstelligen wollte. Rosaline fürchtete,
dass sie, im Gegensatz zu Romeo, das Wie kannte. Inzwischen
war sie fast sicher, dass die kleine blaue Phiole Tod und nicht
Schlaf enthielt.

Warum teilte er sein heimtückisches Vorhaben nicht Romeo
mit? Aus Furcht, dass sein Brief von den falschen Augen gelesen werden könnte oder weil er wusste, dass Romeo zumindest
jetzt noch Julia liebte? Aber seine Leidenschaft würde nicht
überdauern, das tat sie nie. Sie würde sich auflösen wie Seife in
lauwarmem Wasser. Bruder Lorenzo verstand das – sein Schreiben enthielt zahlreiche Vorwürfe. Romeo, der Wankelmütige,
der Treulose, der Zauderer. Wenn ihn seine Mädchen langweil-
ten, nahm der Mönch sie ihm ab und benutzte sie selbst – ein
diabolisches Arrangement.

Damit ihre List funktionierte, musste Romeo zurück nach
Verona kommen. Dieser Brief durfte nicht gesendet werden.

Wenn sie ihn stehlen würde, würde Mönch John seinen Klosterbruder Lorenzo einfach fragen, ihn erneut zu schreiben.

Der Brief hing zwischen ihren Fingern herab, während sie nachdachte. Was hatten die Klosterbrüder noch gleich gesagt, wo Mönch John sich gerade aufhielt? Er machte Krankenbesuche. Das passte ausgezeichnet.

Sie kniff das Siegel zusammen, so gut sie es vermochte, und legte den Brief zurück unter den Wasserbehälter.

Rosaline schlug den Weg zu Valentios Haus ein. Der hohe Turm der Peterskirche warf einen langen, dünnen Schatten auf die Allee. Ihr blieb nur noch wenig Zeit. Sie begann zu rennen, ihr Atem ging stoßweise. Als sie das Tor erreichte, schlug sie mit der Faust dagegen. Ein übellauniger Wachmann öffnete ihr.

»Ich bitte dich, bring die Amme der Kinder zu mir«, stieß sie, tief Luft holend, hervor. »Aber bitte sag nicht meiner Schwägerin oder meinem Bruder, dass ich hier bin. Bring mir nur die Amme.«

Der Wachmann sah sie verwundert an. »Warum kommt Ihr nicht selbst herein, Madonna Capulet?«

Rosaline schüttelte den Kopf. »Ich bitte dich, eil dich.« Sie presste ihm eine Münze in die Hand, um seine Neugier zu stillen, und der Wachmann tappte davon.

Rosaline verrenkte sich, um sich an einem Stich am Rücken zu kratzen. Nach mehreren Minuten kehrte der Wachmann in Begleitung der Amme zurück. Sie wirkte ungehalten, dass man sie von ihren Schützlingen weggeholt hatte.

»Rosaline?«, fragte sie verwundert.

»Madam, bevor du Hebamme und Amme geworden bist, warst du doch eine Prüferin?«, fragte Rosaline eifrig.

Die Amme schauderte bei der Erinnerung daran. »Ich habe

dir bereits gesagt, dass ich das Leben dem Tod vorziehe.« Ungeduldig wandte sie sich ab, um wieder ins Haus zurückzugehen, aber Rosaline hielt sie am Ärmel fest. »Ich habe meine Mutter an die Pest verloren.«

»Das weiß ich. Es tut mir leid für dich.«

»Ich glaube, du weißt, wo sich die Pestwächter aufhalten. Und sie hören auf dich.«

Die Amme runzelte die Stirn. »Das hoffe ich. Schließlich war ich zwölf Monate lang Prüferin und habe höchst sorgfältig darauf geachtet, dass nach meinen Visiten niemand mehr infiziert war. Ich tat meine Pflicht.«

»Das bezweifele ich nicht, gute Amme. Wahrlich, keine Sekunde lang.« Rosaline neigte den Kopf. »Tatsächlich ist das der Grund, warum ich dich aufsuche. Denn vorhin hörte ich im Kapitelhaus, wie der Mönch John seinen Klosterbrüdern berichtete, dass er in einem Pesthaus die Kranken besuchte. Ich hörte auch, wie er die schrecklichen Details, die eiternden Pestbeulen in den Armbeugen, beschrieb. Er blieb nur kurz, um eine Quarantäne zu vermeiden und in dem Pesthaus eingeschlossen zu werden. Er sagte, er würde nun nach Mantua reisen. Ich fürchte, er wird die Seuche dorthin tragen.«

Die Amme versteifte sich vor Ärger. »Diese Leute, die glauben, dass die Vorschriften sie nicht betreffen! Wir werden diese Seuche nie besiegen, solange es Menschen gibt, die das Gesetz umgehen! Und der Klerus treibt es besonders schlimm.« Erbost schnalzte sie mit der Zunge und sah Rosaline an. »Auch wenn ich keine Prüferin mehr bin, kann ich immer noch einen Hauptmann der Wache benachrichtigen. Kannst du mich dorthin begleiten?«

»Wenn ich muss, kann ich das tun«, sagte Rosaline. Sie blickte zu Boden, als sei sie zutiefst bestürzt.

Die Amme nickte billigend. »Lass uns sofort aufbrechen und die Wache suchen. Wir werden sichergehen, dass dieser abscheuliche Mönch in seiner Zelle eingenagelt wird und ein rotes Pestkreuz auf seiner Tür prangt.«

Rosaline verbarg ein Lächeln. Sie würde warten, bis Mönch John in der Zelle des Klosterbruders Lorenzo nach dem Brief suchte, und ihn dann erst als den vermeintlich Infizierten nennen. Der unglückliche Mönch würde zusammen mit dem Brief in der Zelle eingeschlossen werden. Weder er noch der Brief würden heute nach Mantua reisen.

13. KAPITEL

So wilde Freude nimmt ein wildes Ende

Ruckartig zogen die Pferde den Wagen. Sie schnauften, und aus ihren Mäulern troff Schaum. Selbst zu dieser späten Stunde brannte die Luft vor Hitze. Rosaline zupfte sich Mücken aus dem Haar. Der Fluss schlug gegen das Ufer, im Abendlicht wirkte er glatt und weich wie geschmolzenes Metall. Wie eine halbierte Zitronenscheibe hing der Mond hoch über der Stadt und spiegelte sich im Wasser.

Rosaline war erleichtert, dass sie die Fahrt zum Kloster allein unternahm. Ihr Vater hatte ihr angeboten, sie zu begleiten, aber sie hatte abgelehnt. Tybalts Bestattung hatte stattgefunden, aber es hatte sich zugleich auch wie ihre eigene angefühlt. Wenn diese Nacht verlosch, würde sie nicht mehr länger eine Capulet sein.

Sie würde den Namen ablegen müssen wie eine Eidechse ihren Schwanz. Rosaline Capulet würde sterben und als Schwester Rosaline auferstehen. Tybalt schlummerte nun in seinem Grab, Rosaline Capulet neben sich. Sie war eine Braut Christi, dennoch fühlte es sich für sie wie der Tod an.

Vielleicht *könnte* sie einen Weg finden, um ihrem Schicksal zu entkommen. Wenn Caterina in der Klosterküche arbeitete, bestand immer noch die Möglichkeit, aus dem Konvent zu fliehen, auf einem Wagen verborgen zwischen Weinkrügen oder Getreidesäcken. Sie wäre nicht die erste Novizin, die versuchte, jenseits der Mauern ein neues Leben zu beginnen. Nicht in Verona, das wäre unmöglich, aber es gab andere Städte. Sie könnte sich erneut häuten, auch diesmal wie eine Eidechse.

Die traurigen Abschiede von den Toten und den Lebenden lagen bereits hinter ihr. Livia hatte geweint, sie geküsst und sie so festgehalten, dass ihre Finger auf Rosalines Haut Abdrücke hinterlassen hatten. Diese roten Markierungen waren für Rosaline kostbarer als echte Rubine, und sie wünschte, sie würden nie verblassen. Livia und Julia hatten geschworen, dass sie sie im Kloster besuchen würden, Livia wollte ihre Kinder mitbringen.

Doch Rosaline fühlte darüber keine Freude, denn sie würde keines der Kinder jemals berühren. Sie würde sie nicht halten, sie nicht küssen, nicht ihre Tränen trocknen noch sie scherzend stupsen können. Eine tiefe, kalte Traurigkeit durchfloss sie. Selbst wenn alle, die sie liebte, kämen, um sie zu besuchen, würde sie hinter einer Mauer verborgen sein, nicht nur physisch, sondern auch im übertragenen Sinn. Sie wäre nicht länger ihre Rosaline, sondern die Rosaline Gottes.

Jeder Teil von ihr gehörte Ihm, das kleine Wort »Schwester« verlief wie eine Grenze zwischen ihr und ihren Freunden. Sie war nicht ihre, sondern Seine, nicht von der diesseitigen Welt, sondern von der jenseitigen. Und sie wollte es nicht. Himmlische Freuden waren nichts für sie. Es waren die weltlichen Vergnügungen, egal wie verwegen, nach denen sie sich sehnte. Sie fühlte sich spröde vor Groll.

Der Rhythmus der Pferde wiegte sie in den Schlaf. Während sie schlummerte, träumte sie von grünen Göttern, die mit Tybalt tanzten. Sie führten ihn in die Unterwelt, wo ihn Hades mit Emelia an einem Arm und Laura am anderen erwartete.

Rosaline rief nach ihrem Cousin, aber er hörte sie nicht, denn er gehörte nicht länger zu ihr, und während sie die vier beobachtete, verschwanden sie in der Dunkelheit.

Als sie erwachte, dämmerte es bereits. Die Pferde schnauften seufzend und begannen, langsamer zu werden, während sie sich mühten, den Wagen einen steilen Hügel hochzuziehen. Der Fuhrmann schnalzte ihnen ermunternd zu. Rosaline erhob sich von ihrem Sitz, um etwas zu erkennen.

Eine steile Felszacke befand sich über ihnen, die von dem mächtigen Klosterbau, der sich darauf befand, gekrönt wurde. Er schien sich aus dem Felsen zu erheben, als ob er von einer göttlichen Hand wundersam aus Granit gehauen und nicht mühselig Stein für Stein errichtet worden war.

Dann erschien hoch über ihnen ein Lichtstrahl, so orangefarben wie polierter Bernstein. Während sie sich näherten, wurde das Licht heller und schärfer. Die Pferde schäumten und schwitzten. Statt von weichen Worten des Fahrers wurden sie nun von seinen Peitschenschlägen angetrieben. Schließlich erreichten sie das geöffnete Klostertor, die Pferde wurden langsamer, und das Fuhrwerk hielt ruckelnd in dem gepflasterten Hof.

Der Fuhrmann reichte Rosaline die Hand und half ihr herunter. Sie lachte. Wenn sie nicht aus ihrem Gefängnis floh, würde dieser Mann mit den schmutzigen Fingern der letzte sein, den sie jemals berührte.

Eine Fackel flackerte. Eine blasse Nonne in mittleren Jahren huschte näher, um sie zu begrüßen. In der Hand hielt sie die brennende Fackel. »Wer kommt hierher?«, verlangte sie zu wissen.

»Ich bin es, Rosaline.«

»Komm, komm.«

Die Nonne schickte den Fuhrmann weg, wies ihn an, seine Pferde in den Klosterställen zu tränken, und führte Rosaline in den Innenbereich des Klosters. Dieses Mal betraten sie nicht zuerst den *parlatorio*, als sie die mächtigen Holztore durchschritten hatten – Rosaline war nicht länger eine Besucherin –, sondern gingen direkt ins Kloster.

Wie beim letzten Mal überraschte Rosaline beim Betreten der Anlage der schroffe Gegensatz zwischen der düsteren Strenge des Äußeren und dem unerwarteten Charme des Inneren. Jasmin und Geißblatt erklommen die Bögen des Säulengangs, ihr süßer Duft lag schwer in der Luft, ihre Ranken hatten sich wild ineinander verwoben. Sie erinnerten Rosaline an Julias ungekämmtes Haar. Die Rasenflächen waren gewalzt worden und übersät mit winzigen Gänseblümchen, deren Blütenblätter sich wie Wimpern in der Nacht geschlossen hatten. Niedrige dreieckige Hecken von geschnittenem Buchs unterteilten die grünen Flächen, die kleinen Blätter wirkten schwarz im Dunkel. Der Himmel über ihr war erfüllt vom Flirren kleiner Flügel. Die Insekten schossen so dicht über ihr dahin, dass sie ihren zarten Luftzug spürte. Das Klicken der Fledermäuse verschmolz mit den Frauenstimmen, die die Komplet sangen.

»Hier entlang, bitte«, sagte die Nonne. Sie nestelte an ihrem Rosenkranz, den sie um den Hals trug.

Rosaline eilte ihr nach. Der Abend roch nach Wicken und Lavendel, die Stimmen der Sängerinnen schwebten hoch empor. Rosaline sah sich ungeduldig nach der Äbtissin um. Der Gesang erklang klar und laut, während die Frauen die Abendgebete sangen, aber sie erkannte die Melodie nicht. Die Gebete der Komplet schwollen an, der melodische Fluss wurde zu einem reißenden Strom. Die Melodie kam Rosaline seltsam vertraut vor, als hätte sie sie bereits irgendwann gehört. Vielleicht hatte ihre Mutter sie ihr vorgesungen, als sie noch in der Wiege lag.

»Bitte, ich muss zur Äbtissin«, sagte Rosaline unruhig und zupfte die Nonne am Ärmel.

Mit einem leisen Schnaufen führte die Nonne sie durch eine niedrige Tür, die sie nur gebückt durchschreiten konnten, in das Klostergebäude. Dahinter befand sich das Refektorium. Der Raum war leer, alle anderen Nonnen waren wahrscheinlich in der Kapelle. Ein einziger Platz war gedeckt. Ein Zinnteller und -becher standen auf dem langen gescheuerten Tisch.

»Hier, setz dich«, sagte die Nonne. »Du musst hungrig sein.«

Gehorsam setzte Rosaline sich auf die Bank. Aber trotz des würzigen Käses und der reifen Pfirsiche konnte sie keinen Bissen herunterbringen.

»Verzeih mir«, sagte sie. »Aber ich muss wirklich mit der Mutter Äbtissin sprechen.«

Die Nonne lachte und verstummte erst, als ihr klar wurde, dass Rosaline nicht scherzte. »Sie ist noch in der Komplet, und sie begrüßt die Novizinnen nicht persönlich.«

»Sie muss mir eine Audienz gewähren«, sagte Rosaline, ergriff die Hand der Frau und drückte sie so ungestüm, dass diese zusammenzuckte.

»Morgen wirst du sie sehen, Rosaline! Iss jetzt, und dann werden wir für dich einen Habit suchen.«

Panik breitete sich in Rosaline aus. Sie musste heute noch mit der Äbtissin sprechen, sonst war alles verloren. Sie zog aus ihrem Kleid eine kleine Flasche hervor, die so leuchtend blau wie der Junihimmel war, presste sie der Nonne in die Handfläche und schloss deren Finger darum.

»Bring ihr das, und sag ihr, dass ich sofort mit ihr sprechen möchte. Ich bitte dich.«

Die Nonne musterte sie einen Moment, dann stand sie auf und ging leise murmelnd fort.

Rosaline blieb in der Stille des Refektoriums allein zurück. Der Raum wurde von einer einzelnen Kerze erleuchtet. Sie war aus billigem Talg und nicht aus Bienenwachs, qualmte, spritzte und roch nach Schweinefett. Rosaline konnte weder essen noch trinken. Bündel von Rosmarin, Salbei, Majoran und Lavendel lagen an dem einen Tischende ausgebreitet zum Trocknen. Am anderen Ende wurden viele Reihen von Schneckenhäusern in Essig eingeweicht, wie kleine gedrehte Scheißhaufen. Ein schwerer Mörser mit einem Stößel lag daneben. Welche Paste oder Salbe aus ihnen auch hergestellt werden würde – Rosaline mochte sie nicht.

Es verging etwas Zeit, bis die Äbtissin das Refektorium betrat. Rosaline stand so hastig auf, dass sie dabei fast die Bank umwarf.

»Warum schickst du mir eine Flasche mit Bilsenkraut?«

»Bilsenkraut?«, fragte Rosaline.

»Gib es in irgendeine Flüssigkeit und trinke sie, und selbst wenn du so stark wie zwanzig Männer wärst, würde sie dich töten«, antwortete die Äbtissin und hob die Phiole hoch. Sie trat näher an Rosaline und musterte sie. »Welcher Kummer hat deine Wangen so bleich werden lassen?«

»Ein Schurke namens Romeo. Ein Mörder, Verführer, Tyrann. Und nun der Ehemann meiner Cousine. Es war sein Freund, ein Mönch, der dieses Gebräu gemixt hat.«

»Das ist Grund genug für Kummer. Ein Mönch war es?« Die Stimme der Äbtissin troff vor Verachtung.

Rosaline zog die Liste des Mönchs aus ihrer kleinen Tasche

und schob sie über den Tisch. Die Äbtissin nahm sie und las schweigend. Falls sie überrascht war, ließ sie es sich nicht anmerken.

»Woher hast du das?«

»Ich habe das Papier aus der Zelle von Mönch Lorenzo gestohlen. Es ist seine Handschrift. Es beweist, was Mönch Lorenzo, Romeo Montague und weitere Männer in Verona Schreckliches verbrochen haben. Sie sind verkommen, und ihre Seelen sind durch allerschlimmste Sünden verdorben.«

Ernst lauschte die Äbtissin Rosaline. Erneut sah sie auf die Liste. »Die Mädchen, deren Namen mit schwarzer Tinte markiert sind, sind tot. Einige von ihnen habe ich selbst begraben. Möge der Herr sie segnen und bewahren.«

Rosaline holte tief Luft und berichtete von Laura und ihrem toten Kind. Die Äbtissin hörte ihr mit finsterem Gesichtsausdruck zu, während sie das Glasfläschchen in ihren Fingern drehte. »Diese Tinktur bedeutet, dass das Kind tot geboren wurde, wodurch jede Schande für Romeo oder die Familie der Montagues vermieden wurde«, sagte sie. »Das Mädchen starb kurz danach, abhängig davon, wann und wie es die Flüssigkeit trank. Wenn ihm rechtzeitig ein Gegengift verabreicht worden wäre, hätte es vielleicht überlebt.«

Rosaline fühlte sich verschwitzt, und ihr war übel. Das hatte sie vermutet, doch nun erhielt sie Gewissheit. Sie dachte an Laura in dem schmutzigen Raum, wie ungeliebt und allein sie sich gefühlt hatte, und an die schwarz verhangene Wiege.

»Der Mönch hat auch meiner Cousine Julia eine Tinktur gegeben. Er behauptet, es sei ein Schlaftrank, aber ich fürchte, dass dieser Schlaf für immer andauert.«

Erneut betrachtete die Äbtissin das hübsche Fläschchen in ihrer Hand. »Und du erbittest hierbei meine Hilfe?«

»Ja, das tue ich. Julia ist nicht die Erste, die von Romeo ver- führt wurde, und ich war es ebenfalls nicht. Er liebt uns und entsorgt uns wie Pusteblumenschirmchen, die der Wind hin- wegträgt.« Es kostete Rosaline große Mühe, bei diesen Worten standhaft zu bleiben und den beharrlichen Blick der Äbtissin zu erwidern. Doch in Wahrheit war ihr zum Ersticken heiß, und sie schämte sich entsetzlich. Sie sollte dem Konvent bei- treten, und stattdessen gestand sie hier eine Todsünde.

Der Blick aus den braunen Augen ruhte auf ihr, und zum ersten Mal wünschte Rosaline, die Äbtissin hätte nicht so viel Ähnlichkeit mit ihrer Mutter. Sie zwang sich, den Blick nicht abzuwenden. Aber zu ihrer Überraschung sah sie darin keine Verurteilung. Vermutlich hatte die Äbtissin noch lasterhaftere Geständnisse gehört.

»Ich werde dir helfen, den Mönch und Romeo Montague zu entwaffnen«, sagte die Äbtissin. »Ich werde dir den Schlaftrunk für deine Cousine geben.«

»Und auch das Gegengift?«

»Wenn du glaubst, dass du es brauchst, auch das«, sagte die Äbtissin.

Rosaline wünschte, sie könnte sie umarmen. »Ihr seid der Beweis, dass die Menschheit gut und tugendhaft ist«, brach es warm aus ihr hervor.

»Dass Frauen gut sind. Und meine Hilfe hat einen Preis«, warnte die Äbtissin.

»Ich zahle ihn.«

Die Äbtissin stand auf und ging zu einem Schrank. Sie nahm eine Flasche heraus und goss zwei Gläser ein.

Während sie trank, beobachtete sie Rosaline aufmerksam. »Du hast bis jetzt noch nicht dein Gelübde abgelegt, also darfst du heute Nacht noch das Kloster verlassen. Ich werde dich mit einem Kutscher und unserem eigenen Fuhrwerk zurück nach Verona schicken. Du kannst deiner Cousine die Phiole mit dem Trunk geben, damit sie in Schlaf fällt. Aber morgen, wenn die Angelegenheit geklärt ist, musst du zurückkehren.«

Rosaline nickte. Das würde sie tun.

Die Äbtissin forderte sie auf zu trinken und fuhr fort: »Wenn du darüber nachgedacht hast, wie du aus dem Kloster fliehen kannst, musst du mir auf der Stelle schwören, dass du das nicht tun wirst. Dass du zurückkehren wirst, dein Gelübde ablegen und dein sterbliches Dasein in diesem Kloster verbringen wirst.«

»Warum?«, rief Rosaline. »Von welchem Nutzen bin ich für Euch?«

»Ich will dich. Ich erkenne, dass du einen schnellen, klugen Verstand hast. Du hast nicht nur die Verkommenheit des Mönchs entdeckt, sondern auch einen Beweis dafür gefunden. Wir haben lange vermutet, dass unter den Klosterbrüdern etwas Böses im Gange ist, aber obwohl wir schon lange allen möglichen Gesprächen lauschen, konnten wir nicht herausfinden, wie sie dieses Netz gewebt haben.«

Rosaline genoss es, gelobt zu werden, aber ihr Unbehagen blieb.

Die Äbtissin fuhr fort: »Ich weiß, dass du im Laufe der Zeit hier glücklich sein wirst. Oder zumindest nicht unglücklich.«

Rosaline schwieg.

Die Äbtissin dachte einen Moment nach. »Ich denke, dass ich dir vielleicht beibringen werde, wie unsere Chroniken geschrieben werden. Das wird gut für dich und für uns sein. Kräuter und Gärten interessieren dich nicht übermäßig, das habe ich bereits bemerkt. Und du wirst auch für uns musizieren. Wir werden dir Kenntnis und Verständnis zukommen lassen. Du bist hier nicht eingekerkert. Deine Seele wird frei sein.«

»Und mein Körper?«, fragte Rosaline leise.

Die Äbtissin lächelte. »Nun, das Kloster hat durchlässige Mauern. Rom ist weit weg. Sie können nicht überall zugleich hinschauen. Gelegentlich gibt es Besucher. Es ist vorgekommen.«

Rosaline atmete scharf ein. »Aber kann ich auch herausgehen? Für einen Tag?«

»Nachdem du dein Gelübde abgelegt hast? Ein Opfer muss immer gebracht werden, Rosaline. Wenn du morgen Abend hierher zurückkehrst, wirst du diesen Ort bis zu deinem Tod nicht mehr verlassen.«

Rosaline verschlug es den Atem. Ein Gefängnis war ein Käfig, egal, wie süß der Jasmin in der Nacht duftete, wie ordentlich der Rasen geschnitten war. Sie würde nie mehr zur Welt dort unten gehören, nur noch von oben auf sie herunterblicken wie die Drachen und die Möwen, die durch die Luft segelten. Sie würde wie ein Echo sein, ein Lied im Wind.

Aber wenn sie sich weigerte, würde Julia heute Nacht sterben.

»Zahlst du meinen Preis?«, fragte die Äbtissin weich.

Rosaline nickte. »Ja, das werde ich.« Sie schwieg eine Weile, und als sie wieder sprach, waren ihre Worte voller Ärger. »Was wird mit dem Mönch und den Männern auf seiner Liste geschehen? Gibt es keine Rache für die Mädchen, die sie so verletzt haben? Müssen wir alles Gott überlassen?«

Das Gesicht der Äbtissin nahm einen merkwürdigen Ausdruck an. Sie blickte hinter sich, wo Reihen von Tinkturen in Fläschchen standen, und schaute dann wieder zu Rosaline. »Ich fühle, dass eine weitere Seuche die verdorbenen Männer von Verona befallen wird.«

Die Stadt versank in der Dunkelheit. Alles war ruhig. An der Ponte-Pietra-Brücke rief Rosaline dem Fuhrmann zu, er möge anhalten, und sprang vom Gefährt. »Fahr zu den Ställen hier in der Stadt. Und du weißt, was als Nächstes zu tun ist?«

Der Kutscher nickte.

»Ich schicke einen Boten, wenn ich dich brauche«, sagte sie.

Mit einem Pfiff trieb der Fuhrmann die Pferde an, und das Fuhrwerk verschwand jenseits der Brücke. Rosaline stand allein in der Dunkelheit. Sie zog ihren Umhang fester um sich und fuhr mit der Hand über die Phiole in dem Täschchen, das sie um den Hals geschlungen trug, um sicherzugehen, dass sie noch da war. Sie war hart und ein wenig geschwungen, wie ein Fingerknochen. Dann überprüfte sie, ob auch der goldene Ring noch an ihrem Zeigefinger steckte. Die Äbtissin hatte ihn ihr geliehen. Er war ihr zu groß, und sie fürchtete, ihn zu verlieren.

Die Basilikaglocken schlugen das Viertel einer Stunde. Es war nicht mehr lange bis Mitternacht. Sie murmelte ein Gebet. Julia würde in ihrer Schlafkammer sein. *Bitte mach, dass sie nicht aus der Flasche des Mönchs getrunken hat, noch nicht.* Rosaline hastete die Straßen entlang zum Haus ihres Onkels, ignorierte dabei das Scharren und Kratzen der Ratten im Rinnstein. Sie war froh über die Dunkelheit, die eine bessere Tarnung war als die Reisekleidung, die die Äbtissin ihr geliehen hatte.

Als sie das Haus erreichte, zögerte sie. Sie könnte klopfen und sich ankündigen. Der Wachmann würde sie einlassen. Aber das würde einen Tumult heraufbeschwören, weil man annehmen würde, sie sei aus dem Kloster geflohen. Es war besser, wenn alle glaubten, sie sei sicher verwahrt.

Rosaline blickte die Steinmauer empor. Sie schien glatt und uneinnehmbar, und trotzdem hatte Romeo von der Straße einen Zugang hoch zu Julias Balkon gefunden. Wenn er es geschafft hatte, war es möglich.

Sie schritt auf und ab und versuchte sich zu erinnern, welche Räume hinter der Fassade zur Straße lagen. Zunächst befand sich dort die große Halle, in der der Ball der Capulets stattgefunden hatte. Die Fenster und Türen gingen zur Loggia und zum Garten darunter hinaus. Hinter der Halle lag die Minnegalerie und darüber Julias Schlafkammer mit dem Balkon, von dem aus man, in schwindelerregender Höhe, über den Obsthain sah.

Rosaline musste eine Möglichkeit finden, auf diesen Balkon zu gelangen. Als sie und Tybalt Kinder waren, waren sie häufig geschickt auf Bäume geklettert. Aber hier gab es keine Bäume, die nah genug am Haus standen, weder eine Platane noch eine Esche oder eine sparrige Kirsche. Rosalines Herz raste, als sie erkannte, dass sie keine Wahl hatte: Sie musste die Mauer hochklettern.

Sie entfernte sich von dem Wachmann so weit wie möglich und fand eine Stelle, wo Efeu mit einem Stamm so dick wie das Handgelenk eines Mannes wuchs. Wenn, dann war es hier möglich. Sie blickte zur Basilika hoch und sah, dass sie sich beeilen musste: Der Mond schien auf die Uhr des Petersturms, es war bereits fast Mitternacht. Sie griff nach einem Efeuast, stemmte sich hoch und begann, die Mauer zu erklimmen.

Die Mauersteine bröselten unter ihren Fingern, aber sie lockerte den Griff nicht, stemmte sich immer höher und suchte dabei mit den Füßen Halt im Efeudickicht. Sich windend und ziehend, gelangen ihr bei jedem Zug nur wenige Zentimeter. Manchmal klammerte sie sich am Efeu fest, dann wieder suchte sie mit den Fingerspitzen kleine Öffnungen im Mauerwerk, um sich zu halten.

Schon nach einigen Minuten waren ihrer Finger blutig, ihre Nägel gebrochen und eingerissen. Ihr Atem ging stoßweise, und der Schweiß lief ihr den Rücken hinunter. Sie verfluchte ihren Reiseumhang und die Röcke. Romeo würde in Hosen und einem Hemd hochklettern, mit einem Dolch, um den Mörtel wegzukratzen und besseren Halt zu finden.

Ihre Röcke verfingen sich in dem Efeugeäst, sodass sie eine Hand lösen musste, um den Stoff zu befreien. Dabei kam sie ins Rutschen und wäre fast zu Boden gestürzt.

Schwer atmend tastete sie sich hoch oben um die Hausecke herum und das Mauerwerk entlang, bis sie den dicken Ast eines Blauregens erreichte. Sie kletterte auf ihn, wobei sie sich die Haut ihrer Oberschenkel zerkratzte. Um einen Schmerzensschrei zu unterdrücken, biss sie sich auf die Lippe. Zumindest befand sie sich nun oberhalb der Gärten, außer Sicht der Straße und des Wachmanns. Sie konnte nur hoffen, dass niemand zu so später Stunde im Hof oder im Garten der Villa spazieren ging.

Die Blätter wehten im Wind und schlugen leicht gegen die Mauervorsprünge. Alle Fenster waren erleuchtet, die meisten waren geöffnet, um auch die kleinste Brise ins Haus zu lassen. Die gelben Vierecke übereinander ergaben einen leuchtenden Turm, und Rosaline konnte nicht umhin festzustellen, wie behaglich die hellen Innenräume wirkten.

Durch den Blauregen drangen Stimmen bis zu ihr. »Wir haben kein Stück Brot im Haus. Bald wird's Nacht, und morgen ist Hochzeit.« Es war ihre Tante Lauretta. Erstarrt vor

Angst, duckte sie sich tiefer unter einem Ast und stieß sich den Kopf.

»Du wirst noch staunen, Frau, wie alles klappt«, erklang die Stimme ihres Onkels. »Ich gehe heute nicht ins Bett, lass mich nur machen. Jetzt werd' ich mal die Hausfrau spielen. Geh du zu Julia.«

Eine Tür wurde geschlossen, und Rosaline vermutete, dass ihre Tante das Zimmer verlassen hatte. Sie streckte sich, sodass sie über den Fenstersims spähen konnte, und erblickte ihren Onkel Capulet. Er stand in seiner Schlafkammer, konnte sie in der Dunkelheit jedoch nicht sehen. Dann glitt ihr Fuß ab, und sie rutschte weg. Als sie nach einem Ast griff, zerbrach sie dabei kleine Zweige, und Blätter rieselten hinab.

Ihr Onkel ging zum Fenster. »He!«

Rosaline erstarrte. Sicher hatte er sie gesehen oder ihren rasenden Herzschlag gehört. Er blieb einige Minuten stehen, schaute hinaus und murmelte schließlich: »Katzen, Tauben, sie sind ja alle weg«, und ging schließlich ebenfalls.

Sobald er fort war, kletterte Rosaline weiter zu Julias Kammer. Immer weiter hangelte sie sich hoch und streckte sich, bis sie endlich das Mauerwerk von Julias Balkon erreichte. Hier und dort war der Mörtel abgefallen und zeigte nackten Stein, Blätter von Geißblatt und Magnolien waren abgerissen worden, wo sich die Finger von einem anderen Kletternden festgehalten hatten und abgerutscht waren. Der Gedanke, dass sie sich gerade auf Romeos Kletterpfad zu Julia befand, bereitete ihr Unbehagen.

Sie raffte ihre Röcke und hievte sich auf Julias Balkon, landete mit einem weichen Plumps wie auf feuchtem Erdboden. Sie kauerte sich hin, hielt mit klopfendem Herzen den Atem an vor Angst, dass jemand sie gesehen haben könnte.

Die Balkontür war angelehnt. Drinnen brannte eine Kerze, und Rosaline erkannte die rundliche Silhouette der Amme. Zu ihrer maßlosen Erleichterung sah sie auch Julia. Sie saß auf ihrem Bett. Auf einer Truhe lag ihre Brautausstattung: ein grünes Samtkleid, das mit seidenen Granatäpfeln bestickt war, und daneben, auf einem Tablett, der funkelnde Juwelenschmuck, den der Bräutigam gesandt hatte.

Die Amme machte sich an dem Kleid zu schaffen. Sie hob es hoch, um es zu glätten, und legte es wieder hin. Dann nahm sie ein Paar Ohrringe – Rubine, die wie Blutstropfen aussahen – und hielt sie gegen Julias Wangen. Aber Julia schlug nach ihr, als wolle sie eine Mücke vertreiben.

»Amme, sei lieb, lass mich allein heut Nacht. Denn ich habe viele Bittgebete nötig, damit der Himmel mich anlächelt. Wie du weißt, bin ich nicht nur unglücklich. Ich bin verdorben.«

Bei ihren Worten gluckste die Amme und fuhr Julia durchs Haar, um ihr zu widersprechen.

Die Tür öffnete sich, und Rosaline beobachtete, wie Lauretta den Raum betrat. Die Amme und Julia verfielen in Schweigen.

»Na, sehr geschäftig, wie? Kann ich was helfen?«, fragte Lauretta, fast lächelnd.

»Nein, Madam«, antwortete Julia. »Ich bitte drum, lasst mich allein und nehmt die Amme heute Nacht zu Euch. Wo Ihr doch sicher alle Hände voll zu tun habt für die Blitzhochzeit.«

Lauretta nickte. »Gute Nacht.« Sie beugte sich vor und platzierte einen Kuss auf Julias Stirn, so schnell, dass ihre Lippen kaum die Haut ihrer Tochter berührten.

»Leb wohl«, antwortete Julia.

Julias Antwort missfiel Rosaline. Es war, als ob sie wüsste, dass der Inhalt der Phiole ihr den Tod bescherte, den sie willentlich, geradezu begierig umarmen würde.

Während Rosaline noch immer vom Balkon aus in die Kammer sah, half die Amme Julia ins Bett. Sie stopfte die Laken um sie fest, schloss endlich die Tür und ließ Julia allein.

»Gott weiß, wann wir uns wiedersehen!«, rief Julia ihr hinterher, bevor sie das Laken beiseitewarf und aufstand. »Ich ruf sie zurück. Ich will, dass sie mich tröstet!« Sie sank wieder aufs Bett und zog die Knie an sich. »Nein, das mach ich nicht. Was soll sie hier? Den Schauerakt muss ich allein spielen. Komm, Flasche.«

Rosaline stand auf und wollte in die Kammer gehen. Aber ihr Rock hing an der Balkonbrüstung fest. Mit beiden Händen versuchte sie, ihn zu befreien, doch der Stoff war eingeklemmt, sodass sie sich nicht bewegen konnte. Sie zog und zerrte, aber es war hoffnungslos. Tränen der Wut brannten in ihren Augen. Es war absurd: Unter Lebensgefahr war sie die Mauer emporgeklettert, nur um von einem Rock besiegt zu werden.

»Julia«, zischte sie.

Julia hörte sie nicht.

Sie musste lauter rufen, aber damit riskierte sie, den gesamten Haushalt auf sich aufmerksam zu machen. Sie zerrte an dem dummen Kleid. Der Stoff riss ein bisschen, aber gab sie nicht frei. Ihr blieb keine andere Wahl.

»Julia! Julia!«

Noch immer hörte das Mädchen sie nicht.

In der Kammer hob Julia die Phiole an ihre Lippen, dann ließ sie sie wieder sinken. »Und was, wenn der Trank gar nicht wirkt? Dann werde ich morgen früh getraut? Nein, nein! Das werde ich verhindern.«

»Julia! Halt! Nein!« Entsetzt sah Rosaline, dass Julia die Phiole weglegte und stattdessen den kleinen Dolch hervorzog. Sie presste sich die Klinge gegen ihre Kehle, aber noch bevor Rosaline aufschreien konnte, ließ Julia den Dolch fallen. Klirrend rutschte er über den Boden. Offenbar war ihre Cousine in höchsten Gefühlsqualen gefangen. Einem Geist gleich, hatte sie die Augen weit aufgerissen, und einen Moment lang befürchtete Rosaline, sie sei zu spät und Julia habe schon von der Phiole getrunken.

»Was ist, wenn ich nachher in die Gruft gelegt werde und erwache, ehe Romeo kommt? Ersticke ich dann dort im Gewölbe, wo Tybalt blutig im Leichentuch verwest? Wo, wie es heißt, nachts die Geister umgehen?«

Endlich konnte Rosaline ihr Kleid befreien und stürmte durch die Balkontür ins Zimmer.

Julia starrte sie verwirrt an. Ihr Gesicht war leichenblass, ihre Augen schwarz. »Bist du das, toter Tybalt? Suchst du nach Romeo, der dir den Leib mit dem Rapier durchbohrt hat?«

Rosaline streckte die Hände aus und versuchte Julias Hände zu ergreifen, aber sie zog sie zurück. »Tybalt, bist du es wirklich?«

»Julia! Cousine! Ich bin's, deine Rosaline.«

Wild sah Julia sie an und schien sie nicht zu erkennen. Bestürzt trat Rosaline näher, und diesmal zuckte Julia nicht zurück.

»Du bist es wirklich, liebste Rosa. Bleibst du bei mir, während ich trinke?«, fragte Julia. »Selbst wenn du nicht glaubst, dass Romeo kommt und mich erlöst?«

»Ich werde dafür sorgen, dass er kommt, aber nicht, damit er dich erlöst. Aber fürchte dich nicht, denn ich habe einen Weg gefunden, dich in Sicherheit zu bringen.«

Julia starrte sie an. »Wie ist das möglich?«

»Es ist wahr. Traust du mir nicht?«

»Doch, das tue ich.«

»Wenn du erwachst, wirst du frei sein. Frei von Paris und frei von Romeo.«

Rosaline musterte Julia. Sie war unsicher, wie die Cousine über den letzten Teil des Satzes dachte. Aber der Zweifel hatte sich inzwischen tief in Julias Gehirn gebohrt. Sie wirkte erleichtert. Dann jedoch runzelte sie die Stirn und fragte: »Und was ist mit meinen Eltern, die mich sicher bald wieder zur nächsten Heirat zwingen wollen? Werde ich auch von ihnen befreit sein?«

»Frei von allen weltlichen Ketten.«

Julia sah ängstlich aus. »Das klingt wie der Tod.«

»Ein totenähnlicher Schlaf, und dann wirst du erwachen und ein neues Leben beginnen. Das schwöre ich. Und ich werde mit dir in der Gruft bleiben, während du ruhst. Ich werde dich nicht den neuen und alten Toten überlassen oder den Geistern der Nacht.«

Rosaline half ihr zurück ins Bett, deckte sie mit dem Laken zu, küsste sie zärtlich und strich ihr das Haar hinter die Ohren. »Ich verlasse dich nicht, meine Kleine. Weder jetzt noch später.« Sie betrachtete Julia besorgt, aber deren Gesichtszüge wirkten nicht länger angespannt.

»Wo ist die Phiole?«, fragte Julia.

Rosaline hielt die fingergroße blaue Flasche hoch, die sie aus der Tasche um ihren Hals genommen hatte. »Hier. Aber trink zunächst ein Glas Wein.« Rosaline fummelte an dem goldenen Ring an ihrer Hand. In dem kleinen Geheimfach lag etwas Pulver, das sie in den Wein gab, bevor sie ihn Julia reichte, die ihn nahm und trank. Dann öffnete sie die Phiole und gab sie ihrer Cousine. »Komm, schließ die Augen«, sagte sie. »Ich werde dir ein Gutenachtlied singen.«

»Zum Wohl«, sagte Julia und schluckte den Inhalt der Phiole.

Rosaline setzte sich neben sie und dachte nach, welches Lied sie singen wollte. Dann fiel ihr eins ein. Es war alt, und sie hatte es von ihrer Mutter gelernt. Sie begann zu singen: *»Schuppenschlangen, schlängelt euch …«* Während sie sang, stieg vor ihrem inneren Auge das Bild von Romeo mit seinen honigsüßen Worten auf.

»Schuppenschlangen, schlängelt euch,
Stachelschwein, lass dich nicht sehn.
Blindschleich, Molch und Lurch, entfleuch!
Flieht die Königin der Feen

Tausendfüßler, tummel dich,
Spinnentiere, spinnt euch weg
Käfer, Mücken, keinen Stich,
Würmer, Schaben in den Dreck!«

Als sie das Lied beendet hatte, waren Julias Augen geschlossen, als ob sie schliefe. Aber es war tatsächlich wie der Schlaf einer Toten: Ihre Wangen waren weiß, bar jeder Farbe. Julia war nun eine Fremde in einem fernen Land. Obwohl sie gewusst hatte, dass genau das geschehen würde, spürte Rosaline, wie sich etwas in ihr verkrampfte. Sie beugte sich über ihre Cousine und lauschte, aber vernahm weder aus Mund noch aus Nase den leisesten Atemhauch. Hatte sie ihr den Trunk einer falschen Phiole gegeben? Aber sie sah, dass es das Fläschchen der Äbtissin war, das leer auf dem Kissen lag, und stopfte es zurück in ihre kleine Tasche. Alles war gut. Sie griff hoch, und diesmal befestigte sie das Fläschchen des Mönchs um ihren Nacken.

Konnte sie sicher sein, dass Julia wieder erwachte? Sie vertraute der Äbtissin, aber das Brauen von Kräutertränken war eine hohe Kunst, und falls der Trunk zu stark war, wäre es ein Gift.

Nein, so etwas macht nur der Mönch.

Der scharfe kleine Dolch lag halb verborgen neben dem Kissen, und Rosaline nahm ihn an sich. Julia hatte nun keine Verwendung mehr dafür.

Zögernd trat sie auf den Balkon. Sie wollte Julia, die so still und reglos wie eine Marmorstatue dalag, nicht allein lassen. Schließlich nahm sie ihren Mut zusammen, kletterte über die Balustrade und schob sich den Mauervorsprung entlang, wobei sie versuchte, nicht nach unten in das wehende Dunkel zu schauen.

Die Blätter kitzelten ihre Arme, und die Zweige kratzten ihre Haut. Noch immer brannten in den meisten Zimmern Lampen, die Fenster waren geöffnet wie Münder, die hechelnd nach Luft schnappten.

Während sie langsam hinabkletterte, spähte sie durch die Fenster der großen Halle, wo die Dienerschaft den Raum für das morgige Hochzeitsfest herrichtete. Auch ihren Onkel sah sie, der alle gut gelaunt anwies.

»Mir ist ganz leicht ums Herz!«, erklärte er.

Rosaline verspürte wütenden Schmerz. Wie konnte er das sagen? Tybalt war kaum erkaltet, und schon hatten sie ihn vergessen. Ihre Gedanken eilten schnell vom Tod zur Liebe. Sie spie einen Fluch aus. Sie und Tybalt waren die unwichtigen Capulets, nur dem Namen nach Familienmitglieder, wenig beachtet und leicht zu vergessen. Waren sie weniger wert, war ihr Blut weniger rot?

Ihr Onkel rief wieder etwas. »Da, nimm die Schlüssel, hol noch mehr Gewürz, Amme!«

Die Amme, die hin und her eilte, trug bereits schwer. »Datteln und Quitten wollen sie noch zum Backen.«

Angewidert von diesen Vorbereitungen, schlüpfte Rosaline in den Garten, der in tiefer Dunkelheit lag. Sie wollte Julia beschützen. Wenn Onkel, Tante und die Amme ihren lebenden Leichnam entdeckten, musste sie in der Nähe sein.

Rosaline war so müde vom Reisen und den Anstrengungen, dass sie sich nach einem Platz sehnte, an den sie sich zurückziehen und sich ausruhen konnte. Morgen würde sie Caterina aufsuchen. Sie schlich über die Wiese zum Obsthain, zum Apfelbaum mit der Wiege aus Ästen. Dort, wo sie so häufig mit Tybalt und Julia gesessen hatte, versteckte sie sich und schlief ein.

Die Sonne zog um die Erde, vertrieb das Dunkel und ging wieder auf. Aber Rosaline schlief noch immer. Der Hahn schrie, doch auch davon erwachte sie nicht. Sie schlug die Augen erst auf, als Angst- und Schmerzensschreie erklangen. Einen Moment lang war sie orientierungslos, dann setzte sie sich abrupt auf und stieß sich den Kopf an einem Ast. Die Rufe waren schrill und laut. Durch das Blattwerk sah sie, wie die Amme auf den Balkon rannte.

»Lady, Lady, Lady! Zu Hilfe, zu Hilfe! Meine Lady ist tot«, rief sie, rannte in den Raum und wieder hinaus. »Ein Aquavit! Oh! Mylord, Mylady!«

Rosaline musste sich zwingen, ihr Versteck nicht zu verlassen, sondern stattdessen als stille Zuschauerin die schrecklichen Szenen zu beobachten, in denen die unfreiwilligen Darsteller das Spiel vorantrieben. Sie hatte einen exzellenten Blick aufs Haus, es lag vor ihr wie eine Bühne. Sie sah, wie ihre Tante Lauretta die Treppen emporeilte, wobei ihr Gesicht jeweils kurz an jedem Fenster im Treppenhaus erschien. Sogleich würde Lauretta in der Rolle der trauernden Mutter auftreten, die ihres Kindes beraubt worden war.

»Was soll denn dieser Lärm?«, hörte sie Laurettas Stimme aus Julias Raum dringen. Sie klang laut und übellaunig.

Rosaline verstand nicht, was die Amme antwortete, aber kurz darauf rannte Lauretta auf Julias Balkon. Atemlos und zitternd beugte sie sich so weit über die Balustrade, dass Rosaline einen Moment dachte, sie würde fallen. Sie wiegte sich vor und zurück und rief dabei: »O nein, o nein, mein Kind, mein ganzes Leben!«

Dann wandte sie sich wieder ab und hastete zurück in den Raum.

Rosaline umschlang ihre Knie und schnippte eine Assel von ihrem Knie. Sie versuchte, sich nicht vorzustellen, was sich im Haus abspielte. Julias Tod mochte nur scheinbar sein, aber der Verlust und die Trauer waren echt. Das erste Mal tat ihr die Tante leid. Sie stellte sich vor, wie Lauretta neben dem Bett kniete, den leblosen Arm ihrer Tochter anhob und die kalten Wangen berührte. Ihr Plan war grausam, fand Rosaline.

Diese Leute hatten sie und Julia leiden lassen, dennoch bescherte die Rache Rosaline keine Freude. Doch sie durfte den Ablauf nicht unterbrechen. Denn damit Julia leben konnte, musste sie erst sterben.

Von ihrem Versteck aus beobachtete Rosaline besorgt, wie ihr Onkel in Paris' Begleitung aufs Haus zuging. Ein Veilchen war an Paris' Wams geheftet, einen Veilchenstrauß trug er in der Hand. Voller Freude grinste der Bräutigam in den Morgen hinein. Vor ihrem inneren Auge sah Rosaline seinen Namen auf der widerlichen Liste des Mönchs. Seine Rolle in dem, was noch kommen würde, tat ihr nicht leid. Aber ihr Herz schmerzte für die anderen, und sie wünschte, sie müsste nicht Zeugin des Geschehens werden.

Als ihr Onkel die Loggia erreicht hatte, blickte er hoch zu Julias Balkon und entdeckte dort die Amme. Ungehalten rief er ihr zu: »Verdammt, schick Julia raus! Der Graf ist da!«

»Sie ist doch tot! Gestorben! Sie ist tot!«, rief die Amme zurück. Ihre Stimme brach, und sie begann erneut zu weinen.

Lauretta trat langsam durch die Tür auf den Balkon. Rosaline konnte ihre Silhouette ausmachen, als sie zitternd wiederholte: »Sie ist tot, sie ist tot, sie ist tot.«

Capulet starrte seine Frau an. Er sprach nicht, schien zu schrumpfen und sein stolzes Äußeres zu verlieren. Er war leichenblass, sein Blick verhangen. Rosaline fürchtete, dass er stürzen könnte. Von einer Sekunde auf die nächste wirkte er plötzlich gebrechlich und alt. Ohne das Wort an Paris zu richten, wankte er unsicher ins Haus.

Rosaline beobachtete, wie er langsam die Treppen hinaufstieg. Sie wünschte, sie könnte ihn trösten und ihm sagen, dass es nicht wahr sei, aber für ihn war es wahr. Von diesem Tag an musste Julia für ihn tot sein. Sie alle hatten sie umgebracht. Sie hatten sie hübsch angezogen, sie süß geschmückt und sie dekoriert Graf Paris präsentiert. Paris, der nun auf der Loggia stand und das Veilchenbukett so heftig presste, dass die kleinen Blütenköpfe zerquetscht zu Boden flatterten.

Hass auf ihn erfüllte Rosaline. Das Leid, das nun herrschte, war zum Teil seine Schuld. Hätte er nicht Julia gewollt, für die er einen guten, hohen Brautpreis gezahlt hatte, wäre sie vielleicht nicht zu Romeo gerannt. Und wenn Lauretta und Capulet sie in ihrer Gier nicht für Paris oder einen anderen wie ihn vorgesehen hätten, hätte sie noch länger ein Kind sein dürfen und nicht so bereitwillig Romeos Lügen gelauscht und ihnen Glauben geschenkt.

Paris sank auf die Steinstufen, die zur Loggia führten, und barg das Gesicht in den Händen. Er war nah genug, dass Rosaline die grauen Sprengsel an seinen Schläfen und das überquellende Fett an seinem Hosenband sehen konnte: gut aussehend, aber überreif. Und nicht der Mann, den Julia gewählt hätte. Sie zog ihm den Tod vor.

Aus der offenen Balkontür drang lautes Weinen. Das Aufheulen des Vaters durchschnitt die Luft und vereinte sich mit dem verzweifelten Schreien der Mutter zu einem gebrochenen Lied. Es schmerzte in Rosalines Ohren. *Es ist nicht meine Schuld. Die liegt bei euch selbst.* Julia lag totengleich da – es mochte nur ein kleiner Tod sein, aber für sie war er real.

Ihr Onkel heulte immer noch.

In dem verzweifelten Versuch, das Geräusch auszublenden, presste Rosaline die Hände gegen die Ohren. Es weckte zu sehr ihr Mitleid, und sie konnte es nicht ertragen. Auch wenn sie alle es verdienten, konnte Rosaline es nicht aushalten, Zeugin ihrer Qualen zu sein. Sie beneidete Julia, die geborgen in ihrem falschen Tod lag, kalt und unberührbar wie eines der Standbilder im Mausoleum der Capulets. Rache war nicht süß, sondern widerlich.

Von ihrem Schlupfwinkel im Apfelbaum aus beobachtete Rosaline, wie Mönch Lorenzo durch den Garten aufs Haus zuging. Er bummelte den Weg entlang und schaute dabei fröhlich in den wolkenlosen Himmel. Rosalines Hass auf ihn erblühte wie die Pflanzen, die er in dem Apothekengarten pflegte. Sein lächelndes Auftreten, sein keckes Gehabe – sie gehörten alle zu einer abgrundtiefen Lüge. Er wusste bereits, dass der Haushalt wie hingerichtet darnieder lag, sein Herz herausgerissen, und dass all das nur seinetwegen geschehen war.

»Ist die Braut bereit für die Kirche?«, rief er frohgemut aus.

»Lügner«, murmelte Rosaline zu sich selbst.

Ihr Onkel betrat die Loggia. In der letzten halben Stunde war er zu einem Greis geworden. Sein Mund war schlaff geöffnet, seine Lippen zitterten. Verloren schlurfte er vor sich hin. »Sie ist bereit, aber nie wird sie zurückkehren«, sagte Capulet.

Verwundert sah der Mönch ihn an, aber sein Staunen wirkte einstudiert, als ob er seine Reaktion vor einem reflektierenden Glas geübt hatte. Rosaline konnte in seinen Augen kein echtes Mitleid entdecken.

Ihr Onkel stolperte auf Paris zu und ergriff sein Handgelenk. »Oh, Sohn, in der Nacht vor deiner Hochzeit hat der Tod bei deiner Frau gelegen.« Er zeigte mit seinem kurzen Finger zu ihrer Schlafkammer. »Dort liegt sie, die schöne Blume, defloriert vom Schnitter.«

Paris versuchte ihn dazu zu bringen, sich hinzusetzen, aber der alte Mann wehrte ihn ab. »Der Tod ist mein Schwiegersohn. Der Tod ist mein Erbe.« Er schlurfte weiter die Loggia entlang, zertrat dabei heruntergefallene Feigen. »Er hat meine Tochter geehelicht. Ich werde sterben und ihm alles vermachen – das Leben, das Gelebte, alles gehört dem Tod.«

Er ließ sich auf einen Stuhl fallen und starrte in den Garten. »Zusammen mit meinem Kind wird auch meine Freude begraben.«

Der Mönch kauerte sich neben ihn. Er begann mit fester, aber freundlicher Stimme wie mit einem aufsässigen Kind zu sprechen. »Seid friedlich, bitte. Der Himmel hat sie nun. Du konntest sie nicht vor dem Tod bewahren. Wer frisch verheiratet stirbt, hat die glücklichste Ehe. Trocknet Eure Tränen, verziert ihren schönen Körper mit Rosmarin, und tragt sie in ihrer prächtigsten Kleidung zur Kirche.«

Während Julias Vater blinzelte, nickte und dem Mönch erlaubte, ihn zu segnen und falschen Trost zuzusprechen, sehnte Rosaline sich danach, aus ihrem Versteck zu stürzen und ihnen allen zu sagen, dass der Mann, der Julia ermorden wollte, ebendieser unheilige Mönch war. Aber ihn jetzt anzuklagen, würde ihren sorgfältig ausgedachten Plan verderben. Sie musste schweigen, still sein – und ihren Hass für sich behalten.

14. KAPITEL

Romeo kommt

Es war noch früh, und der Morgennebel wand sich, einem zarten Verband gleich, um die Kirchentürme, wenn auch nicht um die verletzten Herzen der Capulets. Rosaline wusste, dass es eine Weile dauern würde, bis die Frauen Julias Körper für die Beisetzung vorbereiteten. Während die Trauernden durchs Tor strömten, um im Haus der Capulets Mitleid und Blumensträuße gleichermaßen zu hinterlassen, schlüpfte Rosaline unbemerkt aus ihrem Versteck.

Im Schatten einer Zirbelkiefer verbarg sie sich vor dem Eingang und beobachtete, wie die Trauernden kamen und gingen. Caterina erschien auch, aber sie war in Begleitung von Rosalines Vater, und Rosaline konnte ihr nicht zurufen. Eine Stunde später beobachtete sie, wie Caterina das Haus allein verließ. Sie sprang aus ihrem Versteck und griff nach ihrem Arm, während sie sie anzischte, ruhig zu sein.

»Bitte, ich bin es nur. Sei leise.«

»Warum bist du hier? Du sollst doch jetzt noch nicht aus dem Kloster fliehen! Oh, ich kann den Gedanken nicht ertragen, was sie mit dir machen, wenn sie dich hier finden. Herrje, was für ein schrecklicher Tag!« Verwirrt begann Caterina zu weinen. Sie rieb sich ihre geröteten Augen.

»Die Äbtissin ließ mich gehen, damit ich Julia retten kann«, sagte Rosaline.

Caterina seufzte. »Dann bist du leider zu spät dran, mein armes Mädchen.«

Rosaline lächelte. Sie war erleichtert, dass sie zumindest in dieser Hinsicht Trost und Hoffnung spenden konnte.

»Julia ist nicht tot. Sie schläft.«

Caterina stöhnte verzweifelt. »Oh, Rosaline, nach all dem, was du erlitten hast, diese vielen Trauerfälle so rasch aufeinander, fürchte ich, dass dir diese letzte Tragödie den Verstand geraubt hast.«

Caterinas Sorge berührte und entmutige Rosaline zugleich. Es dauerte etwas, bis sie sie vom Tausch der Phiolen überzeugt hatte. Und selbst dann schien Caterina noch nicht bereit, ihr wirklich zu glauben.

Seufzend versuchte Rosaline ihr klarzumachen, was sie tun musste, um Julia von ihrem Schicksal zu befreien. »Heute Abend werde ich in die Gruft der Capulets gehen. Ich muss dort auf Julia warten, bevor sie sie mit den anderen Toten versiegeln.«

Caterina schüttelte den Kopf. »Rosaline, nein. Mir gefällt dein Plan überhaupt nicht. Was, wenn die üblen Ausdünstungen der Leichen für dich tödlich sind? Ich bin nicht sicher, dass Julia noch lebt. Sie atmete nicht mehr. Und du kannst nicht ernsthaft vorhaben, in der Dunkelheit mit Tybalts Leiche zu bleiben, selbst wenn du ihn geliebt hast. Er beginnt doch zu … verwesen.«

Rosaline versuchte, stark zu erscheinen, obwohl der Gedanke daran sie tatsächlich erschreckte und abstieß. »Ich habe keine Wahl. Es muss sein. Aber ich bitte dich um zwei Gefallen, Caterina.«

»Jeden«, antwortete sie, aber sah nervös aus.

»Der erste: Bring mir ein Stemmeisen und Kerzen, Lampen – so viele wie möglich.«

»Und der andere Gefallen …?«

»Ist schwieriger. Kannst du Mönch Lorenzo folgen, wenn er das Haus meines Onkels verlässt? Herausfinden, wohin er geht und was er macht? Er hat Romeo einen Brief geschrieben. Ich habe versucht zu verhindern, dass Romeo den Brief bekommt, und muss wissen, ob ich erfolgreich war.«

Caterina murmelte ein Gebet. »Ich versuche mein Bestes und treffe dich heute bei Einbruch der Dämmerung an der Gruft.«

Die Frauen umarmten sich zum Abschied, dann eilten sie davon.

Beklommen lief Rosaline zum Fluss. Die Boote tanzten auf den Wellen auf und nieder, während die Fischer ihren Fang einholten. Auf einmal war die Luft erfüllt vom Kreischen und Rufen der Möwen, der Himmel wirkte wie gebürstet von weißen Flügeln.

Als Rosaline eine Brücke überquerte, war ihr Mund salzig wie getrockneter Fisch. Das war das Gebiet der Montagues. Wo lungerten sie noch gleich herum? Romeo hatte es ihr einmal erzählt, und sie versuchte sich zu erinnern. Dann fiel es ihr ein: Es war ein Ort, den sie nur vom Hörensagen kannte, der Ahornhain westlich der Stadt.

Rosaline beschleunigte ihren Schritt, aber mied den Weg entlang der Villa der Montagues, wo um diese Stunde zu viele gierige Blicke schweifen würden.

Eine Viertelstunde später hatte sie das westliche Stadttor erreicht – das sie kaum je zuvor durchschritten hatte – und fand sich auf einer leeren Straße außerhalb Veronas wieder. Erschöpft vom Schlafmangel, angetrieben nur von der Dringlichkeit ihres Vorhabens, ging sie im Schatten der Zypressen die Straße entlang, die sich durch die Hügellandschaft wand.

Bald erspähte sie das Ahorndickicht am Rand eines Maisfelds, das in der Sonne golden leuchtete. Sie zögerte. Die achtbaren Bewohner Veronas hielten sich alle innerhalb der Stadtmauern auf. Wer hier war, führte nichts Gutes im Schilde. Es war für sie nicht sicher, für keine Frau und schon gar nicht für eine Capulet.

»Julia«, murmelte sie. »Das bisschen, was mir an Ehre geblieben ist, gehört dir.«

Als sie Männerstimmen vernahm, verließ sie die Straße und zog sich ins Feld zurück. Die Maispflanzen zerkratzten ihre Beine, während sie die Reihen entlang auf die Bäume zustrebte. Auf einer Lichtung bei einem erloschenen Feuer sah sie zwei Männer, die in der Asche miteinander kämpften. Auf den ersten Blick wirkten sie ungepflegt und schmutzig, beide nicht wie Gentlemen. Dennoch trug einer von ihnen elegante Kleidung, eine Samthose und edle Lederstiefel, wenngleich sie staubig waren. Sie kämpften und rangen im Dreck und schlugen halb trunken aufeinander ein.

»Du pickliger Bube«, sagte einer und trat heftig nach ihm.

»Eine Pestbeule in deinen Schoß, du Sünder«, antwortete der andere und stieß mit seinem Knie zu.

Der in der Samthose stöhnte schmerzerfüllt auf und krümmte sich auf dem Boden.

Rosaline näherte sich und sah auf ihn hinunter. Er drehte sich um, und sie erkannte ihn trotz seiner ungepflegten Erscheinung.

»Benvolio? Das ist eine höchst unglückliche Position für einen Gentleman, in der du dich befindest«, sagte Rosaline. Sie hoffte, indem sie ihn beim Namen nannte, dass er sich an sein Versprechen erinnern würde.

Noch immer auf dem Boden liegend, schaute Benvolio zu ihr hoch. Er schwitzte heftig und stank nach Ale. Seine Stirn zierte ein Schnitt. »Ich kenne dein Gesicht«, nuschelte er.

»Aber nicht meinen Namen«, sagte Rosaline. Sie war erleichtert, dass er zu betrunken war, um sich an sie zu erinnern.

»Der fällt mir noch ein«, antwortete er. Dann setzte er sich stöhnend auf. »Du bist Rosaline! Julias schöne, helle Cousine.«

»Ich bin ihre Cousine. Aber ich bin nicht hell.«

»Nein, es stimmt, dass alle Julias Hautfarbe preisen, mehr als die der lieben Rosaline. Sie sagen, sie ist hellhäutig, und du bist zu dunkel. Aber ich finde dich schön, auch wenn du dunkel bist.«

Rosaline spürte, dass sie rot wurde. Sie war mit einem Vorsatz hierhergekommen und nicht, um von einem Betrunkenen geneckt zu werden. Von Benvolio, einem Montague, hatte sie nicht schlecht gedacht, aber warum musste er so mit ihr sprechen?

Sie verspürte Ärger und Groll. Er schien zu bemerken, dass er sie beleidigt hatte, und wechselte das Thema.

»Wie geht es Julia? Ich habe den Auftrag, Romeo zu schreiben, damit er weiß, dass es ihr gut geht.«

Rosaline blickte zu Boden, als ob sie nach den richtigen Worten suche. »Ich habe sie heute Morgen darnieder liegen sehen. Ihr Körper wird in der Gruft der Capulets ruhen, und ihre unsterbliche Seele ist bei den Engeln.«

Benvolio starrte sie entsetzt an.

»Verzeih mir die schlechten Nachrichten«, sagte Rosaline.

Benvolio rappelte sich hoch und stieß seinen Kumpan mit dem Fuß an. »Bring mir Tinte und Papier, Baltasar. Ich muss

Romeo schreiben.« Er setzte sich auf einen Holzklotz, als ob er mitten im Hain einen Brief verfassen wolle, mit einem Zweig als Stift und einem Baumstumpf als Schreibtisch.

Schwankend und stumpf blickte Baltasar ihn an.

Rosaline wusste, dass auch sein Name auf der Liste des Mönchs stand, und betrachtete ihn angeekelt. Sie verstand auch sofort, dass sie Benvolio, obwohl er immer noch betrunken war, überzeugen musste, seinen Part zu spielen. Sie hockte sich auf einen Holzklotz ihm gegenüber und fragte: »Wirst du nicht selbst zu Romeo gehen? Du könntest dir Postpferde mieten. Überbring ihm die schrecklichen Neuigkeiten persönlich. Ein Brief reicht da nicht.«

Er sah sie mit weit aufgerissenen, wässrigen Augen an und nickte schließlich.

»Ja, du sagst die Wahrheit. Das muss ich tun.« Benvolio erhob sich, verbeugte sich vor ihr und ging zwischen den Bäumen und dem Maisfeld in Richtung Straße, die in die Stadt führte.

»Und vergiss nicht, ihm zu sagen, wo Julia liegt, in der Gruft der Capulets!«, rief Rosaline ihm hinterher.

Er hob die Hand. »Ich mache mich sofort auf den Weg. Baltasar, du bleibst und erzählst den anderen, dass ich fort bin.«

Noch eine letzte traurige Aufgabe musste Rosaline erledigen, bevor die Nacht anbrach. Sie hatte Laura eine anständige Beisetzung zusammen mit ihrem Kind versprochen. Darum würde sie sich kümmern, bevor sie zum Mausoleum der Capulets zurückkehrte. Seufzend machte sie sich auf den Weg zurück in die Stadt. In ihrer Hand hielt sie die Münzen bereit. Die Zikaden begannen ihr wildes Abendlied zu zirpen, Rosaline glaubte in ihnen das leise Klopfen von Fingern zu hören, die den Sand schneller durch das Stundenglas trieben.

Außerhalb des Mausoleums, nahe einem Kreis von Eiben, blieb sie stehen. Die sinkende Sonne badete den Carraramarmor in rosigem Licht, färbte die Grabsteine pink und orange. Möwen und Krähen kreisten am Himmel, die Luft pulsierte von ihren Schreien. Wie sie diesen Ort mit seinem Leichengestank hasste! Vor ihrem inneren Auge sah Rosaline erneut Tybalts letzten Kampf mit Romeo, seinen makabren Totentanz auf den Gräbern. Alle Wege, die sie einschlug, führten sie auf mysteriöse Weise immer wieder hierher.

Als sie Schritte und keuchenden Atem vernahm, versteckte sie sich.

»Rosaline?«

Sie schlüpfte hinter einem Sarkophag hervor. »Caterina. Du bist gekommen.«

Die Dienstmagd drückte ihr einen Korb in die Hände. »Hier sind Kerzen und Zunder, um sie anzuzünden. Und das Stemmeisen. Ich frage lieber nicht, was du damit vorhast.«

»Nein, frag nicht. Und was ist mit dem Mönch?«

Caterina setzte sich auf einen Grabstein, um wieder zu Atem zu kommen, und trocknete sich mit dem Ärmel die Stirn.

»Ich habe von einem Dienstmädchen, das im Kapitelhaus für die Franziskaner arbeitet, gehört, dass Mönch John den Brief nicht nach Mantua bringen konnte. Und auch keinen anderen Boten schicken durfte. Die Stadtprüfer verdächtigen ihn, in einem Pesthaus gewesen zu sein. Sie haben seine Zelle versiegelt und lassen ihn nicht mehr hinaus.«

»Gut«, sagte Rosaline und klatschte erleichtert in die Hände. »Das hat also bereits funktioniert. Was macht er nun?«

»Als ich das Kapitelhaus verließ, rief Mönch Lorenzo nach einer Zange, um die Zelle zu öffnen. Mönch John war mit dem Brief eingesperrt worden, bevor er abreisen konnte.«

»Nun, es ist für Mönch John zu spät dafür. Mönch Lorenzo begleitet jetzt vermutlich Julias Begräbnisprozession und ist auf dem Weg hierher. Ich muss mich beeilen und in die Gruft gelangen. Gib mir den Korb und die Fackel. Küss mich, und dann tritt zurück.«

»Ich ängstige mich, hier allein auf dem Friedhof zu stehen. Und du in dem Mausoleum, Rosa! Aber ich werde hierbleiben und warten.«

»Danke. Wenn ich weiß, dass du hier bist, fühle ich mich weniger allein.« Zwischen den Gräbern ertönten die Stimmen der Sargträger. Rosaline warf einen letzten sehnsüchtigen Blick zur untergehenden Sonne, dann schlüpfte sie in das Mausoleum der Capulets.

Sie wartete, bis der letzte Trauernde gegangen war, bevor sie aus ihrem Schlupfwinkel kroch. Die Amme und Lauretta waren als Letzte gegangen. Weinend hatten sie einander umarmt. Auch als die Tür des Mausoleums bereits geschlossen war, konnte Rosaline sie noch schluchzen hören, während die beiden den Weg in Richtung Ausgang einschlugen.

Es war stockdunkel, aber durch die Glaskuppel konnte sie den Sternenhimmel so deutlich erkennen wie mithilfe eines Astrolabiums. Mit zitternden Fingern zündete sie eine Kerze an, wobei sie mehrere Versuche benötigte, um der Zunderschachtel eine Flamme zu entlocken. Im Kerzenlicht wirkten die Schatten beängstigend, und die Marmorstatuen schienen zum Leben zu erwachen.

Rosaline nahm das Stemmeisen aus dem Korb und machte

sich daran, die Gruft zu öffnen, deren Zugang in die Wand eingelassen war. Sie musste Julia aus ihrem Gefängnis befreien.

Es war stickig und warm, und bereits nach wenigen Augenblicken keuchte sie vor Anstrengung und sog die schlechte Luft ein. Das metallene Werkzeug entglitt ihren feuchten Händen und fiel klirrend auf den Steinboden. Das Geräusch hallte laut in der Dunkelheit wider. Nachdem sie die steinerne Tür zur Gruft hochgewuchtet hatte, gelang es ihr endlich, sie zu öffnen.

Einen Moment lang starrte sie in die Öffnung. Es widerstrebte ihr und versetzte sie in Schrecken, sich dort hinunter zu wagen. Die Kerze in ihrer Hand erlosch. Zitternd zündete sie sie wieder an.

Ihr blieb keine Wahl. Sie konnte Julia nicht allein in der Gruft unter der Erde lassen. Das laute Klopfen ihres Herzens in den Ohren erinnerte Rosaline daran, dass sie lebendig war, das einzige lebende Wesen an diesem Ort. Selbst die Mäuse und Ratten hatten das Mausoleum verlassen. Sie umklammerte die Kerze und stieg die Stufen in den Schoß der Toten hinunter.

Es stank nach körperlichem Verfall, und eine Welle der Übelkeit überkam sie. Dennoch hielt sie nicht inne, sondern stieg immer tiefer. Die flackernde Kerze erleuchtete schwach die schwarzen und grünlichen Mauern.

Rosaline fühlte sich, als ob sie selbst in die Hölle stürzte. Schließlich erreichte sie die Gruft, eine Höhle, die man in das Felsgestein geschlagen hatte und in der Generationen von Capulets ihre letzte Ruhe gefunden hatten. Auf hölzernen Gestellen lagen die Toten etagenweise übereinander, in ihre Leichentücher gehüllt. Aus leeren Augenhöhlen beobachteten die lumpengewandeten Skelette sie. Rosaline schrie auf, als sie ihre Mutter an ihrem schwarzen Haar erkannte. Aber ihr Gesicht war zusammengeschrumpft, zerfallen und von Würmern zerfressen, ihre Augen im Kopf versunken.

Aber der schlimmste Gestank ging von Tybalt aus. Sie erkannte etwas Weißes auf seinem roten Leichentuch. Aber sie durfte nicht genauer hinsehen. Sie durfte es einfach nicht. Sie zwang sich, den Blick von ihm abzuwenden.

Und dort war Julia. Friedlich schlief sie zwischen ihnen, unbeschwert und perfekt. Gramerfüllt zögerte Rosaline. Sie konnte es kaum ertragen, mit Julia an diesem schrecklichen Ort zu bleiben. Aber es würde ihr nicht gelingen, sie zu heben. Es würde unmöglich sein, sie die schmale Treppe hochzutragen, ohne dass sie sich beide verletzten. Sie würde abwarten müssen, bis ihre Cousine erwachte.

Sie saß in der Dunkelheit, schloss die Augen und hielt die Kerze fest in der Hand. Als glühend heißes Wachs auf ihre Haut tropfte, stöhnte sie schmerzerfüllt. Die Minuten vergingen langsam. Sie lauschte angestrengt, aber konnte kein anderes Geräusch außer ihrem eigenen Atem und dem verängstigten Klopfen ihres Herzens hören.

Julia war so still wie eine echte Tote. Rosaline hoffte, dass, wenn all das hinter ihnen lag, die Äbtissin ein Heilmittel für sie selbst hatte, damit sie diese Nacht, dieses Grab und die Angst in dieser Gruft vergessen würde. Sonst würde jeder Traum sie unweigerlich an diesen Ort zurückbringen.

Plötzlich erklangen von oben Geräusche: Die Tür zum Mausoleum schlug zu, Rosaline hörte Fußschritte auf dem Steinboden. Konzentriert kniff sie die Augen zusammen. Sie war auf der Hut, wachsam wie ein Fuchswelpe. Mit der Kerze in der Hand rannte sie die Stufen hoch, um die Grufttür zu schließen. Niemand konnte wissen, dass sie sie geöffnet hatte, oder vermuten, dass jemand bereits hier unten war.

Als sie die Tür erreichte, schloss sie sie nicht ganz, sondern ließ sie einen kleinen Spalt offen. Sonst wären sie und Julia zusammen eingeschlossen. Allein der Gedanke machte sie schwindlig vor Furcht. Sie kauerte sich neben die kleine Öffnung und lauschte. Ihre Hände begannen zu zittern. *Bitte lass niemanden bemerken, dass die Gruft nicht versiegelt ist.*

Auf dem Boden direkt vor der Tür sah sie einen kleinen Lichtstrahl von ihrer Kerze, der durch die Öffnung fiel. Bestürzt blies sie sie aus, und sofort schien die Dunkelheit sie zu erdrücken.

»Fast habe ich Angst, so allein hier zu stehen«, sagte ein Mann leise.

Paris. Durch den Spalt konnte sie sehen, dass er Blumen gebracht hatte, dieselben Veilchen und Stiefmütterchen, die für Julias Brautstrauß gedacht gewesen waren. Ihr süßer, würziger Duft vermischte sich mit dem Gestank von Verfall und Verwesung, aber war nicht stark genug, um ihn zu übertünchen.

»Süße Blume, Blumen streue ich auf dein Brautbett«, murmelte er und wischte sich über die Augen. Er kniete nieder, legte den Strauß an den Eingang zur Gruft – genau dort, wo Rosaline kauerte, und sie hielt den Atem an – und nuschelte ein Gebet.

Sie wünschte, er würde sich beeilen und verschwinden. Es war für sie beide nicht sicher, hier zu sein. Seine Anwesenheit könnte für sie alle den Ruin bedeuten. Warum hatte er heute Nacht herkommen müssen? Er wurde weder geliebt, noch wurde er ersehnt.

Im gleichen Moment erklang ein lautes Geklapper, und die Tür zum Mausoleum öffnete sich erneut. Fackelschein erhellte den Raum, beleuchtete die Steinstatuen und spielte mit ihrer marmornen Haut, sodass es einen Moment aussah, als seien sie zum Leben erwacht. Dann wanderte das Licht weiter, und sie wurden wieder zu Stein. Leichte Schritte waren zu hören, als eine zweite Person das Mausoleum betrat. Die Schritte vereinten sich mit dem schnellen Klopfen von Rosalines Herzen.

»Welch verdammter Kerl muss mich heute Nacht beim Liebesdienst der Totenwache stören?«, rief Paris und erhob sich.

Rosaline unterdrückte einen alarmierten Ausruf und sank auf der anderen Seite der Tür gegen die Wand. So hatte sie das nicht geplant. Warum hatte Paris nicht zusammen mit den anderen nach der Beisetzung den Friedhof verlassen?

»Leb herrlich und in Freuden, guter Kerl«, sagte eine andere Stimme. Eine, die sie nur zu gut kannte.

Romeo.

Sobald sie ihn hörte, konnte Rosaline nicht mehr atmen. Sie mühte sich, die beiden zu sehen, und beschwor Paris insgeheim wegzugehen. Romeo gab ihm die Chance zu überleben.

»Ihr seid dieser verbannte Montague!«, rief Paris. »Tybalts Mörder. Aus Kummer über den Tod ihres Cousins starb meine Julia.«

»*Eure* Julia? Ihr wagt es, sie so zu nennen? Bringt mich nicht zur Wut. Sie ist die Meine im Leben und im Tod«, erwiderte Romeo.

Ein Grunzen und ein Seufzen erklangen, als Romeo Paris hart schlug. Er stürzte gegen den Altar. Die Kerzen, die darauf gestanden hatten, fielen zu Boden und rollten über den Boden. Es klang nach einem Handgemenge, dann hörte Rosaline, wie Paris erneut rief: »Widerwärtiger Kerl! Hör auf!«

Als die Männer wieder in ihr Blickfeld gerieten, beobachtete sie durch den Spalt, wie Romeo versuchte, Paris beiseitezustoßen. Aber Paris drängte ihn heftig zurück und griff nach seinem Degen.

Romeo lachte. »Führt einen Verzweifelten nicht in Versuchung. Flieh, und lass mich. Ich bitte dich, du ausgewachsener Bube. Lad keine neue Sünde auf mein Haupt.«

»Komm mit mir, du verurteilter Verbrecher.«

Romeo schüttelte den Kopf. »Bleib nicht, geh fort. Leb und berichte der Welt, dass ein Narr dich aus Gnade entkommen ließ.«

»Ich werde dich festnehmen.«

»Willst du mich reizen? Dann nur vorwärts, Kerl!« Romeo schwang seine Fackel in der einen Hand und seinen Degen in der anderen. Fast träge wartete er darauf, dass Paris angriff. Als er es tat, parierte Romeo leicht und schnell. Keiner der beiden Männer war jung, aber Paris war beleibt. Schon schwitzte er, und sein Schwertgriff rutschte in seiner Hand. Er war wie ein Spaniel, mit dem ein Wolf spielte – mit nur einem möglichen Ende.

Rosaline war wie gelähmt vor Furcht. Sie mochte Paris nicht, aber sie wollte nicht, dass er hier auf diese Weise starb, während sie zusah.

Romeo lenkte Paris mit seiner Fackel ab, indem er sie schwenkte und ihn blendete. Seine Klinge traf Paris' Stirn, das Blut spritzte hervor, sodass er nichts durch den roten Schleier erkennen konnte. Der Mann schlug wild und unkontrolliert um sich. Romeo lachte, rief ihm etwas zu, hänselte ihn. Paris tapste vorwärts und bewegte sich immer langsamer. Romeo folgte ihm, bis Paris schließlich stolperte und neben dem Eingang zur Gruft stürzte.

Romeo kniete sich neben ihn, das Schwert gegen Paris' Kehle gedrückt.

»Ich bitte dich, hab Erbarmen«, bat Paris. »Lass mich diesen Ort verlassen, lass mich leben.«

»Nein. Ich habe dir angeboten, Gnade walten zu lassen, und du wolltest sie nicht. Billig war sie für dich da, jetzt ist sie zu teuer für dich.«

Entsetzt sah Rosaline, dass Romeo ihm die Kehle aufschlitzte. Das Blut schoss in schwarzen Bändern hervor, sickerte durch einen Spalt neben der Steintür, wo sie kauerte, durchtränkte den Boden und floss die Treppe hinunter, die zur Gruft führte. Sie starrte auf ihre Füße, die nun blutgetränkt waren.

Es war ihre Schuld, dass Paris tot war. Sie hatte Romeo zurück nach Verona gelockt. Sie war es gewesen, die den Teufel aus der Hölle heraufbeschworen hatte, und nun hatte Paris dafür den Preis gezahlt. Wie viele Menschen mussten noch durch Romeos Hand sterben oder durch die seines Komplizen, des unheiligen Mönchs? Mädchen, Familien, Männer waren getötet worden. Sie würde dafür sorgen, dass das heute Nacht endete.

Dann erklang der Schreckensschrei eines anderen Mannes. Rosaline sah, dass Benvolio das Mausoleum betreten und Paris' zugerichtete Leiche erblickt hatte. Starr vor Todesangst blieb er stehen. Sie beobachtete, wie er vor Romeo zurückwich.

»Ich werde fortgehen und dich nicht stören«, sagte er.

»Ja, flieh!«, sagte Romeo. Dann hielt er inne und griff nach den Werkzeugen, die sein Freund gebracht hatte. »Warte! Gib mir das Brecheisen.«

Einen Moment lang rührte Benvolio sich nicht. Offenbar hatten ihn Furcht und Abscheu bei dem Anblick, der sich ihm bot, erstarren lassen.

Romeo nahm ihm das Brecheisen aus der Hand und begann, an der Tür zur Gruft zu arbeiten, um sie zu öffnen. Das klirrende Geräusch von Metall auf Stein erklang, und mit jedem Mal brachte es Romeo näher zu Rosaline und Julia.

Er drehte sich zu Benvolio um. »Und dann, bei deinem Leben, was du auch hörst und siehst, du hältst dich raus und störst mich nicht bei meinem Tun und Treiben. Warum ich in das Bett des Todes steige, ist, um meine Liebe noch einmal zu sehen. Hauptsächlich aber, um den kostbaren Ring von ihrer toten Hand zu ziehen.«

Bestürzt begriff Rosaline, dass er mit dem Ring, von dem er sprach, den Ring mit dem Smaragd ihrer Mutter meinte. Still schlich sie die Treppe zu Julia hinunter. Die Steinstufen waren schlüpfrig von Paris' Blut. Mit zitternden Händen zündete sie eine weitere Kerze an.

»Geh!«, hörte sie Romeo Benvolio zurufen.

Sie fragte sich, ob Benvolio die Wachen holen oder es aus alter Freundschaft zu Romeo nicht tun würde.

Auf ihrem hölzernen Lager schlief Julia weiter, umgeben von den stillen Toten. Rosaline blickte zu ihr, dann griff sie das Leichentuch eines lang verstorbenen Capulet und drapierte es um ihre eigenen Schultern. Zu ihrer Erleichterung roch es nur muffig. Aber sie vermied es vorsichtshalber, die braunen, rostig wirkenden Flecken genauer zu betrachten.

»Ha, öffne dich, du morscher Kiefer«, rief Romeo, und dann krachte die Tür auf, die den Eingang versperrte. Er war drinnen.

Rosaline presste sich gegen die Wand. Sie blies die Kerze aus, und tiefe Dunkelheit verschluckte sie. Er kam.

Und dann fühlte sie in ihrem Ärmel die Spitze des Dolchs, den sie aus Julias Zimmer mitgenommen hatte.

Zuerst sah sie den gelben Schein, den seine Laterne an die Mauer warf, und dann Romeo selbst. Er kam in die Gruft und musterte die Holzgestelle mit den Toten, die Knochen seiner Feinde, die in ihren Leichentüchern wie Anmachholz lagen.

»Ah, Tybalt, liegst du da in deinem blutigen Laken?«, fragte er, stupste gegen das Leichentuch und fuhr hustend zurück, als der Leichnam seinen schrecklichen Verwesungsgeruch freigab.

Er blickte sich in der düsteren Gruft um und hielt plötzlich überrascht inne, als er Julia sah, so perfekt, unberührt von Tod oder Verfall, ihre Wangen fast rosig. Rosaline fürchtete, sie würde gerade jetzt erwachen. Er streckte seine Finger aus und strich ihr über die Lippen, über das Haar. Schließlich stellte er die Lampe ab und kniete sich neben sie. Sein Blick war zärtlich, voller Liebe.

»Liebe Julia, warum bist du noch so schön? Ich könnte fast glauben, dass dich ein scheußliches Monstrum im Grab als Mätresse hält. Mit Würmern als deine Diener?« Er beugte sich hinunter und küsste ihre Lippen, langsam und ausgiebig. Dann wollte er sich aufrichten, aber änderte seine Meinung und küsste sie erneut innig. Als er den Kuss endlich beendete, nahm er ihre Hand.

»Du brauchst ihn nicht länger, Liebste«, sagte er und begann, ihr den Ring vom Finger zu drehen.

Aber ob es nun an der Schlafdroge oder an der stickigen Wärme des unterirdischen Grabs lag – er konnte den Ring nicht von Julias Finger lösen. Romeo fluchte, und nach einem Moment begann er, ihn mit Lampenwachs zu benetzen. Doch noch immer ließ er sich nicht abziehen.

»Nun, dann eben anders. Die Türen deines Atems sind versiegelt, es wird nicht schmerzen«, sagte er. Zu Rosalines Entsetzen zog er ein Messer von seinem Gürtel und ergriff Julias Hand, um ihr den Finger abzuschneiden.

Rosaline schrie auf. Erschrocken ließ Romeo das Messer fallen, das klirrend zu Boden fiel. Rosaline trat aus dem Schatten.

Das Leichentuch hatte sie um ihren Kopf und ihre Schultern drapiert wie eine Geisterbraut des Todes.

»Du würdest den toten Körper deiner Frau schänden? Das ist niederträchtig und schändlich, selbst für dich«, zischte sie.

Ohne sich zu regen, schlief Julia weiter. Romeo starrte Rosaline an. »Rosaline? Bist du das, oder ist es ein Trugbild, das meine Schuld heraufbeschworen hat?«

Darauf antwortete Rosaline nicht. Leise sagte sie: »Ich hatte geglaubt, dass du aus Eifersucht und verquerer Liebe kommen wirst. Aber du bist nur gekommen, um zu stehlen.«

Romeo schüttelte den Kopf. »Die Toten haben keine Verwendung für Gold und Juwelen. Ich kam tatsächlich aus Liebe zurück, für einen letzten Kuss.«

»Was für eine Liebe soll das sein? Deine Liebe währt kürzer als das Schlagen eines Libellenflügels. Die Gräber in Verona sind voll von deinen entsorgten Geliebten.«

Romeo trat zurück und starrte Rosaline an. »Warum hat sich Julia umgebracht?«

»Das hat sie nicht getan. Dein Mönch tat ihr das an. Er braute ihr einen Trunk und gab ihn ihr. Er wusste, dass du ihrer überdrüssig werden würdest. Sie trank ihn, und hier siehst du nun die Folgen.«

»Nein. Der Mönch ist kein Mörder.«

»Oh, du lüsterner Selbstbetrüger! Er ist dein Komplize bei allen Verbrechen. Du genießt den gewaltigen Sturm der Liebe, aber wenn er in sich zusammenfällt, fegt der Mönch den Staub zusammen. Schau hin, auf die Zerstörung, die du über Julia gebracht hast.«

Romeo barg sein Gesicht in den Händen.

»Vergiss deine Tränen. Sie sind falsch. Deine Liebe wird bald vertrocknet sein, also kannst du auch deine Tränen trocknen.«

Erneut schaute Romeo zu Rosaline und sah, dass sie Julias Dolch gezogen hatte. Er warf den Kopf zurück und lachte. »Oh, Rosaline, um Himmels willen, zwing mich nicht, gegen dich zu kämpfen. Das haben wir schon einmal getan, und es ist nicht gut für dich ausgegangen.«

Rosaline glitt durch die Gruft auf ihn zu. »Hundesohn. Verbrecher. Mörder.«

Romeo trat zurück, aber zog nicht seinen Degen. »Was willst du damit anstellen? Wurde diese Nacht nicht schon genug getötet? Willst du diese Gräber noch weiter füllen? Du kannst mich nicht töten, Rosaline.«

»Nein. Denn ich kann nicht den töten, der bereits tot ist.«

Einen Moment lang sah er sie verwirrt an.

Rosaline lächelte leicht. »Fühlst du dich gut, süßer Romeo? Ich sehe, dass dir der kalte Schweiß auf die Stirn tritt. Und deine Hände beginnen zu zittern.«

Zum ersten Mal wirkte Romeo verängstigt. »Was hast du getan, du Hexe?«

»Ich? Nichts. Dein Tod war besiegelt, als du vorhin Julia küsstest. Ihre Lippen sind benetzt mit dem Gifttrunk des Mönches.«

Ungläubig starrte Romeo sie an. Fest erwiderte Rosaline seinen Blick. Keiner rührte sich. Hoch über ihnen erklang der dunkle Glockenschlag der Basilika wie ein Hammerschlag auf dem Amboss der Zeit.

Das Geräusch riss Romeo aus seinen Gedanken, und er bewegte sich vorwärts, um Rosaline zu ergreifen, aber sie trat leichtfüßig zur Seite. Erneut stürzte er sich auf sie, nun ungelenker. Er begann zu röcheln, wurde bleich, und auf seinem Gesicht erschien ein Ausdruck des Grauens. Rosaline wich weiter zurück. Er versuchte, seinen Degen zu ziehen, aber erkannte, dass ihm das nicht gelang. Schließlich fiel er auf die Knie und griff nach ihr.

Wieder wollte sie ein Stück zurückgehen, aber diesmal war sie nicht flink genug, und er bekam ihr Fußgelenk zu fassen. Sie fiel hin, und mit einem Lächeln zog er ihr Gesicht nah an seins.

»Komm, ich werde dich küssen und hoffen, dass meine Lippen noch mit Gift getränkt sind«, sagte er. Aber sie drehte ihren Kopf weg. Erneut versuchte er es, doch seine Stärke verließ ihn nun schnell, wie das Mondlicht schwächer wird, wenn der Tag anbricht.

»Auf die Liebe. Oh, Rosaline, du bist eine wahre Apothekerin, deine Drogen wirken schnell«, sagte er und wurde noch bleicher.

Sie wollte ihm entschlüpfen, aber er umklammerte ihre Hand und strich mit seinen Lippen ein letztes Mal über ihre Fingerknöchelchen. »So sterbe ich im Kuss.«

Er brach zu ihren Füßen zusammen und blieb regungslos liegen.

Rosaline blickte einen Moment auf ihn nieder, dann lief sie zu Julia. Sie sah, dass deren Augenlider flatterten und sich ihre Hände öffneten und schlossen.

Sie streichelte die Wange ihrer Cousine und spürte, wie sie unter ihrer Berührung warm wurde, während sich ein kleines Lächeln auf ihre Lippen schlich. Julia wirkte nicht länger tot, sondern schien zu schlafen. Rosaline ließ ihre Finger durch ihr zerzaustes Haar gleiten, und sie öffnete die Augen. »Wo ist Rosaline?«, fragte sie.

Rosaline nahm ihre Hand und küsste ihre Handinnenfläche. »Ich bin hier.«

Die allerersten Sonnenstrahlen schienen durch die Bäume, als sie ein letztes Mal aus der Stadt fuhren. Pfützen von Licht sammelten sich um die Zypressenstämme. Caterina saß neben dem Fuhrmann, während Rosaline und Julia hinten Platz genommen hatten. Julia hatte den Kopf an die Schulter ihrer Cousine gelehnt. Bei jeder Senke und Furche des Wegs, durch die die Pferde den Wagen zogen, wippte ihr Kopf auf und nieder.

Zusammen hatten sie sorgfältig die Szenerie vorbereitet, bevor die Wache kam, die Benvolio gerufen hatte. Ein blutiges Bild mit zwei Leichen hatte sich geboten. Ein Duell von zwei eifersüchtigen Männern, beide außer sich vor Liebe und Trauer. Paris tot, in einer Blutlache, durchbohrt von Romeos Degen. Dann Romeo, gerichtet von eigener Hand durch Gift, an der Seite seiner jungen Braut, unfähig, ohne seine Liebe zu leben, eine Phiole aus Glas, so blau wie der Junihimmel, zersplittert zu seinen Füßen.

Rosaline hatte dafür gesorgt, dass das Gift, das Romeo so schnell zum Verhängnis geworden war, nicht auch Julia tötete. Denn am Vorabend hatte sie das Gegenmittel, das die Äbtissin ihr gegeben hatte, in Julias Weinkelch getan. Als sie Julias Lippen mit dem Gift des Mönchs benetzt hatte, hatte sie das in dem Wissen getan, dass es für Julia harmlos wäre.

Niemand bemerkte, dass sich in dem Leichentuch der Familie Capulet nicht Julias Leiche befand, sondern die eines anderen jungen Mädchens: die von Laura und ihrem Säugling, die nun hier zusammen bis in alle Ewigkeit ruhen würden. Der Fuhrmann des Konvents hatte die beiden schmächtigen Körper in die Gruft hinuntergetragen, wie Rosaline es ihm erklärt hatte. So lag nun Laura bereits an Julias Stelle im Familiengrab, bevor die Wache kam. Der Geruch war so abstoßend, dass niemand sie zu genau untersuchen wollte, sodass die Verwechslung unbemerkt blieb. Rosaline hatte Laura versprochen, dass sie kein Armengrab bekommen würde. Stattdessen hatte sie sie in das seidene Leichentuch gewickelt, das Kind versteckt in ihren Armen.

So war Romeos eine Liebe mit einer anderen getauscht worden, eine geheime Familie, vereint im Tod.

Doch davon wussten die Bewohner Veronas nichts. Sie sahen nur das Bild, das sich ihnen bot. Rosaline hoffte, dass die Veronesen die Geschichte weitertragen würden, was sie im Grabgewölbe entdeckt hatten, wie Romeo und Julia dort lagen. Und sie vermutete, dass sich im Laufe der Jahre die Erzählung ausschmücken und verändern würde, wie es so häufig mit Geschichten geschah.

Während die Pferde das Fuhrwerk den Berg hinaufzogen, roch Rosaline den Duft der Pinien und Lärchen und spürte die ersten Vorboten des kommenden Regens. Staubpartikel tanzten im Licht, aber zu Rosalines Überraschung war es nicht so unerträglich heiß wie sonst. Stattdessen bemerkte sie Wolkenberge, die sich dunkel und grau auftürmten, bereit, ihre nasse Fracht freizugeben.

Und endlich brach die Hitze. Während der Regen auf sie niederstürzte und das Wasser auf sie herunterprasselte, standen die Frauen im Fuhrwerk auf. Die Tropfen pflügten die Felder links und rechts und verwandelten die Straße in Schlamm. Verona schmolz und verschwand, für immer unsichtbar, hinter der Regenwand.

Rosaline und Julia lachten und streckten die Hände dem Himmel entgegen. Schon waren sie durchweicht, ihre Haare nasse, gewundene Schlangen.

Ich habe dich gerettet, dachte Rosaline, als sie Julia ansah. *Eines Tages, wenn du willst, kannst du in die Welt zurückkehren. Du wirst für uns beide leben. Ich habe dir das gegeben.*

Es gab niemanden, der sie selbst retten würde, aber mit dieser Tat hatte sie einen Teil von sich selbst gerettet.

Das Opfer, das sie brachte, kam mit Schmerz – sie blickte auf Piniennadeln, die der Wind gierig herumwirbelte –, aber sie spürte auch Freude.

Als sie schließlich das Kloster erreichten, war die Luft kühl und sauber. Die Pferde kamen prustend auf dem Kopfsteinpflaster zum Stehen, Dampf stieg von ihren Rücken auf.

Die Äbtissin persönlich erwartete sie.

ANMERKUNGEN DER AUTORIN

Bevor Romeo Julia liebte, liebte er Rosaline, aber in dem Theaterstück hat sie keine eigene Stimme. Nur durch Männer erfahren wir etwas über sie: durch Romeo, seine Freunde und den ruchlosen Mönch. Ihrer Beschreibung kommen wir am nächsten, als sie zum Ball eingeladen wird, wo sie als Capulets »schöne Nichte« bezeichnet wird. Dort wissen wir um ihre Anwesenheit, weil ein verliebter Romeo sich maskiert einschleicht. Romeos Kumpanen, insbesondere Mercutio, unterhalten sich in lüsternen Worten über sie, aber wir sehen sie niemals direkt, hören niemals ihre Stimme. Sie bleibt in der Menge verborgen oder versteckt sich entweder vor Romeos austauschbaren höfischen Plattitüden oder vor den dreisten Obszönitäten seiner Freunde.

Deshalb beschloss ich, mich Shakespeares anderen Rosalines zuzuwenden, um meine Rosaline zu entwerfen.

Es gibt eine Rosalin(d)e in *Wie es euch gefällt* (der Name ist der gleiche, aber die Schreibung änderte sich in jener Periode häufig) und ebenfalls eine Rosaline in *Verlorene Liebesmüh*. Ich habe beide Figuren genutzt, um meine Version der Rosaline zu kreieren, ihr sowohl eine Stimme als auch ein Aussehen zu geben. Rosalin(d)e in *Wie es euch gefällt* ist willensstark und gewitzt. Sie definiert sich auch durch ihre unerschütterliche Liebe zu ihrer Cousine Celia. Rosaline wird verbannt, und die beiden Mädchen ziehen sich in den Wald von Arden zurück, der an den Stadtrand grenzt. Ich habe mir den Wald geliehen und an den Stadtrand von Verona verlegt. Wie viele Frauen in Shakespeares Stücken trägt Rosalin(d)e Hosen, um sich als Junge zu verkleiden.

Rosaline in *Verlorene Liebesmüh* ist eine von Shakespeares brillantesten, mächtigsten und klügsten Frauen. Es ist ein seltsames, trauriges Schauspiel, in dem Leben und Kunst miteinander vermischt werden. Zudem ist diese Rosaline definitiv eine Person of Colour. Sie wird als »schön wie Tinte« und als »dunkle Schönheit« bezeichnet, und: »Schwarz wurde schön, als sie geboren war. Ihr Aussehn läßt den Zeitgeschmack sich drehn.«

In Shakespeares Stücken finden sich sowohl mehrere Persons of Colour als auch jüdische Figuren. Meine Rosaline ist inspiriert von der bemerkenswerten Rosaline in *Verlorene Liebesmüh,* sowohl was ihr Temperament und ihren Sprachwitz betrifft als auch ihr Erscheinungsbild.

Von *Romeo und Julia* existiert ein Schwesterstück, die Komödie *Ein Sommernachtstraum.* Die Aufstellung ist fast identisch: Eine junge Frau weigert sich, den Mann zu heiraten, den ihr Vater für sie ausgesucht hat. Als Bestrafung für ihre Verweigerung erwarten sie entweder das Kloster oder der Tod. Die Schatten der Stücke überlagern sich: Die Dunkelheit von *Sommernachtstraum* und das Echo von *Romeo und Julia* sind im Stück-im-Stück »Pyramus und Thisbe« von Ovid enthalten. Das Liebespaar wird im Wald fast verrückt. In *Romeo und Julia* herrscht intensive Julihitze – das Stück umfasst einen Zeitraum von vier Tagen am Monatsende –, und die wilde Hitze lässt das Blut hochkochen, erregt die Gemüter, weckt Kampfeslust und Leidenschaft.

Shakespeare liebte die Idee von Italien. Dreizehn seiner Stücke spielen dort, obwohl er höchstwahrscheinlich das Land nie besucht hat. Italien erschien exotisch und verheißungsvoll anders, wie auch die katholische Kirche mit ihren Mönchen, Klosterbrüdern, Heiligen und heiligen Geistern gegenüber dem Protestantismus in England. Doch obwohl das Stück vermeintlich in Verona spielt, ist es erkennbar im Elisabethanischen England verortet. Shakespeare wollte, dass seine Zuschauer sich selbst und ihre Gefühle in den Figuren wiederfanden. Er versuchte nicht, das 14. Jahrhundert in Italien präzise wiederzugeben, sondern eine verlockende Vorstellung von Verona. Orte wie »St Peters« – die Peterskirche – sind ebenso Anglizismen wie die Namen der Personen: Romeus and Giuletta werden zu Romeo und Julia, und die Familien Montecchi und Cappelletti heißen hier Montague und Capulet. Eine Dame ist »Lady« oder »Madam«, während die Herren »Signior« genannt werden.

Ähnlich ist es mit meinem Roman: Er spielt gewissermaßen in »Verona-upon-Avon«, in einer imaginären Landschaft, deren Existenz nicht verifiziert ist. Die Gegend wirkt wie erschaffen von jemandem, den die Vorstellung Italiens bezaubert, ohne dass er jemals dort gewesen ist. Der Garten der Ungeheuer zum Beispiel, der die Landvilla der Montagues umgibt, wurde tatsächlich in der Renaissance angelegt, aber befindet sich in Viterbo in Latium.

Selbst in dem geschlossenen Kosmos des Stücks fühlen sich die Figuren unbehaglich, was Julias extreme Jugend angeht. *Romeo und Julia* ist das einzige Stück von Shakespeare, in dem das genaue Alter einer Frau erwähnt wird, und wir erfahren es nicht etwa einmal, sondern gleich fünfmal, dass Julia ein Kind von nicht einmal vierzehn Jahren ist. Die wiederholte Betonung soll unmöglich machen, dass wir Julias Alter vergessen.

In den Quellen, die Shakespeare inspiriert haben, ist Julia älter (in Arthur Brookes Gedicht ist sie knapp sechzehn Jahre), aber Shakespeare hat sie noch jünger gemacht. Die Amme und Julias Mutter machen sich Sorgen darüber, dass sie so jung verheiratet wird – sie könnte bei einer Geburt sterben, da ihr Körper noch in der Pubertät ist. Shakespeare will, dass wir uns wegen dieser Beziehung unbehaglich fühlen. Es ist nicht die romantische Liebe, die sie zu sein scheint. Romeos Handlungen sind transgressiv, also in verschiedener Hinsicht übergriffig, selbst für das Elisabethanische Zeitalter.

Doch seit Generationen nutzen wir die Geschichte von Romeo und Julia, um die Idee von Liebe zwischen zwei jungen Menschen zu definieren. Es war das erste Theaterstück, das ich von Shakespeare las, und als Teenager definierte es auch meine Vorstellung von romantischer Liebe. Ich dachte, dass Beziehungen so sein müssen – geheimnisvoll und zum Unglück verdammt – und dass es okay sei, wenn ein Junge mit einem Hang zur Gewalttätigkeit versucht, ein Mädchen zum Sex zu drängen.

Aber Romeo ist kein Teenager. Er wird nur normalerweise in modernen Versionen des Stücks so dargestellt. Bei Shakespeare gibt es keinen Hinweis darauf, dass er ein Junge ist. Shakespeare sagt nichts zu seinem Alter. Romeo könnte in seinen Zwanzigern oder sogar in seinen Dreißigern sein (Männer heirateten später als Frauen und umwarben wesentlich jüngere Frauen) – er mag einfach junge Mädchen. In dem Stück wird das Wort »Junge« häufig als Beleidigung gebraucht. Während sie kämpfen, schleudern sich die Männer »Junge« entgegen, um sich gegenseitig herabzusetzen. Was nicht bedeutet, dass sie wirklich Jungen *sind*.

Als Teenager glaubte ich, dass die dem Untergang geweihte

Liebe zwischen Julia und Romeo das Stück zu einer Tragödie macht. Als ich es als Erwachsene erneut las – gemeinsam mit meiner Schwester, die für den Kinderschutz arbeitet –, verstand ich es ganz anders. Die echte Tragödie ist, dass keiner der Erwachsenen die Kinder beschützt. Alle Capulets sind schuldig. Romeo ist ein »Groomer«, er erschleicht sich das Vertrauen von jungen Mädchen, um sie zu missbrauchen, und Julia ist die Jüngste von ihnen. Er sucht sich Mädchen aus, die verletzlich sind und verzweifelt mit Fluchtgedanken aus ihrer Welt spielen. Dann erfüllt er ihre Not mit Sex, leeren Versprechen und schließlich mit Gewalt.

Rosaline ist das Mädchen, das ich als Teenager gern gewesen wäre. Das Mädchen, das bereit ist, gegen Romeo zu kämpfen, und die Einzige, die alles daransetzt, um Julia zu verteidigen.

DANKSAGUNG

Ich fing mit *Rosaline* an, als wir uns im letzten Lockdown befanden. Während es im größten Teil Englands nieselte, war ich quasi auf Recherchereise im sonnigen Verona.

Außerdem war ich nicht allein, als ich das Buch dann in meinem Studio schrieb. Normalerweise ist Schreiben eine sehr private Angelegenheit für mich. Ich höre dabei Musik, beobachte, wie draußen der Wind durch die Baumkronen der Weiden fährt, und arbeite. Ich versuche, alle anderen und alles andere auszublenden.

Die Bühne für dieses Buch dagegen sah anders aus. Ich hatte einen kleinen, lauten Bürokumpel in der Gestalt meiner fünfjährigen Tochter Lara. Sie sollte eigentlich über Zoom mit dem Rest ihrer Klasse am Unterricht teilnehmen, aber die Kopfhörer »machten ihre Ohren heiß« (und ihr Temperament noch heißer), sodass sie an einem kleinen Tisch neben mir saß und Worte in Richtung Monitor rief. Ein Großteil des Buchs wurde nicht zur Musik von Erik Satie oder Johannes Brahms geschrieben, sondern zu den Rufen von fünfundzwanzig Kindern auf Zoom, während die Lehrkraft mit Handzeichen versuchte, sie zur Ruhe zu bringen oder zumindest dazu, dass sie ihre Mikrofone ausschalteten.

Ich sage nicht, dass es leicht war. Das war es nicht. Lara und ich waren laut und haben gestritten. Ich wollte arbeiten, und sie wollte, dass wir beide das nicht tun. Die Welt ist groß, und es gibt nicht genug Zeit zum Spielen.

Dennoch ist es auch etwas Besonderes zu schreiben, wenn man von Liebe umgeben ist. Meine Tochter ist stürmisch, tapfer und liebevoll. Rosaline wurde von ihr und von meiner Liebe zu ihr durchdrungen. Es ist keine Überraschung, dass das Buch eine Huldigung und eine Erkundung der Kraft von jungen Frauen ist.

Meine Schwester Jo half mir bei diesem Buch, indem sie sich viel mit dem Theaterstück beschäftigte und darüber nachdachte, und zwar aus ihrer Perspektive als jemand, der im Kinderschutz tätig ist. Sie beantwortete mir unzählige Fragen über Groomer und empfahl mir einschlägige Literatur. Ich bin ihr sehr dankbar, ja, ich bewundere sie. Wie immer gilt mein Dank meinen Eltern Carol und Clive für ihre Geduld und ihren Einsatz als Babysitter.

Ein Dank geht an meine Rosalin(d)e Ros Chapman, die beste Freundin, die man sich vorstellen kann. Meine Literaturagentin Sue Armstrong – du bist ein Wunder, stets ruhig, geduldig und einfühlsam. Alles das, was ich nicht bin. Ich kann mich so glücklich schätzen, dich an meiner Seite zu haben. Ein großes Dankeschön auch an meine wunderbaren Filmagenten Elinor und Anthony bei Casarotto.

Das ist nicht mein erstes Buch, und wie die meisten Autoren bin ich auch diesmal, im übertragenen Sinn, in ein paar heftige Stürme mit viel Gegenwind geraten.

Zudem habe ich wieder einmal erkannt, dass man nichts als garantiert hinnehmen darf – und oh, du meine Güte, das Team bei Bonnier, ihr seid die absolut Besten. Eure Leidenschaft, Euer Enthusiasmus und Eure brillanten Ideen! Jeder Tag, den ich mit Euch arbeite, ist ein glücklicher Tag. Mein Dank geht auch an meine wunderbare Lektorin Sophie Orme. Du bist eine Meisterin, und ich liebe es, wenn wir beide mit Ideen um uns werfen – ich bin so glücklich, dass wir zusammenarbeiten. Ein Dankeschön an Shana Drehs und das großartige Team bei Sourcebooks in den USA. Justine, danke, dass du so geduldig und sorgfältig ein ums andere Mal das Buch gelesen hast, und danke, Mirelle, für die empathischen, einfühlsamen Kommentare. Ein Dank geht an das fabelhafte PR- und Marketingteam – Ellie, Eleanor, Vicky und Clare –, es ist so eine Freude, mit Euch zu arbeiten. Ebenso gilt mein Dank dem unermüdlichen Verkaufsteam – Stuart, Mark, Stacey, Vincent, Jeff – und all den wunderbaren Verlagsvertretern im Land. Danke, Ruth, Stella, Ilaria und Nick für den weltweiten Marketingauftritt von Rosaline. Ich danke Euch, Emily Rough und Holly Ovenden, für das schönste Buchcover, das ein Buch von mir bisher hatte.

Extrem dankbar bin ich meinem brillanten Freund Edward Hall. Er hat die ersten Entwürfe dieses Buchs gelesen, geduldig meinen panischen Zweifeln gelauscht und sie freundlich und weise zerstreut. Ein riesiges Dankeschön an alle Buchhändler, die ich während meiner letzten Promotion-Tour kennengelernt habe. Zu Beginn dieser Tour war ich zart besaitet und unsicher – Eure Freundlichkeit und Wärme und Euer Enthusiasmus halfen mir, wieder zu mir selbst zu finden.

Und schließlich ein Dankeschön an und eine Umarmung für meine Familie, für David, Luke und Lara. Danke, dass Ihr immer zu mir haltet. Es tut mir leid, dass ich manchmal vergesse, Abendessen zu machen. Ich liebe Euch.